Simpele leugens

Van dezelfde auteur

Amos Decker
De geheugenman
De laatste mijl
Het motief
Doodskleur
Verlossing
Ondergronds
De lange schaduw

Atlee Pine
De lange weg naar genade
Eén minuut voor middernacht
Daglicht
Spiegelbeeld

Aloysius Archer
Een goede daad
Dodelijk spel
Schaduwstad

Camel Club
De samenzwering
De verzamelaars
De verraders
De rechtvaardigen
Rechteloos

John Puller
De provocatie
Vergeten
De ontsnapping
Niemandsland

King & Maxwell
Onbewaakt ogenblik
Het uur van de zonde
Geniaal geheim
Familieverraad
De zesde man
King & Maxwell

Shaw
Niets dan de waarheid
Verlos ons van het kwaad

Travis Devine
De 6:20-man

Will Robie
Onschuldig
De aanslag
Doelwit
De schuldigen
Eindspel

Overige thrillers
Het recht van de macht
Op eigen gezag
Duister lot
Vuil spel
Onder druk
De laatste man
In het geheim

David Baldacci

Simpele leugens

A.W. Bruna Uitgevers

Oorspronkelijke titel
Simply Lies

Vertaling
Jolanda te Lindert
Omslagbeeld
© Stephen Mulcahey/Arcangel
Omslagontwerp
Studio Jan de Boer

ISBN 978 94 005 1581 9
NUR 332

Voor Michelle, dank je wel voor de inspiratie voor dit verhaal,
en voor heel veel meer...

1

Mickey Gibson veegde het spuug van Darby's gezicht en gaf haar tweejarige dochtertje een plastic piepballetje in de hoop dat dit haar aandacht een tijdje vasthield. Het meisje zat rustig in haar box en keek naar het speeltje alsof het geen vijand, maar ook geen vriend was. Ze wist dankzij een van de vele boeken over de ontwikkeling van jonge kinderen die ze had gelezen dat een kind van twee in staat moest zijn om een halfuur te spelen en zichzelf te vermaken.

Als de schrijver daarvan niet onder invloed van drugs was, ziet de toekomst van mijn kinderen er niet goed uit.

Ze wilde slechts vijf minuutjes rust, om haar telefoongesprek af te kunnen maken.

Tommy, haar zoontje van drie, probeerde zijn moeder als klimrek te gebruiken, dus tilde ze hem op en zette hem op haar uitgestoken rechterheup. Het was nog maar elf uur 's ochtends en ze was nu al uitgeput.

In haar headset zei ze: 'Oké, Zeb, ik ben er weer. Zoals ik net al zei is het papieren spoor heel duidelijk. Er staat minstens tweehonderd miljoen dollar op zes verschillende bankrekeningen, drie in Tsjaad, één in Bermuda en twee in Zürich. Aangezien Larkin wel weet dat we hem op de hielen zitten, zal hij dat geld waarschijnlijk zo snel mogelijk proberen te verplaatsen en dan lukt het me misschien niet om het opnieuw te traceren.'

Gibson luisterde even, terwijl ze handig voorkwam dat Tommy haar haar vastpakte en de headset van haar hoofd trok. Darby gooide de bal naar de rug van haar moeder, begon te huilen en probeerde uit de box te klimmen.

Gibson zag dat en kwam meteen in actie. Ze raapte de bal op, nog steeds met Tommy op haar heup, gooide hem omhoog en ving hem handig op achter haar rug – een van de vaardigheden die ze tijdens haar basketbalcarrière had opgedaan.

Darby stopte met haar klimpoging, glimlachte en begon te klappen. 'Mama, mama. G-goed.'

Tommy vond haar actie ook fascinerend genoeg om zijn aanval op zijn moeders haar te staken. 'Nog een keer!' zei hij.

Gibson bleef dit herhalen en zei ondertussen: 'Juist, Zeb, ik begrijp het. Maar weet je, feit is dat ik na een paar muisklikken succes boekte en een paar tricky aanwijzingen volgde die de moeite waard bleken, maar er is geen enkele garantie dat dat opnieuw zal gebeuren. De advocaten moeten gerechtelijke bevelen indienen en zijn bankrekeningen bevriezen voordat hij dat geld God weet waarnaartoe kan overmaken. Ik heb het gecheckt en nu blijkt dat we die rekeningen inderdaad kunnen bevriezen, omdat alle landen die ik net opsomde moeten voldoen aan de mondiale financiële wetgeving. Larkin kan dus niet op hun medewerking rekenen zonder serieuze consequenties voor hun lidmaatschap van de internationale financiele gemeenschap.'

Gibson zweeg even en gooide de bal opnieuw in de lucht, zodat ze Tommy's wijsvinger uit haar rechteroog kon halen, ving de bal behendig weer op en zei: 'Larkin heeft er waarschijnlijk al spijt van dat hij dat geld niet beter heeft verborgen, op de Cookeilanden bijvoorbeeld of door witwasconstructies te gebruiken zodat wij er niet bij kunnen.' Terwijl ze haar wriemelende zoon onder controle probeerde te houden zei ze: 'Ik heb de bewijzen ook al doorgestuurd naar de belangrijkste faillissementsadvocaten van de crediteuren en zij zijn daar ook mee bezig. De *wire rooms* in Zürich en Tsjaad zijn gesloten, maar die in Bermuda zijn nog open. Je moet dit dus stevig aanpakken, en snel ook.'

Alsof Tommy had gewacht tot zijn moeder was uitgesproken, kotste hij over haar heen.

Gibson keek naar het braaksel op de voorkant van haar op dat moment enige schone kledingstuk, terwijl er brokjes braaksel op haar blote voeten dropen. En om het helemaal af te maken trok het vocht in het vloerkleed, zodat er tussen alle andere vlekken een nieuwe vlek ontstond.

Darby lachte en wees naar hen. 'G-goed. T-Tommy.'

Toen Gibson naar haar zoon keek, kon ze aan zijn gezicht zien wat er ging gebeuren. Ze rende naar de wc en was net op tijd om hem boven de pot te houden, terwijl ze tegelijkertijd op een knop van de headset drukte om de microfoon uit te zetten. Tommy miste de wc-pot volledig en kotste over de wc-rolhouder én haar slippers die ze daar die ochtend had laten staan. Even later hoorde ze een klap en zag ze Tommy op de keukenvloer zitten, bedekt met het grootste deel van de aarde uit de pot van een kamerplant. Ze kleedde hem uit, gooide zijn kleren in de wasmachine en had hem er het liefst ook in gegooid, maar ze had geen zin in een bezoek van de kinderbescherming. Maar ze was haar slippers vergeten, en ook dat ze dringend moest plassen.

Ze zette Tommy neer en gooide de vieze slippers in de afvalbak. Ze waste haar gezicht, terwijl ze probeerde niet naar de kots te kijken die in de wasbak droop, want daardoor ging zíj bijna over haar nek. Ze droogde zich af, tilde Tommy op en ging op de wc zitten om eindelijk te gaan plassen.

Daarna zette ze het geluid van haar telefoon weer aan.

Zeb was gewoon blijven praten en had niets meegekregen van het drama bij haar thuis. 'Zoals ik net ook al zei, fantastisch werk. Ga de bloemetjes maar buitenzetten vanavond, Mick, op kosten van de zaak natuurlijk. Vermaak je. Je hebt het verdiend.'

'Ja hoor, Zeb, ik ga me helemaal optutten. Champagne en kaviaar en een lange, nauwsluitende jurk.'

'Vermaak je. We hebben allemaal behoefte aan ontspanning.'

'Ja, dat is waar.'

'Hé, en laten we de volgende keer zoomen. Ik vind het prettig om het gezicht van mijn medewerkers te zien.'

Niet het gezicht van deze medewerker, dacht Gibson. *Nu niet, en de komende tien jaar of zo niet.* 'Geweldig, klinkt goed.'

Ze verbrak de verbinding, trok de wc door en keek naar haar zoon.

Hij wreef over zijn maag en zei ernstig: 'Beter, mama.'

'Dat geloof ik meteen.'

2

Na een korte douche tijdens het middagslaapje van de kinderen deed Gibson de deur van haar werkkamer van het slot. Ze ging naar binnen met een kop muntthee in haar ene en een volkoren amandelkoekje in haar andere hand. Ze had haar vieze kleren verwisseld voor een korte groene trainingsbroek, een T-shirt en enkelsokjes. Tot ze de volgende was ging draaien, waren dit zo ongeveer de enige schone kleren die ze nog had. De nauwsluitende jurk zou echt moeten wachten, aangezien ze die niet bezat en bovendien geen tijd had om de bloemetjes buiten te zetten. En de thee en het koekje waren de mamaversie van champagne en kaviaar.

Voor deze mama tenminste.

De babyfoon stond op de plank. Het enige wat ze nu kon horen was een zachte ademhaling, en het zachte gesnurk van Tommy. Ze ademde langzaam uit en vroeg zich af of ze vandaag ook een heel uur zouden slapen. De enige voorspelbare component van het moederschap, had ze ontdekt, was dat geen twee dagen gelijk waren.

Toen bekeek ze haar vage spiegelbeeld in de beide beeldschermen.

Gibson was 1 meter 70, maar dan moest ze echt helemaal rechtop staan, iets wat ze sinds ze kinderen had nooit meer had kunnen doen. Ze had het idee dat haar rechterheup zeker tien centimeter verder naar voren stak dan haar linker, en ze had geen idee of die ooit zijn oude positie weer zou innemen. Ze wilde er niet eens aan dénken hoe haar ruggenwervel er nu uitzag, maar als die er net zo uitzag als haar chronische rugpijn suggereerde was dat een ware anatomische gruwel. Op haar heupen, billen en buik zaten nog steeds koppige kilo's zwangerschapsvet, en het zou haar niets verbazen als die kilo's ook permanent zouden blijken. Ze droeg haar donkere haar kort, omdat ze echt geen tijd had voor lang haar. Haar gezicht was opgezet en haar huid was vlekkerig; volgens haar gynaecoloog door de hormonen die vlak na de bevalling waren vrijgekomen. Maar daar had ze nooit iets over gelezen in de zwangerschapsboeken die ze had doorgenomen. De slanke, dynamische atlete die ze op highschool en college was geweest was niet meer en zou ook niet zomaar weer tevoorschijn komen.

Als stoere, flinke pointguard die snel de bal kon stelen, met haar ellebogen werkte, een behoorlijk accuraat jumpshot kon maken en precies wist wat er op het veld gebeurde, had ze de hele dag kunnen rennen. Later, eerst als forensisch onderzoeker, daarna als straatagent en vervolgens als rechercheur, had ze zes jaar op rij de hardloopwedstrijd over tien kilometer van het korps gewonnen – als beste van de mannen én van de vrouwen. Het eerste stuk waren de mannen altijd sneller dan zij, maar na vijf kilometer werd hun uithoudingsvermogen minder. Ze had geprobeerd niet te breed te glimlachen als ze hen dan inhaalde.

Nu was de trap al een hele onderneming.

Ze had gestudeerd aan de Temple University in Philly, waar ze basketbalde en werd gecoacht door de legendarische basketbalster Dawn Staley. Een ander hoofdvak was theaterwetenschappen en ze was gecast om de hoofdrol te spelen van een paar studentenproducties. Veel mensen dachten dat ze ooit op Broadway zou spelen.

Na college had ze inderdaad een toneelcarrière overwogen, maar ze was algauw tot de ontdekking gekomen dat ze niet goed genoeg was om te concurreren met massa's bijzonder getalenteerde en gedreven mensen die ervan overtuigd waren dat ze Broadway zouden halen.

In haar jeugd was Gibson niet alleen een computernerd geweest, maar ook een serieuze gamer. Op college had ze deze vakken gekozen om die vaardigheden te verbeteren, want ze wist dat ze daarmee altijd een baan zou kunnen vinden. Ze had ooit ook een professionele basketbalcarrière overwogen, maar al snel begrepen dat ze de daarvoor noodzakelijke atletische eigenschappen miste en ook niet gemotiveerd genoeg was om mee te spelen in de WNBA.

Ze had dan ook besloten in haar vaders voetstappen te treden en was bij de politie gegaan. Hij had dat geweldig gevonden, maar haar moeder niet. Ze had zichzelf opgewerkt tot rechercheur en toen ook de man leren kennen die volgens haar de ware was.

Zijn naam was Peter Gibson. Hij was lang en knap, sociaal en grappig. En, maar dat had ze te laat ontdekt, een ongelofelijke hufter. Hij had gezegd dat hij een groot gezin wilde, maar was na de geboorte van hun eerste kind volkomen veranderd. Hij klaagde dat hij niet meer met zijn vrienden op stap kon en dat zijn weekenden werden verpest door alles wat hij als vader moest doen. Toen ze zwanger werd van Darby had hij hun bankrekeningen leeggehaald, was ervandoor gegaan met zijn secretaresse en had Gibson achtergelaten met een peuter en een baby op komst én met een hypotheek en rekeningen die ze niet alleen met haar salaris kon betalen.

Ze had hem gezocht, maar hij was zo definitief verdwenen dat ze zich afvroeg of hij daar professionele hulp bij had gehad. Ze was het huis kwijtgeraakt en had ontslag moeten nemen bij de politie. Daarna was ze verhuisd naar Williamsburg, Virginia, waar haar gepensioneerde ouders woonden. Ze had geluk gehad toen ze werd aangenomen door ProEye, een mondiaal werkend particulier recherchebureau dat het meeste onderzoekswerk online deed. Het werk betaalde goed, ze kon haar computervaardigheden inzetten en bijna fulltime thuiswerken. Bovendien kon ze gratis een beroep doen op haar vader en moeder voor steun.

Gibson had haar leven weer op de rails, maar het alleenstaand ouderschap was zwaar, zelfs met haar vader en moeder in de buurt. Zij hadden allebei gezondheidsproblemen en waren eerder geneigd om in de wachtkamer van een arts te zitten niksen dan om beschikbaar te zijn om haar te helpen. Toch lukte het Gibson, want ze had geen keus en ze hield van haar kinderen. Zelfs als ze haar onderkotsten.

Nu gebruikte ze haar computervaardigheden voor haar werk voor ProEye. Het bedrijf was gespecialiseerd in het opsporen van de tegoeden van rijke criminelen die genoten van hun luxeleventje, ondertussen rechtbanken en schuldeisers uitlachten en zich verscholen achter een muur van narrige advocaten, frauderende accountants en beledigende pr-mensen. En er waren zoveel rijke wanbetalers dat ProEye en dus Gibson meer dan genoeg werk hadden.

Het was wel duidelijk dat sommige rijke mensen hun schulden liever niet betaalden, alsof zij die verplichting om de een of andere reden niet hadden. En hoewel mensen als automonteurs, caissières of magazijnmedewerkers – als laaghangend fruit – door de belastingdienst werden lastiggevallen voor een schuld van soms maar een paar duizend dollar, joegen de miljardairs de belastingambtenaren de stuipen op het lijf met hun enorme juridische en financieel deskundige achterban.

Gibson had een zaak behandeld van een verdachte miljardair die had aangevoerd dat zijn bedrijf duizenden banen creëerde en dat díé mensen belasting betaalden, dat hij maar heel weinig echte inkomsten had aangezien het grootste deel van zijn miljardenvermogen in aandelen zat – die als onderpand dienden voor de leningen die hij had om zijn extravagante manier van leven te kunnen betalen – en dat hij geld aan goede doelen gaf. Toen de belastingambtenaar aanvoerde dat dat geen excuus was om geen cent belasting te betalen over zijn feitelijke belastbaar inkomen, had de miljardair niet gezegd dat hij zijn bek moest houden. Hij zei alleen: 'Wacht maar tot we daar officieel een wet voor aannemen. Dat zal niet lang meer duren.' Pas daarná had hij tegen de belastingambtenaar gezegd dat hij zijn bek moest houden.

Gibson nam een slok thee en een hap van haar koekje, zette haar headset op en ging aan het werk op haar computer. Haar werk nu was niet te vergelijken met de adrenalinekick die ze bij haar politiewerk had gekregen. Maar je moest nu eenmaal keuzes maken in het leven. En zij had deze keuze gemaakt. Ter wille van haar gezin, iets wat iedere moeder zou begrijpen.

Ooit zou ze misschien weer iemand vinden om haar leven mee te delen, maar op dit moment leek dat absoluut onwaarschijnlijk. Waarom? Omdat Peter Gibson veel dingen van haar had afgenomen, vooral haar vertrouwen. Vertrouwen in mannen en, zelfs nog erger, vertrouwen in zichzelf.

Gibson begon aan een zoektocht naar een louche zakenman die ergens bezittingen had ter waarde van twee miljard dollar, maar helaas ook schulden ter waarde van vier miljard. Alweer zo'n ongelofelijk hufterige klootzak in een oceaan van dit soort mensen. Twintig jaar geleden waren er wereldwijd nog geen vijfhonderd miljardairs, maar nu waren het er bijna drieduizend. Dat was een enorme toename aan rijkdom, voor een heel select groepje.

Voor de rest niet echt.

Toen ging haar telefoon en zou het leven van alleenstaande moeder Mickey Gibson veranderen in een hel.

3

'Mevrouw Gibson, met Arlene Robinson van ProEye. Ik werk samen met Zeb Brown en weet dat u hem net aan de telefoon had.'

'Inderdaad. Levert het bevriezen van de rekening problemen op?'

'Nee, ik ga ervan uit dat dat allemaal goed gaat. Ze zijn al in actie gekomen op Bermuda, en zodra Zürich en Tsjaad opengaan beginnen ze daar ook. U hebt zoals altijd uitstekend werk verricht.'

'Bedankt. Volgens mij hebben we elkaar nog niet eerder gesproken.' Gibson nam een hap van haar koekje en nog een slok thee.

'Dat klopt. Ik werk nu anderhalf jaar bij ProEye, maar ben drie weken geleden overgeplaatst naar meneer Browns afdeling. Hij was altijd heel lovend over u.' Ze grinnikte even.

'Wat is er?' vroeg Gibson.

'Hij vertelde me ook dat hij zei dat u de bloemetjes buiten moest zetten of zoiets, op rekening van de zaak natuurlijk.'

'Inderdaad,' zei Gibson geamuseerd.

'Ik heb u nagetrokken voordat ik u belde. U bent toch een alleenstaande moeder en hebt twee kleine kinderen?'

Nu begreep Gibson waarom de vrouw had gegrinnikt. 'Inderdaad. En terwijl ik tegen Zeb zei dat hij die rekeningen moest bevriezen, kotste mijn zoon over me heen.'

'Tja, ik heb thuis drie kinderen van onder de vijf en weet dus precies hoe dat is. Ik weet ook dat u de bloemetjes niet buiten gaat zetten, hoogstens in uw eigen tuin.'

Gibson zei lachend: 'Dat kan alleen een moeder zeggen. Waar zit u?'

'Albany. Ik hoorde dat het hoofdkantoor van ProEye hier tien jaar geleden was gevestigd, voordat het bedrijf echt groeide en wereldwijd ging werken.'

'Dat klopt. Ik werk nu een jaar of twee voor ze. Het is een goed bedrijf.'

'Dat zijn mensen thuis laat werken, wat heel prettig is.'

'Inderdaad. Goed, wat kan ik voor u doen, mevrouw Robinson?'

'Zeg alsjeblieft Arlene. Deze zaak is een beetje anders dan gebruikelijk, maar ze zeiden dat ik u moest bellen om het aan u voor te leggen.'

'Oké,' zei Gibson afwachtend.

'Vlak bij Smithfield, Virginia, aan de James River staat een oud landhuis dat geëxecuteerd moet worden. Daarom dachten ze aan jou, omdat jij in de buurt zit.'

'Waaróm dachten ze aan mij?'

'Ze willen dat je erheen gaat en een inventarisatie maakt van de inboedel. In het dossier staat dat de huissleutel vlak bij de voordeur onder het beeld van een kat ligt. Ongelofelijk, natuurlijk.'

'Dit is wel ongebruikelijk. Ik voer mijn onderzoeken meestal uit op internet.'

'Dat weet ik. Dat is de bulk van het werk van ProEye, zoals je weet. Maar dit hebben ze tegen me gezegd. Ze willen ook dat je er als het even kan vandaag nog naartoe gaat. Als je wilt kun je dit met Zeb bespreken, maar ik weet dat hij nu in een vergadering zit. En ze willen echt dat je er snel naartoe gaat. Ik kreeg de indruk dat er een leuke bonus voor je in zit.'

Gibson dacht dat een beetje veldwerk een leuke verandering was vergeleken met nog een paar uur naar een computerscherm staren. En een bonus was altijd welkom. Ze zou haar ouders bellen in de hoop dat ze hiernaartoe konden komen. Ze kon hun digitale agenda inzien en opende die. *Oké, ze hebben vandaag geen doktersafspraken. Dat is een wonder.*

'Dat gaat denk ik wel lukken. Wat kun je me vertellen over dat huis en de belangen van ProEye?'

'Ik heb de informatie hier op mijn scherm. Het landhuis is gebouwd in de jaren twintig door ene Mason Rutherford. Hij was een grootindustrieel die zijn geld heeft verdiend met spoorwegen, hardhout en mijnbouw. Hij bezat een landhuis in Colorado, een pand van vijf verdiepingen in New York en dit landhuis in Virginia. Op deze plek stond eerst een huis dat door een Britse lord was gebouwd, maar dat is tijdens de Amerikaanse Revolutie afgebrand.' Geamuseerd voegde ze eraan toe: 'Het kan dus zomaar zijn dat er een of meerdere geesten rondwaren.'

'Dat heb ik altijd willen worden: spokenjager.'

'Rutherford stierf in 1940 en zijn vrouw Laura, die veel jonger was dan hij, heeft er tot 1998 gewoond. Ze was honderd toen ze stierf. Het pand was in verval geraakt. Het zal wel een vermogen hebben gekost om het te onderhouden.'

'En de huidige eigenaar?' Gibson vroeg zich af wat ze moest aantrekken voor deze klus.

'Tja, dat is de beruchte Rutger Novak. Hij kocht het huis ongeveer zeven jaar geleden en heeft een vermogen uitgegeven aan een uitgebreide renovatie.'

'Rutger Novak? Die naam ken ik ergens van.'

'Kan kloppen. Hij en ProEye hebben een verleden samen, maar niet in positieve zin. Misschien vertel ik je dingen die je al weet, maar Novak is Duitser. Dertig jaar geleden was hij een belangrijke internationale zakenman, hoewel hij zich bezighield met schimmige zaken. Hij was wapenhandelaar, steunde leiders in het Midden-Oosten en werkte bij zo ongeveer elke deal samen met beide partijen. Hij heeft een paar keer grote pech gehad en het zag ernaar uit dat hij er stilletjes vandoor zou gaan met het geld dat hij nog bezat. Maar hij heeft kennelijk een paar foute keuzes gemaakt, waardoor hij platzak raakte. Toen sloot hij grote leningen af, maar uiteindelijk bleek dat de onderpanden meestal niet bestonden. ProEye heeft hem jaren geleden gezocht op verzoek van een heleboel cliënten, maar die bleven met lege handen achter.'

Gibson zei: 'Dat verhaal ken ik goed. Dat was voor mijn tijd, maar het bedrijf is het nooit vergeten. Dat is een van de overleveringen van het bedrijf. Ze vertellen het zelfs tijdens je inwerkperiode om je te waarschuwen voor zelfingenomenheid en laksheid.'

'Nou, de tijd heeft Novak kennelijk ingehaald. Alles is de afgelopen maanden misgelopen.'

'Is hij nog ergens of is hij er net zoals de vorige keer vandoor?'

'Verdwenen, dat staat tenminste in het dossier. Hij heeft zulke hoge schulden dat zijn schuldeisers alles grijpen wat ze maar te pakken kunnen krijgen. Dit landhuis is daar onderdeel van. Daarom willen ze dat je ernaartoe gaat. Het bedrijf wil goedmaken wat ze de vorige keer hebben verkloot.'

'Je had het over Smithfield? Waar precies?'

Ze hoorde wat getik op een toetsenbord. 'Het pand staat tussen Mogarts Beach en Rushmere aan iets wat Burwell Bay heet.' Robinson gaf haar het adres.

'Oké, dan heb ik een idee. De korte route betekent een ferry, dus dat kost me ongeveer een uur, áls de ferry meteen vertrekt zodra ik er ben. Voor de lange route moet ik naar het zuiden rijden door Newport News, over de James River Bridge en naar Smithfield, en dan is het ongeveer twaalf kilometer in een halve cirkel naar het noorden. Alles bij elkaar kost dat ook ongeveer een uur, afhankelijk van de drukte op de weg. Die route neem ik dus maar.'

'Zie je wel? Zo handig is het dus om iemand te hebben die de situatie ter plaatse kent.'

'Het verbaast me dat er nog niemand is geweest.'

'Nou ja, we hoorden pas een uur geleden over dit pand, daarom heeft Zeb het er niet met je over gehad. Het huis stond op naam van een lege vennootschap. Dat hebben we net pas ontdekt. Onze cliënten hebben het recht van retentie op alle bezittingen van de man, en ze hebben een collectieve juridische aanvraag ingediend waardoor we rechtmatig toegang hebben tot al zijn panden. We hopen dat Novak zo snel is vertrokken dat hij het pand niet heeft kunnen leeghalen, want volgens onze informatie houdt hij van kostbare objecten en staat dat huis er vol mee. Schilderijen, meubels, beelden… Verdomd, de schuldeisers zullen alles meenemen, zoals oosterse tapijten, zilverwerk, de inhoud van een wijnkelder of een bibliotheek. Maar hoe dan ook, ze mogen hun handen dichtknijpen als ze tien procent van hun geld terugkrijgen.'

'Dat is waar. Oké, ik vertrek zo snel mogelijk.'

'En de kinderen?' vroeg Robinson.

'Ik ga nu mijn ouders bellen. Die wonen hier vlakbij.'

'Goddank voor ouders die vlakbij wonen. Die van mij wonen aan de westkust, volgens mij met opzet…'

4

Het zwarte broekpak zat strak om haar heupen en haar middel, zodat haar buik eroverheen puilde, maar de witte blouse paste wel goed. Gibson was heel nijdig, want de blouse was wel van haar, maar het broekpak had ze moeten lenen van Dorothy Rogers, haar móéder.

Ik heb twee kinderen gekregen. Dan heb je niet meteen je oude figuur terug. Nou ja, het is alweer twee jaar geleden dat Darby is geboren, dus had ik mijn figuur allang terug moeten hebben.

Nu had ze spijt van haar volkoren amandelkoekje.

En ze had de blik van haar moeder gezien toen ze de trap af kwam. Geen woorden, alleen die blik. Nee, dat zelfgenoegzame lachje. Maar toen had haar moeder gezegd: 'Die outfit heb ik net bij TJ Maxx gekocht, maar ik heb natuurlijk veel meer gesport dan jij én op mijn dieet gelet. Dat is heel belangrijk als je ouder wordt, maar ach, niemand wordt ooit jonger. Of wel soms, kindje? Als je dat jasje dichtknoopt ziet niemand hoe strak dat broekpak zit. Zwangerschapsvet kan heel hardnekkig zijn. Heeft mij dertig jaar gekost om het kwijt te raken. Veel vrouwen raken het nooit kwijt.'

Subtieler zou haar moeder nooit zijn. Misschien was geen enkele moeder ooit subtiel tegen haar dochter.

Gibson stapte in haar stationwagon, reed over de Interstate 64 East naar het zuiden en kwam via een paar kleinere wegen bij de US 17. Ze nam de brug over de brede James River en reed daarna naar het noorden langs wat ooit de varkensslachterijhoofdstad van de wereld was geweest in Smithfield. Volgens haar navigatiesysteem was het nog zo'n tien kilometer naar de restanten van Rutger Novaks ingestorte imperium. De totale afstand was nog geen tachtig kilometer, maar kostte veel tijd door alle obstakels langs de kust van Virginia, zoals militaire complexen, onderwatertunnels, bruggen, brede zandstranden en rivieren die als rupsen onder het aardoppervlak door kropen of er als dikke aderen overheen stroomden.

Gibson had overwogen om Zeb Brown terug te bellen, maar ze wist dat hij het druk had met de zaak die ze die ochtend hadden besproken. En ze was heel blij dat ze even haar huis uit kon.

Ze volgde de instructie tot ze een lange smalle weg in reed die was omzoomd door volwassen bomen die nu het voorjaar werd in knop stonden. Ze tastte even naar de Beretta in de holster aan haar riem. Het was een achtschots-Nano, qua formaat en gewicht vergelijkbaar met de Glock 26 die ze bij de politie had gedragen, en die dezelfde munitie gebruikte. Doordat hij iets kleiner was, paste hij goed in haar hand en de 9mm-Luger-patroon zou zo ongeveer alles wat hij raakte tegenhouden.

Zonder dat haar moeder het zag had ze het combinatieslot van de kluis in haar slaapkamerkast geopend, het pistool eruit gehaald en in de riemholster gestopt. Haar moeder had nooit gewild dat haar dochter politieagent werd. Eén agent in de familie was genoeg, had ze vaak gezegd. Toch had Gibson in haar vaders voetsporen willen treden. Als oudste kind, met twee jongere broers, had ze haar geüniformeerde vader bewonderd. In eerste instantie had ze gedaan wat haar moeder wilde en was ze als forensisch onderzoeker bij de politie gaan werken. Dat had haar moeder gerustgesteld, doordat Gibson dan pas ná de misdaad op de plaats delict kwam, dus als het gevaar al was geweken.

Haar moeder was woedend geworden toen ze stiekem de schriftelijke en praktijkexamens had afgelegd voor toelating tot de politieacademie. Pas toen haar vader, Rick Rogers, zich ermee had bemoeid mocht ze haar droom najagen. Haar vader was trots op haar, dat wist ze, hoewel hij dat zelden liet blijken. Openlijk vertoon van affectie zat niet in het DNA van de familie Rogers. Gibson kon de keren dat haar moeder haar had geknuffeld of een kus had gegeven op de vingers van één hand tellen. En voor de keren dat haar vader dat had gedaan, had ze maar één vinger nodig: dat was de dag waarop ze was geslaagd voor de politieacademie.

Hij had het niet op haar trouwdag gedaan. De reden daarvoor had hij haar verteld voordat ze naar het altaar schreed.

Ze nam een afslag. Het huis stond iets verderop rechts.

Misschien kom ik in dat oude landhuis wel een paar Britse spoken tegen.

Ze nam gas terug toen ze de stenen monumenten aan beide kanten van de oprijlaan zag staan. Op het bord aan een van de monumenten stond de naam STORMFIELD.

Arlene Robinson had haar niet verteld hoe het hier heette, maar dat was ook niet van belang.

Er was een gietijzeren hek, maar dat hing open. Verderop en deels verborgen achter een paar woekerende struiken stond een brievenbus. Ze reed over de met keitjes verharde oprijlaan en zag na een bocht een enorm oud landhuis dat eruitzag alsof het sinds de bouw geen spat was veranderd. Rutger Novaks renovatie zou wel beperkt zijn gebleven tot het interieur.

Volgens haar was de architectuur een onregelmatige mengeling van statige, feodale en gotische elementen, maar ze had om onduidelijke redenen ook iets Versailles-achtig. Het gebouw was vlekkerig en verkleurd, na al die jaren maar ook door de onverzoenlijke elementen van de riviermonding die naar gelijke delen zout en zoet water rook.

Ze stopte voor het landhuis en stapte uit. Het enige wat ze hoorde was het briesje en een enkele keer een vogel die begon te zingen omdat het algauw voorjaar zou zijn. De bomen waren nog vrij kaal en door de bewolking was het al aardig donker buiten.

Zodra het buiten donker werd zou het wel moeilijk worden om binnen nog iets te zien. Ze besloot zich te haasten omdat ze opeens bedacht dat er binnen misschien geen stroom was. Ze pakte een zaklamp uit de auto omdat het, doordat het zo'n groot huis was, op bepaalde plekken nu al donker kon zijn, ongeacht de hoeveelheid daglicht.

Gibson liep naar de dubbele voordeur van massief eiken van zeker drie meter hoog. Ze ontdekte het kattenbeeld en vond de sleutel eronder. Toen ze het beeld terugzette had ze het gevoel dat de kat haar waarschuwde dat ze moest vluchten voordat het te laat was.

Zodra ze het slot van de deur had geopend en naar binnen liep, rook ze de muffe lucht die in het huis hing.

Wat vreemd. Dit huis was tot voor kort toch nog bewoond? Maar misschien ruikt het hier altijd zo.

Ze keek om zich heen om te zien of er een alarminstallatie was. Lichtelijk in paniek luisterde ze of ze een piepje hoorde dat aangaf dat ze snel de code moest intoetsen voordat het te laat was. Ze ontdekte inderdaad een paneeltje, links van de deuren, maar dat was donker.

Dat is ook vreemd.

Maar het was een geluk voor haar, omdat ze de code niet had gekregen.

Ze haalde haar iPad uit haar tas en zette de video aan. Ze had geen idee van de plattegrond van het huis, maar aangezien het pand bijna even groot was als een klein winkelcentrum zou dit geen klusje zijn waar ze in een middag mee klaar was.

Ze begon in de grote hal. Hier stonden twee harnassen. Hoewel ze bijna twee meter hoog waren leken ze in de immense ruimte toch klein.

Er was een grote eetkamer die volledig, maar toch tegenstrijdig, was ingericht met barokmeubels en een chippendalebuffet. Gibson was op dat gebied een soort expert geworden doordat ze de afgelopen jaren had gejaagd op de bezittingen van rijke criminelen. Aan de muren hingen olieverfschilderijen, voornamelijk met koloniale afbeeldingen en landschappen aan het water. Ze dacht niet dat het originelen waren of, als dat wel zo was, waren ze volgens haar niet veel waard. Er was een negentiende-eeuwse bar in een grote wereldbol op wielen en er lagen een paar fraaie oosterse tapijten die misschien veel geld zouden opbrengen.

Ze liep door verschillende gangen en door nog meer vertrekken, terwijl ze video-opnamen maakte en informatie insprak over alles wat ze zag en wat ze er zelf van wist. Later kon ze alles wel googelen. Toen ze langs een breed raam kwam zag ze de ondergaande zon. Het terrein aan de achterkant liep door tot aan de James River, die donker en glad leek. De rivier stroomde traag langs Newport News, maakte een bocht naar het oosten en mondde tussen Hampton en Norfolk uit in de Chesapeake Bay. Daarachter was de griezelig lange Chesapeake Bay Bridge-tunnel. En daar weer achter was de Atlantische Oceaan.

Gibson was een paar keer door de Bay Bridge-tunnel gereden en had dat nooit prettig gevonden. De tunnel was ruim zeventwintig kilometer lang, met kunstmatige eilanden erin en op het punt waar je de tunnel in reed leek het alsof de brug midden in de baai verdween. Het voelde alsof de snelweg een dodelijke duik in het water maakte en alle verkeer met zich meenam.

Aan de oever zag ze een oud botenhuis met een steiger waar een motorboot lag die misschien wat geld zou opbrengen. Ze besloot hem te bekijken nu het buiten nog licht was. Ze had al geconstateerd dat er geen stroom was. Daarom rook het hier misschien zo muf, doordat er geen luchtcirculatie was.

Gibson liep over een glibberig stenen pad naar de rivieroever. De boot was een Formula-motorboot met blauwe en rode accenten op de boeg. Ze schatte de lengte op twaalf meter. Volgens haar was de boot in goede staat, hoewel het winterdek er nog op zat, zodat ze er niet heel veel van kon zien. Ze maakte een video-opname en probeerde of de deur van het botenhuis open was, maar die zat op slot. Ze keek door het raam naar binnen, maar kon niet veel zien.

Ze liep terug naar het huis en ging naar de bibliotheek. De meeste planken waren leeg. Novak had de boeken dus weggehaald, of hij was geen echte lezer. Toen ze naar een plank liep waar een vaas op stond, voelde ze iets bij haar enkels.

Ze bleef staan, keek naar de muur en zag dat die niet precies aansloot tegen het volgende houten paneel. De tussenruimte was ongeveer tweeënhalve centimeter. Ze legde haar iPad neer en trok aan het hout, waarna de wand openzwaaide op een pin in de vloer, en ze een donkere ruimte zag. Ze hoorde gezoem vlakbij en voelde dezelfde luchtstroom als eerder rondom haar enkels toen de wand nog bijna helemaal gesloten was.

Ze knipte haar zaklamp aan en verdraaide de lichtstraal tot een geconcentreerde bundel, terwijl ze haar andere hand op de kolf van haar Beretta liet rusten. Ze zette vier stappen naar binnen en zag de bron van het geluid en van de luchtstroom: een meter voorbij de opening stond een ventilator op batterijen op de grond.

Ze liep door.

En toen rook ze het.

Verdomme, die geur ken ik!

De gang maakte een bocht en ze liep door. Ze scheen met haar zaklamp op de vochtige stenen muren die waarschijnlijk al tijdens de bouw waren aangebracht.

Al lopend zwaaide ze de lichtstraal van de zaklamp heen en weer.

En toen bleef ze staan en liet het licht op één plek schijnen.

Vanuit het donker doemden een witte streep en twee gekleurde bollen op: een mond en uitpuilende ogen.

De man zat in een stoel. Hij was groot en al vrij oud, en hij had dun grijs haar.

Hij was ook heel dood, wat de reden was voor de stank.

En gezien het feit dat zijn lichaam al in ontbinding verkeerde, was hij al een hele tijd dood.

5

De politieauto stopte abrupt voor het landhuis waar Gibson op de trap zat. Ze stond op en liep ernaartoe.

Twee geüniformeerde agenten van het kantoor van de sheriff van Isle of Wight stapten uit.

'Bent u de vrouw die de melding heeft gedaan?' vroeg een van hen.

Gibson knikte en liet hun haar legitimatie zien. 'Ik laat u wel zien waar het is.' Ze nam hen mee naar binnen en liep voor hen uit naar het vertrek waar het lichaam was. Voor de ingang van de geheime kamer hield een van de agenten haar tegen en zei dat ze naar buiten moest gaan en daar moest blijven wachten. De andere agent liep met haar mee. Gibson wist dat hij dat deed vanwege de minuscule kans dat zij de moordenaar was.

Binnen een halfuur waren nog meer agenten gearriveerd, deze keer van de politie van Smithfield, maar ook een inspecteur van de recherche van Isle of Wight. Vijf minuten later arriveerde een andere man die zich aan haar voorstelde als Wilson Sullivan, een hoge agent van het Criminal Investigation Department van de Virginia State Police – de rechercheafdeling van de staatspolitie van Virginia.

Sullivan was een jaar of veertig, ongeveer 1 meter 88 en gespierd. Hij had brede schouders, een hoekige kaak en kort haar dat even warrig was als zijn confectiepak. Maar hij had de blik van een politieman, dacht Gibson. Hij keek alert, argwanend, zoekend en peinzend.

Toen iedereen naar binnen ging om naar het lijk te kijken kwam het forensische team eraan. Nadat ze hun apparatuur hadden uitgeladen, gingen zij ook naar binnen om op zoek te gaan naar de microscopisch kleine sporen die criminelen altijd achterlieten.

Sullivan kwam later weer naar buiten en ging naast Gibson op de trap zitten.

'Moet ik nog veel langer blijven?' vroeg ze. 'Ik heb twee kleine kinderen en moet terug. Ik heb al een uitgebreide verklaring gegeven.'

Sullivan stak een sigaret op en blies de rook bij haar vandaan. 'Ik moet hier echt mee stoppen, maar de pleister werkt niet. Iets anders ook niet trouwens. En weet u, ik vind het lekker.'

'Ik weet dat heel veel agenten roken. Hoort erbij voor sommigen.'

Hij nam haar aandachtig op. 'U ziet eruit alsof u ook bij de politie hebt gewerkt.'

Ze keek hem geamuseerd aan. 'Waar kunt u dat aan zien? Aan mijn extreme fitheid?'

'U vond een lijk in een griezelig landhuis, maar u bent niet hysterisch, u huilt niet en verder bent u ook niet van slag. Dus of u bent de moordenaar of u bent eraan gewend doden te zien. Verder zie ik het aan uw blik en aan uw houding tegenover alle agenten die hier rondlopen.'

'Oké, betrapt. Jersey City. Forensische recherche twee jaar, uniform zes jaar en recherche vier jaar.'

'En moeder van twee kleine kinderen. En uw man?'

'Gescheiden.'

'Kunt u me vertellen waarom u hier bent? Ik weet dat het in uw verklaring staat, maar ik hoor het liever uit de eerste hand.'

Gibson vertelde voor wie ze werkte en over het telefoontje dat ze had gekregen.

'Kunt u me een legitimatiebewijs laten zien waaruit blijkt dat u voor ProEye werkt? Ik heb trouwens van dat bedrijf gehoord.'

Gibson haalde zowel haar rijbewijs als haar ProEye-ID tevoorschijn.

Sullivan bekeek de beide kaarten en gaf ze terug. 'Goede mensen om voor te werken?'

'Ze zijn er voor me. En het werk geeft me flexibiliteit. Ik werk meestal thuis achter de computer.'

'Maar deze keer niet,' zei Sullivan nadrukkelijk. Hij drukte zijn sigaret uit en stopte de peuk in zijn zak. 'Ik wil de plaats delict niet vervuilen. Dus, Rutger Novak?'

'Ja.'

Sullivan keek haar aan met een blik die haar niet beviel. Hij zei: 'Ik heb over hem gehoord, hoewel de laatste tijd niet zo vaak. Wist niet dat hij hier woonde.'

'Ik wist niet eens dat dit huis hier stond. Ik woon hier nog niet zo lang. Ze hebben me verteld dat dit huis in de jaren twintig is gebouwd door een grootindustrieel, Mason Rutherford. En dat hier eerst het huis van een Britse edelman stond dat tijdens de Amerikaanse Revolutie is afgebrand.'

Nu keek Sullivan haar aan met een blik die haar nog minder beviel dan de eerste.

'Wat is er?' vroeg ze.

'Ik ben hier nog maar een paar jaar, ik kom oorspronkelijk uit North Carolina, maar ik leer vrij snel en heb nog nooit gehoord dat een Britse edelman hier een huis had. Ik heb ook nog nooit over deze Mason Rutherford gehoord. En voordat ik hiernaartoe reed heb ik Stormfield opgezocht, maar dit huis is nooit eigendom van Rutger Novak geweest.'

Gibson keek hem stomverbaasd aan. 'Dat begrijp ik niet.'

'Ik ook niet.' Sullivan keek haar scherp aan, op dezelfde manier waarop Gibson als agent en rechercheur zelf veel verdachten had aangekeken.

Shit.

Sullivan pakte zijn telefoon en scrolde door een paar schermen. 'Stormfield is niet gebouwd in de jaren twintig, maar in 1950 door ene Richard Turner. Hij was de overgrootvader van de mensen die hier woonden voordat de huidige eigenaar het kocht. Hij verdiende zijn geld in het reclamewezen in New York, maar was afkomstig uit Tidewater en keerde terug om dit landhuis te bouwen. Tot zes jaar geleden was dit pand eigendom van Turners nakomelingen.' Hij zweeg en keek haar aan.

'Ik... begrijp hier helemaal niets van. Mij is verteld dat Laura Rutherford hier woonde tot ze in 1998 op honderdjarige leeftijd stierf en...'

Sullivan keek om toen een geüniformeerde agent naar buiten kwam en hem riep. 'Neem me niet kwalijk.' Sullivan stond op en liep naar de agent toe. Ze fluisterden een tijdje met elkaar terwijl ze een paar keer naar Gibson keken, die een steeds onbehaaglijker gevoel kreeg. Ze keek op haar horloge en ging ervan uit dat haar moeder haar elk moment kon bellen met de vraag waar ze in vredesnaam bleef.

Nadat de agent weer naar binnen was gegaan, kwam Sullivan weer bij Gibson op de trap zitten met een grimmige, maar ondoorgrondelijke blik.

'Een probleem?' vroeg Gibson.

Sullivan haalde zijn aansteker tevoorschijn en deed het klepje herhaaldelijk open en dicht. 'We hebben ProEye gebeld en navraag naar u gedaan. Ze hebben net teruggebeld.'

'En ze hebben bevestigd dat ik voor hen werk.'

'Ja, dat klopt.'

'Ik voel dat er een maar aankomt.'

'Maar ze hebben u nooit gevraagd om hiernaartoe te gaan om de inventaris van dit pand op te maken. Ze hebben u nooit gebeld over Stormfield. Ze hebben geen idee wat of waar het is.'

Gibson hapte naar adem en keek hem met open mond aan. 'Wie hebben uw mensen dan gesproken?'

'Ene Zeb Brown. Hij zei dat hij uw directe leidinggevende is.'

'Dat klopt.'

'Kunt u me dan uitleggen wat er niet klopt? Want een van jullie beiden liegt en ik wil graag weten wie dat is.'

'Ik heb u dat al verteld. Ik ben gebeld door Arlene Robinson van het kantoor in Albany...'

'Er werkt geen Arlene Robinson op het kantoor in Albany. Er werkt helemaal geen Arlene Robinson bij ProEye, nergens. Ik vraag het dus nog een keer: wat doet u hier?'

Gibson keek naar het oude, lelijke gebouw, terwijl er verschillende scenario's door haar hoofd speelden. 'Ik ben gebeld door iemand die zei dat ze Arlene Robinson heette, een paar uur nadat ik met Zeb had gepraat over een zaak die hier niets mee te maken heeft. De vrouw zei dat ze met hem samenwerkte.'

'En dat hebt u voor zoete koek geslikt?' Hij hield zijn telefoon omhoog. 'Het heeft mij maar vijf minuten gekost om de geschiedenis van dit huis op te zoeken.'

'Maar die vrouw wist dat Zeb en ik elkaar eerder hadden gesproken en ze wist zelfs een heleboel details van ons gesprek. Ze citeerde bijna letterlijk iets wat Zeb vanochtend tegen me zei. Daarom ging ik ervan uit dat ze daar werkte, want hoe kon ze die dingen anders weten? Ze wist ook dat ik kinderen heb. Ze zei dat ze, omdat ik in de buurt woonde, wilden dat ik hiernaartoe ging om de inboedel te inventariseren. Ze zei dat de eigenaar, Rutger Novak, een paar grote schulden had en dat de schuldeisers zo veel mogelijk bezittingen wilden veiligstellen. Dat is immers wat ProEye doet. Daarom had ik geen enkele reden om te twijfelen of de vrouw die me belde was wie ze zei dat ze was of aan de opdracht.'

'Zoals ik al zei is Rutger Novak niét de eigenaar van Stormfield.'

'Dat wist ik niet. Wie is de eigenaar dan wel?'

'De man die u in die geheime kamer hebt gevonden, Daniel Pottinger.'

'Jullie hebben hem dus geïdentificeerd?'

'Voorlopig wel. Hij had een portefeuille waar een rijbewijs in zat. Foto komt overeen met de dode. Dat moeten we nog bevestigen, uiteraard.'

'Wie is hij?'

'Rijk, kennelijk. Ik heb hem nooit ontmoet. Hij kwam hiernaartoe en kocht Stormfield van de Turners. Meer weet ik niet.'

'Hoe is Pottinger gestorven?'

Sullivan schudde zijn hoofd. 'Kan ik niets over zeggen. We zullen uw telefoongeschiedenis moeten checken om te bevestigen dat u dat telefoontje hebt gekregen, áls u dat telefoontje hebt gekregen.'

'Ik vertel de waarheid. Waarom zou ik hier anders zijn? Waarom zou ik anders de politie hebben gebeld toen ik die dode man vond?'

'Dat weet ik niet, mevrouw Gibson. Voor beide opties zijn wel redenen te bedenken.'

'Wat bedoelt u met voor beide opties?'

'Redenen die kunnen betekenen dat u onschuldig bent en redenen die kunnen betekenen dat u betrokken bent bij de moord op Daniel Pottinger.'

'Hij is dus vermoord? Ik heb geen wond gezien,' zei Gibson.

'Volgens uw rijbewijs woont u in Williamsburg?'

'Ja, met mijn twee jonge kinderen, zoals ik u al vertelde. Mijn moeder past op ze en verwacht dat ik terugkom. Dit was een ad-hocopdracht, zodat ik haar moest bellen om te vragen of zij op de kinderen kon passen. Ik dacht dat ik vandaag op internet op zoek zou zijn naar bezittingen, niet dat ik een vermoorde man in een donker oud landhuis zou vinden.'

'Tja, het was veel beter voor u geweest als u digitale detective was gebleven. Het is hier veel gevaarlijker.'

'Wat gaat er nu gebeuren?' vroeg Gibson.

'Ik rij achter u aan naar uw huis. Dan kunnen we nog wat praten en kan ik een paar dingen natrekken waardoor u hopelijk van de lijst met verdachten wordt geschrapt.'

'Denkt u écht dat ik iets met deze moord te maken heb?'

'U bent zelf rechercheur geweest. Hoe zou u die vraag beantwoorden?' vroeg Sullivan.

Gibson zuchtte en zei: 'Iedereen is een verdachte totdat overtuigend is bewezen dat hij of zij dat niet is.'

'Goed dat u zich dat nog steeds herinnert.' Hij pakte haar stevig bij haar arm. 'Laten we gaan.'

6

Op de terugweg keek Gibson steeds in de binnenspiegel naar Sullivans auto en vroeg zich af of hij haar echt als verdachte van deze moord beschouwde of niet. Ze vond dat hij haar geconcentreerd maar afstandelijk had aangekeken, alsof er een heleboel mogelijkheden door zijn hoofd gingen. Hij deed haar denken aan haarzelf als ze aan een zaak werkte en ze alle feiten van een plaats delict verwerkte en vervolgens de tijd nam om er afstand van te nemen om ze samen te voegen tot plausibele theorieën die al dan niet werden gesteund door de feiten.

Bij haar thuis stelde Gibson Sullivan voor aan haar moeder, maar ze vertelde niet waarom hij hier was. 'Het heeft met het werk te maken, mam. Kun je nog wat langer op de kinderen passen? Ik moet een paar dingen met inspecteur Sullivan bespreken. Bedankt.'

Dorothy Rogers keek naar haar dochter en daarna naar de lange en aantrekkelijke Sullivan. Ze glimlachte en zei: 'Tja, dan laat ik jullie wel even alléén.'

Het kostte Gibson grote moeite om niet hardop te kreunen. *Hij wil niet met me uit, mama, hij wil uitzoeken of ik een moordenaar ben.*

Ze nam Sullivan mee naar haar werkkamer en haalde haar iPhone tevoorschijn. 'Dít is mijn zakelijke telefoon.' Ze scrolde door het scherm. 'Dit is het nummer waarmee ze me belde. Er staat geen naam bij, omdat ze niet in mijn contactenlijst staat. De locatie wordt ook niet aangegeven, maar ik neem meestal wel op omdat dat nodig is voor mijn werk.'

Sullivan toetste het nummer in op zijn eigen telefoon en luisterde. Hij bleef overgaan, maar niemand nam op. 'Waarschijnlijk een wegwerptelefoon of zo. Of voice-over-*untraceable*-IP-bullshit. We zullen proberen het nummer te traceren, maar daar moet u maar niets van verwachten.' Hij keek om zich heen en vroeg toen hij de twee grote beeldschermen zag: 'Dus hier vindt de onderzoeksmagie plaats?'

'Als u geestdodend werk op internet zo wilt noemen, dan ja.' Gibson ging zitten, trok haar schoenen uit en masseerde haar voeten. 'Sorry, ik ben er niet eens meer aan gewend om schoenen met lage hakjes te dragen.'

Sullivan ging tegenover haar zitten. 'Kunt u zich nog meer herinneren van dat telefoongesprek?'

Gibson wist dat hij haar dit ook al op Stormfield had gevraagd, maar hij wilde kennelijk kijken of haar verhaal dat ze een alleenstaande moeder was klopte. 'Ik ben van nature wantrouwig, zoals iedere ex-agent, maar de vrouw speelde het spelletje uitstekend. Ze begon eerst over mijn telefoongesprek met Zeb, waardoor mijn eventuele argwaan verdween.'

'Wat betekent dat uw baas het spelletje meespeelt...'

'... of dat ze daar werkt, een valse naam gebruikte en het telefoongesprek heeft gehoord, óf dat ze Zebs of mijn telefoon afluistert en de noodzakelijke informatie op die manier heeft verkregen.'

Sullivan knikte goedkeurend. 'U bent de scherpte van uw tijd als rechercheur nog niet kwijt.'

'Echt niet? Volgens mij moet ik helemaal worden doorgesmeerd, na wat er is gebeurd. Ze heeft me perfect bespeeld. Normaal zou ik het pand net als u eerst op internet hebben gecheckt, maar haar verhaal klonk heel plausibel en bovendien wilden ze dat ik de klus heel snel uitvoerde, dat zei ze tenminste. Ze heeft me niet verteld hoe het huis heette. Waarschijnlijk om te voorkomen dat ik het kon natrekken en tot de ontdekking kwam dat haar verhaal onzin was. Bovendien gebruikte ze de naam Rutger Novak.'

'Waarom is dat van belang?' vroeg Sullivan nieuwsgierig.

'Lang voordat ik bij ProEye ging werken, hebben ze een verhitte strijd gevoerd met Novak. Hij won de zaak uiteindelijk, omdat hij verdween en ProEye helemaal niets kon vinden waar de cliënten de hand op konden leggen. Dat was een zware klap voor het bedrijf, zodat iedere nieuwe werknemer tijdens de inwerkperiode uitgebreid wordt geïnformeerd over Novak, alsof ze willen zeggen: je kunt maar beter hard werken en elk spoor volgen, anders ontsnappen de grote vissen. Dat móét ze hebben geweten en ze noemde die naam tegenover mij zodat ik er geen moment aan zou twijfelen dat zij daar werkt.'

'Mickey Gibson. Dat staat op uw rijbewijs. Maar dat is toch afgeleid van Michelle?'

'Nee, mijn voornaam is niet Michelle, maar Mickey.'

'O? Zit daar een verhaal achter?'

Gibson zuchtte berustend en zei: 'Om te zeggen dat mijn opa een enorme Yankees-fan was zou een enorm understatement zijn. In de familie gaat het verhaal dat hij dreigde mijn vader te wurgen als hij zijn eerste kleinkind, ongeacht het geslacht, niet naar Mickey Mantle zou vernoemen. Dat is dus het verhaal.'

'Ja, dat is inderdaad bijzonder.'

'Heel aardig van u om het zo te noemen. Ik zou een ander woord gebruiken om te beschrijven hoe het was om als meisje met die naam op te groeien.'

'Het heeft u sterker gemaakt, neem ik aan.'

'Het heeft me iets gemaakt.'

'Wat ons dan op de vraag brengt: waarom u? Van alle mensen op de hele wereld die ze had kunnen bellen?'

'Daar heb ik tijdens de hele terugweg over nagedacht. Eigenlijk heb ik niets anders kunnen bedenken dan dat ik voor ProEye werk en vlak bij Stormfield woon. Ze wilde kennelijk dat ik daarheen ging en het lijk vond. Vandaag. De muur stond een klein stukje open en vlakbij stond een ventilator die een luchtstroom en een beetje geluid veroorzaakte. Bovendien stond er een vaas op de plank om mijn aandacht te trekken. De kans was dus heel groot dat ik dit zou ontdekken.'

'Is het mogelijk dat u die vrouw onder een andere naam kent?'

'Ik heb haar stem niet herkend, maar die kan ze hebben veranderd. Ik ken hier niet veel mensen, alleen een paar ouders hier in de buurt.'

'U denkt dus dat de plaats delict in scène is gezet?'

'Er is geen elektriciteit in dat huis en de ventilator werkte op batterijen. De muur stond een stukje open, dode man, ventilator aan. Ja, het was in scène gezet en daarna werd ik gebeld.'

Sullivan zei: 'De forensisch onderzoekers schatten dat de batterijen in de ventilator nog vrij vol waren.'

'Dan is degene die de ventilator heeft aangezet er vandaag waarschijnlijk nog geweest, misschien was deze Arlene Robinson daar wel toen ze me belde. Ze wist waar ik woon en ze wist hoeveel tijd het me zou kosten om naar Stormfield te gaan, want ik heb tegen haar gezegd dat ik ongeveer een uur onderweg zou zijn.'

'De vraag is dus of zij hem heeft vermoord.'

'Hoe lang is hij al dood?'

'Het is niet vandaag gebeurd, dat kan ik u wel vertellen.'

'Dat kon ik zelf ook zien. Waarom zou iemand Pottinger willen doden? Had hij vijanden?'

'Dat weten we nog niet. We bekijken de verschillende mogelijkheden.'

'Ze zei tegen me dat het huis leegstond. Maar als Pottinger daar nog woonde, waar was het personeel dan? Hij kan dat huis niet in zijn eentje hebben onderhouden. Maar er was niemand toen ik daar aankwam en de elektriciteit was uitgeschakeld. Het huis voelde ook niet echt alsof het werd bewoond. Ik heb wel een lijst gemaakt van allerlei zaken, maar het huis voelde alsof er echt niemand woonde.'

'Gaan we allemaal natrekken.'

'Ik ben dus geschrapt van de lijst met verdachten?'

'Nog niet helemaal, maar het komt in de buurt.' Hij stond op. 'We houden contact.'

'Luister, als u voor deze zaak meer mankracht nodig hebt...'

'Dat is niet de werkwijze van de Virginia State Police, sorry.'

Gibson zette een symbolische stap achteruit. 'Natuurlijk niet.'

Hij keek naar de computers. 'Het zal wel een grotere verandering zijn geweest. Van het veldwerk naar dit.'

'Inderdaad. Toch is moeder worden een veel grote verandering, de grootste misschien wel.'

Hij vertrok en Gibson bleef achter in haar werkkamer en keek naar de beeldschermen van de computers waar haar werkzame leven nu om draaide.

Waar ben ik verdomme in verzeild geraakt?

7

Gibson legde haar telefoon neer na haar gesprek met Zeb Brown. Hij had alles bevestigd wat Sullivan had verteld: er was geen Arlene Robinson en er was geen opdracht van ProEye.

Brown had geen spatje medelijden met Gibson gehad. Integendeel, hij was woedend omdat ze bij hem geen navraag over de opdracht had gedaan, waardoor ze het bedrijf een heleboel ellende en een slechte naam had kunnen besparen. 'We móéten onze reputatie hooghouden,' had hij op bestraffende toon gezegd. 'Dus als zoiets opnieuw gebeurt, bel je me gewoon, oké? Dan kunnen we misschien voorkomen dat we betrokken worden bij zo'n verdomd politieonderzoek. Misschien is het ook beter om vanavond niet op stap te gaan om het succes van die zaak-Larkin te vieren en de tijd te gebruiken om eens goed na te denken.' Hij had de verbinding verbroken voordat ze iets had kunnen zeggen.

Oké, of hij denkt dat ik ontzettend stom ben, of dat ik betrokken ben bij een misdaad. Ik weet niet zeker wat erger is, want ik mág deze baan niet kwijtraken.

Ze gaf haar kinderen te eten, speelde met hen, stopte ze in bad en bracht ze naar bed. Ze droeg nog steeds het broekpak van haar moeder. De taille voelde inderdaad iets ruimer en ze realiseerde zich dat ze die dag alleen dat amandelkoekje had gehad.

Ze ging naar beneden, liep naar de keuken en maakte haar speciale kant-en-klaarversie van macaroni met kaas klaar. Ze at het staande op en spoelde de smaak weg met een glas goedkope merlot.

Ze keek door het raam en zag buiten niets anders dan de koude lenteavond.

Duisternis hier en duisternis daar.

Duisternis tussen mijn oren.

Toen zoemde haar telefoon. Haar zakelijke telefoon. Ze keek naar het scherm. Het was een berichtje.

Kun je praten? AR

Ze liet haar wijnglas bijna vallen en keek toen snel om zich heen om te kijken of niemand haar in de gaten hield.

Ze stuurde een berichtje terug: *Oké*. Ze wachtte.

De telefoon zoemde. Ze nam op.

Dezelfde vrouwenstem vroeg: 'Mag ik het uitleggen?'

'Wat een goed idee!' snauwde Gibson. 'Misschien kun je beginnen met me je echte naam te vertellen.'

'Ze hebben het lijk gevonden, klopt dat?'

'Nee, ík heb het lijk gevonden. Daniel Pottinger. Vermoord. Hoe heb je hem vermoord?'

'Je moet naar je voordeur gaan.'

'Waarom?' vroeg Gibson gespannen. Ze keek automatisch naar boven, waar haar kinderen lagen te slapen.

De vrouw zei: 'Daar ligt een doos met een telefoon erin en daar bel ik over dertig seconden naartoe.' Ze verbrak de verbinding.

Gibson rende naar de wapenkluis, maakte hem open, pakte haar Beretta en stopte er een magazijn in. Ze liep daarna snel naar de voordeur en keek door een van de zijramen naar buiten. Ze woonde in een arbeiderswijk met allemaal vrij identieke huizen van zo'n honderdveertig vierkante meter met een carport of een garage, die bijna allemaal waren gebouwd in de jaren tachtig. In enkele huizen brandde licht en er stonden auto's in de straat. Buiten zag ze niemand. Ze schrok toen ze ergens een hond hoorde blaffen. Ze opende de voordeur heel voorzichtig en zag het doosje op de veranda. Toen de telefoon die erin lag rinkelde, maakte ze het doosje behoedzaam open, liep weer naar binnen en deed de voordeur op slot.

Toen pas barstte ze los: 'Wat is dit voor onzinnig gedoe? Ik zat er helemaal niet op te wachten om bij je achterlijke spelletje te worden betrokken!'

'Het is géén spelletje, maar ik zou me net zo voelen als ik in jouw schoenen stond.'

'Dat kun je gemakkelijk zeggen, want je stáát niet in mijn schoenen. Dankzij jou ben ik bijna ontslagen! Die kans bestaat trouwens nog steeds!'

'Het spijt me, maar laat het me alsjeblieft uitleggen.'

Gibson verdrong haar woede en schoot in de politiestand, wat vooral betekende dat ze luisterde. Dat kon weleens de enige manier zijn om de waarheid te achterhalen. Bovendien was ze ontzettend nieuwsgierig naar wat er echt aan de hand was. Gibson verwachtte natuurlijk dat de vrouw haar allemaal leugens zou vertellen, maar ze was er uitzonderlijk goed in om dingen te traceren. Ze had alleen een aanwijzing nodig, een heel kleine aanwijzing. 'Oké, vertel,' zei ze, iets rustiger nu.

'Ik heb hem niet vermoord en weet ook niet wie dat wel heeft gedaan. Ik weet alleen dat ik hem vond en niet wist wat ik anders moest doen.'

Gibson werd opnieuw woedend en brulde: 'De politie bellen bijvoorbeeld? Heb je daar niet aan gedacht?'

'Die kon ik niet bellen.'

'Het enige wat je hoefde te doen was met je vinger 911 intoetsen. Je had je naam niet hoeven vertellen of een valse naam kunnen opgeven, net zoals je bij mij deed.'

'Ik wilde het niet op die manier doen. Daar had ik mijn redenen voor, goede redenen.'

'Waarom heb je mij bij jouw puinhoop betrokken?'

'Omdat ik van je had gehoord.'

'Waar dan?' vroeg Gibson.

'Van toen je nog bij de politie zat.'

'Dat was in Jersey. Je bent me dus naar Williamsburg gevolgd?'

'Ik had het gevoel dat ik je kon vertrouwen. Ik hoop dat ik dat nog steeds kan...'

'Nou, ik vertrouw jóú niet, aangezien de politie mij nu beschouwt als verdachte voor een moord waarvan ik tot vandaag niet wist dát die was gepleegd.' Ze haalde diep adem om wat rustiger te worden, want met deze agressieve benadering schoot ze niets op. 'Kende je Pottinger?'

'Ja.'

'Waarvan?'

'Hij was heel bekend in Miami. Het verbaasde me dat hij naar zo'n afgelegen plek in Virginia was verhuisd.'

Ze komt dus uit Miami?

'Waarom was je daar?'

'Omdat hij me vroeg hem daar op te zoeken.'

'Waarom?' vroeg Gibson.

'Dat kan ik je niet vertellen.'

'Je zult me álles moeten vertellen als je echt wilt dat ik je vertrouw.'

'Ik kende hem van vroeger. Hij zei dat hij in de problemen zat. Ik ging naar Stormfield om hem te helpen. De voordeur zat niet op slot. Ik ging naar binnen. De muur in de bibliotheek stond open. Daardoor vond ik hem.'

'Was er iemand in huis toen je daar aankwam?' vroeg Gibson.

'Nee, en dat verbaasde me. Dat huis is echt heel groot. Hij moet personeel of zo hebben gehad, maar als die er waren hadden zij hem gevonden.'

'Hoe is hij gestorven?' vroeg Gibson.

'Heeft de politie je dat niet verteld?'

'Nee, dat soort dingen vertellen ze niet aan mensen zoals ik.'

'Ik weet niet hoe hij is gestorven.'

'Je liegt!' snauwde Gibson.

'Niet waar. Ik zag geen wonden.'

Oké, misschien vertelt ze de waarheid, want ik heb ook geen wonden gezien. 'Weet je zeker dat je niemand zag toen je daar was? Of iets hebt gehoord?'

'Nee. Het huis was verlaten. Hij was de enige daar.'

'Heb jij die ventilator daar neergezet, de muur een stukje open laten staan en die vaas op die plank gezet?'

'Ja, ik wilde dat je hem vond.'

'Wie ben je eigenlijk? En hoe wist je al die dingen die je tijdens dat telefoongesprek allemaal zei? Luister je mijn telefoon af? Of die van ProEye?'

'Ik heb gedaan wat ik moest doen om jou over te halen me te helpen,' zei ze ontwijkend.

'Wat wil je precies dat ik doe?'

'Ik dacht dat dat wel duidelijk was. Uitzoeken wie Dan heeft vermoord.'

'Waarom?' vroeg Gibson.

'Dat zei ik net: hij was een vriend van me.'

'Uit Miami?'

'Ja.'

'Waar kende je hem dan van? Zaken? Je klinkt nog niet erg oud. Hij was minstens zeventig, misschien zelfs ouder. Dat was moeilijk te zien doordat hij al begon te ontbinden.'

'We waren vrienden die zaken met elkaar deden. Mijn leeftijd heeft nooit een rol gespeeld.'

'Wat voor zaken?'

'Ik heb het gevoel dat ik word verhoord.'

'Uitstekend, want dat is ook zo.'

'Misschien heb ik een fout gemaakt door jou uit te kiezen.'

Gibson zei: 'Je hebt een fout gemaakt door mij in deze situatie te manoeuvreren. Bovendien moet vertrouwen wederzijds zijn. En ik moet het gevoel hebben dat ik jou kan vertrouwen.'

'Ik heb je alles verteld wat ik je kan vertellen.'

'Ik moet meer weten.'

'Heeft het moederschap je van je detectivevaardigheden beroofd?' vroeg de vrouw.

'Ik vind het helemaal niet prettig dat je zoveel over me weet. En als je zelfs maar in de buurt komt van mij of mijn kinderen...'

'Dat zou ik nooit doen.'

'Jij hebt deze telefoon op mijn veranda gelegd!' brulde Gibson.

'Niet waar. Dat heeft iemand anders voor me gedaan.'

'Dat is hetzelfde. Je bent mijn territorium binnengedrongen, dame.'

De verbinding werd verbroken.

Gibson liep naar de keuken en haalde een kleine gereedschapsdoos uit een la. Het kostte haar vijf minuten om de telefoon uit elkaar te halen en te kijken of er een microfoontje of zendertje in zat. Die zaten er niet in. Ze zette de telefoon weer in elkaar en keek op de app van de voordeurcamera om te zien wie daar was geweest.

Om kwart over negen was er iemand met een capuchon op naar haar huis gelopen, had de telefoon op de voorveranda gelegd en was er vervolgens snel vandoor gegaan. Ze dacht dat het iemand was van ongeveer 1 meter 72 die zo'n zestig kilo woog, maar dat was onzeker door de wijde capuchon. Het kon een lange vrouw of een kleine man zijn geweest.

Ze ging aan de keukentafel zitten en zat een tijdje naar de telefoon te staren. Toen keek ze naar het houten blad van de massieve tafel die ze bij Wayfair had gekocht van de startbonus van ProEye.

Haar leven als gescheiden vrouw met twee jonge kinderen was, tot vandaag, heel voorspelbaar geweest en… veilig. Haar vroegere baan als politieagent was dat absoluut niet geweest. Maar ter wille van haar kinderen had ze dat oude leven niet langer willen leiden en dus was ze iets anders gaan doen. Inmiddels was haar nieuwe leven… saai. En vandaag was ze tegen haar wil in teruggeblazen in haar oude leventje.

Ze stond op, controleerde of alle ramen en deuren op slot zaten en schakelde het alarm in. Ze stopte haar pistool in de wapenkluis, pakte de honkbalknuppel die ze nog had uit haar tijd bij het highschoolsoftbalteam en ging tussen haar kinderen in op de grond liggen. Ze sliep niet echt, want zodra ze een geluidje hoorde deed ze haar ogen wijd open en ging ze op zoek naar mogelijke moordenaars.

Dit begint echt griezelig te worden. Moet ik dit aan Wilson Sullivan vertellen?

Maar als de politie het overnam zou ze helemaal buiten het onderzoek worden gehouden. Bovendien zou Sullivan haar misschien niet eens geloven, zelfs niet als ze hem de telefoon en de camerabeelden liet zien. Als iemand haar gezin bedreigde wilde ze daar alles van weten en ook de kans krijgen er iets aan te doen. Om al die redenen besloot Gibson er voorlopig haar mond over te houden.

Ze schrok de volgende ochtend wakker toen ze iets op haar gezicht voelde. Ze pakte de knuppel en wilde net…

Tommy streek over haar wang. 'Honger, mama.'

Ze knipperde, keek hem aan en toen ze opkeek zag ze dat Darby achter het hekwerk van haar bedje naar haar keek.

'Ik ook, mama,' zei Darby. 'Honger.' Ze wreef over haar buik.

Gibson keek op haar horloge. Het was halfzeven. Ze stond op en drukte haar beide kinderen even stevig tegen zich aan.

Als er iets met hen gebeurt…

Tommy drukte zijn kleine hand tegen de trillende wangen van zijn moeder en keek haar strak aan. 'Oké, mama?'

'Natuurlijk, lieverd, mama is oké. Alles is heel goed.'

Ze verschoonde Darby's luier, hielp Tommy om naar de wc te gaan, waste de kinderen en kleedde hen aan. Ze liepen achter elkaar aan naar beneden, waar ze hun muesli gaf, boter op geroosterd brood smeerde en melk in glazen schonk.

Ze keek naar hen terwijl ze alles opaten, wreef in haar vermoeide ogen, gaapte en sloeg een kop koffie achterover alsof het een glas tequila was. Ze had een oppas die drie dagen per week kwam, zodat ze even rust had en ongestoord kon werken. Dit was gelukkig een van die dagen.

De kinderen vonden Carol Silva echt aardig. Ze was eind twintig, lang en slank, had dik donker haar en glimlachte altijd. Ze bracht altijd spelletjes en puzzels mee en andere dingen waar de kinderen mee konden spelen. Eigenlijk had Gibson niet genoeg geld om haar te betalen, maar ze was elke cent waard.

Toen ze om acht uur binnenkwam en de kinderen van haar overnam, rende Gibson naar boven, douchte twee minuten en ging achter haar computer zitten. Vandaag geen criminele miljardairs. Vandaag zou ze zich alleen bezighouden met de dode Dan Pottinger.

En met de onbekende vrouw aan de telefoon.

8

Daniel Pottinger was een kluizenaar geweest en op internet stond maar weinig informatie over hem. Gibson vond een paar lokale nieuwsartikelen over zijn donaties aan een jeugdcentrum en een tehuis voor oudere veteranen. Maar er waren geen foto's van hem, hij had geen socialmedia-accounts en kennelijk ook geen verleden. De enige verwijzing naar zijn rijkdom was dat hij zich had beziggehouden met detailhandelinvesteringen, wat dat ook maar mocht inhouden.

Gibson ging in Miami op zoek naar Pottinger om te zien of daar misschien bedrijven van hem stonden ingeschreven of dat hij in Miami of in Florida zaken had gedaan. Als de vrouw aan de telefoon de waarheid had verteld, zouden daar bewijzen van te vinden moeten zijn, maar op de gebruikelijke plaatsen vond Gibson die niet.

Dus vinden hun 'zaken' misschien plaats op ongebruikelijke plaatsen. Of misschien...

Gibsons alarmbellen uit haar tijd bij de politie gingen af doordat er helemaal geen echte informatie over de man te vinden was. Misschien moest ze internet dus maar vergeten en aan het echte veldwerk beginnen. Ze dacht aan een mogelijke kans.

Ze trok een van haar bureauladen open en haalde er een leren etui uit waar instrumenten in zaten die ze van haar eigen geld had gekocht toen ze bij de politie van Jersey City werkte.

Ze gaf haar kinderen een kus, zei tegen Silva dat ze over een uur of drie terug was en stapte in haar auto. Deze keer kostte de rit minder tijd, doordat ze wist waar ze naartoe ging. Vlak bij Stormfield nam ze gas terug. Ze wist dat de politie misschien nog aan het werk was op de plaats delict, maar toch kon haar idee slagen.

Ze reed een zijweg in, stapte uit, pakte haar leren etui, stak de weg over en liep ongeveer dertig meter door de berm tot ze de weg bereikte waar Stormfield aan stond. Ze ging langzamer lopen en keek goed of ze ergens politie zag, maar dat was niet zo. Bij het hek stond ook geen politieauto. Ze hadden hun auto's misschien dichter bij het huis gezet, misschien voorbij de bocht. De plaatselijke politie had bovendien veel minder mankracht dan die van de grotere steden.

Gelukkig maar!

Voor de zekerheid liep ze tussen de bomen door tot ze het huis kon zien. Ervoor stond één politieauto en er zat een agent achter het stuur. Ze kon hem niet goed zien vanaf waar ze stond, maar ze dacht dat hij op zijn telefoon keek. Het forensische team was kennelijk al klaar, had Pottingers lichaam meegenomen en had nu hopelijk een paar veelbelovende aanwijzingen.

Gibson zag geen andere auto's. Als Pottinger personeel had gehad, zouden ze nu niet naar binnen mogen, maar ze nam aan dat Sullivan hen al had verhoord of dat binnenkort zou doen.

Ze liep terug naar de brievenbus die gelukkig maar een meter of drie van de weg af stond en werd afgeschermd door een paar grote struiken. Ze keek nog een keer goed links en rechts de weg af en daarna naar het landhuis. De kust was veilig.

Ze opende haar leren etui en haalde daar haar vingerafdruksetje uit: een flacon met vingerafdrukpoeder, een glasvezel kwast, zwart plastic tape en kaartjes. Het had gelukkig niet geregend, want in dat geval had ze een reactiespray moeten gebruiken om eventuele vingerafdrukken zichtbaar te maken. Datzelfde gold voor oneffen of ongelijkmatige oppervlakken. De zijkanten en het deksel van de brievenbus waren echter overwegend vlak en het metaal was niet poreus; ideaal dus voor wat ze wilde doen. Ze depte een beetje van het titaniumdioxidepoeder op met het kwastje, tikte het teveel eraf en scheen met haar zaklamp op de oppervlakken, zodat ze het poeder kon aanbrengen op alle kronkels en cirkels, en op alle verdiepte en verhoogde lijnen.

Het was een geluk dat ze haar carrière bij de politie was begonnen als forensisch onderzoeker. Forensisch bewijs was vaak een doorslaggevende factor bij de veroordeling van criminelen, terwijl gebrek aan bewijs er juist bijna garant voor stond dat schuldigen vrijuit gingen en hun middelvinger konden opsteken tegen iedereen die zich met hun vervolging had beziggehouden.

Gibson bracht het poeder aan op elk oppervlak van de brievenbus, rondom de hendel, op het vlaggetje, op de zijkanten en op elk plekje dat iemand had kunnen aanraken. Ze wist dat de kans groot was dat ze nu ook de vingerafdrukken van de postbode kreeg, maar die kon ze later wel skippen.

Ze vond tien sets geschikte afdrukken. Haar volgende stap was het veiligstellen van de afdrukken op tape. Ze bepaalde een vast punt, legde de tape op de eerste afdruk en streek de luchtbelletjes eronder weg. Datzelfde deed ze met alle afdrukken, waaronder een fraaie afdruk van een handpalm op de zijkant van de brievenbus. Daar had iemand met de hand op gesteund, misschien om houvast te hebben terwijl hij of zij een zwaar pakket uit de brievenbus haalde. Gibson keek ondertussen goed om zich heen om te zien of er iemand aankwam. Ze wist dat ze een risico nam en grote problemen zou krijgen als de politie eraan kwam of als de dienstdoende agent besloot ergens een kop koffie te gaan halen. Toch maakte ze zich geen zorgen, want ze zou het horen als er een auto aankwam en kon zich dan verstoppen in de hoop dat degene die voorbijkwam het vingerafdrukpoeder op de brievenbus niet zou zien.

Gibson bracht elke afdruk over op haar transparante kaartjes. Toen ze klaar was veegde ze het poeder eraf met water uit een spuitbus en een doekje uit haar etui. Ze vond zelf dat ze geen bewijzen vernietigde. De politie zou in het huis een heleboel afdrukken hebben gevonden en kon nog altijd afdrukken van de dode man nemen. Gibson was ervan overtuigd dat ze dat al hadden gedaan, hoewel ze hem voorlopig hadden geïdentificeerd als Daniel Pottinger. Maar ze wist dat dat nog niet definitief was. Daarom was ze hier nu dus. Omdat Pottingers achtergrond, of juist de afwezigheid daarvan, heel duidelijk maakte dat hij om de een of andere reden probeerde zijn echte identiteit geheim te houden.

Ze liep terug naar haar auto en reed weg. Opeens voelde ze dat haar hart heel snel klopte en haar wangen rood waren. Allemaal goede dingen. Dit was misschien wel het opwindendste wat ze had meegemaakt sinds ze als straatagent een vermoedelijke verkrachter had achtervolgd en hem in een steeg achter een Walmart in de Garden State had getackeld. En toen hij probeerde haar aan te vallen, waren een knietje in zijn kruis en een klap met haar vlakke hand op zijn neus heel bevredigend geweest.

Weer thuis maakte ze met de camera van haar telefoon foto's van elk kaartje en belde een vriendin die nog altijd bij de New Jersey State Police werkte. Ze vroeg of ze de vingerafdrukken door verschillende databases wilde halen, en zo nodig ook door het NGI-systeem, de vervanger van de IAFIS-vingerafdrukdatabase van de FBI, waar zelfs palmafdrukken, irisscans en gezichtsherkenning in zaten.

'Waar is dit voor, Mick?' vroeg haar vriendin.

'Het is iets persoonlijks, Kate, maar ik móét de identiteit van iemand zien te achterhalen.'

'Waar heb je die afdrukken gemaakt?'

'Op een brievenbus.'

'Is dat wel legaal?'

'Zeker weten, openbare ruimte,' zei Gibson, hoewel ze dat eigenlijk niet zeker wist.

'Ik zal kijken wat ik kan doen,' antwoordde Kate. 'Hoe gaat het met de kinderen?'

'Schatjes, vooral als ze niet over me heen kotsen.'

Kate, moeder van vier kinderen, schoot in de lach en was nu misschien nog gemotiveerder om de afdrukken voor Gibson na te trekken.

Even later zoemde de telefoon die iemand op haar veranda had gelegd.

9

'Kun je nu wél rustig praten?' vroeg de vrouw.

'De vorige keer praatte ik rustig, maar toen verbrak jij de verbinding,' zei Gibson lichtelijk geïrriteerd. 'Maar ik kan nu inderdáád rustig praten én luisteren naar wat jij te zeggen hebt.'

'Goed. Weet de politie al wat de doodsoorzaak was?'

'Nogmaals, er is geen enkele reden waarom ze mij dat zouden vertellen. Sterker nog, ik heb het gevraagd en ze weigerden me antwoord te geven.'

'Kun je het opnieuw vragen?'

'Waarom?'

'Dat zou van cruciaal belang kunnen zijn. Het zou informatie kunnen opleveren, een aanwijzing. Agenten houden toch van aanwijzingen, of niet soms?'

'Oké, ik zal zien wat ik kan doen.'

'Heb je de plaatselijke politie iets over me verteld?'

'Nee, dat hou ik voorlopig voor me.'

'Goed, want dat zou de zaak onnodig kunnen compliceren.'

'Het is al gecompliceerd genoeg. Je had het over Miami en over zaken. Kun je me nog meer vertellen? Ik moet meer weten als ik vooruitgang wil boeken. Jij wilt dat ik jou help, dus moet jij mij helpen. Dat begrijp je hoop ik wel.'

'Je bent ontzettend manipulatief,' zei de vrouw.

Gibson had het liefst gegild: *Ik ben manipulatief?* Maar ze zei: 'Ach, ik was nu eenmaal politieagent. Maar ik heb wat informatie nodig, anders kan ik niets.'

'Wat wil je weten?'

'Ten eerste, is Daniel Pottinger zijn echte naam?'

'Waarom vraag je dat?'

'Omdat er op internet helemaal niets over hem te vinden is. Alleen dingen die mogelijk gefingeerd zijn.'

'Niet iedereen legt zijn ziel helemaal bloot op internet.'

'Dat hoef je mij niet te vertellen, maar je hebt mijn vraag nog steeds niet beantwoord.'

'Dan was gesloten,' zei ze behoedzaam. 'Hij vond het niet prettig als mensen wisten wat hij deed.'

'Dus had hij misschien een valse identiteit?'

'Ik kende hem alleen als Dan Pottinger. Als hij een andere identiteit had was dat voor mijn tijd.'

'Oké, was je samen met hem in Miami?'

'Een tijdje.'

'Hoe lang is dat geleden?'

'Jaren.'

'Hoe lang hebben jullie samengewerkt?' vroeg Gibson.

'Niet lang genoeg. Hij heeft me veel geleerd.'

'Wanneer hoorde je dat hij naar Virginia was verhuisd en Stormfield had gekocht?'

'Kortgeleden. Zoals ik je al vertelde nam hij contact met me op. Hij vroeg of ik hem daar wilde bezoeken. Was ik maar eerder geweest dan zijn moordenaar.'

Dat zeg je vooral uit eigenbelang.

'Hoe lang was het geleden dat je iets van hem had gehoord?'

'Waarom is dat belangrijk?'

'Ik probeer alleen de basale feiten en het tijdpad te achterhalen.'

'Wat jij moet achterhalen is hóé hij is gestorven.'

'Maar de politie zal me alleen meer vertellen als ik hun iets kan vertellen.'

'Daar had ik niet aan gedacht.'

'Geen probleem. Samen komen we er wel,' zei Gibson bemoedigend.

'Onze belangen komen waarschijnlijk niet helemaal overeen.'

'Dat heeft mensen er nooit van weerhouden om samen te werken. En jíj nam contact op met mij. Kun je me ten minste een aanwijzing geven over de zaken die jullie deden?'

Opnieuw werd de verbinding verbroken.

Impulsief smeet Gibson de telefoon weg, maar ze rende er meteen weer naartoe, raapte hem op en drukte op de herhaalknop. De telefoon ging over en bleef overgaan, zodat ze na een tijdje de verbinding verbrak.

Die avond, nadat Silva was vertrokken, werd Gibson weer moeder. Ze maakte het avondeten klaar voor de kinderen en daarna speelden ze nog ongeveer een uur in de woonkamer. Dat betekende meestal dat Gibson hen op haar rug liet rijden, wat niet echt fijn was voor haar ruggenwervel, hun voorlas of samen met hen een bal overgooide. Ze probeerde Tommy te leren hoe hij met een basketbal moest dribbelen, maar daar was zijn coördinatie nog niet voldoende voor ontwikkeld. Tommy had ook een speelgoedcomputer waar hij graag op sloeg terwijl zijn zus smeekte of ze dat ook mocht doen. Tommy maakte domme grapjes en zei dingen waar Darby vreselijk om moest lachen, waardoor Gibson ook in de lach schoot. Dit was het fijnste facet van het moederschap: gewoon tijd met haar kinderen doorbrengen. Geen afspraken, geen dingen die ze moest doen, geen projectielbraken, geen tranen, gewoon... plezier maken.

Dan komen hun tienerjaren en ben ik niet langer hun vriendin, maar hun moeder en moet ik de regels bepalen.

Gibson dacht aan de stomme dingen die zij zelf had gedaan als tiener, waardoor haar ouders gek werden van ongerustheid en haar vader vroegtijdig grijs was geworden – dat was tenminste het verhaal. Ze keek naar haar eigen kinderen. *Rustig aan, word niet te snel groot. Ik wil op mijn dertigste nog niet grijs zijn.*

Ze bracht hen naar bed nadat ze hun een verhaal had voorgelezen over een vriendelijk boerderijdier dat haar vriendjes hielp om uit de problemen te komen.

Ik zou ook wel zo'n vriendin kunnen gebruiken.

Gibson sloot het boek en zette het op de boekenplank.

Ze deed het licht uit en wilde hun kamer verlaten, maar bleef bij de deur staan. Het licht van de maan viel op haar slapende kinderen. Dat was een perfect beeld van vrede en veiligheid in een imperfecte en vaak gewelddadige wereld.

De dode Daniel Pottinger in zijn geheime kamer.

De geheimzinnige vrouw aan de telefoon.

Haar eigen betrokkenheid bij iets wat ze niet kon begrijpen.

Ze had het gevoel dat ze weer een klein meisje was, alleen en bang voor onzichtbare gevaren die op haar loerden. Als single vrouw en als agent had ze zich opgewassen gevoeld tegen van alles en nog wat. Maar nu ze moeder was van twee kleine kinderen, niet langer fit was en haar jaren bij de politie achter haar lagen, voelde ze zich klein en onzeker en kwetsbaar.

Beneden belde ze haar vader.

Rick Rogers nam al op toen de telefoon nog maar twee keer was overgegaan. Hij zei met zijn gebruikelijke norse stem: 'Ik vroeg me al af wanneer je me zou bellen, Mick.'

'Waarom?'

'Je moeder vertelde me dat een rechercheur van de politie bij je thuis was met wie je iets moest bespreken. En daarvóór liet je haar van het ene op het andere moment naar je huis komen om op te passen. Wat is er aan de hand?'

Gibson vertelde hem over het telefoontje van Arlene Robinson, de rit naar Stormfield, de ontdekking van de dode Pottinger, haar gesprek met rechercheur Wilson Sullivan en de onthulling dat ze was bedrogen door diezelfde Arlene Robinson.

'En nu belt ze me op die telefoon die zij of iemand anders op mijn voorveranda heeft gelegd.'

'Je moet die Sullivan echt alles over die telefoongesprekken vertellen, kindje.'

'Als ik Sullivan achter haar aan stuur verlies ik misschien de enige kans die ik heb om deze zaak op te lossen.'

'Ten eerste is het niet jóúw werk om die zaak op te lossen. Je bent geen agent meer. En ten tweede heb je twee kleine kinderen die afhankelijk van je zijn. Laat de mensen met een badge en een pistool dit dus maar afhandelen en hou jij je maar weer bezig met dat nerdy computergedoe van je.'

Gibson werd rood door de manier waarop hij die laatste zin uitsprak. Haar vader had altijd de meeste kritiek op haar ex-man gehad en had zijn dochter keer op keer verteld dat de man een hufter was en dat ze nooit, maar dan ook nooit moest overwegen met hem te trouwen.

En ik heb niet naar hem geluisterd. Ik koos partij voor de man die uiteindelijk mijn hart brak.

Ze wist dat dit haar vader diep had gekwetst, omdat ze altijd een nauwe band met elkaar hadden gehad. Ze wist niet of dit kwam doordat ze zijn eerste kind was of doordat ze bijna dezelfde persoonlijkheid hadden. Iedereen zei altijd dat ze precies op hem leek. In haar jeugd had ze haar vader veel vaker dan haar moeder in vertrouwen genomen en hem dingen verteld die intiem waren en soms gênant. En haar vader had haar nooit iets kwalijk genomen en haar vertrouwen nooit beschaamd. Als agent had hij ongetwijfeld veel ergere dingen gezien en hij wist hoe imperfect de wereld en de mensen waren. En het moest gezegd worden: nadat was gebleken dat hij gelijk had gehad over haar ex, had hij nooit gezegd: *ik zei het toch.* Nee, hij uitte zijn kritiek op een subtielere manier.

Maar tijdens dit gesprek vroeg ze zich af of hij het haar kwalijk nam dat ze ontslag had genomen bij de politie en nu feitelijk een computernerd was die op internet op jacht ging naar een prooi.

'Ik weet dat dat veel verstandiger is,' zei ze. 'En ik hoop dat je weet dat ik mijn kinderen nooit in gevaar zou brengen.'

'Dus dan ga je doen wat ik je aanraad te doen?'

'Ik ga deze zaak niet actief onderzoeken, maar ik wil even afwachten, kijken hoe de zaak zich ontwikkelt.'

'De manier waarop die zaak zich ontwikkelt zal je misschien niet bevallen. Deze vrouw klinkt manipulatief en gehaaid. Ik heb een paar jaar bij de fraudeafdeling gewerkt en daar walgde ik van mijn medemensen. Van de mensen die fraude pleegden én van de mensen die, ondanks alle bewijzen van het tegendeel, weigerden te accepteren dat ze waren bedrogen.'

Zoals ik met mijn ex. Ze vroeg zich af of dit ook een subtiele steek onder water van hem was. 'Dat weet ik, papa. En als het dreigt mis te lopen, ga ik naar de politie. Dat beloof ik.'

'Ik zal heel duidelijk zijn: mijn advies is om nú naar de politie te gaan.'

'Oké, oké. Hé, ik heb een paar vingerafdrukken die volgens mij van Pottinger zijn.'

'Waarom?'

'Omdat ik denk dat dat zijn echte naam niet was. Ik wil graag weten wie hij echt was.'

'Hoe kun je die door het systeem halen? Via het bedrijf waar je voor werkt?'

'Nee, via iemand die ik nog van vroeger ken.'

'Ik dacht dat je net zei dat je deze zaak niet actief zou onderzoeken?'

'Vingerafdrukken natrekken is niet echt actief.'

'Nee hoor, echt niet…'

Ze maakten een einde aan het gesprek, waarna Gibson langzaam haar telefoon neerlegde.

Hij heeft gelijk. Ik moet hiermee kappen, nu meteen.

Maar ze wisten waar ze woonde. Ze waren op haar voorveranda geweest.

Kan ik het wel maken om de zaak over te dragen?

En toen ging de andere telefoon.

10

De kamer was donker, waar zij de voorkeur aan gaf. Licht was onthullend, natuurlijk, en maakte ook te veel zichtbaar wat waar kon zijn.

Ze had de wegwerptelefoon aan de audiofunctie van de computer gekoppeld. Ze hield nooit een telefoon tegen haar oor. Ze wilde afstand, een buffer, niets echt heel dichtbij.

Ze staarde naar het computerscherm waar zes video's verschillende locaties lieten zien die ze in de gaten moest houden, waaronder het huis van Gibson.

Op het scherm zaten post-its met nuttige, bemoedigende woorden, zoals: *Je kunt dit. Let op de details, dan wordt het grote plan een voldongen feit.* En deze vond ze het mooist: *Niemand zal ooit weten wie je bent.*

Ze maakte zich klaar.

'Neem me niet kwalijk dat ik ons telefoongesprek afbrak,' zei ze op dezelfde afgemeten toon en met dezelfde stem die ze vanaf de eerste dag bij Gibson had gebruikt. Dat was cruciaal.

Gibson zei: 'Dat is ongelofelijk frustrerend, vooral als ik probeer overeenstemming met je te bereiken.'

Ze had met een betrouwbare trackingapp die ze vaak gebruikte gekeken welke telefoongesprekken Gibson had gevoerd. Tien minuten geleden had Gibson het nummer van haar ouders gebeld. Waarschijnlijk had ze haar vader gesproken, de ex-agent, om advies te vragen over hoe ze de problemen waar ze in verzeild was geraakt moest hanteren.

Privacy bestaat niet meer, behalve voor mensen zoals ik die hun ogen en oren openhouden.

'Dat begrijp ik wel, Mick.'

'Noem me niet zo! Dat is voorbehouden aan vrienden en zover zijn wij nog niet.'

Geef haar gelijk om aan die overeenstemming te werken en redelijk te lijken. 'Dat begrijp ik wel, Mickey, of moet ik mevrouw Gibson zeggen?'

'Mickey is goed. En hoe heet jij?'

'Noem me maar Arlene.'

'Je houdt dus vast aan je valse naam?'

Gebruik haar eigen woorden tegen haar. 'Zoals je net zei, zijn we nog niet zover, Mickey.'

'Goed, wat voor zaken deden jij en Pottinger?'

'De zaken die *híj* deed waren niet legaal, maar de zaken waar hij en ik bij betrokken waren wel.'

'Waarom ben je dan zo bang voor de politie?'

'Ik heb helemaal niet gezegd dat ik bang ben voor de politie, of wel soms?'

'Volgens mij wel.'

Ze fronste en schreef in haar notitieboekje: *nakijken.* 'Als dat echt zo is, heb ik me verkeerd uitgedrukt. Hier zijn anderen bij betrokken voor wie iedereen met een beetje gezond verstand bang zou moeten zijn.'

'Laten we ons voorlopig maar beperken tot Pottinger en zijn zaken.'

Ze keek naar de verstelbare spiegel naast haar computer en verwisselde haar donkere pruik voor een blonde. 'Oké, goed plan.'

'Oké,' zei Gibson.

Ze speelde met haar pruik en liet een paar strengen voor haar ogen dansen waardoor ze heel mysterieus leek. Ze deed felrode lippenstift op haar lippen. Je uiterlijk veranderde het meest door subtiele dingen, en kleur was een van de belangrijkste. Net zoals je houding, je stem, je blik, je manier van lopen – een lange lijst, maar toch bedacht ze elke keer nieuwe toevoegingen.

Een volkomen transformatie. Waarom zou je je hele leven een en dezelfde persoon blijven als je... iedereen kunt zijn?

'Wat wil je weten?' vroeg ze terwijl ze haar nieuwe uiterlijk bijwerkte en wat highlights aanbracht op haar jukbeenderen en kaaklijn. Ze richtte een penlight op haar gezicht en controleerde haar spiegelbeeld.

'Wat illegaal was aan zijn zaken.'

Ze keek naar een post-it. *Begin langzaam en bouw het op. Stukje bij beetje. Maak ze begerig.* 'Het was meer dan één ding. En daarna was het ingewikkeld. Heel ingewikkeld.'

Ze keek naar een ander briefje. *Haal jezelf omlaag en stel je kwetsbaar op om medeleven op te wekken en daardoor een band op te bouwen.* 'Weet je, ik kan niet zeggen dat ik het helemaal begrijp. Als je het echt wilt weten, ik begrijp er helemaal niets van. En ik kan het beeld van Dan zoals hij dood in die stoel zat maar niet uit mijn hoofd krijgen en slaap niet best sinds ik hem zo heb gezien.'

Gibson zei: 'Dat was inderdaad heel naar, terwijl ik daar toch enige ervaring mee heb.'

'Ik dus niet, tot nu toe dan.'

Ze keek naar een ander briefje. *Verwijs naar God om te laten zien dat je serieus en oprecht bent.* 'En mijn god, ik hoop dat ik dat nooit meer meemaak.'

'Dat geloof ik meteen.'

Dank je wel, God, wat je ook bent.

Ze verwisselde haar pruik voor een roodbruine. Die paste beter bij de highlights, maar vloekte met de lippenstift. Ze veegde de rode lippenstift eraf en pakte een subtielere kleur. Haar eigen moeder zou haar niet eens herkennen. Maar ja, die had haar nooit gekend, niet echt tenminste.

'Goed, terug naar Pottingers zaken,' zei Gibson.

'Sommige zaken waren de gebruikelijke dingen, zoals drugs, prostitutie, mensenhandel, pornografie. Daar zit het grote geld. De duistere wereld draait op mannen en hun geld.'

'Je zei "sommige zaken". Er zijn er dus meer?'

Ze las de lijst voor die in haar notitieboekje stond: 'Diefstal van historische objecten uit het Midden-Oosten. Handel in ivoor uit Afrika. Import van vinnen van met uitsterven bedreigde haaien uit Japan.' Ze stopte. 'Wil je meer horen?'

'Ja, waarom niet,' zei Gibson laconiek.

Juist. Wauw, ik vraag me af wat je nu gaat zeggen. 'Oké, hij was ook betrokken bij illegale handel in biomedische wapens uit de Krim en het witwassen van geld voor terroristen in Soedan.'

Gibson gromde: 'Waarom zeg je niet ook kernwapens, de pest en namaak-Gucci-tassen?'

Precies wat ik verwachtte. 'Je gelooft me dus niet?'

'Eén man die zich met al die verschillende criminele activiteiten bezighield?'

'Hoe kon hij Stormfield kopen, denk je? En hij bezat waarschijnlijk nog zeker tien van dat soort panden. Kom op, je vroeg me jou te vertellen wat ik weet en dan geloof je me niet? Zo komen we nergens.'

'Hoe weet je dit allemaal?' vroeg Gibson.

'Als ik zaken met iemand ga doen, probeer ik zo veel mogelijk over die persoon te weten te komen.'

'Als je dat allemaal over die Pottinger hebt ontdekt, waarom heeft hij je dan in leven gelaten?'

'Simpel, omdat hij niet wist dát ik dat allemaal had ontdekt. Ik laat nooit sporen achter. Ik heb het allemaal digitaal gedaan. Net zoals jij doet met jouw werk, Mickey.'

Ze luisterde naar Gibsons ademhaling. Gelijkmatig, maar iets versneld. *Ze denkt na over de juiste reactie, hoewel ze weet dat die er waarschijnlijk niet is.*

Ze bracht eyeliner aan en bekeek het effect. *Ja, veel beter. Met dit uiterlijk kan ik iedereen voor de gek houden.*

'Ben je er nog?' vroeg ze.

Gibson zei: 'En hoewel je dit allemaal wist over hem besloot je toch om zaken met hem te doen. Wat zegt dat over jou?'

Oké, dit was precies wat ik verwachtte en tot nu toe was haar reactie niet echt bijzonder. Haar respect voor Gibson werd iets minder. *Maar ja, ik ben nu eenmaal beter dan jij en dat ga ik bewijzen ook.* 'Dat ik zaken goed kan scheiden. Zoals wij allemaal doen. Zoals jíj doet.'

'Ik doe geen zaken met criminelen.'

'Zelfs niet toen je undercover werkte in Jersey City? Daar trok je op met echt uitschot en heb je een paar discutabele, bijna illegale dingen gedaan.'

'Ik zal je niet vragen hoe je dat weet, hoewel ik dat het liefst wel zou doen. Dat hoorde bij mijn werk en het doel ervan was criminelen oppakken, niet geld verdienen.'

Gespannen als een veer. Meteen erbovenop. 'En jij gaat er gewoon van uit dat mijn doelen anders zijn?'

'Zijn ze dat?'

'Misschien wil ik alleen maar criminelen oppakken, net zoals jij deed toen je nog agent was.'

'Zeg je dat jij agent bent?'

'Moet je agent zijn om criminelen op te pakken?'

'Verklikker dan? Of een mol die samenwerkt met de politie?'

Ze keek naar haar notitieboekje en overwoog een paar opties. *Breng haar van haar stuk door de rol van psycholoog aan te nemen.* 'En hoe voel jij je daardoor?'

'Wat heeft dat verdomme te betekenen?' snauwde Gibson.

'Voel je je daardoor beter op je gemak bij me? Doordat we aan dezelfde kant staan?'

'Dat weet ik helemaal niet.'

'Nog niet. Maar zover kan het wel komen, toch?'

'Hangt ervan af. Met wie werk jij samen?'

'Heb je dat toen jij nog undercover werkte ooit verteld aan iemand die je niet kende?' Ze zette een sterretje in een vakje naast een aantal doelen in haar notitieboekje. *Oké, ze heeft onbewust geaccepteerd dat ik ben wat ik zeg te zijn.*

'Volgens mij is deze situatie een beetje anders, of niet soms?'

Ze keek naar de klok op haar computer en glimlachte. *Geweldige overgang, want ik heb een andere afspraak.* 'Integendeel, volgens mij hebben we een heleboel bereikt tijdens dit gesprek. Dan hebben we iets om de volgende keer op voort te borduren.'

'Je hebt me helemaal niets verteld!'

'Natuurlijk wel, Mickey. Ik zal het even op een rijtje zetten voor je. Pottinger was een crimineel die wereldwijd werkte. Ik ben erin geslaagd dat te ontdekken. Er zijn mensen die mij willen vermoorden. Waarschijnlijk dezelfde mensen die Pottinger hebben vermoord. Ik weet dat je sceptisch was door de verscheidenheid van zijn illegale activiteiten, maar ik kan je verzekeren dat ik je nog lang niet alles heb verteld. Nu heb je een paar dingen die je kunt natrekken.'

'Het zou me veel helpen als ik zijn echte naam had.'

Geef haar een compliment. 'Ik ben ervan overtuigd dat je die kunt achterhalen, met al jouw vaardigheden en ervaring. Ik heb je hier niet bij betrokken omdat je een tweedeklasonderzoeker bent, Mickey.'

'Ik héb al een paar stappen gezet.'

'Uitstekend. En wie weet mag ik je binnen niet al te lange tijd Mick noemen.'

Maak het haar de volgende keer niet zo gemakkelijk. Mensen groeien als ze worden uitgedaagd en ik ben geen uitzondering.

Ze verbrak de verbinding en maakte zich verder op. Daarna stond ze op. Ze trok haar badjas uit. Nu was ze naakt. Ze trok een push-upbeha, een string en een strak zwart jurkje aan, en completeerde haar outfit met donkere kousen en tien centimeter hoge hakken.

Ze controleerde haar uiterlijk in een passpiegel. Dit was goed. Nee, beter dan goed. Ze was niet knap. Ze was zelfs beter dan dat. *Ik kan iedereen alles wijsmaken met mijn middelmatige uiterlijk en mijn lange, slanke en ranke lichaam doordat ik zelfvertrouwen uitstraal, nooit opgeef en een zaal beter kan bespelen dan wie ook. En zeg nou zelf, meer dan dat heeft niemand toch nodig? Verdomme, met de juiste eyeliner kan ik de hele wereld naar mijn hand zetten.*

Ze liep naar haar bureau en keek naar het geopende notitieboekje. Ze deed het dicht, zodat het etiket te zien was waarop ze had geschreven: MICKEY GIBSON EN HET PLAN. Het boekje lag naast zes andere notitieboekjes met hun eigen geheime wereld erin.

Ze had niet echt een dwangneurose. Nog niet. Maar dat was waarschijnlijk slechts een kwestie van tijd.

Maar ja, wat zou ik anders kunnen verwachten, met mijn verleden? Ik trek muren op om mijn kwelgeest zo lang mogelijk bij me vandaan te houden.

Ze pakte een schouderdoek en de grote schoudertas die ze al had ingepakt en vertrok.

Naar haar werk.

11

De taxi zette haar af op de hoek van een grote doorgaande weg in de wijk Georgetown in Washington D.C., die straalde en vol mogelijkheden leek.

'Clarisse!' De vrouw die naar haar toe liep had een volle boezem, was lang en hip, en gekleed voor een bepaalde vorm van succes bij een bepaald type man.

Clarisse draaide zich om met een glimlach om haar lippen. *Druk op START en vermaak je.* 'Angie! Hoe lang stond je al te wachten?'

'Al eeuwen, tien minuten dus. Meid, we moeten aan het werk.'

'Inderdaad.'

Ze begonnen in M Street. Daar was een overvloed aan geld en machtige mensen, wat de enige reden was dat de beide vrouwen daar rondliepen.

Ze liepen de lobby van het hotel in, leken op gasten maar vielen net genoeg op om ervoor te zorgen dat bezadigde mannen naar hen keken. D.C. was New York niet en zeker L.A. niet. Donker en conservatief waren hier nog altijd in de mode. Maar iets wat anders en charmant was werd wel gewaardeerd, en alles wat de vrouwen droegen hadden ze met zorg uitgekozen, om wél meer aandacht, maar géén onderzoekende blikken te trekken.

Angie drukte op het liftknopje en ze namen de lift naar de vierde verdieping. 'Kamer 412,' zei Angie, nu niet met de luide stem van eerder, maar zakelijk en geconcentreerd.

'De senator van Washington,' fluisterde Clarisse.

'De man is 1 meter en 67 centimeter en meet ergens anders nóg een zielige twaalf extra centimeters. Maar dat is prima, want hij verbeeldt zich dat hij LeBron James is met een stevige knuppel in zijn broek.' Verder gingen Angies grapjes over dit soort dingen niet.

Toch fronste Clarisse. *Influencermodus.* 'Later is er tijd voor spelletjes, Angie. We hebben weinig tijd. Je bent een professional. Je weet hoe het is.'

'Ja, dat weet ik.'

Angie opende de deur van kamer 410 met een sleutel en liet Clarisse naar binnen gaan. Clarisse nam Angies handtas aan en hoorde even later dat Angie de deur van kamer 412 openmaakte.

Clarisse opende haar kleine laptop en koppelde hem aan de hotspot van haar superbeveiligde *fortress*-telefoon, zoals ze het graag noemde. Geen belachelijk onveilige wifi voor deze missie. Ze verbond een draadloze camera aan haar computer, startte een programma en zei in de computer: 'Heb je ontvangst, Angie?'

'Luid en duidelijk.'

Nu de communicatielijn was geopend haalde Angie haar microfoontje, dat zo diep in haar oor zat dat het wel onzichtbaar maar niet ontraceerbaar was, uit haar oor en stopte het in een klein loden doosje dat ze op haar lichaam had gedragen. Dat doosje zou ze in de badkamer in de douchekop verbergen. Pas nadat de kamer was onderzocht op elektronica zou ze, misschien al voordat de senator er was maar in elk geval voordat de show begon, naar de wc gaan. In deze intieme situatie zou geen enkele man een vrouw tegenhouden om dat te doen. Daar zou ze het oortje weer indoen en de verbinding opnieuw tot stand brengen.

Het plaatsen van de minuscule camera zou moeten wachten tot na de elektronische check, waar de bodyguards van de senator te veel vertrouwen in hadden. In hun plaats zou Clarisse de kamers aan weerszijden hebben gehuurd en daar vertrouwde mensen hebben neergezet, maar daar was de senator kennelijk te gierig of te dom voor.

Clarisse bereidde zich voor toen ze de voetstappen van de plichtsgetrouwe en sullige bodyguards hoorde. Die mannen verdienden een middelmatig salaris en waren niet van plan hun eigen leven op te offeren. De misdaadsyndicaten deden dat veel beter. Als je het daar verklootte, werd je aan de haaien gevoerd. Als je het hier verklootte, ging je gewoon voor de overheid werken.

Ze hoorde gemompel in de kamer ernaast.

De digitale check duurde vijf minuten, terwijl ze zich voorstelde dat Angie geduldig op het bed zat te wachten en volgens de instructie oogcontact met de mannen vermeed. Het waren altijd mannen. Als er een vrouw bij de bodyguards zat kregen mensen als Clarisse het benauwd. Mannen hadden geen idee van alles wat met vrouwen te maken had. En haar hele businessplan was gebaseerd op dat ene principe.

De bodyguards vertrokken en één man bleef voor de deur op wacht staan. Zo deden ze het altijd. Eén man had de mazzel dat hij het pleziertje mocht horen.

Toen Angie de tussendeur op een kiertje opende, zag ze Clarisse die hetzelfde met haar deur had gedaan. Clarisse bevestigde de minuscule camera aan de rand van Angies deur met zelfklevend klittenband, waarvan het silhouet niet opviel op het donkere hout van de deur.

'Oké, nu schakel ik de microfoon in,' fluisterde Angie.

Beide vrouwen deden hun deur dicht en deden ze op slot.

Clarisse liep terug naar haar computer en zag dat Angie in de badkamer verdween en een minuut later terugkwam met de microfoon in haar oor. Haar kleine witte nachthemd dat ze onder haar jurk had gedragen was in de hele kamer te zien.

Even later werd er op de deur geklopt en deed Angie open.

Senator Wright beende naar binnen. De man had te veel minpunten om op te sommen: hij was zeker tien centimeter kleiner dan Angie op blote voeten, hij was kwabbig en kaal, maar ook de op een na rijkste politicus op Capitol Hill. Bovendien had hij zijn hele vermogen geërfd. In de jaren vijftig had zijn opa een nieuw soort ruitenwissermotortje uitgevonden en de royalty's goed geïnvesteerd, waardoor zijn nakomelingen lui en rijk, en daardoor onuitstaanbaar waren.

De echtgenote van de senator, een narrige vrouw die aan Princeton had gestudeerd en haar eigen trustfonds had, begreep hem niet – dat vertelde hij tenminste tegen vrouwen zoals Angie. Datzelfde gold kennelijk voor zijn drie kinderen.

Hij glimlachte, sloeg zijn armen om haar heen, liet zijn handen naar beneden glijden en tilde haar nachtpon op. 'Ik hou van stevige billen,' zei hij. Hij keek haar aan met dezelfde glimlach die hij tijdens verkiezingscampagnes op zijn gezicht plakte en waarschijnlijk maanden achter elkaar in de spiegel had geoefend. 'En ik moet zeggen dat jij hebt waar ik van hou.'

Clarisse kon niets zeggen zonder het gevaar dat de senator haar stem via het oortje kon horen. Maar zij en Angie hadden een andere manier bedacht om met elkaar te communiceren. Clarisse tikte twee keer op haar microfoontje, waarmee ze aangaf dat Angie de zin moest uitspreken die ze hadden geoefend.

Angie zei buiten adem: 'Vanavond zal ik je beste vriendin zijn.'

'O, dat kan ik wel zien, schatje.'

Eén tikje.

'Maar dit blijft ons geheimpje, oké?' vroeg Angie.

'Hoe bedoel je?'

Drie tikjes.

'Ik ben getrouwd.'

Hij glimlachte. 'Perfect. Die man heeft geluk.'

'En vanavond heb ik geluk.'

Tot zover hun gesprek. Daarna volgde een worsteling op het bed, een energieke zo niet heroïsche strijd. Clarisse had het beter en slechter meegemaakt.

Het snakken naar adem, het gekreun, het gepiep van de getergde boxsprings. Het nerveuze gegrinnik van de eenzame bodyguard voor de deur.

Morgen lach je niet meer. Morgen ben je je baan kwijt.

Clarisse volgde alles nu op de automatische piloot. Angie wist hoe ze de man moest misleiden. Op de een of andere manier wist ze precies wanneer hij op het punt stond klaar te komen en ze stelde het uit, liet de man even bijkomen, waardoor de filmopname iets langer duurde. Want hoe meer opnamen ze hadden, hoe meer de mannen bereid waren te betalen.

Clarisse haalde een ander notitieboekje uit haar tas en noteerde haar ideeën over een ander project, terwijl ze de geluiden uit de kamer ernaast wegfilterde.

Later, toen het stel klaar was, waste de senator zich en vertrok. Hij liet een uitgeputte (dacht hij) en slapende (hoopte hij) en seksueel volkomen bevredigde (dat wist hij zeker) Angie achter op het bed, naakt, maar met een dikke stapel bankbiljetten op het nachtkastje.

O, maar dit gaat je echt veel meer kosten dan dat, dacht Clarisse.

Tien seconden nadat de deur achter de man dicht was gegaan, keek Clarisse door het kijkgaatje in haar deur en tikte het 'alles veilig'-teken op de microfoon. Ze kon op het beeldscherm zien dat Angie opstond, zich waste, haar kleren aantrok en daarna alles in de kamer wat ze heel misschien had aangeraakt systematisch schoonmaakte. Aan vingerafdrukken kon ze iets doen, aan DNA niet echt, maar DNA werd waarschijnlijk niet belangrijk, vooral niet nadat een kamermeisje de kamer had schoongemaakt. En Angie zat in geen enkele database, zodat DNA helemaal niet belangrijk was.

Clarisse had handschoenen gedragen, want haar vingerafdrukken zaten wél in allerlei databases.

Later klopte Angie op de tussendeur, waarna ze werd binnengelaten in kamer 410.

Clarisse had alle apparatuur al opgeborgen en nam nu de oormicrofoon aan van Angie.

Angie haalde een paar klemmetjes en de dubbelzijdige tape van haar schedel en trok haar lange pruik af, waardoor haar kale hoofd zichtbaar werd. Ze stopte de pruik in haar tas en vroeg heel rustig: 'Hoe komt het toch dat de rijkste en meest overspelige hufters de kleinste en de dikste zijn met de kleinste lul?'

'Toch is dat om de een of andere reden heel logisch.'

'Ik geef de voorkeur aan een grote, rijke, knappe man, met een sixpack.'

'Dan moet je naar de NBA, Angie. Die hebben een heleboel geld.'

'O, daar heb ik al rondgestruind, schatje.'

'Dacht ik al.'

'En jij hoeft die klojo's niet te chanteren. Die lui geven je al een Ferrari als je ze alleen maar pijpt.'

'Juist.'

Voordat ze afscheid namen vroeg Angie: 'Wanneer?'

'Heel binnenkort.'

'Weet je al hoeveel?'

'Om te beginnen een half miljoen. Je hebt hem goed aangepakt. Ik heb vijfentwintig minuten aan opnamen, goede, betere en veel betere.'

Angie blies haar een kusje toe. 'Tot de volgende keer, schatje.' Haar jas was aan twee zijden draagbaar en de zwarte kant werd wit, wat haar geweldig stond.

Ze vertrok, haar zelfverzekerde manier van lopen was nu veranderd in een normale pas.

Clarisse bleef nog even naar de deur kijken. Zij had zes Angies, terwijl Angie maar één Clarisse had.

Ze deed haar roodbruine pruik af, haalde een korte blonde uit haar tas en zette hem op. Ze bracht het haar in de spiegel in model, werkte haar make-up bij en bracht een andere kleur eyeliner en lippenstift aan. Ze verwisselde haar strakke jurk voor een getailleerd pakje en zette een bril met een zwart rechthoekig montuur op. De torenhoge pumps verruilde ze voor platte, zakelijke schoenen. Ze kromde haar schouders en veranderde van een duurbetaalde hoer in een muisachtige accountant.

Het hotel hing vol bewakingscamera's en als de senator de opnamen later zou bekijken, zou hij stomverbaasd naar de vrouwen kijken die zijn kamer in en uit gingen. En morgen zouden zij en Angie er totaal anders uitzien dan de twee vrouwen op de opnamen die zijn kamer waren binnengegaan en later weer verlieten.

Buiten hield ze een taxi aan en ze stapte drie blokken van waar ze woonde uit. Je liet je nooit precies voor je huis afzetten.

Clarisse ging naar binnen, belde een nummer en bevestigde haar reservering bij NetJets. Ze sliep goed, stond vroeg op, liep de vereiste drie blokken, zette een grote zonnebril op die haar gezicht verborg, stapte in haar Uber en reed hiermee naar Dulles. Precies om acht uur 's ochtends vertrok Clarisses vliegtuig naar Greenville, South Carolina.

Tijd om mama een bezoek te brengen.

12

Ik hoor de mensen fluisteren. Over de plichtsgetrouwe dochter van elders die hier met haar privévliegtuig naartoe komt, omdat Greenville wel groeit maar nog steeds klein is en zij iemand kent die bij Greenville-Spartanburg Airport werkt die weer iemand kent die iemand kent. Het geroddel begint als twee blikjes aan een touw.

Is de dochter van mevrouw Leland een filmster die een andere naam gebruikt? Een bekend lid van de beau monde met een echtgenoot op Wall Street? Een influencer op TikTok die bakken met geld verdient? Of misschien een dure prostituee?

Misschien ben ik dat inderdaad allemaal. En meer.

Ze zat in de stoel en keek naar de vrouw die in het bed lag.

Dit verzorgingshuis was eersteklas, dat hadden ze haar tenminste verteld. En dat mocht ook wel, voor zesduizend dollar per maand.

Inderdaad, dacht ze. Voor dat bedrag moesten ze haar kont afvegen, haar een dagelijkse manicure en pedicure geven en haar met een zilveren lepel voeren. Maar dat alles gebeurde natuurlijk niet. De vrouw had een dak boven haar hoofd, genoeg te eten en mensen die ervoor zorgden dat ze haar ontelbare hoeveelheid pillen innam – kleine pilletjes voor een verlengde oude dag. 's Middags werd er scrabble gespeeld, er waren een bibliotheek met echte boeken, een ijssalon met een antieke frisdrankautomaat, hoewel behalve het personeel niemand hier lactose kon verdragen, een kamer van vijfendertig vierkante meter en het bed. Er was een dementieafdeling voor als je de weg helemaal kwijt was. Dat wist ze doordat ze haar een rondleiding hadden gegeven toen het ernaar uitzag dat mama een kantelpunt had bereikt. Dat kostte tweeduizend per maand meer, omdat de demente ouderen onhandelbaar konden worden en hun kont écht steeds moest worden afgeveegd.

Er was een pooltafel, maar het was moeilijk om te poolen met een looprek of een rollator of trillende ledematen, een terras met picknicktafels en stoelen met zachte kussens, en een buitenhaard waar je kon zitten en nietsziend voor je uit kon staren. Ze wist dat dit zo was; dat had ze zelf gedaan toen mama haar een beetje te veel werd.

Er was een schattige en aanhalige therapiehond die de hele dag lag te slapen. Er waren ontelbare clubjes, georganiseerd door de bewoners, waar maar heel weinig mensen gebruik van maakten oftewel alleen degenen die ze hadden opgericht. De meeste mensen hier zaten te wachten op bezoekers die nooit kwamen.

Maar ik kom wel, één keer per maand.

Een alarm op haar horloge ging af. Ze opende de kleine koelkast en haalde daar een flesje Ensure-drinkvoeding uit, stopte er een rietje in en maakte haar moeder wakker. Ze hielp haar om rechtop te gaan zitten en het op te drinken. Haar moeder had diabetes en COPD én gezwollen voeten door het roken. Ze was bovendien zwaarlijvig door een leven lang fout en vet eten, had een slechte lever en falende nieren, en droeg een chemopruik vanwege haar meest recente borstkanker. Ze was eenenzeventig, maar leek honderd jaar ouder. De tragische ironie was dat haar moeder vroeger een knappe vrouw was geweest. Veel mannen hadden haar gewild en slechts één man had haar gekregen. En die man was geen goede man geweest. Maar dat gold voor heel veel mannen.

Ze gaat waarschijnlijk rechtstreeks van hier naar het hospice en omzeilt zodoende dementieland.

Haar moeders voornaam was Agnes. Natuurlijk heette ze zo, dacht ze. Haar ouders hadden hun dochter niets gegeven, zelfs geen acceptabele naam.

Nee, ze hebben me opgezadeld met een naam die klinkt alsof iemand probeert speeksel door te slikken. Bedankt, Me-maw en Paw-paw.

Haar moeder deed haar ene goede oog zonder staar open en zei met de uitgeholde, knarsende stem van een aan Camel verslaafde kettingroker: 'Je lijkt veel te mager. Geven ze je niet genoeg te eten?'

'Wie zou me te eten moeten geven?'

'Je man!'

Post-it voor mezelf: *Stel mama nooit meer een vraag. Maar ach, ik weet ook wel dat ik dat toch weer doe, omdat ik me niet kan beheersen.*

‘Ik voel me shit,’ zei Agnes zonder op een antwoord te wachten, omdat ze de vraag waarschijnlijk alweer was vergeten.

‘Je ziet er juist beter uit dan de vorige keer.’

‘Kan ik bij jou komen wonen?’

‘Dat hebben we geprobeerd, weet je nog? Toen probeerde je me dood te steken met een kaasmes. Je hiernaartoe brengen was eerlijk gezegd een uitstekend compromis in plaats van je te laten arresteren.’

‘Ik vergeet dingen,’ zei Agnes.

‘Dat is oké. Ik niet. Vooral geen kaasmes in mijn halsslagader.’

‘Je lijkt een rijke vrouw. Ben je rijk? Is mijn kleine meisje rijk?’

‘Ik kan me prima redden. Daarom kun jij hier wonen. Dankzij je kleine meisje.’

Haar moeder onthield dit toch niet, doordat ook haar hersens vol rotzooi zaten. Maar het voelde goed om dit te zeggen.

‘Ik had nooit gedacht dat je het ver zou schoppen,’ zei Agnes geeuwend.

‘Je zei altijd dat ik vol verrassingen zat.’

‘Zei ik dat?’

‘Nee, ik lieg.’

‘Hoe gaat het met je vader?’

‘Dood wat ons betreft. Al ruim twintig jaar. Daar hebben we het al vaker over gehad.’ Ze deed alsof ze de loop van een pistool in haar mond stopte, de onzichtbare trekker overhaalde en liet haar hoofd naar achteren klappen, hoewel haar moeder niet eens naar haar keek. Dat was goed, want het was een slechte pantomime.

‘Ik vergeet dingen,’ zei haar moeder. Ze vergat dit meteen weer, maar toen vroeg ze, tot grote verbazing van haar dochter: ‘Was hij aardig voor je? Hield hij van je?’

Clarisse krabde met haar nagel over de armleuning van haar stoel. Ze krabde zo hard dat er een stukje nagel afbrak en op de grond viel. Ze keek naar het fuchsiarode stukje van zichzelf op de goedkope, vlekkerige vloerbedekking en vroeg: ‘Hoe is je ontlasting de laatste tijd? Steviger?’

Haar moeder dronk het laatste restje van haar Ensure op, likte over haar gebarsten lippen en gaf het lege flesje aan haar dochter, die het meteen wegzette.

‘Waarom blijf je hier komen?’ Agnes likte over haar gebarsten lippen, veroorzaakt door zuurstofgebrek, veroorzaakt door de COPD, veroorzaakt door de Camel-sigaretten. ‘Je haat me. Dat weet ik echt wel.’

‘Ik ben je dochter. En ik betaal voor je verblijf hier. Ik wil dus graag controleren of je behandeling hier het geld waard is.’

‘Heb ik andere kinderen?’

‘Dat heb je nooit gezegd,’ loog ze.

‘Hoe heet je ook alweer?’

‘Lucretia.’

De oude vrouw grinnikte. ‘Wat een belachelijke naam.’

‘Zegt Agnes.’

Haar moeder trok haar lip op. ‘Ik vind je niet erg aardig, stomme trut.’

‘Ja, dat heb je in de loop der jaren heel duidelijk gemaakt. Niet zozeer door wat je zei, maar door wat je deed.’

Of, beter gezegd, door wat je niet deed.

‘Maar je moet wel van me houden. Omdat je betaalt voor deze tent, omdat je hier komt en me chocolademelk geeft en me vraagt hoe het met mijn ontlasting gaat.’

‘Het is drinkvoeding. En ik zal je netjes begraven, of word je liever gecremeerd?’

‘Verbrand me maar gewoon tot as, meer niet. En het is bijna zover.’

‘Waar moet die as worden uitgestrooid?’

‘Dat kan niemand toch zeker een zak schelen?’

‘Tot de volgende keer.’

Maar haar moeder was in slaap gevallen. Dat gebeurde vaak als je lichaam moeite had met ademhalen.

Terwijl ze naar de afgeleefde vrouw keek, moest ze zich inhouden om geen kussen te pakken en dat op haar gezicht te drukken, zodat er een einde kwam aan haar en aan dat deel van haar leven.

Je hebt gelijk, ik haat je inderdaad. En dat verdien je. Hoewel het niet allemaal alleen jouw schuld was. Ik heb ergens ook wel medelijden met je, een heel klein beetje. Toch heb jij nu niets en heb ik juist heel veel, dus dat is de situatie.

Soms was het leven niet alleen klote, maar was het gewoon niet logisch.

Want mensen zijn vaak niet logisch.

Later, toen het vliegtuig boven land de daling inzette, keek ze op haar Mickey Gibson-telefoon. Daar zat een sticker met die naam op, net als op haar notitieboekje.

Gibson had drie keer geprobeerd haar te bellen.

Je had veel meer kunnen zijn, Mickey Gibson. En je hebt alles achteloos weggegooid. Je hebt elke kans gehad en moet je jou nu zien. En ik? Ik had niets en moet je mij nu zien. Op precies hetzelfde speelveld als jij. Want dit is een wedstrijd, al weet je dat nog niet.

Maar al Gibsons pogingen om haar te bellen waren interessant. Misschien had ze Pottingers echte identiteit inmiddels ontdekt. Dat moest het wel zijn. De meest waarschijnlijke bron waren vingerafdrukken op Stormfield. Als ze voor die test was geslaagd, zou het interessant worden. Ze zou Mickey Gibson haar volledige en onverdeelde aandacht geven gedurende de haar toebedeelde vijfentwintig minuten, want ze moest zich aan haar planning houden.

Ze keek door het ronde raampje van de Gulfstream naar buiten en zag de landingsbaan voorbijrazen. Even later voelde ze de schok van de landing en stond ze in meer dan één opzicht weer met beide benen op de grond.

Ze verliet het vliegtuig en de gereedstaande auto zette haar af vier blokken van haar tijdelijke woning. De rest van de weg liep ze.

Later die avond kostte het haar tien minuten om het bericht voor senator Wright te typen en er een kleine bijlage aan toe te voegen die het leven van de man voorgoed zou veranderen – maar niet ten goede. Toch zou het geweldig zijn voor haar banksaldo. Dit was haar versie van ransomware, alleen zou zij nooit cryptocurrency als betaling accepteren. De waarde daarvan fluctueerde te veel van dag tot dag en dat was wel het laatste wat je wilde als het om jouw geld ging. Een telegram om het geld via verschillende bankrekeningen in Zürich en Istanbul te laten circuleren zou voldoende zijn.

Nu de senator op het punt stond een stomp in zijn maag te krijgen via het 'uiterst privé-internetaccount' dat hij Angie had gegeven zodat ze hem geile berichtjes kon sturen en ze hem hopelijk een paar keer heel opgewonden zou maken, opende ze haar Mickey Gibson-notitieboekje, legde haar post-its goed, keek naar de videosectors op haar scherm en tikte op de sneltoets.

Mickey Gibson, derde ronde.

Ze was er helemaal klaar voor en hoopte van harte dat Gibson een paar verrassingen voor haar had.

Ze had eerlijk gezegd behoefte aan afleiding na haar bezoek aan haar moeder.

13

Gibson zat in haar werkkamer thuis. Tommy was in een hoek van de kamer aan het spelen en Darby zat diep in slaap in een minischommelstoel die Gibsons vader voor zijn kleindochter had gemaakt.

De telefoon zoemde.

Het was Kate, haar vriendin van de politie van Jersey City. 'Er zitten slechts drie stellen vingerafdrukken in het systeem,' zei ze. 'Eén is van ene Paul Gerald die voor het postkantoor werkt.'

'De postbode dus,' zei Gibson.

'Klopt, dat dacht ik ook. Het tweede stel is van Mary Tatum, die ook bij de post werkt.'

'En het derde?'

'Van Harry Langhorne.'

'Niet ook iemand van de post?'

'Nee.'

'Waar heb je die match dan gevonden?'

'Ik kijk altijd eerst in lokale databases voordat ik op zoek ga in de nationale. De beide postmedewerkers zaten in federale databases. Ik wist niet of Langhorne uit New Jersey kwam of daar een band mee had, maar hij heeft zijn vingerafdrukken laten nemen toen hij vrijwilligerswerk ging doen voor een school. Dat schooldistrict eiste een achtergrondcheck, zodat ik niet eens in de database van de FBI hoefde te duiken om hem te vinden.'

'Waar in Jersey?'

'Vlak bij Trenton.'

In de buurt van mijn oude plekje.

'Is hij je man, denk je?'

'Misschien. Ontzettend bedankt, Kate.'

Gibson verbrak de verbinding en trommelde met haar vingers op haar bureau. Ze keek naar Darby die nog steeds sliep en toen naar

Tommy die er slaperig uitzag. Hij was al vanaf zes uur die ochtend druk aan het rondrennen en viel nu bijna in slaap.

Ik ook. Kon dat maar…

Haar telefoon zoemde opnieuw. Dit was haar baas van ProEye, Zeb Brown. Ze zag dat Tommy op de vloer ging liggen met zijn dinosauruskussen onder zijn hoofd en zijn duim in zijn mond. *En nu slapen ze allebei, godzijdank.*

Zacht zei ze in haar headset: 'Hoi, Zeb, wat is er?'

'Het spijt me als ik eerder nogal kwaad reageerde.'

'Ik heb overwogen om je te bellen voordat ik daarnaartoe ging, maar dat heb ik dus niet gedaan. Maar het was mijn schuld, mijn verantwoordelijkheid.'

'De rechercheur die op die zaak zit, Sullivan heet hij volgens mij, nam contact met me op. Hij zei dat die vrouw heel gehaaid was en hem waarschijnlijk ook zou hebben overtuigd.'

'Echt?'

'Ja, dus mijn excuses voor mijn heftige reactie.'

'Dank je.'

'Weten ze al meer over wie die man heeft vermoord?' vroeg hij.

'Dat hebben ze me niet verteld, maar ik ben natuurlijk ook niet bij het onderzoek betrokken,' zei ze. *Een leugentje om bestwil is nooit verkeerd.*

'Dat is ook zo. Nou ja, ik wilde je vertellen dat ze Larkins bankrekeningen hebben bevroren. De volledige tweehonderd miljoen. De cliënten zijn heel tevreden.'

'Dat is geweldig!'

'Luister, misschien wil je even verlof nemen voordat je aan nieuwe opdrachten begint.'

Gibson kneep haar ogen halfdicht. 'Verlof nemen?'

'Met doorbetaling van loon, natuurlijk. En ik heb een prestatiebonus voor je aangevraagd voor de zaak-Larkin.'

'Dat is geweldig, ontzettend bedankt! Maar over dat verlof, ik voel me prima, Zeb. Ik kan wel…'

'Jezus, Mickey, je hebt wél een dode man gevonden. En er loopt iemand rond die jou rechtstreeks heeft benaderd en onze telefoongesprekken kennelijk heeft afgeluisterd. Eerlijk gezegd heeft dat heel veel mensen hier de stuipen op het lijf gejaagd. We zijn bezig met een volledige interne securityaudit.'

'Ik heb tijdens mijn vroegere werk heel veel dode mensen gezien. En waarom zou verlof bijdragen aan wat je verder zei?'

'Ik denk gewoon dat je tijd nodig hebt om je te ontspannen en...'

Opeens schoot er een afschuwelijke gedachte door haar heen en ze riep, zonder er echt over na te denken: 'Zeb, heb ik daarna nog wel een baan?'

Maar hij had de verbinding al verbroken.

Lafaard!

Gibson keek naar haar kinderen.

Verdomme!

Ze drukte haar duimen en wijsvingers tegen haar ogen om het beeld dat zij en haar kinderen uit huis werden gezet te verdrijven. Maar ze konden wel een tijdje bij haar ouders wonen.

Nee, ik heb niets verkeerds gedaan en ik ben mijn baan niet kwijt. Nog niet.

Opeens dacht ze ergens aan. Ze belde haar vader.

'Wat is er, Mick?'

'Heb iets gevonden. Harry Langhorne? Ken je die naam?'

'Verdomme, die naam heb ik al heel lang niet meer gehoord.'

'Je kent hem dus?'

'Echt wel! Harry Langhorne was de accountant van de criminele familie Giordano in Trenton.'

'Giordano? Zegt me niets.'

'Het is ook al heel lang geleden. Toen het gebeurde was ik nog maar een straatagentje in Jersey City en was jij nog klein. Het nieuws stond er bol van.'

'Wat hadden ze gedaan?'

'De gebruikelijke dingen: drugs, hoertjes, afpersing. Verder gebruikten ze de plaatselijke vuilnisophaaldienst en een paar winkels als dekmantel voor hun witwasoperaties, en hun zware jongens sloegen iedere winkelier verrot die weigerde hun protectiegeld te betalen. Ze hadden alle plaatselijke politici in hun zak. Ze roofden en ontvoerden en pleegden overvallen en moorden, tot de FBI hen opeens te grazen nam. Tegelijkertijd werden enkele maffialeden uit New York opgepakt. Een enorm grote zaak, dat kan ik je wel vertellen. Er rolden een heleboel koppen, en niet alleen die van de Giordano's.'

'En Langhorne was hun accountant? Hij klinkt niet Italiaans, maar presbyteriaans.'

'Als ik het me goed herinner was zijn moeder... Even nadenken... Ja, ze heette Ida Giordano en ze was een nicht of zus van de hoogste baas, Leo Giordano. Grappig, dát kan ik me wel herinneren, maar wat ik tijdens het ontbijt vanochtend heb gehad... Hoe dan ook, ze trouwde met de oude Langhorne. Ik heb geen idee of hij wist waar hij bij betrokken raakte, maar hun zoon Harry kennelijk wel. Hij studeerde accountancy, ging voor de maffia werken, hield de boekhouding bij en wist waar alle lijken waren begraven. Hij was kennelijk goed met cijfers.'

'Wat gebeurde er toen?'

'Een gigantisch groot proces, getuigen werden vermoord, er werd met bewijsmateriaal geknoeid, agenten werden omgekocht en de politieke druk werd immens, maar toch werden al die klootzakken veroordeeld.'

'En Harry Langhorne?'

'Hij hoefde niet eens te getuigen. Werd niet eens in staat van beschuldiging gesteld. Maar ik denk dat hij ze heel veel heeft verteld en een heleboel namen heeft genoemd en de vervalste boekhouding heeft overhandigd. Daarna is hij gewoon verdwenen. Ik bedoel van de aardbodem verdwenen. Net als die hufter van een ex van je.'

'Fijn dat je me daaraan herinnert, papa, ik was dat al bijna vergeten. Wat is er gebeurd met al het geld dat die familie Giordano had vergaard?'

'Daar hoorde je gek genoeg nooit iets over. Ik durf te wedden dat het om heel veel geld ging. Ze hadden heel veel vastgoed en andere bezittingen die de FBI in beslag nam, maar er moet ook heel veel contant geld zijn geweest. Ze deden niet aan ruilhandel en accepteerden geen schuldbewijzen. Ik heb nooit gehoord dat dat geld ergens is gevonden en als dat al zo is, had ik dat heus wel gehoord. Waarom vraag je naar Langhorne?'

'Omdat ik denk dat hij de dode man was die ik in dat griezelige landhuis vond.'

'Nee! Echt waar?'

'Echt waar.'

'Ik denk dat hij schuld heeft bekend in ruil voor strafvermindering. Als hij dat inderdaad heeft gedaan was dat een slimme zet. Als de overheid achter de maffia aan gaat, is het eerste wat ze doen hun accountants verzuipen met een blok cement aan hun voeten.'

'Zo praat je als een echte politieman uit Jersey met heel veel ervaring op dat gebied.'

'Hé, ik weet wat ik weet, oké?'

Ze kon bijna zien dat haar vader breed grijnsde.

'Maar wat ga jij nu doen?' vroeg hij.

'Blijven graven.'

Haar vader werd meteen serieus en zei waarschuwend: 'Je wilt echt niet bij dat soort dingen worden betrokken, Mick. Ik weet dat het al heel lang geleden is, maar er lopen nog altijd Giordano's rond. Ze hebben ze niet allemaal te pakken gekregen. En kleine gangsters worden grote gangsters, dus als zij die man hebben vermoord, zijn een paar van die lui nog in leven en aan het moorden. Daarom kun je maar beter niet de aandacht op jezelf vestigen.'

'Ik wíl daar ook helemaal niet bij worden betrokken, maar het probleem is dat ik misschien geen keus heb. Maar áls er een ontsnappingsroute is, beloof ik dat ik die zal nemen.'

'Shit! Heb je je pistool?'

'Natuurlijk.'

'Moet ik naar je toe komen en bij jou slapen?'

'Hoe lang, de komende veertig jaar?'

'Dit is niet goed, Mick. Ik voel aan mijn water dat je in gevaar verkeert.'

'Ik zal echt heel voorzichtig zijn, dat beloof ik. En bedankt voor die geschiedenisles.'

'Ik ga dit niet aan je moeder vertellen.'

'Heel verstandig.' Ze verbrak de verbinding en slaakte zwijgend een gilletje waardoor een spiertje in haar gezicht verkrampte. Ze liet haar hoofd op haar bureaublad rusten en haalde een paar keer diep adem.

'Mama, jij oké?'

Gibson keek op en toen ze zag dat Tommy naar haar keek, zei ze met een geruststellende glimlach: 'Mama is helemaal oké.'

Tegen halfzeven gaf ze haar kinderen hun avondeten en daarna mochten ze even spelen. Ze las hun voor en bracht hen naar bed.

Nadat ze de keuken had opgeruimd en zich even had gedoucht liep ze terug naar haar werkkamer en ging de telefoon.

Díé telefoon.

14

'Waar zát je in vredesnaam?' riep Gibson duidelijk geïrriteerd. 'Ik heb eindeloos geprobeerd je te bereiken.'

'Ik heb ook een ander leven, Mickey.'

'Hoe noem je jezelf vandaag? Gebruik je je valse naam Arlene?'

'Clarisse is wel oké.'

'Is dat je echte naam?'

'Wat denk je zelf?'

'Oké, Clarísse.'

'Ben je al wat opgeschoten?'

'Ik neem geen bevelen van je aan en ik werk niet voor je. Sterker nog, ik wil hier helemaal niet bij worden betrokken.'

'Neem me niet kwalijk als ik suggereerde dat je voor me werkt. Maar ik dacht dat we sámenwerkten.'

Gibson besloot ter zake te komen. 'Harry Langhorne?'

'Uitstekend werk, Mickey.'

'Je had me de moeite kunnen besparen en me gewoon zijn echte naam kunnen vertellen.'

'Maar het geeft je toch zeker een veel beter gevoel nu je het zelf hebt ontdekt? En zelfs als ik het je had verteld had je het moeten natrekken, nietwaar?'

Gibson vertrok haar gezicht omdat ze wist dat de vrouw gelijk had. 'De politie zal die informatie inmiddels ook wel hebben.'

'Dat weet ik wel zeker. Wat ga je doen met die informatie?'

'Hij was de maffia-accountant die in New Jersey als getuige à charge is opgetreden. Wist je dat?'

'Dat klinkt behoorlijk intimiderend.'

'Je geeft geen antwoord op mijn vraag.'

'Ik hoorde later pas over zijn relaties met andere louche figuren.'

Dat is pas echt een achterlijk antwoord.

'Als zij hem hebben vermoord, hebben ze een goed geheugen. Dan moeten het nu al heel oude mannen zijn.'

'Of het zijn hun nakomelingen. Díé zouden nu jongere mannen zijn. En vrouwen.'

Gibson ademde scherp in. *Is die opmerking van belang?* 'Zou kunnen. Ik vraag me af hoe ze hem hebben gevonden.'

'Ik heb geen idee. Maar als mensen voldoende gemotiveerd zijn kunnen ze alles voor elkaar krijgen.'

'Zo te horen heb je daar ervaring mee.'

'Ik heb geleefd, net als jij. Ben je bang?'

'Zou ik dat moeten zijn?' vroeg Gibson.

'Ik ben dat wel. Maar ik ben er veel minder bij betrokken dan jij, want jij bent in dat landhuis geweest. Ze zullen weten dat jij hem hebt gevonden en de politie hebt gewaarschuwd.'

'Nee, jíj hebt hem gevonden.'

'Ja, maar dat weet niemand.'

'Ik wel.'

'En aan wie wil je dat vertellen?' vroeg Clarisse.

'Ik heb onze telefoongesprekken opgenomen en kan die opnamen aan de politie geven.'

'Wil je dat echt doen?'

'Ik heb misschien geen keus,' zei Gibson.

'Tja, dat zou heel vervelend zijn.'

'Is dat een dreigement?' vroeg Gibson.

'Nee, Mickey, ik denk gewoon hardop. Wat zei je vader?'

'Hoe weet jij dat ik mijn vader heb gesproken?'

'Dat nam ik gewoon aan. Hij zat bij de politie in Jersey toen Langhorne zich bij de maffia aansloot.'

'Dat weet je dus allemaal?'

'Ik heb je toch verteld dat ik zelf informatie had ingewonnen. Dus, wat zei hij?'

'Hij heeft me nuttige informatie gegeven en zei dat ik me hier absoluut niet mee moest bemoeien.'

'Oké. Wat ga je nu doen?'

'Ik weet niet zeker óf ik iets ga doen. De politie behandelt deze zaak. En het zou gevaarlijk kunnen zijn.'

'Je was politieagent. Gevaar hoorde bij je werk. Dat ben je hopelijk niet vergeten.'

Gibson dacht dat ze een verontwaardigde ondertoon in Clarisses stem hoorde en vroeg zich af waarom dat zo was. 'Toen had ik nog geen twee kleine kinderen.'

'Maar je wilt toch zeker betrokken zijn bij dat onderzoek?'

'Waarom?'

'Omdat je het saai vindt om achter een computer te zitten op zoek naar bezittingen en omdat je je oude leven mist.'

'Leuk bedacht.'

'Ik bedenk zelf nooit iets. En ik deduceer ook niet. Ik verzamel bewijzen, ontwikkel theorieën en trek conclusies, net als Sherlock Holmes. Ik vond het stom dat Conan Doyle deductie en inductie door elkaar gebruikte, jij niet?'

'Nooit over nagedacht.' Gibson wreef over haar slapen. Ze voelde een gruwelijke migraine opkomen.

'En je was een goede politieagent en rechercheur, nietwaar?'

'Volgens mij wel.'

'Maar toen begon je aan een andere carrière en gooide je dat allemaal weg.'

'Ik heb niets weggegooid,' snauwde Gibson. 'Ik had kínderen. En ik ben een alleenstaande moeder! Maar ik hoef mijn keuzes niet tegenover jou te verantwoorden.'

'Oké, goed. Hoe word je behandeld door ProEye? Ik hoorde dat het een goede werkgever is.'

'Het gaat goed,' zei Gibson, iets rustiger nu.

Laat je niet opnaaien door haar, want dat is precies wat ze wil.

'Echt?' zei de vrouw ongelovig.

Door de manier waarop ze dat zei wist Gibson zeker dat ze alles wist over haar gesprek met Zeb Brown.

Ze luistert een van onze telefoons af, of allebei.

'Ja, echt.'

'Je trekt je dus terug uit deze zaak?'

'Wat wil jij eigenlijk dat ik doe?' vroeg Gibson.

'Mag ik eerlijk zijn?'

'O, ga alsjeblieft je gang.' Gibson zette zich schrap voor wat ze te horen zou krijgen.

'Afgezien van mijn persoonlijke betrokkenheid bij deze kwestie dacht ik dat dit je iets interessants te doen zou geven. Ik kan me goed voorstellen dat je je stierlijk verveelde. De rechercheur in je moet wel popelen om zich op een zaak als deze te storten. Als jij deze zaak oplost zou je je eigen detectivebureau kunnen beginnen.'

'Hoe vaak moet ik dit nog zeggen? Ik heb kleine kinderen. Ik ben niet van plan een soort moderne privédetective te worden die vanuit het niets een imperium opbouwt.'

'Als je genoeg geld hebt kun je uitstekende oppas betalen, en dat geldt voor kinderen én ouders. En als je kinderen oud genoeg zijn voor de basisschool, wat dan? Wat wil je dan gaan doen overdag?'

Slapen, dacht Gibson, maar ze zei: 'Mijn dagen zijn zo al vol genoeg. En waarom heb je míj eigenlijk uitgekozen? Ik weet wel wat je laatst zei, maar dat geloofde ik niet.'

'Er zijn gewoon niet zoveel vrouwelijke detectives. Die wereld wordt nog altijd gedomineerd door mannen. Ik dacht gewoon dat je het fantastisch zou doen en ik werk liever met vrouwen dan met mannen. Maar als je niet geïnteresseerd bent, is het ook goed. Dan wens ik je een goed leven, mama.'

Voordat Gibson iets kon zeggen was de verbinding al verbroken. Ze legde de telefoon langzaam neer.

Shit. Wat een manipulatieve trut. En toch intrigeert ze me. Echt waar.

Maar Clarisse had iets belangrijks gezegd zonder dat het belangrijk had geleken. Dus misschien had ze nu haar eerste echte aanwijzing.

Maar dat kan ik niet doen. Ik heb die vrouw net verteld dat ik kleine kinderen heb. Bovendien heb ik dat aan papa beloofd. En stel dat hun iets overkomt doordat ik besloot hier toch in te duiken?

Ze leunde naar achteren en sloot haar ogen.

God, help me alsjeblieft!

15

De volgende ochtend pakte Gibson het kaartje dat ze had gekregen en toetste het nummer in. Ze had een besluit genomen. Ze dacht dat ze deze zaak niet zomaar kon laten rusten, al leverde dat gevaar op voor haar en haar kinderen, om de doodeenvoudige reden dat Clarisse wist dat ze erbij betrokken was. En ze wist niet wat de vrouw echt van plan was of wat ze echt wilde. Misschien had zíj Langhorne wel vermoord. Het kon ook zijn dat de vrouw een appeltje met haar te schillen had en dat ze haar keus daarom op haar had laten vallen.

Ze weet waar ik woon. Ze weet dat ik kinderen heb. Ze weet kennelijk alles over me. Ze is waarschijnlijk levensgevaarlijk. Dus nu ik toch in deze nachtmerrie zit heb ik versterking nodig. Officiële versterking.

Twee tellen later nam hij op: 'Sullivan.'

'Met Mickey Gibson.'

'Mevrouw Gibson, wat kan ik voor u doen?'

'Zeg alstublieft Mickey. Ik wilde u bedanken omdat u mijn baas hebt gebeld en een goed woordje voor me hebt gedaan.'

'Tja, het was een ongebruikelijke situatie en ik heb geen idee wat ik in uw plaats had gedaan.'

Sullivan wist niets van haar gesprekken met de vrouw die zichzelf in eerste instantie had voorgesteld als Arlene Robinson. Hij wist ook niet dat Gibson was teruggegaan naar Stormfield en de vingerafdrukken van de brievenbus had gehaald. En dat ze wist wie Pottinger echt was. En hoewel ze ergens de neiging had om iets of alles aan Sullivan te vertellen, zei haar gevoel haar dat ze dat niet moest doen. En ze luisterde bijna altijd naar haar gevoel. In dit geval was dat heel eenvoudig, omdat Sullivan haar kon beschuldigen van belemmering van of juist inmenging in een politieonderzoek, en ze geen enkele behoefte had om te weten hoe het uitzicht was vanaf de andere kant van de tralies.

‘Hoe gaat het met het onderzoek?’ vroeg ze.

‘Het gaat,’ zei hij behoedzaam.

‘Ik bedacht me dat Pottinger zijn echte naam misschien niet is,’ zei ze.

‘Echt, waarom dan?’

‘Ik heb hem gegoogeld en vond echt helemaal niets. Alsof hij niet bestond tot kortgeleden. Hij kan natuurlijk een kluizenaar zijn geweest, maar zo’n rijke man als hij... Er móét op internet iets over hem te vinden zijn, zelfs op Wikipedia. Maar er was niets.’

‘We zouden hier niet over moeten praten.’

‘Dat kan ik goed begrijpen.’

‘Ik ga ophangen.’

‘Als ik nog bij de politie zat zou ik dat waarschijnlijk ook doen.’

‘Waarschijnlijk?’

‘Mijn vader is zijn hele loopbaan straatagent geweest, maar hij heeft ook wat onderzoeken gedaan. Ze hebben daar echt geen rechercheurs voor allerlei kleine dingen. Maar goed, hij heeft me altijd geleerd dat je gebruik moet maken van elke beschikbare bron en aanwijzing.’

‘Is dat zo?’

‘Dat is zo.’

‘En jij beschouwt jezelf als zo’n bron of aanwijzing?’ vroeg Sullivan.

‘Inderdaad. En ik wil met alle plezier met u samenwerken. Want stel dat de zaak waar ik ongewild bij ben betrokken misloopt of als ik back-up nodig heb, zouden jullie er zijn.’

Alsjeblieft!

‘Bel 911 als de zaak misloopt.’

‘Luister, ik zie geen enkele reden waarom wij onze bronnen niet kunnen delen. Dan lossen we deze zaak misschien sneller op.’

‘Ik heb meer dan genoeg bronnen ter beschikking.’

‘En als u ooit meer nodig hebt, ben ik hier,’ zei ze.

‘Juist, bedankt.’ Hij verbrak de verbinding.

Gibson legde haar telefoon neer. Haar hart klopte heel snel en ze wist niet goed waarom.

Ja, dat weet ik wel. Ik heb geprobeerd een politieman een schuldgevoel aan te praten zodat hij me zou helpen. Papa zou pisnijdig zijn.

Vooral gezien het feit dat ik nog altijd een verdachte ben voor de moord op Pottinger. Toch was het de moeite waard om te vragen om steun voor mezelf en mijn kinderen. Wat moet ik nu doen? Hier als een gemakkelijk doelwit blijven zitten tot ik de pineut ben? Of ga ik iets doen? Ik wil alles wel doen.

Ze wist echter dat ze die keus alleen in theorie had.

Hoewel ze al een zoektocht op internet had uitgevoerd ging ze opnieuw aan de slag. Ze toetste de naam Daniel Pottinger weer in, maar nu bracht haar zoektocht haar naar het darkweb, zoals zo vaak tijdens haar werk voor ProEye. Sommige mensen met schulden naar wie ze op jacht was waren ook criminelen. En zelfs de niet-criminele schuldenaren maakten gebruik van schimmige manieren om hun geld te verstoppen. *Je gaat naar bed met uitschot, al is het maar digitaal, om ander uitschot te vinden.*

Ze bezocht een paar sites die ze al eerder had gebruikt in een poging bezwarende informatie te vinden over Daniel Pottinger, de ivoorhandelaar, drugsdealer, biomedische sjacheraar en witwasser van Soedanees geld.

Niets.

Oké, dat zal iets meer tijd kosten en zal moeten wachten. Ik ga eerst op zoek naar laaghangend fruit.

Ze googelde Harry Langhorne. Heel veel artikelen van tientallen jaren geleden verschenen op haar scherm. Gibson las ze allemaal door, maar ze vertelden haar niet veel meer dan haar vader al had gedaan. Ze keek naar een korrelige foto van Langhorne van eind jaren tachtig. Hij had een mager gezicht, hoge jukbeenderen, lang golvend haar en een bril waardoor het leek alsof hij kikkerogen had. Ze wist bijna zeker dat dit dezelfde man was die ze op Stormfield had gevonden, zelfs na al die jaren en ondanks het feit dat Langhornes gezicht al enige tijd aan het ontbinden was.

Zijn uiterlijk beviel haar niet. Toen hij dood was, was dat haar zelfs nog minder bevallen.

Uiteindelijk vond ze een artikel over Langhornes gezin. Langhorne was toen hij in de dertig was getrouwd met Geraldine Mercer. Een paar jaar later kregen ze een zoon, Douglas Langhorne, en een jaar daarna een dochter, Francine. Ze vond foto's van hen allemaal. Geraldine was een leuke vrouw die diep ongelukkig leek. Douglas was op de foto een jaar of acht. Hij leek groot voor zijn leeftijd, een dikke jongen met blond haar die niet erg slim leek. Gibson baalde van zichzelf omdat ze hem veroordeelde. Tommy leek soms ook niet heel slim en van een kind van drie mocht je verwachten dat hij zijn billen beter kon afvegen dan Tommy kon.

Maar ik dwaal af.

Francine leek gevoelig en behoedzaam, zelfs als klein meisje. Gibson had het idee dat ze aan haar grote ogen kon zien dat het kind complexe gedachten had die stuk voor stuk belangrijk waren. Veel te veel voor een kind dat zo jong was.

Ze noteerde deze informatie en ging daarna op zoek naar meer informatie over het gezin, maar vond niets wat echt belangrijk was. In die tijd waren er nog niet zoveel mensen die elke milliseconde van elke dag informatie op internet zetten, al deden ze nu hun uiterste best om die schade in te halen. Het was moeilijk om een onderwerp te bedenken waarover niets op internet te vinden was. Er was een YouTube-video over elk denkbaar iets wat een mens ooit had gedaan of ooit zou proberen te doen.

Ze had haar buitenkranen gerepareerd nadat ze op internet een doe-het-zelfvideo had bekeken die erop was gezet door een bijzonder behulpzame man in Illinois.

Ja, dat was echt geweldig. Daardoor heb ik geen driehonderd dollar aan een loodgieter hoeven te betalen.

Maar ze vond nergens andere diepgaande artikelen over het gezin of over wat er met hen was gebeurd. Het leek wel alsof ze gewoon waren verdwenen.

Misschien hadden ze een andere naam aangenomen; dat was inderdaad een mogelijkheid. Of misschien had de FBI hen opgenomen in WITSEC, het Witness Security Program – het getuigenbeschermingsprogramma. Als dat zo was zou ze hen waarschijnlijk nooit vinden.

Maar hoe kon het dan dat Langhorne op Stormfield was vermoord onder de naam Daniel Pottinger? Had hij zijn gezin in de steek gelaten? Waren ze allemaal dood?

Die vragen kon ze onmogelijk beantwoorden, niet meteen tenminste.

Ze dacht weer aan Clarisse. *Tot ik haar echte naam ontdek. En dat gaat lukken, al is dat het laatste wat ik ooit zal doen.*

Ze had niet de illusie dat de zaken die Clarisse met de man had gedaan legaal waren. Onschuldige mensen speelden geen ingewikkelde spelletjes zoals zij. Die mensen gingen naar de politie als ze een lijk vonden, tenzij ze zelf geheimen hadden die verborgen moesten blijven.

Clarisse had gezegd dat een paar nakomelingen van die maffioso mannen en vrouwen konden zijn. Die aanwijzing had de vrouw zich misschien onbedoeld laten ontglippen.

Verwees ze naar zichzelf? Heeft zij op de een of andere manier een band met Langhorne en de maffia uit Jersey uit die tijd? Daar klinkt ze veel te jong voor, maar misschien is ze een kind van een van hen? Of kleinkind?

Gibson geloofde helemaal niets van wat Clarisse haar had verteld. Toch zat in elke leugen meestal een element van waarheid, in elk geval voor de echt goede leugenaars zoals Clarisse ongetwijfeld was.

Clarisse had ook nog iets anders gezegd. Maar wat dat was kon Gibson even niet bedenken.

Een aanwijzing? Iets wat Clarisse eerder had gezegd, maar op een vreemde manier? Ja, dat zou een aanwijzing kunnen zijn. Kon ik het me maar herinneren!

16

Later die dag gaf Gibson haar kinderen hun middageten. Ze bleef naar hen zitten kijken en maakte steeds opnieuw hun mond schoon. En de tafel, en de vloer nadat Tommy, en daarna na-aper Darby, bijzondere dingen met zijn eten had gedaan.

Daarna zette ze hen in de stationwagon en reed met hen naar een park in de buurt, waar ze een beetje rondliepen, muntjes in een fontein gooiden en krijgertje en verstoppertje speelden, hoewel geen van beide kinderen zich aan de spelregels hield.

Maar ik doe dat ook niet.

Ze zat naar hen te kijken, lachte en klapte in haar handen om hun dwaze capriolen, en dacht ondertussen aan wat haar vader had gezegd. Als haar iets overkwam, waar zouden de kinderen dan naartoe gaan? Haar ouders konden niet voor hen zorgen, niet fulltime tenminste. En ze zou nooit toestaan dat haar ex in de buurt van haar kinderen kwam, zelfs niet áls die hufter ooit werd gevonden. Haar ene jongere broer had zijn handen vol aan zijn eigen gezin en haar andere broertje was single en had zijn leven nooit op de rails gehad, dus kon hij niet voor zichzelf zorgen, laat staan voor twee peuters. Ze had geprobeerd bescherming te krijgen van Sullivan, maar dat had hij gewoon geweigerd.

Ik ben dus de enige. En hoe graag ik deze zaak ook wil onderzoeken, toch is het zeer de vraag of ik dat wel moet doen. Kan ik dat risico nemen? Kan ik hen aan dat risico blootstellen?

Ze giechelde toen Darby zo snel rondjes rende dat ze duizelig en lachend omviel, terwijl Tommy grommend rondrende als een beer, of als een redelijke kopie daarvan.

Ze had haar telefoon meegenomen en keek ernaar.

Ik kan nu meteen stoppen. Dit nummer nooit meer bellen en nooit meer opnemen als zij mij belt. Maar stel dat ze een psychopaat is, wat heel goed het geval kan zijn? Als ze om die reden doordraait? Heb ik een kans om dit onder controle te houden door ermee door te gaan?

Ze staarde bijna een minuut lang naar de telefoon terwijl ze in gedachten de voors en tegens tegen elkaar afwoog. Toen toetste ze het nummer in en wachtte. Het duurde zo lang dat ze het net wilde opgeven.

'Je verrast me,' zei Clarisse.

'Hou je die telefoon dan niet altijd bij de hand?'

'Ik was benieuwd hoe vasthoudend en geduldig je bent. Die twee eigenschappen kunnen je bijna alles over iemand vertellen.'

'Heb je iemand anders gevonden om het werk voor je te doen?' vroeg ze.

'Nog niet.'

'Weet je waar Langhornes weduwe en kinderen zijn?' vroeg Gibson.

'Nee.'

'Misschien zitten ze in WITSEC,' zei Gibson.

'Ja, misschien.'

'Denk je dat zij weten dat hij hier was? En dat hij dood is?'

'Dat kan ik niet weten.'

'Noem je jezelf nog steeds Clarisse, of gebruik je nu een andere naam?'

'Het blijft Clarisse. Dat voorkomt onnodige verwarring.'

'Ben je altijd zo vreemd geweest?' zei Gibson, misschien iets oprechter dan de bedoeling was.

'Nee, tegenwoordig ben ik veel beter. Jarenlange therapie heeft wonderen gedaan.'

Misschien een nieuwe aanwijzing. Wat was die andere ook alweer?

'Oké, Clarisse, is het een idee dat we vanaf nu samen aan deze zaak gaan werken?'

'Dat zou mijn voorkeur hebben. Jij was immers mijn eerste keus.'

'Waarom wil je weten wie Langhorne heeft vermoord?'

'Omdat ik ervan overtuigd ben dat ze nu achter mij aan komen.'

'Vanwege wie Harry Langhorne was, of vanwege de zaken die je deed met zijn alter ego, Pottinger?'

'Maakt dat wat uit?'

'Natuurlijk maakt dat wat uit, want het onderzoek zal me, afhankelijk van het antwoord, een volkomen andere richting op sturen. Maar volgens jou waren de zaken die je met Pottinger deed helemaal legaal. Dus hoe kan het dat zijn criminele partners weten dat je bestaat?'

'Dan heeft zijn zaken nooit goed gescheiden gehouden. Toen ik hem kende tenminste niet. Hij praatte zijn mond vaak voorbij. Dat deed hij ook tegenover mij, dus weet ik wel zeker dat hij anderen ook over míj heeft verteld.'

'Over wat voor dingen versprak hij zich tegenover jou?' vroeg Gibson.

'Ik heb er al een paar genoemd. Daardoor werd ik wantrouwig, over hem en zijn verleden. Ik heb wat speurwerk gedaan en meer ontdekt.'

'Je zei dat hij contact met jou had opgenomen en wilde dat je hem op Stormfield kwam bezoeken. Waarom?'

'Dat heeft hij niet gezegd.'

Tommy viel, verwondde zijn knie en begon te huilen. Gibson liep naar hem toe, klemde de telefoon tussen haar oor en schouder, bekeek het wondje en droogde zijn tranen.

'Zo te horen is iemand helemaal niet blij,' zei Clarisse.

'Hij is oké. Hij heeft alleen een ontvelde knie.' Ze haalde een desinfectiemiddel, zalf en een pleister uit haar grote tas en verzorgde de wond van haar zoon.

'Heb je er ooit spijt van gehad dat je kinderen hebt?'

Gibson verstijfde. 'Waarom vraag je dat?'

'Omdat ik het wil weten.'

'Ik neem aan dat jij nooit kinderen hebt gehad?'

'Nooit tijd voor gehad.'

'Als je wacht op het juiste moment of de juiste situatie blijf je eeuwig wachten. En nee, daar heb ik nooit spijt van gehad. Zij zijn het beste wat ik ooit heb gedaan. Maar dat zullen alle moeders wel zeggen.'

'Niet alle moeders,' zei Clarisse.

Alweer een aanwijzing?

Gibson zei: 'Kom op, waarom denk je dat hij je wilde spreken? Je moet een vermoeden hebben.'

Clarisse antwoordde: 'Tja, gezien het feit dat hij werd vermoord voordat ik daar was, kan ik me voorstellen dat hij me wilde spreken omdat hij voor zijn leven vreesde.'

Gibson was klaar met de wond, trok Tommy's broekspijp naar beneden en woelde door zijn haar. 'Wat had jij daaraan kunnen doen?'

'Weet ik niet zeker. Maar ja, hij had misschien niet veel vrienden meer.'

'Was je verbaasd dat hij contact met je opnam?'

'Nee. Mensen zijn nu eenmaal onvoorspelbaar.'

Dat is misschien het enige wat ze ooit tegen me heeft gezegd dat helemaal waar is.

Clarisse vroeg: 'Wat ga je nu doen?'

'Dat weet ik niet zeker. Sterker nog, ik weet niet zeker óf ik wel iets ga doen.'

'Ik dacht dat je wilde meewerken.'

Gibson keek naar Tommy en daarna naar haar dochter, die in het gras lag te rollen. Ze dacht weer aan haar vaders waarschuwing. 'Ik heb andere prioriteiten, er zijn belangrijkere dingen in mijn leven. Je moet dus misschien maar op zoek naar een andere sukkel.'

'Nou zeg, dat is heel erg jammer. Maar je bent een verstandige vrouw, waardoor je natuurlijk wel beseft dat je hier tot over je oren in zit.'

'Dat is jouw mening.'

'En er is nog iets,' zei Clarisse.

'Wat dan?'

'Ik heb het gevoel dat we bijna geen tijd meer hebben.'

'Waarvoor?' vroeg Gibson scherp.

'Tot de volgende sterft, natuurlijk.'

Meteen daarna werd de verbinding verbroken.

17

'Waarom zou ik nu iets anders tegen je zeggen?' brulde Rick Rogers de volgende ochtend enorm geïrriteerd tegen zijn dochter door de telefoon. 'Je hebt niet eens gedaan wat ik je had aangeraden.'

Gibson zei: 'Word alsjeblieft niet boos, maar ik móét hier nog wat langer mee doorgaan. Ik zeg niet dat ik niet naar de politie ga, want dat héb ik al geprobeerd, maar dat was tevergeefs.'

'Waarom?'

'Maakt niet uit. Ik heb bescherming gevraagd, maar niet gekregen.'

'Wat wil je nu van me, Mick? Ik heb je alles al verteld wat ik over Langhorne weet.'

'Maar misschien ken je nog iemand van vroeger die meer weet,' zei Gibson.

Hij slaakte een diepe zucht.

Ze wachtte geduldig, want ze wist uit ervaring dat haar vader bijna altijd de juiste conclusies trok, oftewel de conclusies die zij wilde. Ze moest hem daar gewoon de tijd en de ruimte voor geven én hem duidelijk maken dat het uiteindelijk zijn eigen beslissing was, niet de hare.

'Misschien ken ik inderdaad iemand. Een rechercheur die destijds in Newark werkte, maar zich toen met die zaak bezighield omdat die verschillende rechtsgebieden overlapte. Hij en ik hebben daar de afgelopen jaren vaak over gepraat.'

'Is hij met pensioen?'

'Zeker, hij is ouder dan ik. Ik ga een paar telefoontjes plegen en dan bel ik je terug.'

'Bedankt, papa. Dat waardeer ik echt.'

'Ja, ja... Eigenlijk zou ik dit niet moeten doen, weet je.'

'Je probeert gewoon je kleine meisje te helpen.'

'Inderdaad, mijn kleine meisje dat weet hoe ze haar papa om haar vinger moet winden.'

'Je moet echt niet langer naar mama luisteren.'

'Probeer jíj dat maar eens! Daar wens ik je veel succes mee, want dat zul je nodig hebben.' Hij verbrak de verbinding.

Gibson liep terug naar haar werkkamer. Silva paste op de kinderen, want gezien de huidige situatie had ze haar gevraagd voorlopig elke dag te komen en gelukkig had Silva daar tijd voor.

Zodra ze haar werkkamer binnenkwam zoemde haar telefoon.

Wilson Sullivan vroeg: 'Heb je het druk?'

'Nooit te druk om u te helpen, rechercheur Sullivan,' zei ze opgewekt.

'Je bent hier heel goed in, weet je dat wel?'

'Waarin?' vroeg ze onschuldig.

'Dat bedoel ik dus. Maar goed, er zijn wat ontwikkelingen. Kun je naar me toe komen, op Stormfield? Of ben je druk met je kinderen?'

'De oppas is er vandaag. Ik kan over ongeveer anderhalf uur bij u zijn. Welke ontwikkelingen?'

'Dat vertel ik als je hier bent.'

Heb ik nu net officieel bescherming gekregen?

Snel trok ze een spijkerbroek, witte blouse en donker jasje aan. Ze zei tegen Silva dat ze weg moest, gaf haar kinderen een knuffel en stapte in haar auto.

Toen ze op Stormfield aankwam, stond Sullivan voor het huis en zat er een *trooper*, een agent van de staatspolitie, in een politieauto. Ze liep naar Sullivan toe.

Hij zei: 'Ga mee naar binnen.'

Toen ze samen naar binnen gingen had ze opeens het vreemde gevoel dat dit misschien een val was.

Heeft iemand me soms gezien toen ik vingerafdrukken van die brievenbus nam en heeft die persoon me verraden? Word ik straks gearresteerd voor het belemmeren van het politieonderzoek en het knoeien met bewijzen, of gewoon omdat ik stom bezig was?

Hij nam haar mee naar de plek waar het lijk was ontdekt. 'Wat ik je nu vertel hou je voor je, oké?' zei hij.

Ze deed alsof ze haar mond op slot draaide en de sleutel weggooide.

Hij wees naar de stoel waar de dode Pottinger op had gezeten. De ventilator was weggehaald en alles zat onder het vingerafdrukpoeder. 'Ten eerste, zoals je al suggereerde, was Daniel Pottinger niet zijn echte naam.'

Ze slaagde erin – of dat hoopte ze tenminste – om gepast verbaasd te kijken. 'Maar u zei dat de mensen hier hem kenden.'

'Hij had dit huis nog niet zo lang en was hier niet altijd. Sterker nog, hij was hier bijna nooit, zodat de mensen hier hem niet echt kenden.'

'Wie was hij dan wel?'

'Hij heette Harry Langhorne.' Hij keek haar aandachtig aan in het schemerige licht van een paar lampen op batterijen die de politie daar op driepoten had geplaatst. 'Komt die naam je bekend voor?'

Ze deed alsof ze hierover nadacht. 'Niet echt. Zou dat moeten?'

'Ik vroeg het alleen omdat hij uit jouw deel van het land komt, hoewel hij van een totaal andere generatie was.'

'Kwam hij uit Jersey City?'

'Nee, sorry. In het zuiden vegen we heel New Jersey op één hoop. Hij kwam uit Trenton.'

'Wat weten jullie over hem?'

'Tientallen jaren geleden werkte hij als accountant voor de maffia. Hij heeft kennelijk tegen hen getuigd en daardoor een paar maffiafamilies onderuitgehaald.'

'U denkt dus dat zij hem uiteindelijk te pakken hebben genomen? Na al die jaren?'

'Dat weet ik niet. Ik heb niet veel ervaring met de maffia.'

Ze glimlachte. 'En ik kom uit Jersey, hè? Ben ik daarom hier?'

'Dat wilde ik niet echt suggereren. Maar voordat we hem hadden geïdentificeerd, vermoedde ik al dat hij iets met de maffia te maken had.'

'Waarom?' vroeg Gibson.

Hij liet haar de palm van zijn hand zien. 'Hier, op zijn linkerhand, zat een oude brandwond.'

'Hoe kwam hij daaraan?'

'Als initiatieritueel prikte de maffia in je vinger, smeerde het bloed op de foto van een heilige en stak die foto in brand, waarna je de brandende foto moest vasthouden terwijl je trouw zwoer aan de maffia.'

'Jeetje...'

'Ja. En als je niet trouw bleef zou je branden, net als die heilige. Dat wist ik eerst niet. Ik heb het opgezocht nadat ik dat litteken had gezien.'

Gibson besloot deze kans te grijpen. 'Ik heb contacten in Jersey. Ik kan weleens met hen praten en dan kunnen zij ons misschien in contact brengen met iemand die iets weet.'

'Ons?'

'Ja, u belde mij. Ik probeer alleen te helpen. Maar als ik een paar mensen bel om u te helpen, vind ik dat u op z'n minst verplicht bent me op de hoogte te houden van de ontwikkelingen in deze zaak. Ik heb een naam hoog te houden.'

Hij bleef haar ongemakkelijk lang aankijken.

Om de een of andere reden dwaalde haar blik naar zijn ringvinger, en daar zag ze geen goud, zilver of platina. 'En?' zei ze na een tijdje.

'Deal.'

'Geven we elkaar een hand? Ik heb geen zin om dat fotoding te doen,' zei Gibson.

Ze gaven elkaar een hand.

Gibson vroeg: 'Hoe is hij gestorven?'

'Waarom denk ik dat ik er net in ben geluisd?'

'Mijn vraag is heel redelijk als ik jullie hiermee ga helpen.'

'Hij is vergiftigd,' zei Sullivan.

'Als het gif was, hoe weet u dan dat hij is vermoord? Dan zou het zelfmoord kunnen zijn.'

Sullivan raakte een pols aan en wees naar zijn enkels. 'Hij was vastgebonden.'

'Daar heb ik niets van gezien.'

'Dat kan ook niet, want toen hij dood was is hij losgemaakt. De striemen zaten onder zijn kleren.'

'Ze hebben dus staan toekijken terwijl hij stierf?'

'Dat is goed mogelijk. Dat zou kunnen bevestigen dat het een wraakmoord was.'

'Oké, ik zal u bellen zodra ik iets van mijn bronnen heb gehoord.'

'Bedankt.'

'Dit had u me allemaal ook door de telefoon kunnen vertellen,' zei Gibson.

‘Ik wilde je ook iets laten zien.’
‘Wat dan?’
‘Kom maar even mee.’

18

DO AS I SAY, NOT AS I DO. Doe wat ik zeg, niet wat ik doe.

Die tekst stond op de muur achter in de geheime kamer. De letters waren dertig centimeter hoog en met een rode viltstift geschreven.

Gibson keek achterom naar Sullivan die er met zijn zaklamp op scheen. 'Wat denkt ú dat dit betekent?' vroeg ze.

'Ik heb geen idee. Ik bedoel, ik weet natuurlijk wel dat dit over het algemeen betekent: doe niet hetzelfde als ik doe of heb gedaan, maar wat ik zeg dat je moet doen.'

'Ja, op die manier kunnen mensen doen wat ze willen en ondertussen hogere eisen aan anderen stellen.'

'Zo te horen heb je daar ervaring mee.'

'Daar heeft iedere vrouw die ik ken ervaring mee.'

Sullivan hoestte in zijn hand. 'Juist, ik begrijp het. Vooral als je bij de politie werkt.'

'Maakt niet uit waar je als vrouw werkt als er mannen werken. Wanneer hebben jullie dit ontdekt?'

'Nog maar kortgeleden. Het team was vooral bezig met het lijk en de plaats delict, maar uiteindelijk gingen ze hier ook naartoe en toen zagen ze dit.'

'En u denkt dat dit de moordenaar op de een of andere manier met Langhorne in verband brengt? Ervan uitgaande dat zij dit hebben opgeschreven.'

'Mijn mensen hebben het onderzocht en mij verteld dat dit hier niet langer staat dan het lijk hier was.'

'Oké.' Gibson vroeg zich af of de moordenaar het had geschreven, of haar nieuwe telefoonvriendin Clarisse, of dat dit een en dezelfde persoon was. Op dit moment had ze geen enkele reden om te denken dat dit niet zo was. 'Als dit op de een of andere manier met Langhorne te maken heeft, kunnen we het misschien wel traceren. Maar het verband is nogal vaag.'

'Niet voor degene die dit heeft geschreven,' zei Sullivan.

'Dat is waar, voor die persoon is het heel duidelijk. Mag ik die zaklamp even vasthouden?'

Hij gaf hem aan haar en in het licht van de zaklamp bekeek ze de tekst grondig en aandachtig. Het waren blokletters, waardoor dit moeilijker was, maar doordat drie woorden werden herhaald was het ook gemakkelijker.

'Volgens mij is dit door twee verschillende mensen geschreven,' zei ze, waarna ze hem de zaklamp teruggaf.

Hij kwam dichterbij en richtte het licht ook op de letters. 'Echt? Ik ben geen handschriftexpert, maar die mensen onderzoeken meestal woorden, geen losse blokletters.'

'Klopt, maar een handschrift is een handschrift. Kijk maar naar de drie woorden "do", "as" en "I". Die staan in de eerste én in de tweede helft van de tekst. Kijk eens naar de manier waarop de letter d beide keren is geschreven en dan naar de a en de s. Verschillende bogen en opgaande en neergaande streken, met verschillende stoppunten. Het streepje op de eerste d zie je niet terug in de tweede d. De eerste s is vloeiend geschreven, maar de tweede vrij houterig, alsof diegene niet goed wist hoe dat moest. Zelfs het woord "I" verschilt. De hoogte is niet identiek en de bovenste streepjes lijken niet op elkaar. Het handschrift is volkomen verschillend.'

'Hoe komt het dat je zoveel verstand hebt van handschriftanalyse?'

'Zoals ik al vertelde ben ik begonnen als forensisch onderzoeker. En voor mijn huidige werk bekijk ik de hele tijd duizenden documenten op internet en vergelijk ik handtekeningen en andere geschreven teksten met elkaar. Maar ik stel toch voor om deze tekst door uw eigen experts te laten onderzoeken. In de rechtbank is mijn mening geen cent waard.'

'Maar voor mij wel.'

Ze keek hem aan. 'Betekent dit dat ik officieel geen verdachte meer ben?'

'Ja, dat kunnen we nu wel stellen.'

Bij de plek waar de dode Langhorne had gezeten keek Gibson aandachtig om zich heen. Had Clarisse hem vermoord? Zo ja, waarom had ze haar er dan bij gehaald? Omdat ze bang was? Ze klonk niet bang. Omdat ze iets wilde? Ja, dat was veel waarschijnlijker.

Langhorne had waarschijnlijk heel veel geld van de maffia gestolen. Gibson twijfelde daar eigenlijk niet aan. Want hoe had hij dit huis anders kunnen kopen? Had hij hier al het geld dat hij had gestolen aan uitgegeven? Zo niet, waar was de rest dan? Maar als Clarisse de moord had gepleegd, had zij de tekst op de muur dan ook geschreven? En ook nog eens de moeite genomen om het eruit te laten zien alsof het door twee mensen was gedaan? Ze leek wel iemand die op dat soort details lette. Maar wat voor zin had het om te doen alsof? Of misschien werkte ze wél samen met iemand anders.

Toen ze weer buiten stonden, in het daglicht, zei Sullivan tegen haar: 'Bedankt dat je hiernaartoe bent gekomen en voor je deskundige analyse van die tekst.'

'Graag gedaan. En bedankt dat u me van de lijst van verdachten hebt gehaald. Ik zal die mensen bellen en daarna bel ik u.' Ze zweeg.

Sullivan trok zijn wenkbrauwen op: 'En?'

'Hoe is een accountant van de maffia hier verzeild geraakt en ook nog eens onder een valse naam?'

'Dat proberen we uit te zoeken.'

'Had hij een gezin?'

'Ja, een vrouw en twee kinderen.'

Aan de ene kant voelde Gibson zich schuldig omdat ze Sullivan voor de gek hield door vragen te stellen waar ze het antwoord al op had. Aan de andere kant, haar professionele kant, wist ze dat het noodzakelijk was. 'Enig idee waar die nu zijn?'

'Nee.'

'Het lijkt logisch dat een accountant die voor de maffia heeft gewerkt en zijn werkgevers heeft verraden in WITSEC wordt opgenomen.'

'Ik dacht precies hetzelfde. Sterker nog, ik heb vanmiddag een bespreking in Norfolk met een vertegenwoordiger van de United States Marshals Service, de federale politieorganisatie die onder het ministerie van Justitie valt. Wil je mee?'

Dit aanbod verbaasde Gibson en dat was duidelijk te zien. 'Ja, graag.'

'We hebben nog wel tijd om eerst een hapje te eten, als je wilt.'

'Daar ben ik helemaal voor, rechercheur Sullivan.'

'Zeg maar Will, Mickey.'

'Ik rij achter je aan.'

Ze stapten ieder in hun eigen auto en reden weg.

Gibson rilde even toen ze langs de brievenbus reed. Ze voelde zich schuldig, omdat ze daar buiten medeweten van haar nieuwe 'beste vriend' Will Sullivan vingerafdrukken van had genomen en daardoor Langhornes echte identiteit had ontdekt.

19

Clarisse keek naar de cijfers op het scherm.

Een bedrag van vijfhonderdduizend dollar, geen cent meer of minder, had zojuist zijn eindbestemming bereikt na een ontraceerbare wereldreis via bankrekeningen en belastingparadijzen.

Dertig procent daarvan stopte ze in Angies portefeuille.

Het bericht dat terugkwam van de slechte en domme senator stond vol kleurrijke taal en dreigementen en andere dingen die hij onmogelijk kón doen aangezien hij hen allebei nooit zou kunnen vinden.

Over een week zou ze nog een keer geld van de senator eisen, deze keer één miljoen en met de verzekering dat dit echt de laatste keer was. En dat zou het ook zijn, daar was ze altijd eerlijk in. En Angie zou opnieuw driehonderdduizend dollar krijgen. Met zo'n bedrag, belastingvrij, kon een vrouw zo ongeveer overal ter wereld plezier maken.

Ze keek naar zichzelf in de spiegel naast haar beide computers. Clarisse was alweer een blondine. Ze wist niet waarom ze juist van die kleur hield. Het leek wel alsof die kleur lichtheid en transparantie uitstraalde, terwijl zij dat absoluut niet was. Toch verklaarde dat misschien juist waarom ze van licht haar hield. Haar fysieke verschijning was op zich al bedrieglijk.

Ze opende haar Mickey Gibson-notitieboekje en las een paar aantekeningen door die ze had gemaakt.

Hun laatste gesprek was intrigerend geweest. Gibson had eruit willen stappen en de reden daarvoor was heel duidelijk. *Ze was bang dat haar iets zou overkomen en haar kinderen dan aan hun lot zouden worden overgelaten. Of dat hun samenwerking haar kinderen in gevaar kon brengen.*

Dat kon ze wel begrijpen, van een normáál mens. Toch werden

kinderen elke dag genaaid door hun ouders en een heleboel andere mensen, wat kennelijk niemand ook maar iets kon schelen. Tenzij ze rijk of beroemd of machtig waren, of alle drie. Maar ja, zo dacht zij erover en wat wist zij daar nu van?

Ik ken alleen mezelf. Maar ik ken mezelf heel erg goed.

Ze had de gebruikelijke 'de volgende moord komt eraan'-waarschuwing gegeven om Gibson te motiveren door te gaan, maar ze was er ook van overtuigd dat het waar was. Ze had wel een idee wie Langhorne had vermoord. Hoewel, misschien was het meer dan een idee. En als ze gelijk had kon ze Gibsons hulp wel gebruiken. Zelf moest ze op de achtergrond blijven en haar schaakstukken verplaatsen, en Gibson was haar koningin aan de frontlinie. Ze hoopte tenminste dat de vrouw het in zich had om zo'n machtig schaakstuk te worden. *Ik heb al verschillende notitieboekjes over haar volgeschreven en ik hoop maar dat het de moeite waard blijkt.*

Haar vingers vlogen over het toetsenbord terwijl ze zwaar gecodeerde berichtjes typte, op zoek naar informatie over mensen en zaken waar ze meer van moest weten. Daarna concentreerde ze zich op een foto op het scherm.

'Wilson Sullivan, Virginia State Police,' las ze.

Hij was een ongepolijste knappe man die bepaalde vrouwen aantrekkelijk vonden, maar zij niet. Een degelijke carrière bij de politie; niet uitzonderlijk, maar bovengemiddeld. Hij kon 'precies goed' zijn, als een onbewust maar nuttig instrument voor haar – via Gibson natuurlijk.

Clarisse weigerde principieel om rechtstreeks met de politie samen te werken. Ze waren niet betrouwbaar, was haar ervaring. En ze logen, heel vaak.

Ze keek op Google Maps. Sullivan woonde in een huis van twee verdiepingen met een achterveranda in een buitenwijk van Norfolk. De wijk zag eruit als duizenden andere buitenwijken met een miljoen dezelfde huizen met een miljard dezelfde mensen.

Dat had ik kunnen zijn als 'mijn leven' daar geen stokje voor had gestoken. Maar ja, het leven op zich is natuurlijk al een compromis.

De politie zou nu wel weten dat Pottinger Langhorne was. Van gesloten teruggetrokken rijke man veranderd in een teruggetrokken voormalige accountant van de maffia op de vlucht. Maar dat was niet alles wat Harry Langhorne was en was geweest. Hij was veel meer geweest dan dat, zoals zij heel goed wist.

Mannen als Harry maakten dat vrouwen stamelden en rilden. En iedere vrouw zou precies weten wat ze daarmee bedoelde.

Wat zou ze doen, wachten tot Gibson contact met haar opnam of zelf opnieuw het initiatief nemen? Om deze missie snel en dringend aan te jagen? Het was nodig om mensen op te jagen, want anders hadden ze de neiging de boel te vertragen. Mensen hadden de pest aan verandering én aan besluiten nemen. Het was haar taak om daar iets aan te doen.

Via de surveillancecamera die ze in Gibsons huis had geplaatst, had ze gezien dat de oppas binnenkwam, dat de kinderen met haar speelden en dat Gibson een uur geleden in haar auto was gestapt en was weggereden. Clarisse nam aan dat Gibson weer naar Stormfield ging, want ze zag op haar telefoonlog dat Wilson Sullivan Gibson had gebeld.

Hun gesprek zou wel gaan over het feit dat nu bekend was dat Daniel Pottinger in werkelijkheid Harry Langhorne was geweest. Misschien wilde Sullivan de vrouw uit Jersey vragen wat ze wist over de maffia uit de Garden State. Het zou fantastisch zijn als die twee gingen samenwerken! Maar het belangrijkst was de timing van het slot.

Want dit zou een definitieve ontknoping zijn en dit moest worden afgesloten op haar voorwaarden en in haar voordeel. Clarisse was bereid om alles en iedereen op te offeren om ervoor te zorgen dat dat zou gebeuren. Ze had te hard gewerkt en te veel notitieboekjes volgeschreven en te veel verschillende mensen bespeeld om dat te laten mislukken.

En als dit voorbij is? Ga ik dan met pensioen om in die prachtige villa in Aix-en-Provence te gaan wonen die ik in dat tijdschrift zag? Of op het landgoed op de top van die Toscaanse heuvel dat ik in dat foodieprogramma met die schattige Stanley Tucci zag? Of in dat andere huis aan de Costa del Sol waar ik ben geweest? Vanuit mijn villa kon ik Afrika zien, hoewel het in werkelijkheid Marokko was. Geef ik mijn fantasieën op en eindig ik dan als een zielige gepensioneerde rijke vrouw?

Waarschijnlijk niet, maar het is toch geweldig dat ik de keus heb?

Ze gaf zichzelf een knipoog in de spiegel en schudde met haar prachtige blonde valse haar.

Ze drukte op de sneltoets van haar uiterst moderne Mickey Gibson-wegwerptelefoon.

'Hallo?' zei Gibson.

Actie! riep Clarisse, in gedachten tenminste.

20

‘Met je favoriete telefoonvriendin.’ Ze keek naar haar aantekeningen en las: *Klink fris, aantrekkelijk en ontspannen. Om te beginnen. En reageer op haar energie, als ze die heeft.*

‘Ik heb het druk.’ Gibson zat in haar auto.

‘Druk bezig met onze zaak? Of ben je thuis en op internet op jacht naar alweer zo’n irritante miljardair die weigert zijn rekeningen te betalen?’

‘Je hebt een bijzondere manier om iets te beschrijven.’

‘Zit ik er dan naast?’

‘Helemaal niet. Je slaat de spijker op z’n kop. Daarom is het zo bijzonder.’

Ze begint zich meer op haar gemak te voelen, schreef Clarisse in haar pietepeuterige handschrift in haar notitieboekje. *Ga daar even in mee, voordat je haar tot haast maant.* ‘Ik vond dat ons laatste gesprek heel vervelend eindigde, daarom bel ik je even.’

‘Vervelend eindigde? Je zei iets over de volgende moord en verbrak de verbinding!’

Ze bladerde twee bladzijden terug: *Geef hier een positieve wending aan, voordat het negatief uitpakt. De belangen zijn groot. Maak haar dat duidelijk. Verbreek de verbinding niet. Dat moet ze deze keer zelf doen.* ‘Ik zei ook dat jij zichtbaar bent, zeg maar, en dat je er tot over je oren in zit. Daardoor ben je kwetsbaar.’

‘Je bedoelt dat jíj me in een kwetsbare positie hebt gemanoeuvreerd.’

‘Dat was niet te vermijden, Mickey. Dat zou hoe dan ook het geval zijn. De enige vraag was de timing.’

‘Wat schiet ik hier precies mee op?’

‘Dat had ik je toch al verteld? Als jij deze zaak oplost kun je eigen baas worden. Tenzij je bij ProEye wilt blijven werken tot je doodgaat van verveling. Want als dat zo is, moeten we er nu maar een punt achter zetten, want met half werk red je het niet. Ik denk dat je dat al wel begrijpt, of niet soms?'

'Maar ik wil ook niet voortijdig sterven.'

'Jij wilt je kinderen zien opgroeien. Daar hebben we het al over gehad.'

'Toch wil je dat ik hiermee doorga en als gevolg daarvan kan ik mijn kinderen misschien níét zien opgroeien.'

Clarisse opende een paar foto's van Tommy en Darby. Het waren echt schatjes, onschuldig, in elk opzicht nog altijd ongevormd. Ze hadden geen idee van de hoeveelheid ellende die hun te wachten stond – als hun leven normaal zou verlopen, wat dat ook maar inhield. 'Ik vind het niet prettig om steeds over hetzelfde te praten. Heb je al ontdekt hoe die man is gestorven?'

'Gif. En hij was vastgebonden.'

'Ze hebben dus toegekeken terwijl hij doodging?'

'Kennelijk wel.'

'Oké, kunnen we het nu over tactiek en strategie hebben?'

'Ik dacht dat ik dat zelf kon bepalen.'

'Ik kan je daarmee helpen, sneller dan je dat alleen kunt doen.'

'En wat win jij hiermee?'

Pagina 1 van het Mickey Gibson-notitieboekje.

'Dat ik misschien wat langer leef, Mickey. Dat ik mijn kinderen misschien kan zien opgroeien.'

'Je zei dat je geen kinderen hebt.'

'Maar dat kan nog komen.' *Werk op haar gemoed. Waarom ook niet?* 'Is daar iets mis mee?'

'Helemaal niet. Bereid je er dan wel op voor dat je een jaar of elf niet slaapt en niet rustig een maaltijd kunt nuttigen. En hopelijk geniet je van de gecombineerde geur van Cheerios en bananenkots. Dat is echt onvergetelijk.'

Clarisse bladerde door naar pagina 24. 'Tactiek en strategie? Zullen we?'

'Oké.'

'De man die ik kende als Daniel Pottinger, de zakenman met een vinger in allerlei soorten pap, zowel legale als illegale, blijkt nu Harry Langhorne te zijn geweest, die als accountant werkte voor de voormalige maffia van New Jersey. Ik weet dat jij dit weet,' zei ze omdat ze aanvoelde dat Gibson haar in de rede wilde vallen, 'maar het kan geen kwaad om alles precies en in de juiste volgorde op te sommen. Maar goed, degene die hem heeft vermoord deed dat om specifieke redenen en die hadden volgens mij niets te maken met zijn werk voor de maffia.'

'Waarom denk je dat?'

'De maffialeden die naar de gevangenis zijn gestuurd voor de misdaden waarover Langhorne informatie heeft verstrekt, zitten nog steeds in de gevangenis of ze zijn dood. Zonder uitzondering.'

'Ze zijn niet allemaal de gevangenis ingegaan.'

'Degenen die niet naar de gevangenis zijn gegaan, zijn ook dood, van ouderdom, door een slechte gezondheid, door schietpartijen met de politie of collega-gangsters. Wist je dat van 1950 tot 1990 de levensverwachting van een maffialid aan de oostkust negenenveertig jaar was?'

'Waar heb je dat cijfer in vredesnaam vandaan?'

'Ik heb een database gemaakt en die cijfers zelf berekend. In diezelfde periode was de levensverwachting aan de westkust en in Nevada zesenveertig jaar. Nu Lake Mead opdroogt vinden ze een heleboel mensen die lang geleden door de maffia zijn vermoord.'

'Als hij niet door de maffia is vermoord, door wie dan wel?'

'Misschien heeft het te maken met de zaken waar hij zich later mee bezighield.'

'De zaken waar jij ook bij betrokken was?'

'Ik hield me met legale zaken bezig, zoals ik je eerder heb verteld. Maar híj deed dat niet. Waardoor ik in de picture kwam. Wat ik je ook heb verteld.' Ze keek in haar notitieboekje. 'Schrijf je deze dingen niet op?'

'Ik schrijf het wél op. Maar dat betekent niet dat ik het geloof, tenzij ik het kan natrekken via kanalen die volgens mij betrouwbaar zijn.'

'Bestaan er nog wel betrouwbare kanalen? Dat vraag ik niet om grappig te zijn, hoor, ik wil het echt weten.'

'Ik neem aan dat je wilt dat ik jóú als een betrouwbaar kanaal beschouw?'

'Dat heb je leuk gezegd, Mickey. Ik kon bíjna de punt van je mes tegen mijn borst voelen. Luister, het enige wat ik kan doen is jou van informatie voorzien. Jij op jouw beurt moet je afvragen of die informatie waar is en vervolgens je eigen conclusies trekken.'

'Nu praat je als een advocaat. Als politieagent ben ik vaak in een rechtszaal geweest.'

'Misschien ben ik wel advocaat, of was ik dat, of zou ik er een willen zijn. Maar terug naar waar we het over hadden, ik kan je een lijst bezorgen van bekende compagnons van Daniel Pottinger. Dan kun je die mensen natrekken.'

'Zijn dat zijn legale of illegale compagnons?'

'Deze mensen zijn gevaarlijk, Mickey, extreem gevaarlijk zelfs. En een van hen zit in jouw omgeving. Misschien wil je daar wel mee beginnen. Maar wees voorzichtig.'

'Als je namen hebt, waarom geef je die dan niet aan de politie?'

'Ik zou je precies kunnen vertellen waarom niet, maar dat zou te veel tijd kosten. Goed, wil je dat ik je die lijst stuur of niet?'

'Doe maar wat je niet laten kunt.'

'Ik hoop dat je beseft dat ik geen grapjes maakte toen ik zei dat ze gevaarlijk zijn.'

'Hoezo, maak je je zorgen om me? Je kent me niet eens.'

In bepaalde opzichten ken ik je beter dan jij jezelf kent. 'Er is één reden voor dat ik me zorgen om je maak.'

'O? Mijn kinderen?' vroeg ze sceptisch.

'Nee. Ik heb geen tijd om iemand anders voor deze klus te trainen. Je krijgt die namen binnen een minuut. *Buena suerte*, veel succes.'

21

Gibson en Sullivan zaten in een café aan de rand van het centrum van Norfolk.

'Alles in orde?' vroeg Sullivan.

Ze zat met een wanhopige blik in haar ijsthee te staren, alsof iedereen van wie ze hield erin verdronk. 'Wat? Ja hoor, alles oké. Zit gewoon aan een paar dingen te denken.'

Waar ze aan dacht was de korte lijst met namen die ze van Clarisse had gekregen. Als de lijst met namen van zijn zakenpartners inderdaad klopte, had Daniel Pottinger zich niet met ónbelangrijke zaken beziggehouden. Drie van de vier namen kende ze, die kende zo ongeveer iedereen bij de politie: een kwam uit Mexico, een kwam uit Rusland en een kwam uit China. Van de laatste had ze nog nooit gehoord en ze kon zijn naam niet eens uitspreken. De vierde naam was puur Amerikaans, deze man woonde bij haar in de buurt en joeg haar de stuipen op het lijf. Al deze mannen waren veel machtiger dan zij.

Ja, ik ben politieagent geweest, maar nu rijd ik in een Chrysler-stationwagon. Mijn dochter kotste vanochtend haar roerei uit op haar bord, gewoon omdat ze tot de ontdekking kwam dát ze dat kon doen en dat ontzettend leuk vond. Ik ben Gal Gadot niet die Wonder Woman speelt. Niet in het echte leven, niet in de film en zelfs niet in mijn dromen, tenzij ik dronken ben. Deze mannen lusten FBI'ers rauw en gooien in tientallen landen openbaar aanklagers van gebouwen. Ik zou geen uitdaging voor hen zijn, dat is de eenvoudige waarheid. Geen uitdaging en geen enkel probleem.

De Amerikaan was Nathan Trask. Een gevaarlijke man met louche relaties. En niemand – de FBI niet, de staten niet en niemand anders in de wereld – kon iets tegen hem bewijzen. Voor het onwetende publiek was hij een eerlijke zakenman, áls ze al wisten wie hij was, wat waarschijnlijk niet het geval was. Hij was een crimineel zwaargewicht die iedereen het liefst veroordeeld wilde zien, maar zover leek het nooit te kunnen komen. Bewijzen verdwenen en politieagenten en openbaar aanklagers werden in opspraak gebracht of omgekocht. Getuigen konden niet in de getuigenbank plaatsnemen doordat ze niet meer leefden. En tenzij je kon bewijzen dat Trask erachter zat, schold de rechter de openbaar aanklagers de huid vol omdat ze niet in staat waren hun getuigen in leven te houden, terwijl Trasks duurbetaalde advocaten hun best moesten doen om zich niet kapot te lachen.

'Hoe gaat het met je kinderen?'

'Goed. Het zijn gewoon kinderen. Ze zijn op een leeftijd waardoor ze je fysiek uitputten en tegelijkertijd is het een tijd die je als ouder nooit zou willen missen. Hun problemen zijn nu gemakkelijk op te lossen. Dat is niet meer zo als ze tiener zijn of puber.'

Sullivan keek haar bevreemd aan. 'Heb je ook kinderen in de tienerleeftijd? Dan moet je wel heel jong zijn begonnen.'

'Nee, ik had het over de ellende die ik mijn ouders heb bezorgd toen ik die leeftijd had. Maar over de zaak, je hebt me niet verteld welk gif is gebruikt om Langhorne te vermoorden.'

'Botulinetoxine A. Dat wordt kennelijk beschouwd als het meest dodelijke gif ter wereld, of bijna. Het zorgt ervoor dat je spieren niet meer werken, zodat je hart ophoudt met kloppen, je niet meer kunt ademhalen, alles houdt ermee op. Een heel kleine dosis kan dat al veroorzaken. Met een heel veel kleinere dosis botox kun je een tijdje worden verlost van die irritante rimpels in je voorhoofd. Zorg er dan wel voor dat je de juiste hoeveelheid gebruikt, want de enige plaats waar je níét zult fronsen is in je doodskist.'

'Oké, dat klinkt verleidelijk.'

'Tijdens de autopsie kwam nog iets anders naar voren.'

'Wat dan?' vroeg ze.

'Langhorne had een terminale hersentumor. De man had misschien nog maar een paar maanden te leven.'

'Had hij dan niet in een ziekenhuis of hospice moeten zijn?'

'Dat zou je wel denken. Maar hij ging kennelijk naar zijn huis, ontsloeg al zijn personeel en bleef daar om te sterven.'

'Hij moet wel heel veel pijn hebben gehad.'

'De patholoog-anatoom vond ook heel veel morfine in zijn lichaam. Hij kon zijn pijn kennelijk zelf reguleren.'

'Volgens mij vergis je je in één ding.'

Hij keek haar aan. 'En dat is?'

'Het leek alsof hij naar Stormfield ging, het personeel ontsloeg en wachtte, maar dat deed hij niet om te sterven, maar tot iemand hem zou komen vermoorden.'

'Dat is een uitzonderlijke theorie.'

'Het is een uitzonderlijke zaak, tot nu toe tenminste.' Ze keek naar zijn hand. 'Ik zie geen trouwring, maar ik ken heel veel agenten die hun ring tijdens hun werk niet dragen.'

Oké, waarom zeg ik dat?

Sullivan wreef over die plek op zijn vinger. 'Ik ben verloofd geweest. Werkte niet.'

'Ik wilde dat ik me had omgedraaid toen ik naar het altaar liep.'

Hij grijnsde en draaide zijn hoofd iets opzij, zodat ze het litteken zag dat net boven de kraag van zijn overhemd uit kwam.

Ze wees ernaar en vroeg: 'Souvenir van je werk?'

Hij kromp ineen en knikte toen. 'Was een beetje slordig tijdens een arrestatie toen ik nog in uniform werkte. Had die dader niet goed genoeg gefouilleerd. Hij trok een mes. Eén centimeter meer naar rechts en dan zou ik hier nu niet zitten.'

Ze schudde haar hoofd. 'Hoeveel ze politieagenten ook betalen, het is nooit genoeg. Goed, vertel me meer over de U.S. Marshal die we gaan spreken.'

'Earl Beckett. Doet dit werk al ruim vijfentwintig jaar.'

'Zat Pottinger/Langhorne in WITSEC?'

'Ik denk niet dat Earl de moeite zou willen nemen ons te spreken als dat niet zo was.'

'Maar wat mag hij ons vertellen?'

'Aangezien Langhorne is vermoord, een heleboel. Dat hoop ik tenminste.'

Gibson zei: 'Vrijwel niemand die ooit in dat programma heeft gezeten en zich aan de regels hield is ooit vermoord door de mensen tegen wie ze werden beschermd.'

'Dan is Langhorne dus de zeldzame uitzondering, of...'

'... of hij verliet het programma vrijwillig en heeft zich láten vermoorden. Dat is volgens mij veel waarschijnlijker, want ik neem niet aan dat WITSEC betaalt voor een huis als Stormfield.'

'Hopelijk kan Earl ons vertellen wat er met Langhornes gezin is gebeurd.'

'Ik denk niet dat hoop voldoende is,' zei Gibson.

'Ach, zelfs politiemensen kunnen hopen.' Sullivan glimlachte en klopte op haar hand.

Dat is de eerste keer in onze relatie. Gibson beheerste zich meteen weer. *Welke relatie?* Ze herstelde zich. 'Misschien is Daniel Pottinger vermoord om iets waar hij zich de laatste tijd mee bezighield. Iets wat misschien niets te maken heeft met wat hij tientallen jaren geleden als Harry Langhorne heeft gedaan.'

Sullivan stopte een frietje in zijn mond en kauwde erop. 'Kom op, zeg. Hoe groot is de kans dáárop?'

Ja, maar ik heb een lijst met namen van psychopaten uit de hele wereld met wie Pottinger zakendeed. Jij niet. 'Behalve het weinige dat jij me over Pottinger hebt verteld weet ik niets van wat hij de laatste tijd heeft gedaan, of wanneer Langhorne zijn naam veranderde.'

Sullivan haalde zijn schouders op. 'Zelf weet ik ook niet zoveel. Zoals ik je vertelde kwam Pottinger hier een jaar of zes geleden naartoe en kocht het landhuis van de Turners.'

'Heb je contact gehad met de Turners? Weten zij waarom hij naar deze regio kwam?'

'Ik heb hen inderdaad gesproken. Zij zeggen dat ze hem nooit hebben ontmoet. Alles werd afgehandeld door mensen die namens hem handelden: advocaten, makelaars, financiële mensen.'

'Zoveel geld, en toch woonde hij op het laatst in zijn eentje in dat mausoleum.'

'Mensen maken keuzes.'

'Was die geheime kamer er altijd al?'

'Dat vroeg ik John Turner ook toen ik hem sprak. Hij zei dat zijn overgrootvader die kamer heeft laten bouwen. Als ze verstoppertje speelden was dat een populaire verstopplek. Tot het bekend werd, natuurlijk.'

'Jij denkt dus dat Stormfield alleen is gekocht om geld wit te wassen?'

'Waarom vraag je dat?'

'Mag ik?' Ze keek naar zijn frietjes.

'Wat? Ja hoor, pak maar. Ik had ook een fruitsalade moeten bestellen, maar ik heb een zwak voor dingen die niet goed voor me zijn.'

Ik denk dat ik je op dat gebied versla, vriend. Gibson dacht aan haar keuze voor echtgenoten.

Ze pakte een paar frietjes, stopte er eentje in haar mond en begon bijna te spinnen. 'Ik heb geprobeerd dit soort dingen niet meer te eten om wat zwangerschapsvet kwijt te raken. Dat is moeilijker dan ik dacht. Waar mijn moeder me graag op wijst.'

'Nou ja, ik zal daar nooit mee worden geconfronteerd, dus zeg ik alleen: petje af voor wat je ook maar doet of niet doet.'

Ze glimlachte. 'Ik begin je aardig te vinden, Will.' Inwendig kreunde ze om haar stomme opmerking. 'Goed, terug naar dat witwassen. Wat was de koopsom van Stormfield?'

'Vijf miljoen, volgens het kadaster.'

Gibson floot. 'Langhorne werkte als maffia-accountant. Dat zijn geen miljonairs. Waarom denk ik dus dat Langhorne niet met lege handen is verdwenen?'

'Stelen van de maffia is bijna zelfmoord.'

'Dat is ook zo wanneer je tegen de maffia getuigt, en dat had Langhorne al gedaan. Dus waarom zou hij zich geen geld toe-eigenen?'

'Jij denkt dus dat je idee dat hij geld wilde witwassen kan kloppen?' vroeg hij.

'Weet je, ik ben tegenwoordig fulltime bezig met de jacht op dat soort bezittingen. *Dirty money* betekent dat het door verschillende wasmachines gaat en als het eruit komt naar een heerlijk wasmiddel ruikt. Als hij slim genoeg was om de maffia om de tuin te leiden en hun geld te stelen, denk ik dat hij ook slim genoeg was om dat geld via een uitgebreid circuit van lege vennootschappen te verplaatsen. De FBI wist misschien niet dat hij geld had gestolen. Als dat wel zo was, hadden ze het in beslag genomen. In een perfecte wereld tenminste, maar misschien was de wereld toen niet perfect.'

'Verdorie, denk je dat de wereld dat nu wel is?' vroeg Sullivan glimlachend, maar hij was duidelijk geïntrigeerd door haar theorie. 'Wat je zegt kan waar zijn. De man had dat landhuis en waarschijnlijk nog andere bezittingen.'

'En als hij dat in de loop der jaren allemaal heeft kunnen investeren, neem ik aan dat de waarde ervan exponentieel is toegenomen.'

'Ik weet dat hij Stormfield contant heeft betaald. En ze zullen hebben gecontroleerd of dat geld uit legitieme bronnen afkomstig was.'

'Na ruim dertig jaar kun je alles legitiem laten lijken, zelfs maffiageld.'

'Weet je, jouw ervaring met het achterhalen van bezittingen zou best eens nuttig kunnen zijn voor ons onderzoek.'

'Klinkt goed, vind ik.'

'Wat klinkt goed?'

'"Ons" onderzoek.' Ze keek op haar horloge. 'Nu is het tijd om meer kennis te vergaren.'

22

Earl Beckett lijkt op een echte U.S. Marshal, vond Gibson: lang, mager, kaarsrecht, een verweerd knap gezicht, donkerblond haar en een harde blik. Hij keek haar met een grimmige glimlach aan en kneep haar hand bijna fijn. Als hij in een ander tijdperk in een oude film had meegespeeld, dacht ze, was hij meteen een filmster geworden, vooral met een cowboyhoed op en een Colt .45s in elke hand.

Nadat Sullivan hen aan elkaar had voorgesteld nam Beckett hen mee naar zijn kantoor in het Federal Building in Norfolk en ging tegenover hen zitten. Voor hem lag een dossier. 'Heb dit ding vannacht opgeduikeld. Lag in het lijkenhuis voor dossiers, in de kelder.' Hij glimlachte, opende het dossier en kwam meteen ter zake. 'Harry E. Langhorne. Een naam uit het verleden.'

'Ja, en hij ligt in óns lijkenhuis,' zei Sullivan.

'Dat zei je al aan de telefoon.'

'Hij zat dus écht in WITSEC?' vroeg Sullivan.

Beckett drukte een vinger tegen zijn mond. 'Je weet zeker dat die dode man Langhorne is?'

'Ja. We hebben het gecheckt en opnieuw gecheckt. Bovendien heeft de FBI ons een bevestiging gestuurd.'

'Goed. Alle WITSEC's zitten in hun database. En zodra welke politiedienst ook een vingerafdrukverzoek indient die van een WITSEC blijkt te zijn, krijgt de FBI een seintje en dan geven ze het ook aan ons door. Dat kan gebeurd zijn, maar betekent niet automatisch dat ik het ook weet.'

Gibson kromp inwendig even ineen. *Pff, wat een geluk dat Kate niet in een federale database hoefde te zoeken, maar dat ze Langhornes vingerafdrukken in een plaatselijke database vond.*

Beckett zei: 'Oké. Ja, hij viel onder onze bescherming, ongeveer vanaf de tijd van die maffiarechtszaken.'

'Met zijn gezin?' vroeg Gibson.

'Inderdaad. Met zijn vrouw Geraldine en hun beide kinderen.' Beckett keek even in het dossier. 'Ze zijn in eerste instantie naar Eugene in Oregon gebracht, ongeveer zo ver bij New Jersey vandaan als mogelijk is. Daarna gingen ze naar Butte, Montana, en ten slotte naar Albuquerque, New Mexico, waar ze een aantal jaren zijn gebleven.'

'Waarom zijn ze zo vaak verplaatst?' vroeg Gibson.

'Dat is helemaal niet ongebruikelijk. Misschien vermoedden ze dat iemand had ontdekt waar ze waren, of er was een probleem met hun locatie van dat moment. We nemen altijd het zekere voor het onzekere.'

'Wat is de procedure voor een WITSEC-gezin?' vroeg Gibson.

'We stellen eerst vast hoeveel gezinsleden, dus volwassenen én kinderen, aan het programma gaan deelnemen. Daarna wordt er een psychologische evaluatie uitgevoerd.'

'Waarom?' vroeg Gibson.

'De transitie is niet eenvoudig. Daarom moeten we weten hoe ze er mentaal aan toe zijn. Je wordt niet in het programma opgenomen omdat alles in je leven rozengeur en maneschijn is, integendeel juist. Ze worden zes maanden lang financieel gesteund door het programma. Daarna moeten ze een baan nemen. Bovendien voldoen we als het even kan aan speciale verzoeken.'

'Zoals?'

'Nou, ik kan jullie vertellen dat we hebben betaald voor borstimplantaten, facelifts en bokslessen, maar dat zijn uitzonderingen.'

'Oké...' zei Gibson.

'De banen die deze mensen krijgen zijn meestal niet de best betaalde banen. Ze kunnen geen cv of bewijs van kredietwaardigheid laten zien. Vroeger nam de Marshals Service weleens contact op met de zakenwereld en kreeg dan van meer dan duizend nationaal werkende bedrijven een baangarantie voor WITSEC's. In het verleden hebben we die mensen ook wel bepaalde overheidsbanen kunnen geven.'

'Brengt dat hun veiligheid dan niet in gevaar?' vroeg Sullivan.

'We hebben bepaalde protocollen om dat te voorkomen, maar daar kan ik jullie niets over vertellen. Tot een jaar of twintig geleden werkte Langhorne bij een autodealer in Albuquerque.'

'Als verkoper?' vroeg Sullivan.

'Nee, als auto-*detailer*.'

'Dat is een behoorlijke degradatie, zeg maar, van accountant naar autopoetser,' zei Gibson.

'En toen?' vroeg Sullivan.

'Toen verdween Langhorne.'

Gibson en Sullivan keken elkaar aan.

Gibson zei: 'Hij verdween? Alleen of met zijn gezin?'

'Alleen. Na al die jaren had hij misschien genoeg van de levensstijl van een arbeider of van het leven dat daarbij hoorde. Of van zijn gezin.'

'Verdomme!' zei Gibson.

'Ik vond die man altijd al vreemd.'

'O? Kende je hem?' riep Gibson uit.

Beckett knikte. 'Daarom was ik bereid deze afspraak met jullie te maken. Weet je, ik zat in Albuquerque de laatste jaren van Langhornes verblijf daar. Heb hem en zijn gezin en een paar andere gezinnen die daar in WITSEC zaten beschermd. Niet verder vertellen, hoor, maar soms zetten we ze bij elkaar in dezelfde wijk om mankracht te besparen. Die gezinnen wisten natuurlijk niet van elkaar dat ze in WITSEC zaten.' Hij keek Gibson aan. 'Will vertelde me dat je ook een tijdje bij de politie hebt gezeten en nu voor ProEye werkt. Hij zei dat ik je kan vertrouwen.'

'Dat kun je. Hoe heetten ze in die tijd?'

'Ze zitten niet meer in WITSEC, dus neem ik aan dat het geen kwaad kan het jullie te vertellen.' Hij keek weer in het dossier. 'Harry en Geraldine Parker. De kinderen heetten Fran en Doug.'

'Maar dat zijn hun echte voornamen,' zei Gibson.

'Dat doen we altijd in WITSEC. Er wordt van uitgegaan dat mensen niet in staat zijn om de herinnering aan hun echte voornaam te verdringen. Als iemand "Harry!" roept, kijkt Harry achterom. Maar het maakt immers niet uit of iemand dezelfde voornaam heeft? Dat is natuurlijk anders bij een achternaam.'

'Veranderen jullie hun uiterlijk ook?' vroeg Gibson. 'Vooral als hun foto in de media is verschenen?'

'We bekijken per geval wat nodig is om te zorgen dat ze veilig zijn, maar meer kan ik echt niet vertellen.'

'Hij liet zijn gezin dus gewoon in de steek?' vroeg Sullivan. 'Jullie weten zeker dat hem niets is overkomen?'

'Dat weten we zeker. Ik denk dat hij zijn verdwijning lang van tevoren had voorbereid. Achteraf dacht ik dat, bedoel ik. Hij had misschien ook een heleboel geld, waardoor zijn verdwijning veel gemakkelijker was.'

'Waarom zeg je dat?' vroeg Sullivan.

'Geruchten.'

'Misschien heeft hij niet alleen de maffia verlinkt, maar ook hun geld gepikt,' zei Gibson.

Beckett haalde zijn schouders op. 'De man heeft geholpen om een heleboel ongelofelijk slechte mensen veroordeeld te krijgen. Dan ga je die man geen vervelende vragen stellen over geld. En als ze hadden kunnen bewijzen dat hij op dat gebied oneerlijk was, was dat nadelig geweest voor het Openbaar Ministerie. Als je de advocaten een opening geeft, moet je heel goed oppassen.'

'Juist,' zei Gibson. 'Nou ja, de man die hij is geworden, Daniel Pottinger, heeft contant vijf miljoen dollar betaald voor een oud landgoed in de buurt van Smithfield.'

'Verdomme!' was Becketts enige reactie.

'Je zei dat hij verdween. Hoe?' vroeg Sullivan.

'Hij ging op een dag naar zijn werk en kwam nooit meer terug. We hebben alles gecheckt, met iedereen gepraat. Hij ging weg om te lunchen, zeiden de mensen bij die autodealer. Daarna belde hij omdat hij zich niet goed voelde, zodat ze hem niet terug verwachtten. Dat was het laatste wat ze van hem hebben gezien of gehoord. We hebben alle bussen, treinen, vliegvelden en autoverhuurbedrijven gecheckt, maar niets ontdekt.'

'Dus heeft hij misschien hulp gehad?' zei Gibson.

'Daar twijfel ik niet aan. Maar dankzij zijn voorbereidingen had hij een mooie voorsprong. Zijn vrouw nam de volgende ochtend pas contact met ons op.'

'Waarom toen pas?' vroeg Gibson.

'Ze zei dat Langhorne haar had gebeld om te zeggen dat hij moest overwerken en zij niet hoefde op te blijven tot hij thuiskwam. Hij had gezegd dat hij waarschijnlijk beneden op de bank zou slapen om haar niet wakker te maken. Toen ze de volgende ochtend om een uur of acht naar beneden ging was hij er niet. Maar ze dacht dat hij misschien al op tijd naar zijn werk was gegaan. Ze belde ons pas nadat de autodealer haar had gebeld om te vragen waar hij in vredesnaam bleef. Hoe dan ook, hij heeft dus alle tijd gehad om te verdwijnen. En wat hij deed was natuurlijk niet illegaal. WITSEC is je eigen beslissing. We zijn voornamelijk naar hem op zoek gegaan omdat we bang waren dat iemand hem had ontvoerd. Maar toen we meer informatie kregen leek het duidelijk dat hij zijn verdwijning zelf had gepland.'

'En zijn gezin? Wat is daarmee gebeurd? Je zei dat zij niet meer in WITSEC zitten.'

'Ongeveer een maand nadat haar man was verdwenen verliet Geraldine hun huis en niemand heeft haar daarna nog gezien.'

Gibson vroeg: 'En de kinderen?'

'Doug was toen bijna achttien en zat op de highschool, en Francine was ongeveer een jaar jonger. Ze waren dus geen kleine kinderen meer. Het was een ongelofelijke puinhoop. Officieel konden ze voor hun achttiende WITSEC niet verlaten en wij konden hun andere familieleden natuurlijk niet vertellen wat er aan de hand was, zodat die ook geen beslissingen voor de kinderen konden nemen of hen daarmee konden helpen. Omdat de traditionele pleegzorg geen optie was hielden wij een oogje op hen. Doug bleef daar tot Francine achttien werd en toen besloten ze allebei WITSEC te verlaten. Daarna heb ik hen niet meer gezien of gehoord.'

'Wat een afschuwelijk leven voor die kinderen,' zei Gibson.

'We hebben alles gedaan wat we konden,' zei Beckett, die zich in de verdediging voelde gedrongen.

'Ik zeg ook niet dat jullie dat niet hebben gedaan! Ik bedoel in het algemeen. Ze hadden geen normale jeugd gehad en werden toen eerst door hun vader en daarna door hun moeder in de steek gelaten.'

'Ja, dat is zo,' zei Beckett. 'Ik had echt medelijden met hen. Maar ook als ze vertrekken, vragen we of ze ons op de hoogte houden. We proberen hen te helpen, ongeacht hun officiële status. Maar ze hebben nooit meer iets van zich laten horen.' Hij keek hen aan. 'Wat moeten jullie nog meer weten?'

'Veel meer dan we nu weten,' zei Gibson somber.

23

Darby zat in de buggy en Tommy liep naast zijn moeder. Het was een frisse, maar onbewolkte ochtend en de zon kwam net op. Tommy hield de hand van zijn moeder vast of ging naast de buggy lopen om tegen Darby te praten, die in haar kindertaaltje wat terugzei.

Gibson had haar aandacht maar half bij haar kinderen, want met de andere helft hield ze alles om hen heen in de gaten. Ze had een heleboel redenen om paranoïde te zijn. Clarisse die haar belde, de lijst met mondiaal werkende criminelen en de moord op een dode maffia-accountant waar misschien nog meer gangsters bij betrokken waren. Genoeg redenen om supergespannen te zijn dus. Het liefst zou ze ervandoor gaan, haar huis verkopen en de kinderen meenemen naar een plek hier zo ver mogelijk vandaan.

Maar zou ik ooit ver genoeg weg kunnen komen? En hoe moet het dan met papa en mama?

Ze had het gevoel dat ze in de val zat, wat ook zo was. Ze had een paar keer geprobeerd Zeb Brown aan de telefoon te krijgen om te vragen hoe lang haar 'vakantie' zou duren en of ze nog een baan had als ze terugkwam van die zogenaamde vakantie. Hij had niet teruggebeld. Maar haar laatste salarischeque was geaccepteerd door de bank en daar had een leuke bonus bij gezeten voor haar werk aan de zaak-Larkin.

Ja, ik heb in mijn eentje tweehonderd miljoen dollar gevonden en daarvoor geven ze mij een bonus van vijfduizend dollar. Hoeveel zou Zeb hebben gekregen? Maar ik wil het wel hebben.

Ze keek argwanend naar elke auto die voorbijreed. Haar honkbalknuppel lag in het net onder de buggy. Ze had haar wegwerptelefoon bij zich. Aan de ene kant hoopte ze dat die over zou gaan, terwijl ze aan de andere kant hoopte dat dat nooit meer zou gebeuren.

Tommy rende achter een eekhoorn aan en Darby smeekte of ze uit de buggy mocht om mee te doen. Gibson tilde haar eruit en keek naar haar kinderen die op en neer sprongen en naar de eekhoorn wezen die op een hoogte van drie meter in een boom naar hen zat te kijken.

Tommy keek haar aan en zei: 'Mama, *ekelhoorn*!'

'Ja, maar het is eekhoorn. Hij is snel, hè?'

'Heel snel,' beaamde hij.

'Mee naar huis, mama?' smeekte Darby. 'Blief?'

'Dat is geen huisdier, liefje. Hij leeft in het wild.'

'Mee, mee, mee!' riep Darby.

Gibson gaf zichzelf een standje omdat ze erin was getrapt.

Na een heftig drama van vijf minuten liepen ze terug naar huis, Darby in tranen en Tommy die het woord 'eekhoorn' steeds herhaalde.

Ze droeg de kinderen over aan Silva, die eraan kwam toen zij net thuis waren.

Gibson liep snel naar haar werkkamer en deed haar computer aan.

Nathan Trask.

Ze googelde hem en kreeg een heleboel links. De man was verwikkeld in ontelbare rechtszaken, allemaal civielrechtelijke, op dit moment tenminste. Zijn zakendeals waren immens en hij had een verdomd schimmige achtergrond. Zijn Wikipedia-pagina smeekte om meer informatie over hem; de huidige veertien pagina's over hem waren kennelijk niet voldoende.

Op de foto's die ze zag leek hij zorgeloos, intelligent en misschien zelfs vriendelijk. Maar dat hadden ze ook over de seriemoordenaar Ted Bundy gezegd.

Ze groef dieper. Hij bezat huizen verspreid over de hele wereld, maar zijn huidige woonplaats was Virginia Beach, op dit moment tenminste. Het was een enorm pand op zo'n drieduizend vierkante meter dat hij vlak aan de oceaan had gebouwd en dat een eigen helipad had. Zijn superjacht lag in een jachthaven vlakbij. Zijn driemotorige Dassault Falcon stond in een vliegtuighangar op een zakenvliegveld. De man had vermoedelijk heel veel beveiligers, zodat de kans dat ze de man te zien kreeg even groot was als bij de president.

En zelfs als ik daarin zou slagen, wat moet ik dan zeggen? 'Neem me niet kwalijk, meneer de multimiljonair, maar hebt u Daniel Pottinger misschien vermoord of daar een huurmoordenaar voor in de arm genomen?' Dat moet ik zeker doen, als ik in een graf gedumpt wil worden dat niemand ooit zal vinden.

Ze liet haar schouders hangen terwijl ze achter haar computer zat. Dat wapen had ze gedurende haar werk voor ProEye veel gebruikt om machtige monsters te slachten. Maar deze situatie was anders, volkomen anders.

Wat verwacht Clarisse in vredesnaam dat ik met die lijst ga doen?

Ze googelde de andere mannen. Ze waren allemaal rijk en leken arrogant en wreed en waren waarschijnlijk op ontelbare manieren crimineel. Maar uit de bronnen die ze vond en die betrouwbaar leken, was geen van deze mannen zelfs maar in de buurt geweest toen Pottinger was vermoord. Daar hadden ze natuurlijk iemand voor kunnen inhuren, maar dat dacht ze niet. Pottinger was vergiftigd en dat deden huurmoordenaars niet; die schoten hun doelwit meestal dood. Iedereen kon iemand vergiftigen en toekijken terwijl die stierf. Het was totaal anders om de trekker over te halen en te zien dat iemands hoofd vlak voor je neus explodeert.

Maar waarom zou een man als Trask naar Stormfield gaan en Pottinger injecteren met dat botulinespul? Had hij de dader bedrogen met ivoor of gestolen biomedische wapens?

Toch geloof ik geen woord van wat Clarisse daarover vertelde. Ze is een leugenaar, punt uit. Maar er zat wel iets van waarheid in wat ze zei.

Normaal wist je dat mensen logen door het aantal woorden dat ze gebruikten als antwoord op je vragen. Mensen die de waarheid vertelden gebruikten veel meer woorden, omdat ze niet bang waren om op een leugen te worden betrapt. Leugenaars gebruikten veel minder woorden. Ze beperkten het aantal woorden als voorzorgsmaatregelen omdat ze bang waren voor een inconsistentie in hun verhaal. Omdat ze alles verzonnen was de kans groot een fout te maken, als ze niet genoeg hadden geoefend. Mensen die de waarheid spraken konden zo inconsistent zijn als maar kon, omdat niemand alles kon onthouden. Maar een professional herkende het verschil.

Ik herken het verschil.

Ze probeerde meer informatie te vinden over Langhornes gezin, maar die was er gewoon niet. Dat was natuurlijk wel logisch gezien alles wat Marshal Beckett hun had verteld. Doug en Francine Langhorne waren verdwenen toen ze oud genoeg waren om WITSEC vrijwillig te verlaten en hadden ongetwijfeld opnieuw een andere naam aangenomen. Het was een zinloze zaak verder naar hen te zoeken.

Ze bezocht een paar chatrooms op het darkweb en gebruikte daarvoor een ontraceerbare online-identiteit die ze voor haar ProEye-werk had aangemaakt. Ze moest heel voorzichtig te werk gaan, want het laatste wat ze wilde was iemand waarschuwen dat iemand in hun verleden zat te graven. Ze typte onschuldig klinkende vragen in een paar *comment threads* en logde uit. Een automatische notificatie zou haar waarschuwen als er iets interessants uit haar zoekactie kwam.

Aan de ene kant had ze nu dus Clarisse, aan de andere kant Nathan Trask en daar middenin een dode voormalige WITSEC-accountant.

Ze pakte haar sleutels, glipte ongezien langs de kinderen, die Silva enthousiast alles vertelden over 'ekelhoorns' als mogelijke huisdieren, en vertrok in haar auto nadat ze het adres in haar navigatiesysteem had ingevoerd.

Ongeveer een uur later was ze in Virginia Beach.

Shit!

Stormfield leek klein vergeleken met Trasks omheinde landgoed, en ook verder kon het verschil tussen beide huizen niet groter zijn. Dit hier was allemaal glas en metaal en beton, en leek meer op een spuuglelijke fabriek in de toekomst dan op een huis.

Het grote hek leek op het toegangshek van het Witte Huis. Bij het hek zag ze mannen in pak. Een van hen stapte in een golfkar die was versierd met iets wat op bladgoud leek en reed snel naar het huis. Even later zag ze laag boven de oceaan een helikopter vliegen, die vlak daarna boven de achterkant van het huis bleef hangen en langzaam als een lift naar beneden zakte tot ze hem niet meer kon zien.

De koning was kennelijk teruggekeerd naar zijn kasteel.

Gibson reed weg en kocht verderop een kop koffie. Terwijl ze in haar auto zat, diep weggekropen in haar jas, en haar Starbucks-koffie opdronk, viel er een koude motregen.

Even later ging de telefoon. Ze keek ernaar en wilde eigenlijk niet opnemen, maar toch…

Verdomme!

24

De vorige avond laat was ze gebeld door iemand uit Greenville, South Carolina met het bericht dat de toestand van haar moeder was verslechterd. Clarisse maakte zich nog geen zorgen, omdat haar moeder regelmatig een terugval had. 'Ik kom zo snel mogelijk,' had ze gezegd. 'Zeg maar tegen haar dat ze het moet volhouden tot ik er ben.' Daarna had ze de verbinding verbroken. De vrouw aan de telefoon was daar vast van geschrokken. Clarisse kon zich voorstellen dat de vrouw naar adem hapte en woedend haar wenkbrauwen fronste door de kille reactie van de dochter.

Ach lieve schat, je hebt geen idee. Bovendien is het ingewikkeld. Je kunt veel om iemand geven, maar diegene tegelijkertijd haten. Ik wel, tenminste.

Daarna belde ze Gibson met haar Mickey Gibson-telefoon. Clarisse had onlangs een stemanalyseprogramma op haar computer gezet dat iemands spraakpatroon analyseerde en aan de hand daarvan emoties vaststelde zoals woede en angst, die Clarisse maar al te goed kende.

'Hallo,' zei Gibson.

Clarisse keek naar het scherm om te zien of er alarmbellen rinkelden door deze eenvoudige begroeting.

Nog niets.

'Je hebt de lijst gekregen. Heb je die twee keer gecheckt?'

'Maak je een grapje of zo?'

'Ik dacht dat dat goed zou uitpakken voor een moeder van twee kleine kinderen.'

'Het is nog lang geen Kerstmis.'

Niet voor mij, niet als alles volgens plan verloopt. 'En wat heb je ontdekt?' vroeg Clarisse.

'Niets wat je zelf nog niet hebt ontdekt. Maar ik ben langs Trasks huis gereden. Het lijkt wel een vesting. Ik begrijp niet wat ik daar volgens jou kan uitrichten.'

'Ik stelde geen frontale aanval voor, als je dat soms bedoelt. Je bent onzichtbaar, weet je nog?'

'Ik heb op internet gekeken en daar staat veel informatie over die man, maar daar hebben we niet veel aan. Of wel soms?'

'Heb je zijn bezittingen gecheckt?' vroeg Clarisse.

'Hoezo, is hij een wanbetaler of zo? En moet ik soms iets vinden wat je kunt inpikken voordat hij het kan wegsluizen?'

'Met zijn nettovermogen staat hij op nummer 89 van de Forbes-lijst.'

'Hij staat niet op de Forbes-lijst. Dat heb ik wél gecheckt,' zei Gibson.

'Dat komt alleen doordat ze daar geen mensen op zetten van wie wordt vermoed dat het criminelen zijn, aangezien hun vermogen niet met de traditionele methoden kan worden geverifieerd. Daarom staat Poetin daar bijvoorbeeld niet op, hoewel ze om de een of andere reden wel een paar van zijn oligarchen hebben opgenomen. Ik heb zijn nettovermogen geschat en hem ingeschaald op de Forbes-lijst.'

'Nou en? Daarmee kunnen we niet te weten komen of hij Pottinger heeft laten vermoorden. En Trask is nog maar vijftig en dus echt te jong om een belangrijke rol gespeeld te kunnen hebben in Langhornes maffiatijd.'

'Wat heb je over Trasks verleden ontdekt?' vroeg Clarisse.

'Hij is geboren in Chicago en heeft zo te zien een normale jeugd gehad. Verdomme, zijn vader was Sam Trask, special agent van de FBI. Maar dat is misschien niet meer dan een variatie op het thema "domineeszoontje springt uit de band". Hoe dan ook, hij kwam een paar keer in aanraking met de politie, slaagde erin niet in de bak te belanden en vertrok vervolgens naar Zuid-Amerika. Vermoedelijk dankzij connecties met de kartels. Hij ging vervolgens met zakken vol geld terug naar huis en heeft zijn vermogen vergroot tot de huidige omvang. Hij bezit een heleboel bedrijven en vastgoed.'

'Als front voor zijn witwaspraktijken?' vroeg Clarisse.

'Waarschijnlijk wel. Hij zit niet op social media en doet geen uitspraken in het openbaar. Hij verdient gewoon geld en leeft op grote voet. Maar er zaten veel hiaten in zijn verhaal en volgens mij representeren die hiaten zijn echte verleden, maar mensen durven dat niet bekend te maken omdat ze bang zijn dat ze voor de rechter worden gesleept of, en die kans is groter, worden vermoord.'

'Ik ben onder de indruk, Mickey. Je hebt al veel ontdekt en je analyse klinkt volkomen logisch.' Ze keek naar haar scherm en kreeg eindelijk een hit: de analyse van Gibsons spraakpatroon vertoonde stress en twijfel en tegenstrijdige gevoelens.

Verbazingwekkend dat je woorden dat allemaal kunnen laten zien.

Ze schreef in haar notitieboekje: *Ik moet minder praten.*

'Oké, maar ik zie zo niet wat we daarmee opschieten.'

'Vergeet niet dat ik die mensen alleen op die lijst heb gezet als mogelijke betrokkenen bij Langhornes dood. Je hebt gelijk als je zegt dat Trask te jong is om in die tijd echt iets met de maffia te maken te hebben gehad. Maar er zijn andere mogelijkheden die nog moeten worden onderzocht.'

'Als hij Langhorne heeft vermoord of heeft laten vermoorden, dan lijkt het veel waarschijnlijker dat dit is gebeurd om wat Langhorne deed als Daniel Pottinger dan om wat hij in zijn maffiatijd heeft gedaan. Misschien heeft hij Trask bedrogen bij een deal en besloot die man hem daarvoor te straffen.'

Oké, deel de grote klap nu maar uit en kijk dan eens hoe Mickey Gibson daarop reageert. 'Hoe is dat te rijmen met de uitdrukking "do as I say, not as I do"?'

Ze luisterde naar Gibsons ademhaling en wachtte op de woorden die zouden komen en zouden worden geanalyseerd.

'Als je dat al wist, waarom heb je me dat dan niet verteld?'

Clarisse keek naar de stressmeter. *O ja, daardoor werd ze meteen woedend op me.* 'Ik nam aan dat je dat wist als je in dat vertrek was. Wat kennelijk zo was.'

'Ja, maar niet meteen.'

'Je was wél in dat vertrek met die dode man.'

'Ik heb dat vertrek niet doorzocht. Ik ontdekte dat lijk, ben weggegaan en heb de politie gebeld. Ze wilden niet dat ik terugging, omdat het een plaats delict was.'

Nog steeds kwaad, maar al iets minder. 'Maar je weet het nu wel, dus iemand heeft het je verteld of het je laten zien.'

'Maakt dat iets uit?'

'Alleen voor jou, lijkt me.'

'Wat bedoel je daar nu weer mee?' riep Gibson.

'Dat weet ik niet. Wat betekent het voor jou?'

'Ik doe niet mee aan jouw spelletje psychiater-en-patiënt, oké?'

Clarisse zei: 'Ik denk dat Trask het zelf heeft gedaan of iemand heeft betaald om het te doen, omdat Pottinger hem vrij recent heeft bedrogen, zoals jij al suggereerde. De tekst op die muur betekent misschien niets, maar betekende misschien wel iets voor Trask en Pottinger. Of Trask is er niet bij betrokken, en dan heeft iemand anders Pottinger vermoord voor iets wat hij recent heeft gedaan.'

Gibson zei: 'Of dit heeft wél te maken met het feit dat Langhorne de maffia heeft genaaid.'

Oké Mickey, je ziet iets over het hoofd wat heel erg voor de hand ligt, schat. Maar ik weet dat wel en jij komt daar hopelijk nooit achter.

Gibson zei: 'Als dat laatste het geval is kan ik in de maffia uit die tijd duiken.' Ze zweeg even. 'Langhorne is er misschien vandoor gegaan met een heleboel maffiageld. De maffia, die van tegenwoordig tenminste, heeft dat misschien ontdekt en wil het terug.'

Daar heb je volkomen gelijk in, gedeeltelijk tenminste. 'Dan is het de vraag of ze dat geld hebben gevonden.'

'Is dat wat jij ook wilt doen? De schat van de maffia vinden?'

Ze zag op het scherm dat Gibson opvallend rustig was toen ze dit zei. Clarisse noteerde een paar gedachten in haar notitieboekje: *Haar woede wordt minder als ze denkt dat ze ergens gelijk in heeft.* 'Ik zou kunnen liegen en zeggen dat dat geen moment in me is opgekomen, maar dat zou geen zin hebben. En trouwens, vrouwen kunnen toch uitstekend multitasken?'

'Ik ben blij dat je er zo over denkt,' mompelde Gibson.

'Is dat zo? Ik word daar niet echt blij van.'

Haar andere telefoon zoemde zacht. Ze keek naar het scherm. Greenville. *Wat nu weer?* Ze fronste en zei: 'Ik bel je terug.'

Doordat ze zo'n haast had drukte ze het goede knopje niet in.

Ze nam op en zei: 'Ja? Ik zei toch dat ik zo snel mogelijk kom!'

De vrouw, die ze op de speaker had gezet, zei met trillende stem: 'Mevrouw Frazier, ik ben bang...'

'Bang? Zeg niet dat ze al is gestorven.'

‘Nee, mevrouw, maar het ziet ernaar uit dat… dat…’
‘O, kom op zeg! Waar ziet het naar uit?’
‘Het ziet ernaar uit dat ze is verdwenen,’ zei de vrouw.
Toen pas werd de verbinding met de andere telefoon verbroken, door Gibson.

25

Het harde bed, de harde stoel, het lege Ensure-flesje op het nachtkastje, de troosteloze kamer vol spullen, maar zonder de bewoonster. Haar moeder was hier met bijna niets naartoe gekomen en was nu met al even weinig vertrokken.

Clarisse zat in de stoel en keek om zich heen.

De directie had haar wel een uur lang gesmeekt om vergiffenis, om hen niet voor de rechter te slepen. De politie was gebeld en had rondgekeken en vragen gesteld. Zodra Clarisse er was waren ze teruggekomen om met haar te praten. Ze hadden haar verteld dat haar moeder misschien gewoon was weggelopen en waren een zoekactie begonnen. Er werd niet aan een misdaad gedacht, zeiden ze tegen haar. Ze was gewoon een oude vrouw die was weggelopen. Ze kwam vast snel terug. Het was goed weer, niet te heet en niet te koud. Ze kon niet ver zijn gekomen. Ze zou snel worden gevonden. De agenten, die hun verveling amper verborgen, vertrokken.

Clarisse trok haar handschoenen een voor een uit. Ze was in chique kleren uit het vliegtuig gestapt. Ze wilde dat ze wisten met wie ze te maken hadden. Ze wilde dat ze heel bang zouden zijn.

Terwijl ik in werkelijkheid een onbelangrijk iemand ben, kan ik me beter dan wie ook voordoen als een belangrijk iemand.

De directeur stak haar hoofd om het hoekje van de deur. 'Kan ik u iets brengen, wat ook maar, mevrouw Frazier?'

'Mijn moeder, alstublieft. U kunt zich beter afvragen wat u daaraan kunt doen, dus waarom doet u dat niet?'

Het hoofd verdween alsof iemand eraan had getrokken en de deur ging dicht.

Haar moeder was niet opgestaan en weggelopen, hoewel ze dat hier gemakkelijk had kunnen doen. Op de dementieafdeling na was dit tehuis niet gebouwd om te voorkomen dat mensen vluchtten.

Het was kennelijk nooit bij de leiding opgekomen dat hun gasten dat ooit konden en zouden doen.

Maar haar moeder had slechte longen en had niet eens genoeg lucht om de hele gang door te lopen, laat staan om naar buiten te gaan. Dat had Clarisse ook tegen de politie gezegd, maar het was wel duidelijk dat zij haar niet geloofden. Ze had niet aangedrongen, want het laatste wat ze wilde was een heleboel vragen beantwoorden over het verleden van haarzelf en haar moeder.

Eén agent had gevraagd: 'Hebt u of heeft uw moeder vijanden, mevrouw?' Aan de manier waarop hij dit vroeg wist ze dat hij de draak met haar stak.

O, je hebt geen idee, klootzak. Ze had enorm de pest aan mannen in uniform.

Het was duidelijk dat iemand haar moeder had meegenomen. De vraag was natuurlijk hoe ze haar hadden gevonden.

Ze liep naar het kantoor, opende de deur en vroeg: 'Hebben jullie bewakingscamera's? Ik zag iets wat daarop leek.'

Een paar minuten later was op een van de opnamen te zien dat haar moeder de hoek om kwam. Ze was niet alleen. Ze zat in een rolstoel die werd geduwd door iemand in een spijkerbroek en een ruimvallende hoody. Ze werd het gebouw uit gereden toen de receptiebalie kennelijk onbemand was. De buitencamera's hadden opnamen gemaakt toen Hoody haar in een busje zette, instapte en wegreed. Alleen de eerste drie letters van het kenteken waren te zien.

Ze keek naar de directeur, die achter haar stond en verbijsterd naar de beelden keek. 'En niemand heeft dit gezien?' vroeg Clarisse. 'Is hier dan niemand die deze camerabeelden in de gaten houdt? En heeft niemand eraan gedacht om dit aan de politie te laten zien toen die hier was? Hebben zij niet gevraagd of er camerabeelden waren? Dit kan toch niet waar zijn?'

'Ik... Ik weet niet wat ik moet zeggen... We hebben een beetje een personeelstekort. En we hebben nooit echt de noodzaak van beveiliging ingezien. We dachten dat die camera's genoeg waren. En wie zou een van onze lieve bewoners kwaad willen doen?'

'U begrijpt toch wel dat ik deze tent gewoon kan kopen, nietwaar? En dat ik, als ik dat doe, úw diensten niet meer nodig heb.'

De vrouw wankelde. 'We kunnen de politie terug laten komen en hun deze opnamen laten zien.'

Clarisse had daar al aan gedacht en daar ook over nagedacht. Geen politie. Ze zou dit zelf afhandelen. 'Ik heb een voorstel: u zegt niets tegen de politie en ik sleep u en deze instelling niet voor de rechter.'

'Maar...'

'Dit was geen verzoek.'

'Dank u wel!'

'Nu ga ik deze video overzetten naar mijn computer en dan wil ik dat u weggaat. Ik wil u nooit meer zien.'

Zodra het bestand was overgezet liep ze terug naar de kamer van haar moeder. Ze ging in de stoel zitten, wreef over haar slapen en deed haar ogen dicht.

Hoody had haar moeder ontvoerd in een wit busje. Niet goed, in een heleboel opzichten.

Mijn verdediging is doorbroken.

Ze wist zeker dat het busje inmiddels al ergens was achtergelaten en dat de ontvoerder allang was verdwenen samen met haar moeder, zijn gijzelaar. Ze hadden hier niet eens gemerkt dat haar moeder was verdwenen, tot ze haar medicatie moest innemen en dat was vijf uur nadat Hoody haar in die rolstoel het gebouw uit had gereden. Met een privévliegtuig kon ze nu al in een ander land zijn en met een auto al in verschillende andere staten.

En wat moet ik daaraan doen? Ik weet immers niet zeker wie het is, al heb ik sterke vermoedens. Maar het ergste is dat ik kennelijk niet langer anoniem ben, terwijl dat het enige is wat ik altijd heb willen zijn.

Dit was een race tegen de klok, een soort wedstrijd. Daarom had ze Gibson erbij betrokken. Dit was de eerste keer dat Clarisse serieus dacht dat ze weleens kon verliezen.

En nu moet ik ergens anders naartoe. Dat had niets met deze zaak te maken, maar met een andere belangrijke kwestie... De allerbelangrijkste.

Mijn overleving. Want ik heb het verdomme verdíénd om in leven te blijven.

26

'Bedankt dat je op een zondag met me wilde afspreken, Phillip,' zei Clarisse, hoewel ze die naam vandaag niet gebruikte. Zij en Phillip Crandall waren in de lobby van een gebouw in North Carolina. Ze had hem net binnengelaten en nam hem mee naar de lift. Nadat ze de liftdeur had geopend met haar pasje stapten ze naar binnen.

Crandall zag er welvarend uit, en dat was hij ook. Bovendien was hij arroganter dan goed voor hem was. Hij had altijd een speler willen zijn, een belangrijke investeerder, hoewel hij daar de hersens noch de discipline voor had. Waardoor hij perfect was voor haar.

Tijdens deze ontmoeting was ze niet blond; haar haar had een ingetogen, maar professioneel uitziende bruine kleur. Ze droeg een bril met getinte glazen en blauwe contactlenzen. Haar jurk was zakelijk, maar dankzij een beugelbeha was er een beetje van haar decolleté te zien. Het had haar altijd verbaasd hoe weinig er eigenlijk voor nodig was om een man volledig te domineren. Hun pik was hun achilleshiel. En Crandall was niet alleen arrogant, maar ook een varken.

Ze hield van varkens. Het enige wat die belangrijk vonden was eten, in de modder wentelen, doen waar ze zin in hadden en het gevoel de baas te zijn van alles en iedereen. Waarna ze werden gedood en opgegeten door andere varkens.

'Nou ja, ik wilde je operatie zelf zien nu we partners worden. Je weet wel, tegen de banden schoppen en zo.'

'Ik weet wel zeker dat je onder de indruk zult zijn van wat je gaat zien.'

'Wat ik nu zie bevalt me al,' zei hij met een flirterige blik.

Ze lachte om zijn grapje.

Hij droeg een donkerblauw jasje en een kakikleurige lange broek met een Untuckit-overhemd om er hipper en jonger uit te zien dan de vijftigplusser die hij was. Een pochet maakte de outfit af. Ze zag meteen dat hij zichzelf geweldig vond. Net zoals eerder, toen hij voor het gebouw stopte en uit zijn tweezitter stapte, een Aston Martin.

Toen ze in de lift tegenover elkaar stonden zei ze met een bewonderende glimlach: 'Indrukwekkend hoor, zoveel Aston Martins zie je hier niet!'

Hij glimlachte terug en zei: 'Eén ding zul je nog wel over me te weten komen: ik hou er niet van om dezelfde speeltjes te hebben als alle andere mannen.'

Ze keek hem vol bewondering aan. 'Je stijl bevalt me.'

Hij keek haar opnieuw taxerend aan, waarbij zijn bedoelingen even duidelijk zichtbaar waren als de liftknopjes. 'En jóúw stijl bevalt míj wel.'

Hij was getrouwd, maar had een ongelukkig huwelijk, had hij haar verteld. Wat natuurlijk betekende dat hij haar wilde naaien. Ze had hem laten denken dat dat een reële optie was, omdat dat slim was bij een man die jíj wilde naaien. Hoewel op een volkomen andere manier dan hij in gedachten had.

Tijdens een drankje had hij haar verteld dat hij mensen heel goed kon doorzien en daarom op zijn instinct vertrouwde. 'Zo heb ik mijn vermogen vergaard.'

'Briljant,' had ze gezegd. Maar dat was haar mening over Crandalls vader Richard, degene die met vastgoed een vermogen had verdiend.

Deze Crandall had tweehonderdvijftig miljoen dollar geërfd en was erin geslaagd om daar in de loop van twintig jaar vijftig miljoen van te verliezen door het te investeren in stomme en louche deals. Als hij zijn erfenis toen gewoon in aandelen had gestopt, zou hij nu vermoedelijk miljardair zijn.

Op de vierde verdieping stapten ze uit de lift. Ze nam hem mee naar de dubbele deuren van een kantoor. Op de muur ernaast hing een bord waarop stond dat hier LASER FOCUS, INC. was gevestigd.

Ze gebruikte haar sleutelkaart om de deur te openen en liep voor hem uit de ruime lobby in. Op de wand achter de receptiebalie hing een veel groter bord met de naam van het bedrijf erop. 'Dit is natuurlijk niets bijzonders, maar ach, dat is ook niets voor ons. We stoppen al ons geld in producten en mensen, en pas daarna denken

we aan reclame maken. Vandaag is hier natuurlijk verder niemand.'
'Ik heb jullie website bekeken. Heel indrukwekkend.'
'Bedankt. Dit is een volkomen andere wereld dan toen ik nog bij IBM zat.'
'Ja, IBM. Een geweldig bedrijf, maar het is tegenwoordig misschien wel een beetje iets uit een andere tijd,' zei hij.
'Jeetje, je bent echt heel goed op de hoogte. We zijn heel blij met jou als angel-investeerder.'
'Ik hou mijn vinger aan de pols.' Zijn blik dwaalde naar haar benen. 'Weet je, we kunnen straks wel uit eten gaan en wat drinken.'
'Woensdag kan ik wel, als jou dat ook goed uitkomt. Morgen moet ik al heel vroeg op pad voor een zakenreis naar Montreal. We zetten alles op alles in Canada.'
'Prima. Ik weet een leuke gelegenheid.'
'Daar twijfel ik niet aan. Weet je wat, dan vieren we jouw investering in Laser Focus, hoewel ik je moet waarschuwen dat ik een matige drinker ben.'
'Geweldig, dan bestel ik alvast een paar flessen rode wijn.'
Ze lachten allebei.
'Maar goed, nu ter zake.' Ze nam hem mee naar een vergaderzaal waar ze op een laptop al een powerpointpresentatie had klaargezet. 'We hebben bijna alles al eerder besproken, maar ik wilde dat je het opnieuw zou zien, op een overzichtelijkere manier.'
Ze gingen vlak naast elkaar zitten.
Hij raakte haar arm aan. 'Ik waardeer het echt, hoor, deze privépresentatie.'
Pas op voor vreemde mannen, of vrouwen...
'We mogen niet vergeten dat dit hier puur zakelijk is; daar vertrouwen mijn partners op.' Ze raakte zijn hand even aan. 'Maar woensdag komt natuurlijk nog.'
'Woensdag komt natuurlijk nog.'
'Daarna nodigen we je uit zodat je met iedereen kennis kunt maken. De rest van het team wil je heel graag leren kennen.'
'Ik vond het heel prettig om je partners Joe en Bill te ontmoeten. Degelijke lui, allebei.'
'Ja, dat zijn ze inderdaad.'
Ze liet hem haar powerpointpresentatie zien van de plannen voor

Laser Focus die ze had geschreven – een verzameling onderdelen uit gelijksoortige plannen waar ze zichzelf inzage in had verschaft. Het zag er allemaal heel professioneel uit, want ze was echt heel goed in Excel en Photoshop, en wat ze niet wist kon ze altijd te weten komen. Ze vond het bedrijfsplan dat ze had bedacht helemaal niet verkeerd, maar ze zou nooit te weten komen of het wel of niet kon slagen. Het enige wat ze voor elkaar moest krijgen was dat morgen twee miljoen dollar werd overgemaakt.

'Ik vind de naam trouwens geweldig, Laser Focus,' zei Crandall.

'Die naam had het bedrijf al toen ik hier kwam, dus ik kan niet zeggen dat ik die naam heb bedacht. Maar ik laat natuurlijk niet zomaar een functie als vicepresident van IBM schieten. Je herinnert je ons voornaamste concept van pop-ups natuurlijk wel, maar we willen ze op een volkomen nieuwe manier lanceren. We noemen het een op basis van latitude, *instant market supply*-coördinatie en doorvoersnelheid gebaseerd aanbod.' Ze keek hem aan. 'We maken natuurlijk gebruik van algoritmes, want geen mens kan opereren met de snelheden die noodzakelijk zijn om vraag en aanbod met elkaar in evenwicht te brengen of om de uiteindelijke locaties te bepalen. Pop-ups moeten letterlijk uit de grond schieten op precies het juiste moment en op precies de juiste locatie waar een klant ze nodig heeft.'

Hij leek volkomen overdonderd, maar zei vol goede moed: 'Popups, natuurlijk. Geweldig idee. Dat concept heb ik altijd al fantastisch gevonden.'

'En zoals we al eerder hebben besproken zullen heel veel mensen na de pandemie een eigen bedrijf opstarten, of ze hebben dat al gedaan, en op afstand werken. Maar inmiddels is de manier van werken fundamenteel veranderd, zodat ze geen behoefte hebben aan een kantoor en de zorgen die daarbij horen. Veel bedrijven hebben bovendien gekozen voor een kleiner kantoor en hebben niet langer de vereiste flexibiliteit. Medewerkers willen niet altijd aan hun keukentafel zitten en Zoom-vergaderingen houden terwijl hun kinderen op de achtergrond lopen te schreeuwen. En wij hebben daar dus de oplossing voor. Er zijn weliswaar meer dan genoeg bedrijven die tijdelijke werkplekken aanbieden, zoals WeWork, Impact Hub en Regus, maar wij dachten: waarom zouden we de tijdelijke werkplekken niet óók tijdelijk maken? Als we dat doen, als verhuurder, zitten we ook niet met de gebruikelijke kosten die bij eigen vastgoed horen. Dan kunnen we de besparing deels of misschien wel helemaal laten toekomen aan onze klanten. In feite komt het erop neer dat zij niet naar ons toe komen, maar wij naar hen.'

'Te gek!'

Ze glimlachte en raakte zijn arm even aan. 'Dit is een hybride systeem dat deze wereld volgens mij al heel binnenkort zal domineren. Ons fysieke aanbod is zo ontworpen dat het in minder dan een uur kan worden opgesteld en afgebroken, en dat is inclusief alle apparatuur die we deels op maat aan onze klanten aanbieden. Het wordt in vrachtwagens geladen en naar een nieuwe plek gebracht waar er volgens een algoritme behoefte aan is, of het wordt ergens opgeslagen tot het weer nodig is. Ons uiteindelijke doel is een gebruik van vijfentachtig procent, want aan inventaris in de opslag verdienen we niets.'

Ze drukte een paar toetsen in, zodat er een nieuw scherm verscheen. 'Zoals je kunt zien zijn onze schattingen weliswaar voorzichtig, maar toch verbijsterend. Na slechts elf maanden zijn we uit de rode cijfers en na twee jaar, zodra we de kosten onder controle hebben en veel opdrachten hebben uitgevoerd, verwachten we een winstmarge van ruim achtentwintig procent en een verhoging van onze benchmark met ruim achthonderd basispunten. Dan hebben we een uitstekende relatie opgebouwd met alle noodzakelijke verkopers en eigenaren van geschikte ruimtes. Ik heb dit ondernemingsplan laten doorrekenen door een stuk of tien zakenlieden op wier oordeel ik blind vertrouw en zij zijn allemaal van mening dat dit gewoon niet mis kán gaan.' Ze keek hem aan om te zien of hij al over gouden bergen droomde.

Bingo!

'Maar ik hoef een doorgewinterde investeerder zoals jij natuurlijk niets te vertellen. Je weet zelf of dit volgens jou een goede deal is of niet.'

'Ik beschouw het als een fantástische deal!'

'En jouw investering levert je vijftien procent van het bedrijf op, gebaseerd op de *post money*-waardering.'

'Een ongelofelijke kans op een bijzonder eerlijke waardebepaling.'

'We willen ons binnen twee jaar aansluiten bij een SPAC of een ander geschikt bedrijf, en dan aandelen uitgeven ter waarde van minimaal driehonderd miljoen dollar, waardoor de waarde van jouw aandeel...' Ze deed alsof ze het probeerde uit te rekenen.

Hij zei: 'Vijfenveertig miljoen is. Een aardige return on investment.'

Ze glimlachte. 'Dat is niet eerlijk, jij kunt sneller hoofdrekenen dan ik.'

'Hé, ik ben niet alleen knap om te zien!'

Ze bracht hem naar de uitgang en liet toe dat hij haar op de wang kuste.

Woensdag, woensdag. Maar tegen die tijd ben ik hier al duizenden kilometers vandaan. Geniet maar lekker in je eentje van het diner, van de drankjes en van je tranen, of misschien kun je proberen je vrouw mee uit eten te nemen, stomme klootzak!

27

Clarisse keek naar het elektronische bord in de lobby waar de naam Laser Focus niet op stond. Maar Crandall had daar niet eens naar gekeken. Ze had geweten dat hij dat niet zou doen, vooral niet doordat ze hem in de lobby al haar aandacht schonk om hem af te leiden.

Het leven was net balletje-balletje. De winnaars waren er gewoon beter in om de waarheid te zien dan ieder ander.

Ze liep naar boven en liet zichzelf weer binnen met de kopiesleutel die ze had laten maken. Ze kende het wachtwoord voor het securitysysteem van het bedrijf doordat ze een week als schoonmaakster in het gebouw had gewerkt. En met de securitykaart die ze toen had gekregen kon ze wanneer ze maar wilde naar binnen gaan.

Ze trok het bord op de wand achter de receptiebalie los van de metalen letters die op de muur waren geschroefd. Dat ging gemakkelijk doordat ze op de achterkant van het piepschuimen bord magneten had geplakt. Daardoor onthulde ze de naam van het bedrijf dat hier echt was gevestigd: CREATIVE ENGINEERING. Een goed bekendstaand bedrijf dat wereldwijd veel projecten uitvoerde.

Ze was hier eerder op de dag geweest en had ervoor gezorgd dat er niets met de naam Creative Engineering te zien was, waar dan ook. Ze was rechtstreeks met Crandall naar de vergaderzaal gelopen en had hem later uitgelaten via de voordeur. Ze voelde zich net een toneelregisseur.

Kom binnen en vertrek op de plaats en op het moment dat ik het zeg.

Ze genoot van die rol.

Ze had gehoord dat alle personeelsleden van dit kantoor naar Austin, Texas, waren overgeplaatst voor een speciaal vierweeks project. Dáárom had ze deze ruimte uitgekozen als haar 'kantoor'.

Ze brak het bord doormidden en stopte het in een grote vuilniszak. Ze deed haar laptop in haar aktetas, veegde haar vingerafdrukken van elk oppervlak dat ze had aangeraakt, deed de deur achter zich op slot en haalde het bord van de muur naast de toegangsdeuren. Nu was ook hier de naam Creative Engineering weer te zien.

Toch durf ik te wedden dat ze lang niet zo creatief zijn als ik.

Ze stopte het kleinere bord ook in de vuilniszak en verliet het gebouw, maar pas nadat ze door de glazen buitendeur had gecheckt of Crandall niet was teruggekomen.

Natuurlijk was hij niet teruggekomen. Ook daar was hij te arrogant voor. Hij kocht nu waarschijnlijk ergens een pakje condooms voor hun dinertje van woensdag gevolgd door een vrijpartij in een hotelkamer, terwijl zij stomdronken en weerloos was tegenover zijn indrukwekkende mannelijkheid.

Ze stapte in haar huurauto en reed weg. Een paar kilometer verderop gooide ze de afvalzak in een vuilcontainer.

De volgende dag om één uur was er twee miljoen dollar overgemaakt op de bankrekening van Laser Focus die nog maar twee maanden geleden was geopend. Crandalls bankiers zouden zich ervan hebben verzekerd dat hij de storting goedkeurde, omdat ze zichzelf moesten beschermen. Maar het was niet hun taak om te voorkomen dat Crandall werd bedrogen. Dat was zijn eigen verantwoordelijkheid.

Dertig minuten later was het geld alweer doorgesluisd en de bankrekening opgeheven.

In de vijf uur daarna zou het geld worden gesplitst en worden overgemaakt naar vier verschillende bankrekeningen verspreid over de wereld met van tevoren goedgekeurde instructies over overboekingen naar een groot aantal digitale rekeningen, zodat de oorspronkelijke eigenaar het nooit zou kunnen terugvinden. En dat alles zou alleen door haar worden beheerd.

Een uur later zat ze in een vliegtuig. Ze vond het niet prettig om altijd in privévliegtuigen te reizen, want soms vond ze een doelwit in de eerste klas. Daar had ze Crandall ook leren kennen, tijdens een nachtvlucht naar Londen waar ze had toegelaten dat hij 'onschuldig' over haar been en haar arm streek. Dat werd gevolgd door een tikje op de wang, een omhelzing die iets te lang duurde, allemaal met de impliciete afspraak dat het meer kon worden als ze zaken met elkaar zouden doen.

Ze had zich in het vliegtuig net zitten afvragen of ze weg zou gaan bij IBM. Dat had ze hem tenminste verteld. Hij had dat natuurlijk nooit gecontroleerd. Dat deden mannen zoals hij niet. Ze had er de tijd voor genomen om hem binnen te halen bij Laser Focus, een truc waar ze al enige tijd aan werkte. Ze had de website op internet gezet, de powerpointpresentatie gemaakt en wat van haar eigen geld uitgegeven aan een paar etentjes met z'n tweeën.

Ze had hem ook voorgesteld aan haar twee zogenaamde partners, Bill en Joe. Deze mannen had ze al vaker voor dit soort dingen gebruikt. Ze waren niet goedkoop, maar hielden zich als echte professionals aan het script, waardoor ze meer waard waren dan ze kosten.

Tijdens verschillende besprekingen hadden zij en Crandall tot in den treure gepraat over financiële ramingen, marketingplannen, stroomschema's, kostenverdeling, personeelskosten en andere zakelijke onderwerpen. Dat had Crandall volkomen overweldigd en dat had er uiteindelijk ook voor gezorgd dat hij geen vragen meer stelde en alleen knikte als ze indrukwekkend klinkende termen gebruikte om niet te hoeven toegeven dat hij heel weinig verstand had van zakendoen.

Eigenlijk was het een eenvoudig psychologisch spel. Als je wist waar je slachtoffer enthousiast van werd, wist je alles wat je moest weten. Het ego van je slachtoffer strelen had meestal succes.

Toen ze naast Crandall in de eerste klas zat en hij haar vertelde dat hij zijn vermogen had geërfd was haar belangstelling gewekt. Mensen die hun vermogen hadden geërfd lieten hun zaken afhandelen door professionals, terwijl ze zelf alleen genoten van de voordelen van het feit dat ze in een rijke familie waren geboren. Of ze deden wat Crandall deed: zichzelf wijsmaken dat ze elke dollar zelf hadden verdiend en het zakelijk instinct hadden om zelfs nog meer te verdienen.

Ach, Phillip Crandall zou zich tevreden moeten stellen met de vele miljoenen die hij nog had. En aangezien ze hem kende, of eigenlijk zijn ego, zou hij echt niet naar de politie gaan om te vertellen dat hij was bedrogen, om de doodeenvoudige reden dat daardoor bekend zou worden dat hij een stomkop was. Maar dit kon hem ook wakker schudden. Hopelijk stopte hij de rest van zijn enorme vermogen in een degelijke portfolio met aandelen en obligaties die hij zou laten beheren door andere mensen die wél wisten wat ze deden. Op die manier kon hij de rest van zijn leven rondrijden in zijn auto die zijn eigen ego streelde en jongere vrouwen achternazitten tot zijn lul het opgaf.

Vandaag was ze veel rijker dan gisteren en toch was ze maar met één ding bezig. *Waar is mijn moeder in vredesnaam? En wie heeft haar ontvoerd? En wat ga ik eraan doen?*

28

... en ouders.

De betekenis daarvan was eindelijk tot Gibson doorgedrongen terwijl ze pannenkoeken bakte voor haar kinderen, die ongeduldig toekeken.

Clarisse had gezegd: *Je kunt uitstekende oppas inhuren als je genoeg geld hebt. Dat geldt voor kinderen én ouders.*

Een paar dagen daarna had ze een telefoontje aangenomen, terwijl ze zich kennelijk niet bewust was van het feit dat Gibson haar nog steeds kon horen. Het klonk alsof er een vrouw werd vermist. Dat had degene gezegd die naar Clarisse had gebeld. En die vrouw had Clarisse 'mevrouw Frazier' genoemd. Alweer een alias. Gibson vroeg zich af hoeveel ze er eigenlijk had.

Waarschijnlijk meer valse namen dan het aantal schoenen dat ik heb. Ze keek naar haar versleten Adidas-schoenen. *Ja hoor, zeker weten.*

Niemand zou dat ooit zeggen over zijn ouders, niet als je het over dagopvang had. Maar misschien wel als de ouders in een verzorgingshuis of een verpleeghuis woonden. Gold dat dus voor Clarisse? Tot haar moeder werd vermist?

Gibson kreeg een intrigerend idee. Kon Clarisse Francine Langhorne zijn? Haar stem klonk alsof ze ongeveer even oud was als Gibson zelf, wat overeenkwam met wat ze over Francine wist.

Ze smeerde boter op de pannenkoeken, schonk er stroop over en legde de pannenkoeken op twee borden samen met roerei en de kalkoenbacon die ze al in hapklare stukjes had gesneden. Daarna schonk ze melk in plastic bekers met een klapdekseltje en ingebouwd rietje, waardoor de kinderen er onmogelijk mee konden knoeien.

Degene die deze bekers heeft uitgevonden móét zelf kinderen hebben gehad.

Tommy vroeg om meer stroop en toen ze hem de fles wilde geven zei hij: 'Ik doe het.' Hij maakte er een smeerboel van, maar ze zei niets. Ze wist allang welke discussies wel de moeite waard waren en een discussie over een plas stroop op je bord hoorde daar niet bij.

Terwijl Tommy en Darby zaten te eten, kauwde Gibson zelf op een stuk bacon. Ze pakte haar laptop en keek naar de informatie over de familie Langhorne die ze had gedownload. Ze keek vooral naar de foto van Francine Langhorne. Op de foto leek het alsof de kinderen snel in een auto werden gezet door hun moeder Geraldine. De grote Doug Langhorne keek met een onvriendelijke en gespannen blik achterom en in de camera. Die blik beviel haar helemaal niet.

Gibson keek weer naar Francine, die veel genuanceerder leek dan haar broer. Ze keek wel verdrietig, maar straalde tegelijkertijd kracht en veerkracht uit. Zo iemand kon veel overleven, dacht Gibson, ook een misdadige vader, de moordzuchtige maffia en een tijdje in WITSEC. En uiteindelijk ook dat ze in de steek was gelaten door haar ouders.

Earl Beckett had gezegd dat Doug bij zijn zus was gebleven tot ze oud genoeg was om WITSEC vrijwillig te kunnen verlaten. In hun situatie hadden ze waarschijnlijk alleen elkaar gehad, zodat een defensieve instelling heel begrijpelijk was.

Mijn probleem is dat ik niet genoeg informatie heb over de Langhornes, vooral niet over de kinderen. Maar opeens dacht ze: stomkop, je hebt een bron die je daarmee kan helpen.

Toen Silva binnenkwam en de kinderen van haar overnam, liep Gibson snel naar haar werkkamer en belde Earl Beckett.

Hij zei dat hij die dag voor een bespreking in Williamsburg was en over een uur een kop koffie met haar kon drinken.

Ze rende naar boven, douchte en trok andere kleren aan, en stond vijf minuten te vroeg voor het koffiezaakje in de historische wijk van Williamsburg.

Toen Beckett eraan kwam, begroetten ze elkaar, waarna ze naar binnen gingen en koffie bestelden.

Ze gingen aan een tafeltje zitten en Beckett zei: 'Ik dacht al dat ik wat van je zou horen.'

'Waarom?'

'Ik heb informatie over je ingewonnen en Sullivan kwam me opzoeken. Heb zelfs met een paar mensen gepraat die je kenden en zij beschreven je als een hond met een bot die weigert los te laten.'

'Ik hou denk ik niet van onbeantwoorde vragen.'

'En, welke vragen heb je die ik kan beantwoorden?'

'Ik wil graag dat je me alles vertelt wat je weet over de Langhornes. Over de kinderen, de familiedynamiek, de relatie tussen man en vrouw, maar vooral over de kinderen.'

'Denk je dat een van hen hun papa heeft opgespoord en voor eigen rechter heeft gespeeld?'

'Dat is zeker een mogelijkheid.'

Hij knikte en nam een slokje koffie. 'Gezinsdynamiek is iets vreemds. In sommige gezinnen zie je overeenkomsten, maar elk gezin is ook weer anders. WITSEC-gezinnen zijn niet de norm. Die wijken daar zoveel van af als maar kan, tenzij je gezin uit seriemoordenaars bestaat.'

'Je bedoelt door de stress en alle ophef?'

'Ja, je moet vanuit het niets een nieuw leven opbouwen, maar dat mag geen... zeg maar bijzonder leven zijn. Dat bedoel ik, denk ik. Nadat je in WITSEC hebt gezeten word je geen rockster, CEO of professioneel sporter. Dat heb ik tenminste nog nooit meegemaakt. Je mogelijkheden zijn ontzettend beperkt en dat is echt verdomd jammer.'

Gibson speelde met haar koffiekopje, dacht aan haar eigen kinderen en zei: 'Wat de kinderen betreft, wat hun allemaal overkwam had niets met hen te maken, maar alles met de beslissingen die hun ouders hadden genomen. Nou ja, in dit geval vooral Harry Langhorne.'

'Inderdaad. En ik kan je wel vertellen dat kinderen daardoor heel vijandig tegenover hun ouders kunnen komen te staan. Dat heb ik in een heleboel WITSEC-gezinnen zien gebeuren.'

'Ook bij de Langhornes?'

Beckett knikte. 'Toen ik die opdracht kreeg, waren de kinderen jonge tieners. Harry was, om het zacht uit te drukken, een ongelofelijke rotzak. Hij pakte beide kinderen keihard aan. Wat ze ook deden, het was nooit goed genoeg. Alle nare dingen die gebeurden waren hun schuld. En hij leek het niet te kunnen verkroppen als een van hen plezier had of probeerde normaal te zijn.' Hij keek Gibson aan. 'Ik vertelde toch over het psychologisch onderzoek dat we laten uitvoeren bij alle mensen die in het programma komen?'

'Ja?'

'Nou, de uitkomsten van de onderzoeken van de Langhornes leken wel hoofdstukken uit een horrorverhaal. Harry was een psychopaat met een paar griezelige neigingen. Geraldine was een zuiplap die nooit ook maar één beslissing nam en zoveel onzekerheden had dat de psychologen maar ophielden ze te tellen. En de kinderen...'

'Wat was daarmee?'

'Laat ik alleen zeggen dat ze niet goed aangepast waren. Vergeet niet dat ze sinds hun geboorte het leven van maffialeden leidden, waar ze zich al dan niet van bewust waren. Dat is voor niemand gezond. En Harry... Nou ja, laat ik alleen maar zeggen dat de dingen die hij deed de zaak er niet beter op maakten.'

'Kun je me een voorbeeld geven?'

'Zeker wel. Ik kan het me nog goed herinneren. Francine zat in de eerste klas van de highschool, volgde dramalessen en kreeg de hoofdrol in het kerststuk op haar school. Ze was een goede actrice, was betrokken bij het plaatselijke theater en trad op in alle schoolproducties. Verdomme, als ik geen dienst had ging ik er zelfs weleens naartoe. Ze was goed, en ik bedoel echt heel goed. Een geboren actrice, zeg maar. En ondanks wat ik net zei over dat iemand na WITSEC niets bijzonders kan gaan doen, kan ik me voorstellen dat zij als ze de kans kreeg dat misschien wel had gedaan.'

'Ik heb op college een major theaterwetenschappen gedaan. Dat is verdomd intens, maar niets geeft net zo'n kick als op het podium staan,' zei Gibson.

'Dat kan ik wel geloven.'

'Welk toneelstuk was het?'

'Ik weet niet waarom en het is alweer jaren geleden, maar ik weet het nog goed. *Twelfth Night*. Ken je dat toneelstuk?' vroeg Beckett.

'Ja. Op college hebben we veel van Shakespeare opgevoerd, maar dat stuk niet. Wat gebeurde er?'

'Op de avond dat het zou worden opgevoerd was de zaal helemaal uitverkocht, maar voordat Francine naar school vertrok ging thuis het alarm af. Niet het gewone inbrekersalarm, maar de alarminstallatie die met ons kantoor was verbonden. Ons protocol was heel strikt: als dat alarm afging, werd het gezin naar een safehouse gebracht, zonder uitzonderingen, en iedereen moest daar blijven tot we zeker wisten dat er geen gevaar was. En wij hielden ons natuurlijk aan ons protocol, met als gevolg dat Francine niet mee kon spelen.'

'Ze was vast ontzettend van slag.'

'Dat werd nog veel erger toen ze ontdekte dat haar vader het alarm expres had ingeschakeld. Niet omdat er een dreiging was, maar omdat ze een zwerfkat mee naar huis had genomen om hem iets te eten te geven en het beestje op de vloer had gepoept. Het leek hem een goede manier om haar een lesje te leren door ervoor te zorgen dat ze de hoofdrol in dat toneelstuk niet kon spelen.'

'Hoe zijn jullie daarachter gekomen?'

'Verdomme, dat vertelde hij gewoon. Tegen ons, en tegen haar. Ik heb hem behoorlijk de mantel uitgeveegd en zei dat ik hem, als hij zoiets ooit weer flikte, te pakken zou nemen. Kort daarna verdween hij.'

'Hij had dus al besloten om ervandoor te gaan?'

'Echt wel. Zonder uitgebreide planning vooraf had hij nooit zo definitief kunnen verdwijnen.'

'En de zoon?'

'Dougie was zo sterk als een beer. Hij wilde sporten, maar dat mocht niet van zijn vader. Daarom bleef hij in de garage en begon met gewichtheffen. Hij was op zijn achttiende 1 meter 88 en woog bijna honderd kilo, maar zonder een spatje vet. Blond haar, leuke knul om te zien. Alle meisjes waren weg van hem, maar dat leek hij niet belangrijk te vinden. Hij had dat deel van zijn leven zeg maar afgesloten. Hij was geen gewone tiener en dat wist hij. Waarom zou je een intieme band met iemand opbouwen als het toch niets kon worden? Dat was het volgens mij, tenminste. Dus bleef hij in die garage en deed aan gewichtheffen.'

'En Geraldine? Wat was haar rol in dat gezin?'

'Zij deed wat haar man zei dat ze moest doen.'

'Kwam ze niet op voor de kinderen?'

'Dat heb ik nooit meegemaakt. Die kinderen hebben zichzelf min of meer opgevoed. Ik zeg niet dat Geraldine een slechte vrouw was, maar haar leven stortte feitelijk in nadat het gezin in WITSEC belandde. Dat kon ze niet hanteren. Maar ze hield kennelijk wel van het geld dat de maffia aan Harry betaalde. Ze leidden een goed leven in

Jersey. Maar hij was geen miljonair, toen tenminste niet. Ze hoorden bij de hogere middenklasse.'

'Had ze een baan buitenshuis toen ze in WITSEC zaten?'

'Ja, zoals ik al zei was dat verplicht. Je moest een baan nemen. En niet alleen om het geld. We wilden niet dat mensen thuis zaten te kniezen. Daar komen alleen maar slechte dingen van. Ze werkte dus een tijdje als kamermeisje in een motel, werkte bij een bowlingbaan en later bij een supermarkt. Ze had ook andere baantjes, allemaal ongeschoold werk. Maar na dat gedoe met de maffia leek het wel alsof al haar energie en ambitie waren verdwenen. Dat weet ik niet alleen door de tijd die ik met hen doorbracht, want andere Marshals vertelden me dat soort dingen ook.'

'En de kinderen hadden de pest aan hun moeder omdat ze hun kant niet koos en er niet voor hen was?'

Hij keek haar aan. 'Heb jij kinderen?'

'Ja, heel jong nog. En we zijn allemaal kind geweest.'

'Nou, dan weet je het antwoord op je vraag waarschijnlijk wel.'

Gibson slaakte een lange berustende zucht. *Ja, ik denk dat ik dat wel weet.* 'Konden de kinderen goed met elkaar opschieten?'

'Francine kon Dougie alles laten doen wat ze wilde. Zo was ze gewoon. Weet je, ik heb misschien een verkeerd beeld geschetst toen ik zei dat Dougie in de garage aan het gewichtheffen was. Die jongen was niet dom. Hij was een kniesoor, maar intelligent. Hij haalde geen geweldige cijfers, maar dat kwam niet doordat hij niet beter kon. Hij leek gewoon verveeld. Maar hij hield van zijn zus en was bereid om alles voor haar te doen. Ik denk dat hij daarom bleef tot ze oud genoeg was voordat-ie eruit stapte.'

'Ja, een goede actrice kan heel manipulatief zijn,' zei Gibson. In gedachten vloeiden het beeld van Clarisse dat zij in haar hoofd had en de foto van de jonge Francine Langhorne in elkaar over en werden heel vaag.

'Ja, dat is mogelijk. En dat was ze ook.'

'Manipulatief genoeg om hem zover te krijgen dat hij hun moeder vermoordde? Ik bedoel, je zei dat ze is verdwenen, maar weet je dat wel zeker?'

'We hebben nooit een lijk gevonden en de kinderen beweerden dat ze niets wisten over haar verdwijning.'

'Kan iemand het hebben gezien als zij haar iets aan hebben gedaan?'

'Een ander WITSEC-gezin met kinderen, de familie Enders, woonde vlak bij hen. De Langhornes gingen wel met hen om. De vaders konden het goed met elkaar vinden; ik bedoel echt heel goed. Het leek wel alsof Harry in Darren Enders een verwante ziel had gevonden. We hebben met hen gepraat, maar de avond waarop Geraldine verdween waren zij niet thuis. De volgende ochtend meldden Geraldines kinderen haar verdwijning. Ergens denk ik dat ze naar haar man is gegaan. We hebben nooit een spoor gevonden, maar ze had een grote voorsprong, net als haar man.'

'Nog één vraag.'

'Oké.'

'Kun je voorbeelden vinden van hun handschrift, van Francine en Dougie?'

'Handschrift?' vroeg Beckett.

'Ja.'

'Heb je iets in bezit waarvan je denkt dat zij het kunnen hebben geschreven?'

Do as I say, not as I do.

'Op dit moment niet, maar misschien kom ik nog een keer iets tegen.'

'Je hebt het over iets van heel lang geleden.'

'Ik verwacht echt geen wonderen. Ik vraag je alleen of je een paar mensen wilt bellen om te zien of er iets te vinden is.'

'Oké, ik zal zien wat ik kan doen,' zei Beckett.

'Bedankt. Ook bedankt voor alle informatie.'

'Denk je echt dat Harry Langhornes kinderen hem hebben gevonden en vermoord?'

'Dat is zeker mogelijk.'

En ik werk misschien samen met een van die moordenaars.

29

In de auto terug naar huis dacht Gibson na over van alles en nog wat.

Als Clarisse Francine was, kon ze haar vader in Stormfield hebben ontdekt en vermoord. Gibson wist niet of Francines broer Doug in de buurt was en daarbij betrokken was geweest.

Maar waarom heeft ze mij er dan bij gehaald? Als zij hem heeft vermoord, dan heeft ze mij er feitelijk bij betrokken om háár op te sporen.

Aangezien dat nergens op sloeg moest Gibson wel concluderen dat ze er helemaal naast zat, iets belangrijks over het hoofd zag of iets heel belangrijks niet wist waardoor haar eerste vermoeden juist zou blijken te zijn.

Ze reed haar oprit op en bleef nog even zitten.

Als Clarisses opmerking 'én ouders' betekende dat zij een ouder had in een verzorgingshuis, dan was het mogelijk dat Geraldine Langhorne nog leefde. Had Francine haar moeder gevonden en haar gedwongen te vertellen waar haar vader was? En was ze er daarna naartoe gegaan om hem te vermoorden? Maar dat verklaarde nog steeds niet waarom zij, Gibson, erbij betrokken was. En was Geraldine net iets overkomen, als zij de vermiste vrouw was? Dat was mogelijk, gezien het stukje van het telefoongesprek dat ze had opgevangen.

En als Clarisse Francine is, hoe wist ze dan van mijn bestaan?

Gebaseerd op wat Earl Beckett had verteld over het schooltoneel was Francine ook actrice geweest. Francine en Gibson waren ongeveer even oud. Had Francine op Temple gezeten toen Gibson daar ook op zat? Had ze de naam Francine Parker gebruikt, of een andere naam? En waar was Doug? Was hij zijn zus door het hele land gevolgd? Van wat Beckett over Doug Langhorne had verteld leek hij niet echt iemand die zou studeren, maar dat kon ze niet zeker weten.

Het is wel iets wat ik kan natrekken.

Gibson liep naar haar werkkamer. Ze hoorde dat de kinderen in de achtertuin met Silva speelden. Ze pakte de iPad die ze had gebruikt om foto's van de objecten in Stormfield te maken.

Ze ging zitten en scrolde door de foto's van het interieur van het landhuis. Het probleem was dat daar geen objecten waren die miljoenen waard waren. Ze had wel informatie over de Formula-motorboot. Een splinternieuw model kon ruim één miljoen dollar opbrengen, maar dit model was vier jaar oud en was dus veel minder waard. En als Langhorne de miljoenen had gebruikt om Stormfield en de boot te kopen, kon ze zich niet voorstellen hoe Clarisse dat geld in handen wilde krijgen. Francine zou dan moeten bewijzen dat ze Harry Langhornes dochter was, maar dat was niet slim als zij haar vader had vermoord. Bovendien, als het landgoed werd verkocht en miljoenen opbracht, kon de overheid aanvoeren dat het geld waarmee Langhorne het had gekocht, was gestolen van een criminele organisatie. In dat geval kreeg ze waarschijnlijk geen penny. En hoewel Harry Langhorne misschien een ongelofelijke rotzak was geweest, zoals Marshal Beckett had gezegd, betekende dat niet dat wie dan ook het recht had hem te vermoorden.

Maar hoe vaak heb ik er zelf niet van gedroomd om mijn ex te vermoorden?

Gibsons kleine zolder was bereikbaar via een luik in het plafond van de overloop. Ze trok aan het touw waardoor de vlizotrap naar beneden kwam, klom naar boven en deed het licht aan. De zolder was te laag om rechtop te staan, dus liep ze gebukt over de losse planken die dwars op de balken lagen naar een stapel dozen.

Ze maakte een van de dozen open en haalde daar haar jaarboeken van Temple uit. Ze bekeek ze allemaal en er stond niemand in die Francine Parker of Doug Parker heette, maar ze had ook niet verwacht die namen te zullen zien. Daarna bekeek ze de foto's van alle studenten. Het probleem was dat ze alleen kinderfoto's van Francine en Doug Langhorne had.

Toen ze het café verlieten had ze Beckett gevraagd of hij foto's van hen had uit hun tienertijd, maar dat was niet zo. Hij had gezegd dat ze in principe geen foto's van hun beschermelingen maakten, omdat die in verkeerde handen konden vallen. Daardoor had ze dus geen idee hoe Francine en Doug er nu uitzagen.

Ze stopte bij een bladzijde in haar eerste jaarboek en keek naar de foto van Mickey Rogers op het podium toen ze Eliza Doolittle speelde in *My Fair Lady*. Ze glimlachte en streek even over de foto's. Het meisje uit Jersey had het heel moeilijk gevonden om het Cockney-accent te leren, maar ze had daar keihard aan gewerkt. Op de foto was het publiek te zien, en ook een paar acteurs in de coulissen.

Ze hoorde haar kinderen in de achtertuin tegen elkaar schreeuwen. Ze nam het jaarboek mee, verliet de zolder en liep naar een slaapkamerraam. Ze zag dat Tommy en Darby rondjes renden met hun armen gespreid als de vleugels van een vliegtuig, terwijl Silva in haar handen klapte en om hen heen danste.

Gibson keek naar haar veel jongere ik op de foto die stralend naar het publiek keek.

Ik dacht dat ik de nieuwe Broadway-ster zou worden, al was mijn zangstem niet geweldig en waren mijn acteerprestaties redelijk maar niet echt goed. Nu ben ik bijna veertig en gescheiden, heb ik twee kinderen en ben ik betrokken bij iets waar ik helemaal niets van begrijp.

Maar ach, wie heeft ooit beweerd dat het leven voorspelbaar was?

Ze legde het jaarboek neer en liep snel naar buiten naar haar kinderen.

30

Clarisse was erin geslaagd het busje te traceren dat was gebruikt om haar moeder te ontvoeren. Het was een huurbusje en het identiteitsbewijs waarmee de huurder zich had gelegitimeerd was gestolen. Dat had ze zelf ontdekt. Het autoverhuurbedrijf kon niets doen om haar te helpen, want ze gaven kennelijk elke cent van hun budget uit aan advertenties om te laten zien hoe fantastisch hun klantenservice was en geen cent aan hun feitelijke klantenservice. Het enige wat ze hoorde waren van tevoren opgenomen stemmen die haar van de ene voicemail naar de andere doorschakelden, tot de verbinding werd verbroken.

Clarisse keek naar haar computerscherm.

Het busje was opgehaald in Asheville, North Carolina. Daarna was iemand ermee naar Greenville, South Carolina gereden. Vervolgens was het busje gebruikt om Agnes Leland te ontvoeren en daarna had iemand het ergens tussen die beide plaatsen achtergelaten. Geen sporen, geen aanwijzingen. De interessante vraag was hoe iemand contact met haar zou opnemen.

Zoals haar gewoonte was had ze een nieuw notitieboekje in gebruik genomen. Op de voorkant had ze geschreven: MAMA ZOEKEN.

Kort en to the point, maar met heel veel werk te doen en niet veel om mee te werken.

Ze hackte wat ze moest hacken en zag op de beelden van bewakingscamera's dat Hoody de bus huurde in Asheville, niet meer dan een uur rijden van de staatsgrens en Greenville. Alles in de wereld was verbonden met alles en dat betekende feitelijk dat privacy niet meer bestond, nooit en nergens. Ze zoomde in op de huurder, maar die keek geen enkele keer in de richting van de camera.

Met een app berekende ze de lengte van die persoon: ruim 1 meter 80, maar dat was inclusief schoenen. Doordat Hoody wijde kleren droeg kon haar schatting van het gewicht en de lichaamsbouw er heel ver naast zitten.

Het identiteitsbewijs dat was gebruikt om het busje te huren stond op naam van Daryl Oxblood uit The Plains, Virginia. Uit de bestanden van het DMV, het Department of Motor Vehicles, bleek dat er inderdaad een Daryl Oxblood uit The Plains, Virginia, bestond. De gebruikte creditcard stond ook op naam van Oxblood.

Ze leunde naar achteren en dacht hierover na.

Ga ik naar The Plains of wacht ik tot ze contact met mij opnemen? Of hebben ze dat al gedaan?

Er was maar één manier om daarachter te komen. Met een wegwerptelefoon belde ze het tehuis in Greenville.

De directeur vroeg een beetje angstig: 'U laat me toch niet ontslaan, hè? Ik heb deze baan echt nodig.'

'Hoe goed zijn de firewalls van jullie computernetwerk?'

'Ik heb helemaal geen verstand van firewalls, maar we hebben een mannetje. Hij is een neef van iemand die hier werkt en hij gaf ons een goede deal om...'

Clarisse verbrak de verbinding en controleerde het e-mailadres dat ze het tehuis had gegeven voor noodgevallen. Ze had ook een telefoonnummer gegeven en dat nummer hadden ze inderdaad gebeld toen haar moeder werd vermist. Toch was ze ervan overtuigd dat het eerste contact niet per telefoon zou plaatsvinden, áls er contact werd opgenomen.

En daar was het dan.

In de spammap van haar e-mail.

Hallo! Verrassing! Het heeft even geduurd, maar net als jij geef ik niet snel op. De ouwe trut is gezond en een enorme lastpak, zoals altijd. We moeten dingen bespreken. Ik laat je wel weten wanneer. Bereid je maar voor op een moeilijke klus, want we gaan dit volkomen anders doen. Het wordt een wilde rit, schatje.

Je wilt dit naar een ander niveau brengen? Nou, dat kan twee kanten op gaan. Maar hoe hebben ze mama gevonden, en toen mij?

Ze overwoog mogelijke scenario's. De dekmantel was uitstekend. Agnes was niet goed wijs, dus zou ze niemand ook maar iets vertellen. Greenville, of all places. Hoe was het dus gebeurd? Het antwoord beviel haar niet, maar ze kon er niet omheen.

Ze hebben mij niet via mama gevonden, maar mama via mij.

In gedachten ging ze terug naar de laatste zes maanden van haar activiteiten om te zien waar ze haar ontdekt konden hebben. Ze keek in haar notitieboekjes en computerbestanden en...

Frankfurt, Kentucky. Matchfixing door een paardenfokker die zichzelf als een soort halfgod beschouwde. Het was een operatie van slechts tweehonderdvijftigduizend dollar, plus een renpaard dat ze later voor een leuk bedrag had verkocht. Er was niets misgegaan.

Die senator met dat kleine pikkie van Angie. Ook hier: niets aan de hand. Ze was pas op het allerlaatste moment ter plaatse geweest.

Phillip Crandall. Ja, daar had ze meer voor moeten doen. Ze had in die zaak geïnvesteerd, zowel digitaal als fysiek.

Ze bladerde door haar notitieboekjes en keek daarna op de computer naar de plaatsen waar ze was geweest. Ze haalde camerabeelden op van plekken waar ze op camera's was gezien, maar dan was ze altijd vermomd geweest. Een vermomming die niemand kon doorzien, vooral niet nadat er zoveel tijd was verstreken.

Ze scrolde door de schermen. Het vliegveld, de restaurants. De ontmoetingsplaatsen. Haar bespreking met haar beide handlangers, Bill en Joe. Ze zag niets wat anders was dan het moest zijn. Niemand die haar zelfs maar een beetje aandacht schonk.

Het gebouw waar het niet-bestaande Laser Focus was gevestigd.

Dat had niets te maken met Creative Engineering, de kantoorruimte die ze had gebruikt om Phillip Crandall te duperen.

Maar Creative was niet het enige bedrijf in dat gebouw. Daar zat ook een groothandel in juwelen, Stewart & Sons. Ze had van tevoren het nieuwsartikel gelezen, maar toen was haar niets bijzonders opgevallen. Ze waren beroofd. Ongeslepen edelstenen met een waarde van twee miljoen dollar uit een kluis die gegarandeerd inbraakvrij was, maar toch zonder gebruik van geweld was geopend, waardoor de politie had gedacht dat het een inside job was. Mensen waren verhoord en gearresteerd en daarna vrijgelaten wegens gebrek aan bewijs of alibi's. De verzekering had de schade betaald en de autoriteiten begrepen er niets van.

Dat gold niet voor haar. Nu niet.

De schoonmaakploeg, waar ik een tijdje deel van uitmaakte. Daar was toen ook een andere vrouw, van mijn leeftijd en zelfs ongeveer even lang als ik.

Ze dacht terug. Nee, ze heeft me haar gezicht nooit laten zien en droeg continu een mondkapje vanwege covid. Maar de schoonmaakploeg had de winkel van de juwelier schoongemaakt. Clarisse had de indrukwekkende kluis gezien met het digitale paneeltje en de laserstruikeldraden en alle alarmsystemen. Ze hadden de strikte opdracht daar niet bij in de buurt te komen.

Twee miljoen dollar aan ongeslepen edelstenen, het eenvoudigst om te helen. Daar hadden ze waarschijnlijk ongeveer een half miljoen aan overgehouden. Niet verkeerd voor alle tijd en moeite.

De kluis openmaken was niet erg ingewikkeld geweest, zodat het haar had verbaasd dat de plaatselijke politie er niets van begreep. Ze haalde zich de kluis voor de geest. De laserstruikeldraden waren het eerste obstakel. Nodig: een paar spiegels op een opvouwbaar frame dat op de juiste wijze geplaatst de laserstralen doorzond over hun oppervlak zodat de loop niet werd onderbroken, terwijl in het midden een opening vrij bleef waar je doorheen kon – net zoals een *running back* door een opening in de lijn gecreëerd door zijn blockers kon rennen. Vervolgens liep de lijn vlak, landde in een emmer water en werd onzichtbaar.

Daarna de tiencijferige code om de alarminstallatie uit te schakelen met alle mogelijke combinaties. Maar als je het kon beperken tot vier cijfers was het goed te doen met een app die je op je telefoon kon downloaden. Hoe je die tien cijfers kon beperken tot vier?

In gedachten bespoot ze het toetsenbord met een vloeistof waardoor het onder de correcte lichtbron zou oplichten. Degene die de kluis op of van slot deed zou alleen de vereiste toetsen indrukken en zijn oplichtende vingerafdrukken achterlaten. Zo elimineerde je zes van de tien mogelijkheden. En daardoor verminderde je tien miljard mogelijke combinaties tot tienduizend. En de juiste combinatie was binnen een paar seconden gevonden.

Daarna: een plaats om de edelstenen te verbergen? De stok van de dweil. Die is hol. Maak hem aan één kant open, stop de edelstenen erin en vervolgens een handjevol piepschuimkorrels zodat de edelstenen niet gaan rammelen. Ze had dat vertrek zelf ook binnen kunnen gaan en dat allemaal in een paar minuten kunnen doen.

En dat had ze misschien gedaan ook, als ze niet bezig was geweest met Phillip Crandall van een deel van zijn geld af te helpen.

Ze heeft me op de een of andere manier herkend. Ze volgde me. Ze ontdekte wat ze moest weten. Ze wist dat ik naar Greenville was geweest. Ik ben daar twee keer met een commercieel vliegtuig naartoe gegaan. Zij zat in dat vliegtuig. Ze volgde me naar het verzorgingshuis. Ze kocht de mensen om die daar werken. Of – en dat is waarschijnlijker – ze is om contact te vermijden met iemand die daar werkt en daardoor getuigen achter te laten misschien naar binnen geglipt door te doen alsof ze op bezoek ging bij iemand anders, waarna ze bij Agnes ging zitten die haar, op een van haar heldere momenten, alles vertelde wat ze moest weten. Dat zou Agnes me niet vertellen, omdat ze waarschijnlijk dacht dat ze me in haar macht had. Maar toen ontvoerden ze haar, en het is wel duidelijk waarom.

Nu weet ik dus hoe het gebeurd kán zijn. Ik denk ook dat ik wel weet wie dit heeft gedaan. Maar meer dan dat heb ik niet. Dus zij hebben mama in hun macht en ik heb geen idee waar ze haar hebben. Maar ik moet één ding doen: deze shop sluiten en een andere openen. Dan wordt het spoor naar mij toe koud.

Clarisse ging meteen aan de slag om dat te doen.

Mickey Gibson zou even moeten wachten.

31

Gibson keek naar haar kinderen die zaten te eten, of eigenlijk moest ze zeggen dat Tommy zijn eten naar binnen schrokte en Darby ermee zat te spelen. Dat was vervelend, maar ze begreep het wel, want zo was ze zelf ook geweest. Haar broers aten altijd alles, terwijl zij eten niet belangrijk vond en zo mager was als een lat. Ze voelde even aan haar heupen en deed haar ogen dicht. *Die goeie ouwe tijd.*

Later bracht ze de kinderen naar bed en ging daarna naar haar werkkamer. Ze zat een minuut of tien naar de wegwerptelefoon te staren voordat ze de belknop indrukte.

'Het komt nu niet goed uit,' zei Clarisse.

'Waarom neem je dan op?'

'Ik dacht dat het misschien belangrijk was. Is het belangrijk?'

'Ik ben bij Nathan Trasks huis geweest.'

'Dat héb je me al verteld.'

'Maar we hebben ons gesprek niet afgemaakt. Hoe denk je in vredesnaam dat ik die man te zien kan krijgen? Onopvallend gaat dat niet lukken, zoals je zelf al zei, tenzij ik mezelf onzichtbaar kan maken.'

'Ik had niet het idee dat het mijn werk was om jóúw werk te doen.'

'Ik kan me niet herinneren dat je me hebt ingehuurd om een klus te doen!' snauwde Gibson. 'Of is mijn salarischeque zoekgeraakt?'

'Je zit hier tot aan je nek in. Nee, tot ver boven je hoofd! Als Trask inderdáád bij Langhornes dood betrokken is, weet hij allang van jouw bestaan.'

'Je klinkt geagiteerd.'

'Misschien ben ik dat wel. En misschien hoef ik jou niet te motiveren, Mickey. Ik dacht dat je dat zelf wel kon. Je bent een slimme vrouw, gedraag je ook zo.'

'Misschien moeten wíj elkaar ontmoeten. Via Zoom.'

'Waarom?'

'Ik wil graag weten met wie ik te maken heb.'
'Je weet al met wie je te maken hebt. Met mij.'
'Je bent niet meer dan een stem aan de andere kant van de lijn.'
'Een stem die al een hele tijd je hand vasthoudt en je over het pad leidt dat je moet volgen. Ik stel voor dat je vanaf nu zelf de leiding neemt.'
De verbinding werd verbroken.
Langzaam legde Gibson de telefoon neer.
Ze pakte het jaarboek en bladerde erin. Ze concentreerde zich nu op een paar mensen in het publiek en bekeek ze een voor een. Maar dat leek zinloos. Waarom zou Francine Langhorne in Philly in de zaal tussen het publiek zitten om naar een toneelstuk te kijken waarin Mickey Rogers de hoofdrol speelde?
Daarna keek ze naar iets anders, naar de coulissen, naar de mensen achter de schermen. Dat waren overwegend leerlingen van Temple en soms een paar mensen die bij de universiteit werkten. Gibson had in die tijd een paar leerlingen geholpen, was hun mentor geworden en had hun een schouder geboden om op uit te huilen als ze slechte cijfers hadden gehaald.
Ze maakte met haar telefoon foto's van alle foto's, mailde ze naar zichzelf, startte haar computer en opende de foto's op het grote scherm. Vervolgens zoomde ze in op de gezichten in de coulissen. Dat waren er een heleboel. Voor een toneelstuk waren veel mensen nodig, of het nu op college was of op Broadway. Ze bekeek de foto's een voor een, maar er was niets wat eruit sprong.
Waarom zou het ook? Ik heb foto's van Francine Langhorne als kind.
Wacht, kan het zijn dat onze wegen elkaar hebben gekruist toen ik nog bij de politie zat? Ze wist dat ik bij de politie van Jersey City heb gewerkt. Heb ik haar een keer gearresteerd? In die tijd heb ik heel veel mensen gezien. Ze wist ook dat ik voor ProEye werk. Maar ik heb nog nooit iemand van ProEye ontmoet, doordat alle contacten via internet lopen.
Ze zuchtte en leunde naar achteren. Dit schoot niet echt op.
Oké, ik moet dit voorlopig even laten rusten en gaan doen waar ik goed in ben.
Dat betekende op haar gebruikelijke manier op zoek gaan naar Pottingers bezittingen, via internet.
Ze vond een paar privégegevens van Pottinger door zijn aankoop

van Stormfield. Die gebruikte ze als basis voor haar overzicht van zijn financiële activiteiten.

Opeens, tot haar grote verrassing, ging de wegwerptelefoon. Ze nam op.

Clarisse zei: 'Neem me niet kwalijk dat ik net zo bot was. Ik heb inderdáád iets anders aan mijn hoofd, maar dat is geen excuus voor botheid.'

'Oké,' zei Gibson met tegenzin, overdonderd door deze abrupte ommekeer.

'Ik heb advies voor je over Trask. Hij heeft een heel leger medewerkers en bodyguards plus het gebruikelijke gevolg van de koning die hij denkt te zijn.'

'Dat bedoelde ik ook. Dus hoe kan ik...'

'Waarom denk je dat hij een huis in Virginia Beach heeft laten bouwen terwijl hij overal ter wereld kan wonen?'

'Nou?'

'Omdat zijn vader, Sam Trask, ook in Virginia Beach woont.'

'Wat?! Waarom heb je me dat niet eerder verteld?'

'Ik heb liever dat mensen dingen zelf ontdekken.'

'Trask senior weet kennelijk wat zijn zoon in werkelijkheid is,' zei Gibson.

'Inderdaad. Toen Sam nog bij de FBI werkte, hebben ze een sterke zaak tegen zijn zoon opgebouwd. Officieel mocht zijn vader daar natuurlijk niets mee te maken hebben, om belangenverstrengeling te voorkomen, maar ik hoorde dat hij achter de schermen de leiding had van dit onderzoek. Maar de bodem viel onder de zaak vandaan toen een groep vrouwen, die Trask voor mensenhandel en gedwongen prostitutie naar de gevangenis hadden kunnen sturen, levend zijn verbrand tijdens een hotelbrand in San Antonio.'

'Het werk van Trask?' vroeg Gibson.

'Dat is duidelijk, maar kon niet worden bewezen. Sam Trask is op zijn zevenenvijftigste met pensioen gegaan; dat is verplicht voor special agents. Daarna werkte hij ruim tien jaar bij Kroll International. Ken je dat bedrijf?'

Gibson zei: 'Natuurlijk, dat is een van de grootste en bekendste *private security-* en onderzoeksbedrijven ter wereld. Zij zijn een concurrent van ProEye.'

‘Hij deed gespecialiseerd werk voor ze. Daarvoor gebruikte hij zijn uitgebreide kennis en zijn contacten die hij bij de FBI had opgedaan. Hij reisde de hele wereld over voor zijn zaken, en er was een overlap met de soort misdaden waar zijn zoon bij was betrokken.’

‘Je bedoelt dus dat de vader nog steeds probeerde zijn zoon erbij te lappen?’

‘Dat is bijna Bijbels, nietwaar?’ zei Clarisse. ‘Sam Trask is nu tachtig, met pensioen en weduwnaar. Hij woont al vijf jaar in The Feathers, een verzorgingshuis in Virginia Beach. Hij heeft wat gezondheidsproblemen, maar met zijn verstandelijke vermogens is niks mis.’

‘En zijn zoon heeft dat monstrueuze pand gebouwd nadat zijn vader daar is gaan wonen?’ vroeg Gibson.

‘Ja, alsof hij wilde zeggen: moet je mij zien, ik heb dit fantastische huis en jíj zit opgesloten in een verzorgingshuis.’

‘Als ik Sam was ging ik ergens anders wonen. Om zijn zoon te dwingen heel veel geld uit te geven om een ander huis te bouwen.’

Clarisse zei: ‘Ik denk niet dat Sam Trask zijn zoon het plezier wil doen hem te laten weten dat hij nog altijd aan hem denkt.’

‘Gaat Nathan ooit bij hem op bezoek?’

‘Zijn vader wil niets met hem te maken hebben, zodat hij het niet meer probeert. Dus misschien is dat je ingang.’

‘Hoezo?’ vroeg Gibson.

‘Sam Trask weet meer over zijn zoon dan wie ook.’

‘Als dat zo is, waarom heeft de zoon zijn vader dan nog niet uitgeschakeld?’

‘Hij zou de voornaamste verdachte zijn als dat gebeurt, waardoor de FBI zich weer met hem gaat bemoeien. Zijn vader kan hem nu niet echt meer iets maken, dus waarom zou hij zichzelf die problemen op de hals halen?’

‘Je wilt dus dat ik met zijn vader ga praten?’ vroeg Gibson.

‘Heb jij soms een beter idee? Kennelijk niet, want je belde me om erover te klagen dat je geen kans had Nathan Trask te naaien.’

‘Wacht eens even, hem naaien?’

‘Oké, informatie over hem te krijgen,’ zei Clarisse.

‘Maar Langhorne is nog maar kortgeleden vermoord, terwijl Sam Trask al jaren uitgeschakeld is. Wat kan hij dan weten over de activiteiten van zijn zoon in die periode?’

'Ik zei dat hij met pensioen was, niet dat hij zich nergens meer mee bemoeide. En het kan toch geen kwaad om die man op te zoeken en hem een paar vragen te stellen?'

'Maar zal Trask hem niet in de gaten laten houden, vooral aangezien zijn vader zoveel weet?'

'Niets van wat de vader weet was genoeg om de zoon op te pakken. En als Sam inderdaad in de gaten wordt gehouden, moet je iets bedenken om hem onopgemerkt te spreken.'

'Zoals jij het verwoordt klinkt het heel eenvoudig,' mopperde Gibson.

'Ik heb je hier niet bij gehaald omdat het eenvoudig was, maar omdat je goed bent.'

'Ik ben een ex-agent. Ik kan me niet ophouden met criminelen en illegale dingen doen.'

'Is dat zo? Hoe heb je dan ontdekt dat Daniel Pottinger in werkelijkheid Harry Langhorne was? Ik zou denken dat je criminele en dus illegale dingen hebt moeten doen om die informatie te krijgen.'

Oké, daar ben ik met open ogen in getuind.

'Wat kan Sam Trask me vertellen, denk je?'

'Dat is toch de reden dát je hem iets moet vragen? Oké, ik ben er klaar mee om je handje vast te houden. O ja, nog één ding.'

'Ja?'

'Toen Sam Trask veel jonger was zat hij bij de FBI-taskforce die de maffiabazen heeft opgepakt met wie Harry Langhorne samenwerkte. Maar ik weet zeker dat je dat al wist, of niet soms?'

En met die uitsmijter verbrak ze de verbinding.

Gibson dacht niet dat Clarisse opnieuw zou bellen.

Misschien heeft ze wel gelijk. Ik zet me niet voor de volle honderd procent in, omdat ik blijf twijfelen of ik hier echt bij betrokken wil worden of niet.

Ze googelde The Feathers. Dat was een duur tehuis, vele malen duurder dan Gibson zich ooit kon permitteren als haar tijd was gekomen om met pensioen te gaan.

De namen van de bewoners waren natuurlijk niet beschikbaar. Ze scande de info van het tehuis. Ze hadden daar een gesloten afdeling voor bewoners met dementie, een bibliotheek, een spelletjeskamer, een kapsalon, een binnenplaats, open haarden, een eetzaal en andere gemeenschappelijke ruimtes.

Tot haar verrassing piepte de wegwerptelefoon opnieuw. Geen gesprek, maar een mailtje.

De bijlage was een foto van een gedistingeerde oudere man. Eronder stond: *Sam Trask. Succes met de jacht.*

Gibson bekeek de foto aandachtig en vroeg zich af wat de beste manier was om dit aan te pakken. Nadat ze een plan had opgesteld moest ze toegeven dat iets van de verdwenen opwinding van haar vroegere carrière langzaam maar zeker terugkwam. Het was niet alleen de opwinding die ze had gevoeld tijdens haar werk bij de politie, maar ook de opwinding die ze had gevoeld als ze tijdens haar studie toneelspeelde.

Ze keek even bij de kinderen, maakte Tommy wakker die een afschuwelijke nachtmerrie had en hield hem in haar armen tot hij weer in slaap was gevallen. Als kind had ze zelf ook nachtmerries gehad, zodat ze heel goed wist hoe verschrikkelijk die konden zijn.

Gibson ging naar haar kamer, zette de wekker, trok het dekbed over zich heen en dacht aan wat ze ooit was geweest en misschien nog altijd kon zijn.

32

Nadat de kinderen de volgende ochtend waren gewassen en hadden ontbeten, kon ze de zorg voor hen overdragen aan Silva.

Gibson vertrok naar The Feathers in een outfit die ze twee jaar geleden voor het laatst had gedragen. Dat was een week of drie na de geboorte van Darby, toen ze haar zwangerschapsvet nog had en had geweigerd nog meer kleren van haar moeder te lenen.

Ze reed twee keer langs The Feathers om te zien of iemand het tehuis observeerde. Ze kon zich niet voorstellen dat Nathan Trask zijn vader 24/7 in de gaten liet houden, maar de man had zoveel geld dat Gibson het logisch vond om dat toch te checken.

Er leek niets aan de hand, dus reed ze de parkeerplaats op. Ze liep naar binnen met een cadeautasje en een bosje bloemen die ze had gekocht als onderdeel van haar dekmantel. Er lag een bezoekerslijst, dus schreef ze zich in, met een onleesbare krabbel. Ze nam haar temperatuur op met het apparaatje dat naast de bezoekerslijst lag en zag dat die normaal was. De vrouw aan de receptiebalie, die aan de telefoon zat, knikte naar Gibson. Ze glimlachte terug en hield het cadeautasje en de bloemen omhoog. De vrouw zei geluidloos: heel mooi.

Een andere vrouw in een blauwe jasschort liep voorbij met een mand vol wasgoed. Ze knikte naar Gibson en liep door.

Gibson liep de gang links in en kwam langs de bibliotheek en een paar gemeenschappelijke ruimtes. Er was niemand in de verplegerspost in deze gang. Ze wist dat het heel moeilijk was voor dit soort tehuizen om personeel vast te houden, door het lage loon en de niet bepaald ideale arbeidsomstandigheden.

Werken met oudere mensen, die vaak pijn hadden, soms depressief of niet helder waren, was voor iedereen zwaar. Bovendien hadden zelfs de duurdere tehuizen een klein budget, zodat ze om winst te maken de personeelskosten zo laag mogelijk moesten houden.

Dat was allemaal niet goed voor de patiëntenzorg, maar juist wel voor wat Gibson die dag van plan was.

Op de deur van iedere bewoner zat een naambordje. Ze liep langs twaalf kamers zonder Trask te vinden.

Een bewoner liep langzaam met een rollator door de gang. Ze vroeg hem of hij wist welke kamer van Sam Trask was. Hij keek haar met een lege blik aan, likte over zijn lippen en liep door.

Ze liep een hoek om en kwam een ander personeelslid tegen.

'Kan ik u helpen?' vroeg de vrouw met een intrigerende mengeling van vriendelijkheid en argwaan.

'Ik zoek de kamer van mevrouw Edison.' Gibson had die naam gezien op een van de deuren waar ze langs was gekomen. Ze wilde niet naar Trasks kamer vragen voor het geval de zoon hier spionnen had. 'Een oude vriendin van mijn moeder.' Ze wees naar het cadeautasje en de bloemen. 'Ik dacht dat dit haar wel zou opvrolijken.'

'Dat weet ik wel zeker. Kate is gek op bloemen. Maar u bent erlangs gekomen. U moet terug, de hoek weer om. Derde deur rechts.'

Gibson glimlachte. 'Dank u wel. Ik moet misschien toch maar een bril.'

De vrouw grinnikte en opende een deur waarop stond: ALLEEN TOEGANG VOOR PERSONEEL

Gibson liep door en sloeg weer een hoek om. Ze kwam een oudere vrouw in een rolstoel tegen die een deuntje floot dat Gibson niet kende. De vrouw stopte en vroeg: 'Bent u verdwaald?'

'Misschien wel. Dit is mijn eerste bezoek aan mijn oudoom.'

'Hoe heet hij?'

'Sam Trask.'

'Kamer 223, boven.'

'Ontzettend bedankt.'

Gibson vond de trap, liep naar boven en klopte tien seconden later op Trasks deur. Op een bordje naast de deur stond de waarschuwing dat in de kamer zuurstof werd gebruikt.

'Binnen,' zei een autoritaire stem.

Ze hijgde een beetje, niet door het traplopen, maar door haar angstige voorgevoelens. Ze opende de deur en liep naar binnen.

Misschien kan ik iets van die zuurstof krijgen.

33

Het eerste wat Gibson opviel was dat de voorkamer zo netjes was. Ze zag nergens rommel en maar weinig meubels. Ze keek om zich heen en zag twee stoelen, een salontafel, een boekenplank vol boeken van verschillende genres, een keukentje met een gootsteen, kastjes en een tafelkoelkast onder het aanrecht. De foto's aan de muur leken in dezelfde winkel te zijn gekocht: vogels, landschappen, een berg. Ze zag geen persoonlijke foto's, geen snuisterijen. Op het vloerkleed zag ze stofzuigersporen. Op het aanrecht een magnetron, een paar kerstkaarten die keurig in het gelid stonden en één verjaardagskaart. De badkamer was tegenover de keuken. Het snoer van een zuurstofcilinder zat in een stopcontact en het slangetje lag op de vloer en liep via een kort gangetje naar de achterkamer.

'Wie is daar?' riep dezelfde stem.

'Meneer Trask?' riep Gibson. Ze legde het cadeautasje en de bloemen op het aanrecht en liep de achterkamer in. 'Ik wil graag even met u praten, mag dat?'

Ze keek om zich heen. Aan de muur hing een grote flatscreen-tv die was afgestemd op CNN. Verder zag ze een bed, een nachtkastje met een stapeltje boeken erop en een fauteuil. In een boekenkast lagen hoge stapels serieuze boeken, vooral over geopolitiek. Een klein raam bood uitzicht op de binnenplaats.

Sam Trask zat achter het bureau en voor hem stond een laptop. Naast hem stond een rollator, maar wat haar intrigeerde was wat ze níét in het kleine appartement zag.

Trask draaide zich om in zijn stoel en keek haar aan. Het zuurstofslangetje eindigde in een neusbril. Ze schatte hem op ruim 1 meter 80, hij was slank en hoewel hij zuurstof nodig had leek hij toch fit. Hij had dun spierwit haar, een knap en ruw gezicht, zijn ogen leken vuurstenen en zijn kin stak strijdlustig vooruit. Hij leek uit te

zijn op een confrontatie. 'Wie ben je? En waar wil je over praten?'
'Mijn naam is niet belangrijk, maar de reden dat ik hier ben is dat wel.'
'Dat moet je uitleggen.'
Ze kon wel zien waarom hij het goed had gedaan bij de FBI. Hij was zelfverzekerd, maar toch nieuwsgierig. Direct, maar toch subtiel.
'Hebt u ooit gehoord van ene Harry Langhorne?'
'Maffia-accountant. Was getuige voor het Openbaar Ministerie en heeft daardoor meegeholpen om verschillende maffiafamilies uit New York en New Jersey veroordeeld te krijgen, waaronder de Giordano's. Hij en zijn gezin werden opgenomen in WITSEC, maar daarna ben ik hem uit het oog verloren.'
'U zat in de taskforce die de maffia ten val heeft gebracht.'
'Ik was slechts een van velen.'
Hij is ook bescheiden. Hoe is het mogelijk dat Nathan Trask zijn zoon is?
'Wat heb jij daarmee te maken?' Hij keek haar aan, terwijl hij een paar keer diep de zuurstof uit de tank in de gang inademde. 'Jij was toen nog maar een kind.'
'Harry Langhorne bezat in die omgeving een huis onder de naam Daniel Pottinger. In dat huis is hij een paar dagen geleden gevonden, vermoord.'
Trask dacht hierover na.
Gibson keek naar hem en kon zich goed voorstellen dat hij op dezelfde manier nadacht wanneer een jonge agent hem van informatie voorzag.
'Welke omgeving precies?'
Deze vraag verbaasde haar, maar ze beantwoordde hem wel. 'Een landgoed dat Stormfield heet, iets ten noorden van Smithfield, aan de James River.'
'Hoe is hij vermoord?'
'Botulinetoxine A.'
'Gevaarlijk spul. Dat is geen pijnloze dood.'
'Dat geloof ik meteen. Maar hij had toen al een terminale hersentumor.'
'Harry Langhorne is dus eindelijk dood?'

'Hebt u hem ontmoet?'

'Inderdaad. Geen aardige man, maar dat kan toch ook niet anders? Verraad plegen om zijn eigen huid te redden, net zoals al dat andere tuig.'

'En zijn gezin?'

'Wat is daarmee?'

'Hebt u hen ontmoet?'

'Ja, vluchtig. Geraldine, zijn vrouw; Francine en Douglas, hun kinderen.'

'U hebt een goed geheugen.' Ze keek naar zijn neusbril.

'Met mijn hoofd is niets mis, maar ik heb te veel gerookt,' zei hij toen hij haar blik zag. 'Dat was mijn enige zwakte, maar daar heb ik nu behoorlijk last van. Dat, én het begin van parkinson.' Hij stak zijn hand uit en ze zag dat die licht trilde.

'Wat vervelend voor u.'

'Maar niet onverwacht op mijn leeftijd. Op een bepaald moment zal mijn geest het ook opgeven, en dat is dan dat.'

'Ik hoop dat ik daar net zo mee om kan gaan als u als mijn tijd is gekomen.'

'Dat hoop ik ook voor je, want je weet nog hoe je was en dat... is niet gemakkelijk.'

'Dat kan ik me voorstellen.'

'Je bent niet van de politie, anders had je me je badge wel laten zien. Waarom wil je dit allemaal weten?'

Ze liet hem haar ProEye-legitimatie zien.

Hij bekeek die en knikte. 'Goed bedrijf. Jullie waren een geduchte concurrent van Kroll, mijn oude werkgever.'

'Bedankt. Het gerucht gaat dat Langhorne er met een groot deel van dat maffiageld vandoor is gegaan. Voor dat landgoed heeft hij vijf miljoen betaald, cash. Maar ze zeggen dat er meer geld was, veel meer. En als hij dat de afgelopen dertig jaar heeft geïnvesteerd, dan is dat inmiddels nog veel meer.'

'Probeer jij dat geld terug te krijgen voor klanten van ProEye? Wie zijn dat precies?'

'Dat mag ik u niet vertellen, geheimhoudingsplicht. Dat begrijpt u natuurlijk wel.'

Hij glimlachte even, hoewel ze niet begreep waarom. 'Ja hoor, ik ken de regels voor geheimhouding beter dan de meeste mensen. Jullie kunnen niet werken namens de nakomelingen van maffialeden. ProEye houdt zich aan de wet, zodat jullie geen klant aannemen die illegaal verkregen geld terug wil krijgen. Ik vraag me dus af wie die klant is.'

'Zonder te veel te vertellen, misschien iemand van wie de maffia dat geld oorspronkelijk heeft afgepakt.'

'Dat zijn heel veel mensen en bedrijven.'

'Inderdaad.'

'Wat wil je van mij weten?'

Ze begon aan het verhaal dat ze tijdens de rit hiernaartoe had geoefend. 'We hebben een paar van Daniel Pottingers zakenrelaties gevonden en zij kunnen de voornaamste verdachten zijn van de moord. Feit is dat Harry Langhorne gewoon een crimineel bleef toen hij Daniel Pottinger werd. Hij opereerde op grote schaal en wereldwijd. Zijn criminele activiteiten waren de ergste van de ergste, en hij werkte samen met mensen die de middelen hadden om dat te doen.'

Gibson zweeg en keek hem alleen maar aan. Ze kreeg medelijden met hem toen hij zijn brede schouders liet zakken, zijn knappe gezicht vertrok en zijn ademhaling iets versnelde.

'Ik neem aan dat dat verklaart waarom je hier bent,' zei hij.

'Geloof me alstublieft als ik zeg dat ik u hier niet mee lastig zou vallen als ik andere betrouwbare aanwijzingen had.'

Hij keek haar opnieuw onderzoekend aan. 'Dit is niet seksistisch bedoeld en ik ben geen vrouwenhater, hoewel mijn generatie daar over het algemeen wel schuldig aan is, maar je lijkt me niet het type dat op lieden als mijn zoon jaagt.'

Gibson dacht aan haar stationwagon met de twee kinderstoeltjes achterin die op de parkeerplaats stond. Ze zei: 'Misschien is dat mijn superpower. Iedereen onderschat me en negeert me, terwijl ze dat niet zouden moeten doen.'

Hij keek haar nu vol respect aan. 'Dat begrijp ik wel. In mijn tijd hadden we een paar vrouwelijke collega's die precies aan die beschrijving voldeden. Andere agenten zeiden soms dat ze koffie voor hen moesten halen, terwijl ze die kerels de week daarna te slim af waren door een belangrijke arrestatie. Ze werkten gewoon harder.'

'Zo zie je maar.'

'Hoe dan ook, je hebt nog niet verteld wat je van me wilt.'

'Alles wat u weet over uw zoon en over zijn mogelijke samenwerking met Harry Langhorne alias Daniel Pottinger.'

'Ik doe al heel lang niet meer mee.'

Ze keek naar zijn computerscherm. 'Toen ik binnenkwam zat u op een website die ik gebruik om gestolen bezittingen op te sporen. Op het darkweb.' Ze keek naar de geopende krant naast de computer. 'En zo te zien niet gewoon voor de lol.'

Hij keek naar zijn krant. 'Dat houdt mijn geest scherp.'

'Andere mensen doen sudoku's en Wordle om hun geest scherp te houden. U jaagt op criminelen.'

'Je moet hier niet meer van maken dan het is. Ik doe dit alleen om bezig te blijven. De mensen hier zitten de hele tijd te bridgen. Ik heb de pest aan kaartspelletjes.'

Ze keek om zich heen. 'U hebt ook geen *ego wall* met diploma's, aanbevelingen, prijzen of foto's waarop u een president een hand geeft. Niets waarmee u laat zien wat u vroeger deed. En ik weet dat u al die dingen hebt, omdat ik u heb nagetrokken voordat ik hiernaartoe kwam. U hebt elke medaille die de FBI verleent gekregen, plus een heleboel andere van de federale overheid én van vijf andere landen met wie u hebt samengewerkt aan complexe onderzoeken. Frankrijk en het Verenigd Koninkrijk hebben u benoemd tot erelid van respectievelijk de DGSE en MI6. U hangt op de Wall of Fame van Interpol. Vier presidenten hebben u naar het Witte Huis laten komen voor een foto als dank voor uitstekend werk. Toch hebt u ervoor gekozen dat allemaal niet tentoon te stellen. Daardoor krijg ik niet de indruk dat u iemand bent die als gepensioneerde alleen maar terugkijkt op het verleden. Dat ruikt naar een man die nog altijd heel betrokken is en vooruitkijkt, ondanks bepaalde, aan uw leeftijd gerelateerde ongemakken.'

Hij leunde naar achteren en trommelde met zijn vingers op de armleuningen van zijn stoel. 'Hoeveel tijd heb je?'

'Alle tijd die ú nodig hebt, meneer Trask.'

34

Door het raampje van het United Airlines-toestel zag ze een prachtig landschap met groepjes huizen. Sommige huizen waren vrij groot en ambitieus, maar de meeste waren kleine onopvallende juwelen in een minder luxueuze ketting. En langs de legendarische glooiende Virginia Hills stonden boerderijen. Alles leek vredig en sereen.

Clarisse dacht dat makelaars misschien een drone gebruikten om alles te filmen en de opnamen in hun digitale brochures te zetten om een droom, die niet meer was dan een droom, te verkopen.

Ze wendde haar blik af omdat ze beroerd werd, niet vanwege de turbulentie, maar van het uitzicht.

Het vliegtuig landde op Dulles International Airport. Ze haalde haar koffer op bij de bagageband en had alle vertrouwen in haar nieuwe identiteitspapieren: rijbewijs, paspoort en creditcards. Ze had zelfs Global Entry, waarmee ze na een buitenlandse reis sneller door de douane kon, dankzij een interview dat nooit had plaatsgevonden. Maar een computer liet nu eenmaal gewoon zien wat er was ingevoerd. Allemaal professioneel gemaakt. Gemakkelijk als je wist waar je zulke dingen kon krijgen.

Ze huurde een auto, een leuke witte cabriolet, en verliet het vliegveld. Ze had The Plains gescreend: landelijk en met een evenredige verdeling arm en chic. Maar niet te veel inwoners. Ze zou gezien worden. Ze wilde niet gezien worden, nu nog niet tenminste, maar ze had geen keus.

Het platteland eromheen was welvarend; daar had ze vanuit de lucht al iets van gezien. Ze had gelezen dat Jacqueline Mars, van het bedrijf dat snoep maakte, in The Plains woonde. De vrouw bezat een vermogen van ongeveer veertig miljard dollar, had ze gehoord, allemaal door mensen dik en diabeet te maken en voortijdig te laten sterven.

Het stadje zelf was echter puur arbeidersklasse. In mei kwamen ruim vijftigduizend mensen hiernaartoe voor de Gold Cup-steeplechase. Clarisse nam aan dat de plaatselijke middenstand daar goed van profiteerde, want iets van de dollars zou hier even blijven hangen, net als natte bladeren op het trottoir.

Ze reed langzaam langs de kleine stapel planken en dakspanen die Daryl Oxblood zijn huis noemde. Het huis was een houten geval met een gebarsten fundering. Er was een aangebouwd afdak waar een vieze bruine Ford F-150 onder stond en het houten tuinhek was niet meer wit en stond niet meer helemaal rechtop. Op de pick-up na leek het huis verlaten. Er kwam geen rook uit de stenen schoorsteen, hoewel het een koude en winderige dag was. Er brandde geen licht, voor zover ze kon zien. Het omheinde weiland was leeg.

Ze keek om zich heen in de korte doodlopende en met kiezels verharde straat en zag vier huizen, een voorbij dat van Oxblood en twee ertegenover. Uit de schoorsteen van het ene huis kringelde rook, maar het andere huis leek verlaten en was donker. Voor het huis naast dat van Oxblood stond een Range Rover uit de jaren tachtig, en naast een boom stond een modderige quad. Een paard achter het huis hinnikte. Een kraai klapperde met zijn vleugels en vloog op van een brede *magnolia grandiflora* die in de voortuin stond en veel te veel plek innam.

Clarisse stopte en stapte uit. Ze was nonchalant gekleed in een spijkerbroek, lage laarzen en een met fleece gevoerd jasje. Haar tas hing aan haar schouder. In de tas zat het spuitbusje sterke pepperspray dat ze in haar ruimbagage had meegenomen en altijd bij zich had. Je wist maar nooit wie je tegenkwam en een behoorlijke straal in zijn ogen wilde spuiten.

Ze haalde een iPad uit haar tas. Die hoorde niet alleen bij haar dekmantel, maar kon zo nodig ook een nuttig instrument zijn. Ze trok gevoerde leren handschoenen aan, bleef naast haar auto staan en keek nog een keer naar de vier huizen, het huis van Oxblood en de drie andere.

Ze liep naar Oxbloods huis, vanaf de achterkant. Ze klopte op de achterdeur, maar niemand reageerde. Ze keek door een van de ramen naar binnen en zag een armoedig interieur met meubels die overblijfselen leken van vroegere generaties. Ze klopte op de voordeur, met hetzelfde resultaat. Vlak achter het huis stond een haveloze John Deere-trekker die zo te zien al jaren niet meer was aangeraakt.

Ze liep naar het huis ernaast.

Dat wordt bewoond. Het is geen val.

Hoop ik.

35

De vrouw die de deur opendeed nadat ze had aangeklopt was achter in de zestig. Ze zag eruit alsof ze haar leven grotendeels buitenshuis had doorgebracht en daar dingen had gedaan waar veel fysieke arbeid en vastberadenheid voor nodig waren. Ze had een hoekig en sterk lichaam. Ze droeg een verbleekte spijkerbroek die om haar dikke benen spande, vieze rubberlaarzen en een lichtblauwe katoenen trui met veel gaten erin. Uit de voorzak van haar spijkerbroek hing een paar leren werkhandschoenen. Haar grijze haar was naar achteren gekamd en zat in een strak knotje. Haar gezicht was gerimpeld en niet opgemaakt. 'Ja?' Haar stem klonk al even stevig als haar uiterlijk.

Clarisse liet haar iPad zien. 'Hallo, ik moet voor mijn bedrijf een inspectie uitvoeren bij bepaalde mensen. Volgens mijn informatie woont Daryl Oxblood in het huis hiernaast. We hebben een afspraak voor vandaag, op dit moment, maar ik heb aangeklopt en niemand deed open.'

'Welk bedrijf?'

'Onlinemarketing.'

'Ik denk niet dat Daryl een computer heeft. Dat is niet echt iets voor hem.'

Zonder ook maar even te aarzelen zei Clarisse: 'Daarom ben ik hiernaartoe gestuurd, om te praten met mensen zoals hij. Zij zitten niet op internet en daarom willen wij deze mensen aan een onderzoek onderwerpen.' Ze keek langs de vrouw heen en zag een desktopcomputer op een boerentafel in de kleine keuken. 'Ik heb de indruk dat u niet aan die aandoening lijdt.'

De vrouw zei: 'Ik lijd aan een andere aandoening en dat betekent dat ik juist te véél tijd achter mijn computer zit. Waarom kunnen we tegenwoordig geen telefoongesprek meer voeren of gewoon fysiek met iemand praten?'

'Ik begrijp u helemaal. Ik probeer mijn eigen idioot hoge schermtijd te verlagen, maar daar heeft meneer Oxblood geen last van en daarom willen we dus graag met hem praten.'

Nu keek de vrouw langs haar heen naar Oxbloods huis. 'Zijn truck staat er wel en dat betekent dat hij er ook zou moeten zijn. Andere auto's heeft hij niet.'

'Woont hij alleen?' Ze keek naar het scherm van haar iPad, waarop niets te zien was. 'Dat staat tenminste in onze bestanden.'

'Dat klopt. Zijn moeder is gestorven, vier jaar geleden. Daryl komt niet graag buiten, altijd zo geweest. Hij had het huis nooit verlaten als zijn moeder hem daar niet toe had gedwongen en hij had nooit een baan gehad. Hij zat het liefst gewoon in zijn kamer en deed God mag weten wat.'

'Wat doet hij precies voor werk?'

'Hij is echt heel goed met alles wat mechanisch is. En daar hebben we hier in de buurt nogal wat van, maar vooral landbouwmachines die altijd weer gerepareerd moeten worden.'

'Ik zag de John Deere-trekker in zijn achtertuin. Die ziet eruit alsof daar een heleboel aan moet gebeuren.'

De vrouw glimlachte. 'Ik denk dat de uitdrukking "Do as I say, not as I do" van toepassing is op Daryl. Hij repareert al ónze spullen, maar steekt geen hand uit naar die van hemzelf.'

Clarisse verstijfde even toen de vrouw dit zei. Diezelfde uitdrukking stond in de geheime kamer waarin Harry Langhorne was gestorven.

'Als hij introvert is, wil hij de deur misschien niet opendoen voor een onbekende.'

'U zei dat u een afspraak met hem had?' vroeg de vrouw.

'Ja, maar hij weet niet hoe ik eruitzie. Ik heb geroepen en vertelde wie ik ben en waarom ik hier ben, maar niemand reageerde.'

'Dat is wel vreemd.'

'Misschien als u…'

De vrouw kwam naar buiten en Clarisse liep achter haar aan naar het huis van Oxblood. De vrouw bonsde op de deur. 'Daryl, ik ben het, Barbara! Ben je in orde? Hier is een vrouw met wie je een afspraak hebt. Daryl!'

Ze hoorden niets binnen.

Barbara keek haar aan. 'Oké, nu begin ik me wel zorgen te maken.'

'Wat moeten we doen?'

'Ik denk dat we wel naar binnen kunnen gaan om te zien of hij in orde is.'

'Misschien moeten we de politie bellen.'

'Verdomme, het kantoor van de *county sheriff* is de enige politie hier en die hebben een enorm gebied onder hun hoede. Dus tegen de tijd dat die hier zijn kunnen wij Daryl al naar het ziekenhuis hebben gebracht, als hij is gevallen en nu gewond is.'

'Oké, maar hoe komen we binnen?'

Barbara rende terug naar haar huis en kwam terug, zwaaiend met een sleutel. 'Hij heeft ook een sleutel van mijn huis, voor het geval mij iets overkomt. Zo gaat dat hier.'

'Logisch.'

Barbara deed de deur van het slot en ze liepen het huis in, dat vol lag met rommel en afval.

'Hij verwaarloost alles wel na de dood van zijn moeder. Hij verdient goed, maar is nooit een echte huisman geweest. Ach, zo schoon ben ik nu ook weer niet.'

'Snap ik.' Clarisse keek om zich heen in het kleine huis. 'Misschien boven?'

De trap had tien treden en op de vijfde haalde Clarisse de pepperspray uit haar tas. Op de negende tree spitste ze haar oren.

Op de overloop liep Barbara naar rechts. 'Hier zit hij meestal stripboeken te lezen. Daar klaagde zijn moeder altijd over.'

'En zijn vader?'

'Heb ik niet gekend. Die was al dood voordat ze hier kwamen wonen.'

'Hoe lang wonen de Oxbloods hier al?'

'Bijna twintig jaar. Ik ben hier geboren en getogen.'

Barbara klopte op de deur, maar er kwam geen reactie. 'Daryl, als je daar bent, moet je iets zeggen, anders komen we binnen.' Ze keek achterom naar Clarisse en zei schouderophalend: 'Hij is obees, heeft diabetes en is slordig met zijn insuline. Hij is nog niet erg oud, een jaar of veertig, maar misschien heeft hij een hartaanval gehad.'

'Maar één manier om dat te ontdekken.'

Barbara pakte de deurknop vast, terwijl Clarisse zich klaarmaakte om haar pepperspray te gebruiken. Ze verwachtte niet echt dat haar vijand binnen was, maar ze had wel vreemdere dingen meegemaakt.

Barbara opende de deur en liep naar binnen.

'O mijn god!' riep ze.

Clarisse glipte langs haar heen en keek naar het bed.

Het gestolde bloed zat overal, en de aanvaller was allang verdwenen.

Ze keek de kamer rond en liep toen dichter naar het lijk op het bed, maar vermeed de bloedspatten op de vloerplanken. 'Is dit Daryl?' vroeg ze.

Barbara stond nog bij de deur. 'J-ja. Wat veel bloed! Wat is er in vredesnaam gebeurd? Heeft hij een ongeluk gehad of zo?'

Clarisse keek naar de snee die van het ene oorlelletje naar het andere liep.

'Ik denk dat u het kantoor van de sheriff moet bellen.'

'Wat moet ik dan zeggen?'

'Dat er een man is vermoord.'

'Vermoord! Hier?'

Clarisse draaide zich om en keek Barbara aan. 'Doe het nu,' zei ze gespannen.

Barbara draaide zich om en rende de trap af

Clarisse hoorde dat de oudere vrouw in haar haast langs de muren schampte. Ze bukte zich en keek aandachtig naar het gezicht van de dode man, maar deinsde vol afschuw weer achteruit.

Nee. Dit kan niet waar zijn. Alsjeblieft!

Ze stapte naar achteren en keek naar de arm van de man. Ze trok de mouw tot aan de elleboog omhoog en draaide de arm langzaam naar zich toe, zodat ze de binnenkant van de onderarm kon zien en zag daar wat ze moest zien. Daarna trok ze de mouw weer naar beneden en legde ze de arm terug.

Het was een tattoo van het logo van Superman.

Shit!

Helaas voor Clarisse had ze die dag besloten donkerrode handschoenen aan te trekken. Daardoor zag ze het kleine beetje opgedroogde bloed dus niet dat op een van de vingertoppen was gekomen.

Clarisse stapte achteruit en keek naar de wandplanken vol stripboeken. Ze liep er snel naartoe en keek naar het boek dat boven op een hoge stapel lag. Dat was, wist ze, een exemplaar van een speciale editie van een Superman-stripboek. Maar was het dát exemplaar? Ze opende het omslag en keek naar de eerste bladzijde.

Daar stonden de initialen *BD* en *RE* in een getekend hart.

Ze legde het stripboek snel terug en begon in paniek te raken. Nu moest ze op zoek naar iets anders, en ze moest dat snel doen.

Ze rende naar de kamer ertegenover die ze had gezien toen ze bovenaan de trap stonden. Clarisse duwde de deur met haar gehandschoende hand open. Het was een kleine kamer die als opslag werd gebruikt. Hier stonden en lagen dozen en oude bedframes en de rommel en afdankertjes van zo te zien vele mensenlevens.

Ze keek om zich heen en haar blik bleef op de muur aan de overkant rusten. Daar was het! Met haar iPad maakte ze een foto van wat met een zwarte viltstift op de muur was geschreven.

DO AS I SAY, NOT AS I DO.

Ze wilde niet dat iemand dit zag. Ze haalde een pen uit haar tas en begon de woorden door te strepen, maar toen hoorde ze dat Barbara de trap op kwam. Ze stopte net haar pen in haar tas toen Barbara in de deuropening verscheen.

'Ze komen eraan.' Ze keek naar de tekst op de muur. 'O mijn god, wat betekent dat?'

'Dat weet ik niet. Dat zal de politie moeten uitzoeken. En ik moet weg.'

'Wat?! Wacht u niet tot de politie er is?'

'Nee. Weet u, ik kwam hier voor mijn werk. Ik ken hier niemand en Daryl Oxblood kende ik al helemaal niet. U kunt de politie veel meer vertellen dan ik ooit zou kunnen. En ik wil niet harteloos klinken, hoor, maar ik moet vandaag nog twintig andere mensen enquêteren en die wonen allemaal verspreid.'

Barbara keek weer naar de tekst op de muur en haalde haar schouders op. 'Nou goed dan... Denk ik... Maar ik blijf hier niet in mijn eentje achter.'

'U kunt wel buiten op hen wachten.'

Ze gingen naar beneden en liepen de tuin in.

'O ja, hoe heet u, voor het geval de politie dat vraagt?' zei Barbara.

'Julia Frazier. Succes. En ik vind het heel erg wat er met uw vriend is gebeurd.'

'Nou ja, we waren meer buren dan vrienden. Zijn moeder was mijn vriendin, dat wel. Ik durf te wedden dat het drugs waren. Van die opiaten. Misschien was hij iemand geld schuldig of zo en hebben ze hem dit aangedaan omdat hij niet kon betalen. Klootzakken.'

'U hebt waarschijnlijk gelijk.'

Barbara liep terug naar haar huis, terwijl Clarisse snel naar haar auto liep. Bij de hoofdweg sloeg ze links af. Een paar seconden later zag ze in haar binnenspiegel twee patrouilleauto's van de sheriff.

Ze reden met gillende sirenes en zwaailichten de weg in waar een dode man op hen wachtte en verdwenen uit het zicht.

Clarisse even later ook.

36

Clarisse zat in de eersteklaslounge op vliegveld Dulles. Ze had een retourticket naar haar vorige locatie, maar had besloten om in plaats daarvan een vlucht naar New York te nemen. Ze had in een wc-hokje haar uiterlijk veranderd: nu had ze rood haar en haar kleren hadden een veel zakelijker uitstraling. Haar bescheiden opgebrachte make-up – minder felle lippenstift en eyeliner – had haar eerst vrij harde verschijning verzacht. Ze leek een vrouw die een grote deal ging sluiten of dat net had gedaan. En in zekere zin was dat ook zo.

Do as I say, not as I do. Die uitdrukking had ze nu twee keer gezien. Ze hadden erop gerekend dat ze zou ontdekken dat zij Daryl Oxbloods identiteit hadden gestolen om de auto te huren en de creditcard aan te vragen. Maar ze hadden hem niet hoeven vermoorden. Ze hadden hem niets hoeven aandoen. Het feit dat er geen enkele reden voor was dat ze een man op wrede wijze hadden vermoord had deze zaak voor haar totaal veranderd.

Maar er was wél een reden voor. Ik weet wie Daryl Oxblood was. En zij weten wie Oxblood was. Hij was de BD in het getekende hart in het Superman-stripboek, het stripboek dat hij me meer dan twintig jaar geleden vol trots heeft laten zien.

Ze hadden hem opgespoord, zijn identiteit gebruikt om de auto te huren en hem vermoord, kennelijk gewoon voor de lol.

Ze leunde naar achteren in haar comfortabele stoel, hoewel ze zich allesbehalve comfortabel voelde. Ze dronk spuitwater met een smaakje en kauwde op een sesamcracker met een laagje gruyère erop. Ze keek om zich heen in de lounge waar welgestelde mensen op hun vlucht wachtten.

Zoveel sporen, zo weinig tijd.

Maar dat zou moeten wachten. En eerlijk gezegd was ze de motivatie kwijt. Nu tenminste.

Ze hadden eerder gemoord, dat wist ze: Daniel Pottinger alias Harry Langhorne. Ze hadden een afschuwelijk gif gebruikt en toegekeken terwijl hij stierf. Er was een goede reden voor geweest om hem te vermoorden, volgens haar tenminste. Maar dat gold absoluut niet voor Daryl Oxblood.

Wat betekent dat de situatie is veranderd, én dat zij zijn veranderd.

Ze stapte in het vliegtuig naar New York en een uur later kon ze onder zich de hoge wolkenkrabbers zien, vlak voordat ze landden op LaGuardia. Ze verliet het vliegveld en nam een taxi naar haar hotel. Ze had online gereserveerd vanuit de lounge op het vliegveld van Dulles. Tijdens de rit keek ze op haar telefoon om te zien of er nieuws was over de recente moord op het platteland van Virginia, maar kon er nog niets over vinden. Dat kon daar wel even duren, dacht ze.

Ze liep haar hotel in, een chic boetiekhotel in SoHo dat duurder was dan gerechtvaardigd was, maar het beviel haar omdat niemand je echt aankeek, behalve de receptionisten en die deden dat maar één keer. Dit hotel wist wat privacy was en wat grenzen waren, en aangezien ze zich nu kwetsbaar voelde, was ze daar blij om.

Ze nam een hete douche, wikkelde een luxehanddoek om zich heen en ging op haar ongelofelijk comfortabele hemelbed liggen. Ze staarde naar het plafond van grijze zijde. Precies in het midden hing een kroonluchter met drie lampen die zo modern leek dat hij, heel tegenstrijdig, in een ver verleden geworteld leek.

Drie lampen, drie spelers in dit kleine drama. Als ik Mickey Gibson niet meereken, hoewel ik dat waarschijnlijk wel zou moeten doen. Ze is meer dan een pion. Ze heeft nu het niveau van een toren of een paard, en wordt snel beter. Hopelijk. Want als ik haar versla, wil ik haar verslaan als ze op haar best is.

Ze trok een spijkerbroek en een T-shirt aan, bestelde roomservice en zat een halfuur later te eten. Ze had zichzelf verwend door biefstuk met aardappels te bestellen, en een glas cabernet. Toch at ze over het algemeen geen vlees en weinig koolhydraten, en beperkte ze haar alcoholgebruik tot het minimum, meestal door het voorbeeld dat haar moeder haar had gegeven. Om diezelfde reden had ze nog nooit een sigaret in haar mond gestopt of vrijwillig drugs gebruikt. Mama was een perfect voorbeeld van de gevolgen van slechte keuzes.

Na het eten pakte ze haar computer. Ze legde haar notitieboekje ernaast, haalde haar wegwerptelefoon tevoorschijn en legde die aan de andere kant naast de computer. Terwijl er allemaal ingewikkelde gedachten door haar hoofd schoten ademde Clarisse diep in.

Ik moet me concentreren! Op deze manier kan ik het spel niet spelen, laat staan winnen. We zijn geen kinderen, nu niet.

Ze maakte haar hoofd leeg, nam een slok rode wijn en toetste het nummer in.

'Ik neem aan dat de kinderen in bed liggen,' zei ze toen er werd opgenomen.

Gibson zei: 'Klopt. Nog wel.'

'Wat heb je te melden?'

'Ik heb Sam Trask gesproken.'

'Echt waar? Gefeliciteerd.'

'Je hoeft niet zo sarcastisch te doen, Clarisse. Daar ben ik niet voor in de stemming.'

'Wat heeft hij je verteld?'

'Feitelijk dat zijn zoon inderdáád in staat is alle dingen te doen die met Pottinger/Langhorne zijn gebeurd.'

'Laten we hem maar gewoon Harry noemen, dat is eenvoudiger en consistenter,' zei Clarisse.

'Prima. Nathan Trask is bij allerlei illegale zaken betrokken, maar dat kan de politie niet bewijzen. Hij heeft mensen laten vermoorden, Harry vermoedelijk ook, maar dat is dus niet te bewijzen. En waarom zou hij "Do as I say, not as I do" schrijven op de muur van het vertrek waar hij is gevonden?'

'Heb je dat ook aan Trask gevraagd?'

'Had je gewild dat ik dat deed?'

'Ik wilde dat je naar je instinct luisterde. Dus wat zei je instinct dat je moest doen?'

'Mijn instinct zei dat ik hem dat niet moest vragen, omdat ik niet denk dat Nathan Trask bij Harry's dood betrokken was.'

'Dat deed je alleen op basis van je instinct?'

'Niet alleen op basis daarvan, nee.'

'Op basis waarvan nog meer?'

'Ik heb Nathan Trask nagetrokken. Zelfs al konden ze niets tegen hem bewijzen, toch was hij duidelijk ouderwets als het ging om het doden van mensen die hij gedood wilde hebben. Twee schoten in het hoofd. Maar Langhorne is vermoord door vergiftiging, botulinetoxine A, wat heel lang duurt en ontzettend pijnlijk is. Ondertussen kon er van alles gebeuren, allemaal foute dingen, voor Trask dan.'

'Misschien wilde hij dat Harry pijn zou lijden. Dat gebeurt niet met twee schoten.'

'Misschien. Maar Harry zat al in de terminale fase door zijn hersentumor en was daarvoor aan de morfine.'

'Echt waar?' vroeg Clarisse stomverbaasd.

'Ja. Dat bleek tijdens de autopsie. En die tekst op de muur... Die is door twee mensen geschreven en dat is dus onlogisch als Nathan Trask erbij betrokken was. Hij heeft Harry echt niet zelf gedood. Hij zou daar nooit zelfs maar in de buurt komen. Dus waarom zou hij zijn executieteam dat laten schrijven?'

'Hoe weet je dat twee mensen die tekst hebben geschreven?'

'Onder andere doordat ik als forensisch onderzoeker handschriften heb geanalyseerd en dat nog altijd doe tijdens mijn werk voor ProEye.'

'Heb je dat tegen de politie gezegd?'

'Wat maakt het uit of ik dat heb gezegd?'

'Je sluit Trask dus uit? Zomaar?'

'Ik denk dat je me op Trask hebt gezet om me bezig te houden,' zei Gibson.

'Bedoel je dat ik je een opdracht gaf waarvan ik van tevoren al wist dat die zinloos was?'

'Ik weet het niet. Is dat zo?'

Ze krijgt meer zelfvertrouwen. Dat is goed én slecht.

Clarisse zei: 'Daar zie ik echt het nut niet van in. Jij wel? Wat heb je met Sam Trask afgesproken?'

'Hij gaf me een beveiligd e-mailadres om met hem te communiceren. Hij zei dat het hem niet zou verbazen als zijn zoon mensen bij The Feathers betaalt om een oogje op hem te houden.'

'Wat hoopt Sam te bereiken?'

'Hij werkt nog altijd, zoals jij al vermoedde. Ik bedoel niet voor een bedrijf. Ik bedoel dat hij nog steeds zelf bezig is met de zaak tegen zijn zoon. Hij liet me iets zien van zijn onderzoek en de aanwijzingen die hij heeft nagetrokken, allemaal vanuit zijn kleine kamertje daar. Hij heeft zich zelfs door een taxi langs het fort van zijn zoon in Virginia Beach laten rijden. Hij wilde het met eigen ogen zien. Als extra reden om zijn zoon te pakken te nemen.'

'Heeft hij je gevraagd hem te helpen?'

'Laat ik zeggen dat we hebben gepraat over welke stappen we kunnen zetten waar we allebei iets aan hebben.'

'Heb je hem iets over mij verteld?'

'Nee. Maar ik heb hem wel verteld hoe de zaak ervoor staat. Hij kon zich Harry herinneren, maar heeft geen idee wat er na WITSEC met hem of zijn gezin is gebeurd. Hij was erg geïntrigeerd door een mogelijke relatie tussen Harry en zijn zoon. Hij is een indrukwekkende man, zelfs met een zuurstofapparaat. We hebben afgesproken elkaar op de hoogte te houden.'

'Je hebt een groot risico genomen door hem te bezoeken. Nu weet zijn zoon waarschijnlijk alles over jou.'

'Jij hebt me zo ongeveer opgedragen hem te bezoeken.'

'Doe je echt alles wat je wordt opgedragen, Mickey?' zei ze neerbuigend.

Shit, waarom zei ik dat?

Het enige wat Clarisse nu hoorde was… Niets.

Ik mag de controle niet verliezen. Ik ben de baas. Nu moet ik echt de touwtjes in handen nemen en doen wat ieder goed mens zou doen. Ik moet me voor de verandering dus eens gedragen alsof ik een goed mens ben.

'Neem me niet kwalijk, Mickey. Dit is mijn schuld. Ik had een voorgevoel dat Trask erbij was betrokken. De andere mannen op die lijst, daar had je gelijk in, stonden er voor de sier op. Ik heb geen idee waarom ik dat heb gedaan. Soms probeer ik te slim te zijn. Goed, Trask was de enige speler die alle klussen met Harry kon doen en bovendien een motief had om hem te vermoorden. Maar ik ben het met je eens, als de tekst op die muur door twee mensen is geschreven, zou het onlogisch zijn dat Trask daar iets mee te maken had. En gif in plaats van kogels… Idem dito. Oké? Dus nogmaals, het spijt me dat ik je een beetje voor de gek hield. Ik wil het er echt levend van afbrengen en dat geldt ook voor jou.'

Ik praat te veel en dat is altijd een teken van zwakte. Dus moet ik mijn mond houden.

Ze merkte dat ze snel ademde, dus zette ze haar microfoon uit terwijl ze wachtte tot Gibson iets zou zeggen.

Toe nou... Zég iets, zodat ik daarop kan reageren.

Maar Mickey Gibson zei niets. Ze verbrak de verbinding.

37

Gibson stopte haar telefoon in haar zak en verliet haar werkkamer. Ze liep naar de slaapkamer van haar kinderen en keek even naar binnen.

Ze zijn doodmoe en liggen doodstil te slapen.

Nee! Dat woord mag ik niet gebruiken, nooit! Niet voor hen.

Met haar telefoon maakte ze een foto van hen waar ze als ze oud was ongetwijfeld naar zou kijken als ze wilde terugkijken op de goeie ouwe tijd.

Gibson ging naar beneden, maakte een kop thee klaar, liep ermee naar de woonkamer en dronk haar thee op terwijl ze naar de onverzorgde voortuin stond te kijken. Ze was van plan geweest om de bloembedden te beplanten en een paar potten met bloeiende planten op de veranda te zetten.

Ja, tot zíj in mijn leven kwam. Doe ik altijd alles wat iemand anders me opdraagt? Je weet verdomme helemaal niets van me, al denk je dat je alles weet.

Het raam leek een prima uitkijkpunt om na te denken over haar leven, over het verleden, het heden en haar eventuele toekomst die zowel naargeestig als stralend kon zijn. *En de toekomst van mijn kinderen, omdat zij de belangrijkste factor zijn in dit alles.*

Opeens zag ze in de duisternis buiten iets wat meer leek dan er hoorde te zijn. Een massieve vorm.

Ze stapte snel opzij en keek ongezien weer naar buiten. Precies aan de overkant, achter een geparkeerde auto. Daar was iemand. Iemand die naar haar huis keek.

Ze keek naar beneden toen haar telefoon zoemde. Haar vader stuurde haar een berichtje met een naam en een telefoonnummer.

Art Collin gaat je nu bellen. Neem op. Papa

Ze keek weer op en schrok. Degene die daar was geweest, was nu weg. Ze rende naar de voordeur, deed hem open, sprong de veranda op en keek de straat in. Ze rende hijgend terug, ging naar binnen en deed de voordeur achter zich dicht en op slot.

Dat verbeeldde ik me niet. Daar was iemand.

Een paar seconden later zoemde haar telefoon opnieuw. Op het scherm stond het telefoonnummer dat haar vader haar net had gestuurd.

'Hallo, meneer Collin?'

'Zeg maar gewoon Art,' zei een man luid en bars. 'Ken je pa van vroeger. Zegt dat je belangstelling hebt voor Harry Langhorne. En als Rick Rogers me iets vraagt, doe ik het. Hij is een goeie vent. Vandaar dat ik je bel.'

Zo, Art laat er geen gras over groeien.

Alsof hij haar gedachten kon lezen, zei hij: 'Ik moet het kort houden. Ik woon in Florida. Ik heb plannen. Kaarten en cocktails, en daarna gaan mijn vriendin en ik op stap om een beetje plezier te maken.'

Gibson keek op haar horloge en zag dat het bijna negen uur was. En hij ging nu nog kaarten, cocktails drinken en iets doen met zijn vriendin? Hij bleef dus nog wakker als zij allang op bed lag. Er klopte kennelijk helemaal niets van haar idee dat gepensioneerden in Florida om vijf uur de dagschotel aten en om acht uur naar bed gingen.

'Oké, ik zal proberen het kort te houden. Hoezo weet u iets van Langhorne?'

'Als rechercheur in Newark werkte ik aan die zaak. Allemaal louche figuren. Langhorne was misschien wel de ergste van allemaal. Maar hij ging vrijuit, terwijl de anderen lange gevangenisstraffen kregen.'

'Kende u Langhorne?'

'Ik was zelfs degene die hem zover kreeg ons te helpen.'

Gibson verstijfde. 'Echt waar? Hoe dan?'

'Met mijn aangeboren charme, dat hoor je toch wel? Maar serieus, mijn vader was ook pennenlikker, zodat ik wist waar die lui op kicken. Ik begon Harry dus in de gaten te houden, maakte foto's en nam telefoongesprekken op, dat soort dingen. Voor dat alles had ik toestemming van de rechter, want ik was niet van plan om over dat soort administratieve onzin te struikelen. Het was niet gemakkelijk, maar uiteindelijk hadden we bewijzen tegen hem in handen. Toen hadden we hem in onze klauwen, zodat hij een hele tijd de bak in zou gaan en daar waarschijnlijk niet in leven zou blijven. Hij moest onze kant dus wel kiezen. In de gevangenis lusten ze klojo's als Harry rauw. Ik had dus op een mooie ochtend een afspraak met hem, vertelde hem wat we tegen hem in handen hadden en stelde hem voor de keus. En hij besloot zijn hachje te redden. Ongelofelijk. Maar hij is nooit gearresteerd of in staat van beschuldiging gesteld. En tijdens de rechtszaken trad hij niet op als getuige. Dat maakte deel uit van de deal. Hij vertelde ons waar alles was wat we nodig hadden en zorgde voor de documenten. De hufter had echt oog voor detail. Hij had zelfs zo'n substitutieversleuteling of code of hoe je het ook maar wilt noemen voor de financiële administraties die hij bijhield. Zonder hem hadden we nooit kunnen achterhalen wat er echt aan de hand was. We konden een heleboel laaghangend fruit plukken en al die lui waren bereid de hogere figuren in de organisatie te verlinken, zoals die doodsbange klootzakken altijd doen. Hun getuigenverklaringen mét alle documenten waren de nagels aan de doodskisten. Drie van die klojo's werden als dank daarvoor vermoord, maar Harry was degene die alles in gang zette. Hij wilde niet in de rechtszaal verschijnen en niets onder ede verklaren, omdat ze voordat hij de getuigenbank had verlaten al minstens twintig keer zouden proberen hem te vermoorden. Toch had de maffia kennelijk door dat hij het was die hen had verlinkt.

Gibson zei: 'Omdat hij anders ook in staat van beschuldiging was gesteld. Of was opgeroepen als getuige.'

'O, maar dat is ook gebeurd. Daarom wilde die man alles op alles zetten om te verdwijnen.'

'Met zijn gezin, bedoel je?'

Collin grinnikte. 'Harry Langhorne had zijn vrouw en beide kinderen verlaten als hij een manier had kunnen verzinnen. Maar dat kon hij niet, dus deed hij het niet. Hoorde dat ze in WITSEC gingen.'

'Harry Langhorne is kortgeleden vermoord gevonden in een oud landhuis in Virginia. Hij gebruikte de alias Daniel Pottinger.'

'Dat vertelde je vader me. Nou ja, ik kan niet zeggen dat het onverdiend was. Wie zaait zal oogsten. En stront blijft stinken, vooral van tuig zoals hij. Natuurlijk, hij was hun pennenlikker, maar hij wist wat er gebeurde en waar alle lijken waren begraven, en dat bedoel ik letterlijk. Hij leek Robert Duvall wel die de consigliere speelde in *The Godfather*, alleen had Duvalls personage nog een paar principes. Harry Langhorne had er niet één. Daar kan ik dus niet tegen. Maar je moet alle kansen grijpen die je krijgt, en Harry was mijn ene kans om de hoogste bazen op te pakken. Zodoende laat je uitschot lopen om groter en gevaarlijker uitschot in handen te krijgen.'

'Enig idee wie hem heeft vermoord?'

'De mannen die mede dankzij hem zijn veroordeeld zijn dood of zitten nog steeds met een lange grijze baard in de bak.'

'Hun kinderen?' opperde Gibson.

'Zou kunnen. Maar het is mijn ervaring dat de "trouw aan de familie" die je op tv in die maffiaseries ziet bijna altijd klinkklare onzin is. De jonge stieren waren waarschijnlijk dolgelukkig toen hun vaders werden opgepakt. Nu waren zij de capo's en ze hadden allemaal hun eigen problemen met het opbouwen van hun familie-imperium. Het lijkt mij onwaarschijnlijk dat ze zelfs maar een vinger zouden uitsteken om iemand te wreken. Te veel gedoe en veel te riskant.'

'Dat is echt heel interessant en het klinkt ook logisch. De vraag is nu dus: wie heeft er baat bij dat Harry na al die jaren wordt vermoord?' vroeg Gibson.

'Was Geraldine bij hem toen hij werd vermoord?'

'Nee. Harry verliet WITSEC ongeveer twintig jaar geleden. Zijn vrouw verdween kort daarna, maar we weten niet of ze hadden afgesproken elkaar te ontmoeten, of dat ze op eigen initiatief is verdwenen, of...'

Collin viel haar in de rede. '... of dat iemand haar heeft vermoord. Wat volgens mij veel waarschijnlijker is. Ik heb altijd het sterke vermoeden gehad dat Harry zijn vrouw haatte. En zij maakte het niemand echt gemakkelijk om van haar te houden. Ik heb maar weinig contact gehad met Geraldine, maar ze was altijd dronken en/of high.'

'Ik hoorde dat Langhorne er misschien vandoor is gegaan met stapels maffiageld.'

'Dat was absoluut een gerucht.'

'Hebben jullie dat niet uitgezocht?' vroeg Gibson.

'Dat was mijn werk niet. Het was mijn werk om Harry te pakken te krijgen en hem daarna over te halen de hoge bazen te verlinken, en dat heb ik dus gedaan.'

'Het landhuis waar hij is vermoord... Dat had hij gekocht voor vijf miljoen, cash.'

Collin floot. 'Dan is het gerucht nu een feit en is hij er inderdáád met het geld vandoor gegaan.'

'Ik denk dat na al die tijd ergens nog veel meer dan vijf miljoen dollar ligt te wachten.'

'Enig idee waar dat geld kan zijn?'

'Nee, maar volgens mij zijn er mensen naar op zoek,' zei Gibson.

Zoals Clarisse.

'Waar zijn de kinderen gebleven?' vroeg Collin.

'Zodra Francine achttien was geworden hebben ze WITSEC allebei vrijwillig verlaten.'

'Ze waren nog heel jong toen ik ze kende, maar zelfs toen was het al een vreemd stel.'

'Een van de WITSEC-Marshals vertelde me dat Doug heel kort werd gehouden door zijn vader en niet eens mocht sporten. Dat hij in de garage zat te broeden en veel aan gewichtheffen deed.'

'En het meisje?' vroeg Collin.

'Had haar eigen ruzies met haar vader. Misschien waren die zelfs nog harder en langduriger. De Marshal zei dat Doug in feite bevelen van zijn zus opvolgde.'

'Oké, dat kan ik wel geloven.'

'Waarom?'

'Zoals ik al zei was het zelfs toen al een vreemd stel, maar ik heb ze niet goed leren kennen. Zij waren kinderen en ik moest me met Harry bezighouden. Weet je, ik ben geen psycholoog, maar volgens mij was dat hele gezin getikt. Harry was de koning en de regisseur, en hij genoot van die rol. Geraldine dronk en slikte pillen, en was in haar relatie met Harry een slappe trut. De kinderen zwegen en staarden en dachten misschien de vreselijkste dingen waar ik niet eens over na wil denken. Heb je de film *Children of the Corn* gezien? Die is gebaseerd op het boek *De satanskinderen* van Stephen King.'

'Nee.'

'Verdomme, misschien kwam die film al uit voordat jij zelfs maar was geboren. Hoe dan ook, het gaat over een geperverteerde religieuze sekte dorpskinderen die alle volwassenen vermoorden omdat ze denken dat ze dan een goede maisoogst krijgen. Bloederig en verdomd sadistisch, in elk geval volgens de toenmalige normen. Maar de kinderen in die film, de aanvoerder Isaac en zijn beul Malachai... Laat ik zeggen dat die rollen Francine en Dougie op het lijf waren geschreven. Verdomme, zij was de baas over alles en iedereen. Ze sprak doodvonnissen uit die Dougie vervolgens uitvoerde. En die indruk had ik toen ze nog kleine kinderen waren!'

'Een bijzonder stel dus?' zei Gibson.

'Laat ik zeggen dat ik ze zelfs nu liever niet zou willen tegenkomen in een goed verlicht winkelcentrum met een miljoen mensen om ons heen. En shit, ik heb vijf jaar undercover gewerkt in de menselijke vuilnisbelt van Trenton. Ik werkte bij de politie van Newark, weet je, maar werd ingehuurd voor een undercoveropdracht in Trenton, omdat ik daar niet bekend was als politieman. Maar goed, sommige mensen worden gewoon slecht geboren en sommige mensen worden slecht door een shitleven. Ik heb beide soorten gezien. En volgens mij zijn Francine en Dougie niet het een óf het ander, maar allebei.'

'Geraldine is dus misschien niet vrijwillig verdwenen.'

'Misschien niet. En jij denkt dat de kinderen hun pa uiteindelijk te pakken hebben genomen?'

'De kans dat dat het geval is, is groter dan dat het niet zo is.'

'O ja, nog iets.'

'Ja?' zei Gibson.

'Ik weet dat ik je net vertelde hoe ik over die kinderen dacht... Je weet wel, dat ze gewoon met een slecht karakter zijn geboren...'

'Ja...'

'Maar er was nog iets. Ik heb het nooit kunnen bewijzen, maar ik had dat gevoel dat je soms hebt als agent.'

'Waarover?' vroeg Gibson.

'Harry Langhorne was een zieke klootzak. Hij leek in de verste verte niet op een vriendelijke accountant.'

'Wat probeer je te zeggen?'

'Francine was wel een vals kreng, maar zag er leuk uit.'

'Waarom zeg je niet gewoon wat je wilt zeggen, Art?'

'Ik heb gezien hoe Harry haar behandelde. Laat ik alleen zeggen dat hij Francine behandelde op een manier waarop geen enkele vader met zijn dochter hoort om te gaan.'

'Wacht, bedoel je dat hij haar seksueel misbruikte?'

'Ik heb geen bewijzen, maar als je de mening van een doorgewinterde agent wilt horen, dan ja, dan bedoel ik dat.'

'Jezus!'

'Sommige griezels kicken op meisjes van die leeftijd. En wie weet wat hij met zijn zoon uitspookte. Dus misschien zijn ze toch niet slecht geboren. Misschien heeft Harry hen zo gemaakt.'

Gibson dacht aan haar eigen kinderen. *Als iemand zelfs maar zou proberen om...*

'Het is dus jouw taak om ze op te sporen?' vroeg Collin.

Gibson concentreerde zich weer. 'Misschien komt dat nog.'

'Nou, dan wil ik je één goede raad geven.'

'Oké.'

'Schiet eerst en stel later geen vragen. Nu moet ik ophangen, want mijn vriendin zit me kwaad aan te kijken. Succes.'

'Oké, bedankt, Art. Ik ben heel blij met je info,' zei ze. De moed zonk haar in de schoenen. Ze legde haar telefoon neer, dronk haar thee op en keek weer door het raam naar buiten.

Haar huis werd geobserveerd.

Francine en Doug Langhorne, kennelijk een stelletje ongelofelijke psychopaten.

Maar Francine en Doug zijn misschien vreselijk mishandeld door hun vader. Daardoor zal een kind nooit meer iemand vertrouwen. Daardoor kan een kind veranderen in iets wat niets menselijks meer heeft.

Ben ik al in dat goed verlichte winkelcentrum met twee monsters?

In gedachten zag Gibson het ene na het andere angstaanjagende scenario. Na een tijdje keek ze omhoog naar de kamer waar haar kinderen vredig lagen te slapen, zich onbewust van alle gevaren waar hun moeder hen misschien aan had blootgesteld.

Ze begon in paniek te raken en sloot haar ogen.

Wat heb ik verdomme gedaan?

38

Gibson had die nacht bijna geen oog dichtgedaan en werd vroeg wakker. Nadat ze haar kinderen uit bed had gehaald en had laten ontbijten, belde ze haar vader. Ze was tot de conclusie gekomen dat ze twee dingen kon doen: nietsdoen en wachten tot er erge dingen gebeurden met haarzelf en haar gezin, of haar vaardigheden en hersens gebruiken om de vloedgolf die op haar af leek te komen voor te zijn. Bovendien had Silva de vorige avond gebeld om te zeggen dat ze ziek was geworden en niet kon komen.

'Hoi papa, het zou geweldig zijn als jij en mama kunnen komen om een paar uur op de kinderen te passen.'

'Natuurlijk kunnen we dat, kindje, maar waar ga jij dan naartoe?'

'Moet een paar dingen doen.'

'Je hebt nog niet geleerd om beter tegen me te liegen dan toen je vijftien was en tegen me zei dat iemand anders gin in je waterfles en die joints in je rugzak had gedaan.'

'Oké, oké, ik wil een paar aanwijzingen natrekken.'

'Aanwijzingen over Harry Langhorne?'

'Natuurlijk.'

'Heeft mijn vriend Art je geholpen?'

'Echt wel! Bedankt dat je dat hebt geregeld.'

'Het gaat kennelijk goed met hem.'

'Zo te horen gaat het heel goed met hem. Hé, papa, wat weet jij over ene Nathan Trask?'

Het bleef zo lang stil dat ze dacht dat de verbinding was verbroken.

'Mijn god, zeg alsjeblieft niet dat je nu iets met díé man te maken hebt!'

'Nee, dat is niet zo. Echt niet. Maar wat kun je me over hem vertellen?'

'Hij is tuig van de richel. Rijker dan God en twee keer zo slecht als de duivel. En slimmer dan Einstein, want de FBI is er zelfs nog nooit in geslaagd hem ook maar iets ten laste te leggen. Hij heeft een fort in Virginia Beach.'

'Echt? Dat wist ik niet,' loog ze, deze keer hopelijk beter.

'Wat heeft hij hiermee te maken?'

'Ik hoorde dat Langhorne misschien zaken met hem deed, maar volgens mij was dat onzin.'

'Nou, steek je neus alsjeblieft niet in zijn zaken, Mick. Dan kom je niet levend thuis.'

'Ik kan er niet bij dat zo'n rotzak als hij vrij kan rondlopen, terwijl een arme sukkel die in een dronken bui de hersens van zijn maat inslaat twintig jaar de gevangenis ingaat.'

'Dit is Amerika. Arme en domme sukkels gaan de gevangenis in, terwijl mensen met geld vrijuit gaan. We zijn tegen halftwaalf bij je, is dat goed? Je moeders haar wordt om negen uur ontgrijsd.'

'Ontgrijsd? Ik hoop van harte dat je dat woord nooit in haar bijzijn hebt gebruikt.' Ze kon zich goed voorstellen hoe haar vader nu keek.

Hij zei: 'Maar ik leef nog, hè?'

Meteen nadat haar ouders binnenkwamen liep Gibsons vader naar Darby, tilde haar op, zwaaide haar rond en maakte gekke geluidjes, terwijl haar moeder gedachteloos Tommy's haar uit zijn ogen streek, zijn trui rechttrok en zijn vieze kin met een tissue en ontsmettingsmiddel schoonveegde.

Mars versus Venus.

Haar vader zette Darby uiteindelijk neer en keek naar zijn dochter, die vastbesloten terugkeek.

Rick Rogers had de bouw van een tank en had als politieman bekendgestaan als hard maar eerlijk. Hij wist hoe het was om te leven van de ene salarischeque naar de volgende, en wat mensen door al die stress konden doen. 'Overal is tuig, maar je kent niemand echt tot je in hun schoenen hebt gestaan. En als je een lege maag, een ziek kind, geen dak boven je hoofd of de verkeerde huidskleur hebt, en je elke dag met dat dreigende onrecht moet leven, kunnen goede mensen slechte dingen doen, Mick. Dat betekent niet dat de wet niet wordt gehandhaafd. Het betekent alleen dat het mensen zijn van wie je maar heel weinig weet. Zodra je dat beetje waarheid bent vergeten, moet je een andere baan zoeken.'

Die waarheid was ze nooit vergeten. Het had haar juist meer gemotiveerd, aangezien ze – zeker bij ProEye – het grootste deel van haar tijd achter mensen aan zat met veel te veel geld die niet alleen weigerden hun schulden te betalen, maar helemaal niets wilden betalen omdat ze dachten dat ze dat niet hoefden.

'En?' vroeg hij aan zijn dochter. Zijn vrouw streek op dat moment Tommy's vetkuif glad, wat de jongen probeerde te vermijden.

'Wat en?'

'Je wéét wat ik bedoel. Wil je samen ergens naartoe gaan om dit te bespreken?'

'Nee. Maar zodra ik terug ben kunnen we wel praten, als je dat wilt.'

'Wat vind je ervan dat ik met je meega naar waar je naartoe wilt?'

Ze keek naar zijn middel dat onzichtbaar was onder zijn colbertje en trok haar wenkbrauwen op.

'Ik ben niet gewapend,' zei hij zacht en met een gespannen blik naar zijn vrouw, die nu achter Tommy aan zat die duidelijk genoeg had van haar pogingen zijn uiterlijk op te kalefateren.

'Wat heb ik dan aan je?' zei ze.

'Je bent echt heel erg,' zei haar vader, maar wel met een glimlach.

'Ik ben over een paar uur terug.'

'Je belt als je hulp nodig hebt, oké?' zei hij, niet meer met een glimlach.

'Jij zit onder mijn eerste sneltoets, papa. Dat is altijd zo geweest en dat zal altijd zo blijven.'

Nu keek hij haar met een brede glimlach aan.

Ze pakte haar sleutels, knuffelde haar kinderen en reed weg in haar stationwagon.

39

Stormfield zag er nog steeds even akelig en intimiderend uit als eerst.

Gibson stopte en stapte uit. Geen politie te zien. Vanaf de baai waaide hier noodweer naartoe. De temperatuur daalde al en ze trok haar jas strakker om zich heen.

Anders dan haar vader was zij wél gewapend. Haar Beretta zat in haar riemholster.

Ze liep langs het huis naar het botenhuis. Ze wist niet of de politie het had doorzocht, maar ging daar wel van uit.

Ze stapte de steiger op en sprong op de boeg. Ze klom op het hardhouten achterdek, dook onder het dekzeil en kroop op haar buik door het gangpad naar binnen. Het was zo donker onder het dekzeil en door de bewolking dat ze haar zaklamp tevoorschijn haalde en aanknipte. Het rook muf en ze trok haar neus op. Ze zat op haar hurken naast de telescopische steunen van het zware winterdekzeil en keek om zich heen. Ze wist niet waar ze naar op zoek was, maar dat was meestal zo aan het begin van een zoekactie.

In de boot waren heel veel vakken en kasten om dingen in op te bergen, al dan niet opvallend. Ze had plattegronden gezien van tientallen jachten die de eigenaren probeerden te verbergen voor hun schuldeisers. Een andere naam, een andere vlag of andere kleuren, maar aan de bovenbouw kon je niet echt iets veranderen. Die was vergelijkbaar met een vingerafdruk.

Ze doorzocht alles, van de boeg tot en met het achterdek. Het luxueuze interieur omvatte zo ongeveer alle toeters en bellen die Formula te bieden had, maar daar had ze geen belangstelling voor. Ze concentreerde zich op het ene ding dat ze had ontdekt wat interessant was: een handgeschreven tekst op de onderkant van een stootkussen in het voorste luikgat.

Look harder. It's worth it. Zoek beter. Dat is het waard.

Oké, dat was iets. Ze dacht weer na over Harry Langhorne. Hoe je het ook bekeek, die man was een klootzak geweest, een bullebak, rancuneus, wraakgierig, manipulatief en wreed, en misschien ook nog eens een pedofiel. En hij had een terminale hersentumor gehad. Ze kon zich voorstellen dat hij dit als een spel had beschouwd, als zijn laatste kans om de wereld te belazeren.

Gibson kroop weer naar buiten, waar het nu regende. Ze rende door de regen naar de voordeur van het huis. Die zat op slot en de sleutel lag niet meer onder het kattenbeeld. Met haar *lockpick*-setje had ze dat obstakel algauw overwonnen. Ze liep naar binnen en schrok van een donderslag.

Ze pakte haar iPad en bekeek alle foto's en video-opnamen die ze eerder had gemaakt. Schilderijen, beelden, wat meubilair, en vloerkleden. Ze had een overzicht gemaakt van de complete inventaris en op internet gekeken om de waarde te berekenen. Volgens haar kwam de waarde bij lange na niet overeen met het vermogen dat de man van de maffia had gestolen.

Ze had eerst gedacht dat hij zijn hele vermogen in Stormfield had gestoken, want in de jaren negentig was vijf miljoen dollar een enorm bedrag geweest. Maar nu dacht ze dat niet meer. Dat bleek uit die zin: 'Look harder. It's worth it.'

Dus als Francine en Doug hun vader hadden vermoord, had hij hun dan iets verteld? Als de schat op een bankrekening stond of in een kluis of op een andere plek lag waar je geld kon verstoppen, zou ze het misschien kunnen vinden. Dat was haar werk immers.

Maar uit Langhornes tekst bleek dat hij heel goed wist dat mensen op zoek waren naar iets wat hij had. En hij spoorde hen aan en daagde hen uit het te vinden. Om te zien of zij slimmer waren dan hij.

Ben ik slimmer dan hij?

Ze dwaalde van het ene vertrek naar het andere, op zoek naar iets wat een aanwijzing of een spoor naar een aanwijzing kon zijn. Ze móést meer te weten komen over Langhorne én meer over zijn tijd als Daniel Pottinger. Het eerste kon ze misschien van Earl Beckett krijgen en het laatste misschien van Clarisse.

Als ik haar ooit terugbel. Hoewel ik op dit moment niet zeker weet of ik dat wel wil.

Gibson had er de pest aan als iemand haar voor de gek hield. Daar had ze zelfs nog meer de pest aan als het iemand was die het kennelijk heerlijk vond om haar aan het lijntje te houden en dingen te laten doen.

Wat hééft die vrouw in vredesnaam tegen me? Dit is niet zomaar manipulatie. Het is iets anders, iets persoonlijks.

Even later hoorde ze een geluid en haar hand vloog naar haar pistool. Met de Beretta naar voren gericht liep ze naar het geluid toe. Ze wilde de indringer zelf confronteren. Ze liep de hoek om en sloop door de donkere gang.

De geluiden kwamen dichterbij en haar vinger gleed naar de trekker.

'Shit!' riep ze.

Voor haar stond rechercheur Wilson Sullivan van de Virginia State Police.

'Je lijkt niet verbaasd me hier te zien,' zei Gibson, terwijl ze haar pistool holsterde.

Hij fronste en zei gespannen: 'Dat ben ik ook niet. Ik zag je auto buiten staan.'

'Natuurlijk.'

'Maar ik wil weten wat jij hier doet. Nu meteen.' Hij zette een stap naar haar toe. 'Je hoort hier namelijk niet te zijn. Ik zou je kunnen arresteren omdat je hier bent.'

'Ik kreeg de indruk dat jullie de plaats delict hadden vrijgegeven. En ik dacht dat we samenwerkten. Ik was gewoon op zoek naar de een of andere aanwijzing.'

Hij bleef haar ongemakkelijk lang aankijken. 'En, heb je een aanwijzing gevonden?'

Ze vertelde hem over de tekst die ze op de boot had ontdekt.

'Er is dus inderdaad een schat en hij speelde daar een spelletje mee?'

'Dat lijkt er wel op. Of hij hield iedereen voor de gek en er is helemaal geen schat.'

'Wat denk jij?'

'Jij weet evenveel over Harry Langhorne als ik. Hij was een gecompliceerde man. Daarom weet ik niet goed wat ik ervan moet denken.'

Hij knikte en keek om zich heen. 'Nog meer gevonden behalve die tekst?'

'Nog niet. Regent het nog steeds?' vroeg ze toen ze zijn natte jas en haar zag.

'Het giet.'

'Zullen we dan maar binnenblijven en het hele pand doorzoeken?'

'Omdat de schat misschien gewoon zichtbaar is?'

'Misschien, hoewel dat helemaal afhankelijk is van je definitie van "zichtbaar".'

'Ik dacht dat je alles had vastgelegd met je iPad.'

'Ik heb niet elk vertrek kunnen doen. Dat zou dagen hebben gekost. Hebben jouw mensen het hele pand doorzocht?'

'Ja, maar wij waren niet op zoek naar een schat.'

'Aanwijzingen gevonden over de moord?'

Hij schudde zijn hoofd. 'Ik heb het gevoel dat dit veel tijd zal kosten. Wie past er op je kinderen? Je moeder weer?'

'Beide ouders.'

'Zullen we vertrek na vertrek doorzoeken?' vroeg hij.

Ze glimlachte en zei: 'Ja.' Maar inwendig fronste ze.

Anderhalf uur later regende het eindelijk niet meer en waren ze klaar met hun zoektocht. Zonder resultaat.

'Als hier een schat is, dan zie ik hem niet,' zei Sullivan.

'Een kluis misschien? Bankrekeningen en andere bezittingen? De normale verstopplekken?'

'Daar zijn we naar op zoek, maar het was moeilijk om ook maar iets op te sporen.'

'Hij had geen rekening bij een plaatselijke bank?'

'Die hebben we niet kunnen vinden. En hier in huis waren ook geen financiële overzichten. Wij hebben tenminste niets gevonden. Hij had ze misschien elders, maar we vonden niet eens een chequeboek of een rekeningoverzicht. Misschien huurde hij ergens een opslag, maar we hebben geen idee waar dat zou kunnen zijn. Maar tegenwoordig kun je overal wat je maar wilt verbergen.'

'Dat hoef je mij niet te vertellen,' zei Gibson droog. 'Maar niemand heeft zich gemeld? Een advocatenkantoor, een accountantskantoor, financieel adviseurs die voor hem werkten?'

Sullivan schudde zijn hoofd. 'Die kenden hem misschien onder een andere naam en weten daardoor helemaal niet dat hij dood is.'

'Zijn moord heeft het nieuws wel gehaald. Daar stond dat hij op Stormfield is vermoord. Je zou denken dat zijn financiële mensen wel weten dat dit landgoed van hem was.'

'We hebben een paar namen gekregen van de makelaar, maar verrassing! Daar hebben we niemand van kunnen vinden. Alsof ze ervandoor zijn gegaan.'

Gibson keek om zich heen in de donkere kamer. 'Nou, uit de tekst die ik vond blijkt duidelijk dat hij wist dat iemand naar iets op zoek zou gaan. Dus hij had het ergens verborgen. Of niet, en dan is er gewoon helemaal niets.'

Hij zei: 'Misschien kun jij je toverkunstje uithalen en dat uitzoeken. Laat het me weten als het je lukt.'

Ze fronste opnieuw, maar had haar gezicht afgewend zodat hij het niet kon zien. 'Ik kan een poging wagen. Hé, weet jij iets over Nathan Trask?'

Sullivan vroeg verbaasd: 'Trask? Wat heeft hij hiermee te maken?'

'Misschien niets, maar hij is een belangrijke figuur in de criminele wereld. Ik moet natuurlijk op mijn woorden passen, anders daagt hij me voor de rechter wegens smaad en dan wint hij misschien ook nog.'

'Denk je dat hij samenwerkte met Langhorne alias Pottinger?'

'Misschien wel.'

Sullivan zei: 'Ze hebben me iets over hem verteld toen ik van Carolina hierheen kwam. Hij heeft een heleboel politici in zijn zak die hem dekken.'

'We leven in een geweldige wereld.'

'Inderdaad.' Sullivan fronste nu ook.

Het ging harder regenen.

40

Clarisse had Gibson niet teruggebeld, want dat zou echt een zwaktebod zijn. Ze zou wachten tot Gibson contact met haar opnam, áls ze dat ooit deed.

Ze moet wel, toch? Ze kan het niet laten rusten.

Ze concentreerde zich en zette alles op een rij.

Harry Langhorne was vermoord. Maar hij was al stervende doordat hij een hersentumor had, wat ze verbijsterend nieuws vond. Haar moeder was ontvoerd. Ze hadden Daryl Oxblood vermoord en daardoor ook BD afgeslacht.

Hebben ze mama ook al vermoord?

Maar dat zouden ze niet doen, nog niet. En als ze mama wilden gebruiken om haar te chanteren, moesten ze weer contact met haar opnemen.

Ze wilde hun liever voor zijn en zelf contact met hén opnemen. Het enige voordeel daarvan was dat ze kracht wilde tonen omdat de tegenpartij haar onder druk probeerde te zetten. Alleen was de tegenpartij niet gemakkelijk voor de gek te houden. Ze was niet van plan iets over BD te zeggen, want ze wilde niet dat zij wisten dat ze dat al had ontdekt.

Ze opende het mailtje dat ze had ontvangen.

Hallo! Verrassing! Het heeft even geduurd, maar net als jij geef ik niet snel op. De ouwe trut is gezond en een enorme lastpak, zoals altijd. We moeten dingen bespreken. Ik laat je wel weten wanneer. Bereid je maar voor op een moeilijke klus, want we gaan dit volkomen anders doen. Het wordt een wilde rit, schatje.

Ze opende een ander notitieboekje met de titel: NOG TE VEREFFENEN REKENINGEN. Daar had ze al heel veel in genoteerd. Herinneringen die misschien nuttig waren, onbelangrijke feitjes die door haar hoofd spookten, strategieën en tactieken. Ze las alles door, voegde er een paar dingen aan toe en ging er goed voor zitten om haar antwoord op te stellen.

Hallo, daar ben ik dan. Slim gedaan, dame, die juwelenroof. Je bent een geloofwaardige, maar wel ietwat vulgaire schoonmaakster. Dienstbaarheid zal je wel aangeboren zijn. Mama is minder belangrijk voor me dan je denkt. Je hebt dus minder in handen om me mee onder druk te zetten dan je denkt. En kom op, zeg, die arme Daryl Oxblood, wie dat ook is... Als je de identiteit steelt van de een of andere sukkel hoef je hem toch zeker ook niet te vermoorden? Ik had gedacht dat je meer klasse had. Maar goed, de vraag is dus: wat gaan we nu doen? We willen hetzelfde, neem ik aan. Volgens mij betaling voor verleende diensten, maar misschien wil jij meer. Ik heb er mensen op gezet en er worden vorderingen gemaakt. Ik heb het idee dat jij wilt dat ik het vind en dat jij mama vervolgens inruilt voor jouw deel, aangezien je het niet hebt gevonden toen je op Stormfield was en met HL hebt afgerekend. Laat het me maar weten als ik me vergis. Ik kan mijn tijd wel beter gebruiken. Bedankt, lieverd.

Haar vinger hing boven de verzendknop terwijl ze haar tekst een paar keer doorlas om te kijken of er iets in stond wat er niet in mocht staan, of dat er iets niet in stond wat er wel in moest staan.

Daarna verstuurde ze de mail.

Ze vroeg zich af hoe lang het zou duren voor ze antwoord kreeg. Haar antwoord ging misschien wel in de spambox, maar die zouden ze natuurlijk wel checken.

Ze moest voorzichtig zijn. De moord op Langhorne had ze verwacht, maar de moord op Oxblood was onbeheerst en bloederig geweest.

Misschien was Oxblood bedoeld als een boodschap voor me. Als ze bereid waren dit met BD te doen, wat willen ze dan met mij doen?

Ze dacht na over Mickey Gibson. De vrouw was naar Stormfield geweest. Dat wist ze door de geolocatie op haar telefoon. Wat had ze ontdekt, áls ze iets had ontdekt?

Het probleem was hetzelfde probleem dat altijd kon ontstaan, dat wist ze.

Als Gibson me verslaat, moet ik de schat van haar afpakken. En dat gáát me lukken, wat er ook voor nodig is of wat het ook moet kosten. Ik zál dit overleven, zelfs als dat niet voor Mickey Gibson geldt.

Ze verstijfde even toen ze eraan dacht dat Gibson misschien zou sterven. Daardoor werd ze woedend op zichzelf.

Ik mag niet vergeten dat het alleen om mij gaat en om niemand anders. Iedereen heeft er namelijk schijt aan, dus zou ik er ook schijt aan moeten hebben.

Nu moet ik echt alles op alles zetten. Gezien wat ik nu ga doen. Als ik dat niet doe, ben ik dood.

41

Clarisse had gelogen tegen Gibson. Natuurlijk had ze gelogen. Ze loog altijd.

Ik lieg gewoon tegen iedereen over alles.

Maar ze had niet gelogen over Nathan Trask. Die man speelde een cruciale rol in alles wat op dit moment belangrijk voor haar was.

Ze had telefoontjes gepleegd. Tot haar grote verbazing was haar verzoek ingewilligd. Er was een afspraak gemaakt.

Ze was nu buiten en observeerde zijn fort aan Virginia Beach.

Voor deze ontmoeting zou ze natuurlijk een andere naam gebruiken, hoewel dat niet zonder risico was. Nathan Trask was slim en meedogenloos, geen man om voor de gek te houden. Ook geen man die zich gemakkelijk voor de gek liet houden. Toch was ze hier om dat dus wel te doen.

Ze liep naar het hek waar twee mannen geposteerd waren. Ze droegen een fraai pak en hadden een alerte blik, en de bobbel onder hun colbertje was natuurlijk van hun vuurwapen. Op het dak zag ze nog twee mannen, allebei in een zwarte overall en allebei met een langeafstandsgeweer. Een vijfde man hield met een dure kijker vrijwel continu de hele omgeving in de gaten, van het strand tot en met de straat.

Nadat Clarisse hun had verteld wie ze was en waarom ze hier was, vroeg een van de bewakers om haar identiteitsbewijs. De andere man fouilleerde haar en checkte haar met een handscanner. Hij nam er alle tijd voor en er ontging hem niets. Ze kon zijn professionele houding wel waarderen. Hij probeerde niet eens om haar ergens ongewenst aan te raken.

Clarisse had zich voor deze ontmoeting zorgvuldig gekleed in een zwart jasje met bijpassende rok. Ze had blond haar en droeg groene contactlenzen, een leesbril, weinig lippenstift en make-up, en schoenen met lage hakken. Geen handtas, geen telefoon, geen portefeuille. Die zouden ze toch in beslag hebben genomen.

Weer een andere man bracht haar met een golfkarretje met goudkleurige afwerking naar het hoofdhuis. Het gebouwencomplex werd grotendeels van de straat afgeschermd door de muur, hoge bomen en struiken, rotsblokken en andere bouwkundige objecten.

Achter het huis steeg een AgustaWestland-helikopter op, zwenkte naar rechts en vloog weg boven de oceaan. 'Hopelijk is dat niet meneer Trask die ervandoor gaat,' zei ze tegen de man naast haar.

Hij nam niet eens de moeite antwoord te geven en zette haar af bij de voordeur.

De deur werd geopend door een vrouw die was gekleed als een butler, inclusief gesteven boord en vlinderdas. Ze was een jaar of vijftig, fit en perfect gekleed zonder dat zelfs maar een haartje niet op z'n plek zat, en leek tevreden met haar leven. 'Deze kant op, mevrouw Peters,' zei ze zacht en met haar blik op haar goed gepoetste schoenen gericht.

Als ik ergens dood word gevonden en de politie haar ondervraagt, kan ze dus eerlijk zeggen dat ze me nog nooit heeft gezien.

De vrouw nam Clarisse mee door een lange, stijlvolle gang met aan weerszijden ruime en luxueus ingerichte vertrekken. Ze bleef voor een dubbele deur staan, klopte aan, kreeg te horen dat ze binnen mocht komen en hield de deur voor Clarisse open.

Clarisse liep naar binnen en hoorde de andere vrouw weglopen.

De kamer was klein en bijna helemaal leeg. Er stonden alleen twee gestoffeerde stoelen met een hoge, rechte rugleuning.

In een van de stoelen zat een man. Hij hief een hand en wees naar de andere stoel.

Clarisse liep ernaartoe en ging zitten, zette haar bril goed en keek naar hem.

Nathan Trask was kleiner dan ze had verwacht. Dat kwam vooral doordat hij in elk ander opzicht zo groot leek. Ze dacht dat ze ongeveer even lang waren. Ze had hem nagetrokken en wist dat hij eenenvijftig was. Hij had een gedrongen, sterk lichaam en droeg een maatpak, maar hij droeg het op een manier alsof hij dat volkomen onbelangrijk vond. Zijn ring was waarschijnlijk meer waard dan de eerste betaling die ze van senator Wright had gekregen. Toch was die ring het enige buitensporige aan hem. Zijn schoenen waren heel gewoon, net als zijn das en overhemd. Hij had bijna zwarte ogen en keek haar aan zonder te knipperen.

Oké, dit is een beetje zenuwslopend.

Hij stak een hand op. 'Wilt u iets drinken?' Zijn stem was schor, alsof hij verkouden was of was geweest.

'Nee, dank u.'

Hij knikte, liet zijn hand in zijn schoot vallen en bleef haar strak aankijken.

Iemand die het kon weten had haar verteld dat dit zou gebeuren. Hij leek elk detail van haar in zijn geheugen te prenten. Nooit een goede zaak bij een sociopaat.

En ik kan het weten.

'U wilde mij spreken?' zei hij. 'U zei dat u informatie had die nuttig voor me kon zijn.'

Ze knikte. 'Inderdaad.'

'Normaal had ik dit verzoek genegeerd en zou u hier nu niet zitten. Ik heb u natuurlijk laten natrekken, mevrouw Peters. Maar alles wat we vonden is bullshit. Uiteraard. Verzonnen. Toch is uw nepachtergrond goed. Mijn mensen konden er niet doorheen prikken, terwijl ze daar normaal uitstekend toe in staat zijn. Mijn complimenten dus. Dat intrigeerde me zo dat ik u heb toegestaan te komen. Anders was dat nooit gebeurd. En ik hou van nieuwe dingen, die houden me jong. Imponeer me dus maar, of niet.'

'Waarom hebt u me binnengelaten, terwijl u niet hebt kunnen checken wie ik ben? Ik zou een bedreiging kunnen vormen.'

'Op dit moment zijn er, via onopvallende openingen in de muren, zes vuurwapens op u gericht. U kunt ze niet zien, ik ook niet trouwens, maar ze zijn er wel. U voelt er niets van, dat hebben ze me tenminste verteld. Ik heb daar zelf geen ervaring mee, begrijpt u. Maar u gelooft me misschien niet.'

Meteen daarna hoorde ze dat er achter elkaar zes sleden achteruit werden gehaald. 'Indrukwekkend,' zei ze ernstig.

'Opschepperig, vind ik. En ik hou van meer duidelijkheid.' Hij schraapte zijn keel. 'Goed, die informatie...'

'Daniel Pottinger...'

'Ja?'

'Hij is dood,' zei Clarisse.

'Dat weet ik.'

'U deed zaken met hem.'

'Is dat zo?' vroeg Trask.

Ze leunde naar achteren, ontspande zich en verplaatste zich helemaal in de rol die ze speelde. Je moest je eigen bullshit geloven. Maar niet alles was bullshit. De belangrijke dingen waren waar. 'Laten we ervan uitgaan dat u dat inderdaad wist, want ik kan natuurlijk niet nagaan of dat echt zo was.'

Hij knikte heel licht om aan te geven dat hij haar gelijk gaf, voorlopig althans.

'Hij is vermoord met vermoedelijk het meest dodelijke gif dat er bestaat. Maar hij zou toch al doodgaan, aan een hersentumor.'

'Hoe weet u dat? Werkt u bij de politie?'

'Als ik bij de politie werkte, zou ik me tegenover u moeten legitimeren. En dan had u me niet ontvangen, lijkt me.'

'Undercover?'

Ze schudde haar hoofd. 'Daar ben ik niet dapper genoeg voor. Bovendien is het salaris te laag voor mijn manier van leven.' Clarisse dacht te zien dat hij heel even glimlachte.

Denkt hij nu aan zijn vader, die bij de FBI heeft gezeten?

'Ik heb dat gehoord van iemand die wél bij de politie werkt.'

'Waarom zou die persoon u dat vertellen?'

'Ik kan heel overtuigend zijn.'

'Ik luister.'

'Vlak bij het lichaam stond een mysterieuze tekst. En iemand heeft in Pottingers boot een boodschap achtergelaten die misschien van belang voor u is.'

Clarisse had Gibson niet verteld dat ze die boodschap op de fender had ontdekt en wist niet dat Gibson die boodschap ook had ontdekt, hoewel Clarisse ervan uitging dat dat wel zou gebeuren.

'Hoe luidde die boodschap?'

'Het kwam erop neer dat u beter moest zoeken als u de echte schat wilt vinden.'

'Dit is dus een zoekactie naar een schat?' vroeg Trask.

'Kennelijk.'

De zwarte ogen keken haar strak en met een verontrustende kalmte aan.

'Maar wiens schat?'

Vreemde vraag. Ik zal nog wat aas uitgooien en kijken of hij hapt.

'Pottinger was niet zijn echte naam. De man heeft tientallen jaren geleden veel maffiageld gestolen. En hij deed zaken onder de naam Pottinger, waardoor hij op verschillende manieren zelfs nog meer geld verdiende.'

Ze zweeg en keek hem aan. Ze vroeg zich af of haar blik met haar groene contactlenzen even intimiderend was als zijn blik. Om de een of andere reden betwijfelde ze dat. Wat goed was.

Hoe meer je me onderschat, hoe gevaarlijker dat voor je is.

'Hij heeft inderdaad veel geld verdiend. Aan bepaalde mensen die het terug willen hebben,' zei Trask.

'Kunt u me vertellen hoe?'

'Waarom zou ik?' zei Trask.

'Ik ben hier gekomen om te zien of ik kan helpen deze zaak af te sluiten. Een voor alle partijen bevredigende afsluiting.'

'Waarom zou ik u daarvoor nodig hebben?'

Oké, dat was een beetje voorspelbaar. Maar ik mag hém natuurlijk ook niet onderschatten.

'Misschien hebt u mij inderdaad niet nodig. U hebt heel veel contacten. Het kan zijn dat u het geld al heel snel vindt. Als dat zo is, prima. Even goede vrienden.'

Ze maakte aanstalten om op te staan, maar hij hief een hand, waardoor hij haar leek te kunnen dwingen te blijven zitten.

'Hij heeft vijf miljoen betaald voor Stormfield. Wist u dat hij daar woonde?'

Opnieuw een bijna onzichtbaar knikje.

'Dat geld zal naar de overheid gaan. Het geld waarmee het landgoed is gekocht, lijkt afkomstig van de maffia. Volgens de overheid tenminste. Maar als u wist dat hij hier vlakbij woonde, waarom hebt u dan niet...'

'Waarom denkt u dat ik hier ben gaan wonen en dit huis heb laten bouwen, mevrouw Peters?'

'Je kunt je vijanden beter dichtbij hebben. Was het dat waard voor de geografische nabijheid?'

'Hij was niet de enige.'

Ze knikte langzaam. 'Uw vader is ook dichtbij.'

'Wat Pottinger betreft, dankzij hem hebben bepaalde mensen ook veel geld verdiend. Hij was er heel goed in om geld te verdienen en het vervolgens verborgen te houden voor de overheid. Daardoor had hij een zekere waarde, voor bepaalde mensen tenminste.'

'Hij was dus een goede partner voor deze "mensen"?'

'Kennelijk wel. Tot hij een slechte partner werd.'

'Maar nogmaals, als dat is gebeurd en hij hier vlakbij was?'

'Het feit dat iemand een huis bezit betekent niet automatisch dat diegene daar ook is. Hij was daar zelden. Ik heb veel moeite gedaan om dat te weten te komen. Daardoor hadden we zelden de gelegenheid om… bepaalde zaken te bespreken. Nadat hij de maffia had verlinkt, maakte hij er denk ik een gewoonte van iedereen van wie hij beter werd te verlinken.'

'Nou ja, uiteindelijk kwam hij terug. Maar alleen om te sterven.'

'Hebt u daar ideeën over?' vroeg Trask.

'Verschillende. Maar eerst moeten we tot zaken komen.'

Hij spreidde zijn handen. 'Ik luister.'

'Ik heb het over vindersloon.'

'Hoeveel?'

'Vijftien procent.'

'Vijf.'

'Twaalfenhalf?'

'Vijf.'

'Tien?'

'Vijf. Dat is een enorm bedrag. U zou niet weten waar u dat aan zou moeten uitgeven of zelfs maar lang genoeg leven om dat te doen.'

'Dat had u niet moeten zeggen. Daardoor wordt uw aanbod meteen veel minder aantrekkelijk.'

'Laat ik het dan omdraaien. Als u dit voor elkaar kunt krijgen, heb ik geen enkele reden u een kwaad hart toe te dragen. Uw ideeën?'

'Ik heb er verschillende.' Ze leunde naar voren. Ze vond het niet erg om met een schijntje te worden afgescheept om de eenvoudige reden dat ze niet van plan was dat schijntje te incasseren.

Ongeveer een halfuur later liep Trask met haar mee naar de voordeur. Hij zei: 'Iemand is kortgeleden bij mijn vader op bezoek geweest. Een vrouw. Weet u daar iets van?'

‘Misschien wel. Maar ik moet het zeker weten. Ze kan vriend of vijand zijn.’

‘Ik heb geen vrienden nodig en ik hou niet van vijanden.’

‘Dan is het misschien niet van belang.’

‘Het is altijd van belang. Maar voor alle duidelijkheid kan ik u dit zeggen: u valt onder dezelfde categorie. Maakt niet uit of we wel of geen zakenpartners zijn.’

‘Ik heb geen moment minder verwacht, of meer.’

‘U bent een vreemde vrouw. Ik kan u niet helemaal peilen en dat is ongebruikelijk. Ik heb zo ongeveer alles al meegemaakt.’

‘Neem het uzelf niet kwalijk, meneer Trask, maar ik ben iets meer dan “zo ongeveer alles”.’

42

Clarisse liep drie kilometer. Als ze haar volgden, moesten ze er ook wat voor doen. Ze ging aan de voorkant een winkel in en vertrok aan de achterkant, maar pas na een bezoekje aan de damestoiletten, waar ze eerder onder een afvalzak een tas had verstopt met daarin haar telefoon, kleren en andere dingen waarmee ze haar uiterlijk kon veranderen.

Toen ze naar buiten kwam was ze volkomen veranderd: de blondine was nu een brunette, rok, jasje en platte schoenen waren verwisseld voor spijkerbroek, trui en pumps én ze had haar make-up en lippenstift verwijderd. Daardoor, maar ook door de AirPods en de e-sigaret, leek ze wel een tiener.

Ze nam een Uber en liet zich twee blokken van haar hotel afzetten. Ze liep naar haar kamer, ging achter het bureau zitten en opende haar notitieboekje.

Op dat moment piepte haar telefoon en kwam er een mailtje binnen.

Het lijkt wel alsof je helemaal niet volwassen bent geworden. Dezelfde vreemde snuiter. Als ik je met mama niet onder druk kan zetten, neem ik aan dat ze redundant wordt. Wat een woord, je had zeker niet verwacht dat ik dat ooit zou gebruiken, schat? Een kogel in haar hoofd, een touw om haar nek of gif in haar keel? Veel is er niet voor nodig. Je moet er wel wat voor doen, maar dan is die ouwe trut er geweest. Wat heb je belabberd voor haar gezorgd. Volgens mij heb ik HL *gevonden. Dat was het belangrijkste deel. Jouw deel is de zaak afronden. Daarna doen we samsam. En schiet een beetje op. Ik ben klaar met kleine klusjes en kleine edelsteentjes en helers die je belazeren terwijl jij alles hebt gepland en alle risico's hebt gelopen. Een strand ver weg lokt me. Ik wil ernaartoe, maar*

wel in stijl. Maar ik zie dat jij ook druk bent geweest. Arme meneer Lulhannes. Voor hoeveel heb je hem verneukt in de kantoren van Creative Engineering? Zag dat hij over je billen wreef. Hoop dat je het lekker vond. Je was altijd al slecht in relaties. Heb je eigenlijk ooit seks gehad, meisje van plezier? Ik bedoel natuurlijk niét tegen je zin? Betwijfel of je dat wel kunt, maar ik kan me vergissen. Houd me op de hoogte over mama. Ze eet heel veel, ze snurkt, en haar geouwehoer is, nou ja, een probleem. Tiktak, tiktak.
De mazzel, schatje.

Haar uitdaging met betrekking tot mama was kennelijk aangenomen. Wat moest ze nu doen? Ze raadpleegde het betreffende notitieboekje, al dwaalden haar gedachten af naar 'had ze ooit seks gehad'. Dat was een stoot onder de gordel, en ze wist dat die bitch het echt had gemeend.

Ik zou hetzelfde over jou kunnen zeggen, babycakes. *Zo noemden ze je immers: jong en alleen bedoeld om op te eten omdat je verder nergens goed voor was.*

Maar dat was geen reden om uit haar slof te schieten, nog niet tenminste. Dan had ze het nog niet eens over haar opmerkingen over de moord op Oxblood. Ze zou er even mee wachten. Het was nergens voor nodig snel te antwoorden. Zíj had immers ook alle tijd genomen om te antwoorden.

Bovendien heb ik andere dingen te doen.

Ze pakte een ander notitieboekje en bladerde erin, maakte een paar aantekeningen en streepte andere door.

Wat zou ik zonder deze dingen moeten doen? Ze stellen me in staat om de zin in te zien van alles om me heen. Om zaken in exacte, logische stappen onder te verdelen om een exact, logisch resultaat te verkrijgen.

En om te voorkomen dat ik verdomme gek word.

Clarisse had zich echt voorgenomen om niet te doen wat ze nu ging doen, maar de zaken waren veranderd. En als zaken veranderden, moesten plannen ook veranderen.

Ze keek naar haar computerscherm, drukte op de toets en een paar seconden later antwoordde Mickey Gibson. 'Ik betwijfelde of je zou opnemen,' zei Clarisse.

'Dat heb ik ook bijna niet gedaan.'

'Het ging niet goed, dat weet ik. Maar ik heb informatie die relevant is voor je.'

'Oké.'

'Is dat alles? Geen discussie over wat er eerder is gebeurd?'

'Volgens mij hebben we daar geen van beiden tijd voor.'

Oké, laat de bom maar vallen en kijk wat er gebeurt.

'Nathan Trask weet dat je zijn vader hebt bezocht.'

Ze dacht te horen dat Gibsons ademhaling versnelde, een klein beetje maar. Die vrouw had echt stalen ballen, dat moest ze haar nageven.

'Hoe weet je dat?' vroeg Gibson.

'Dat heeft hij me zelf verteld.'

'Bedoel je dat je bij hem bent geweest? Hoe dan?' vroeg Gibson.

'Op de enig mogelijke manier. Ik had informatie die relevant voor hem was.'

'Wat was die relevante informatie?'

'Over de schat,' zei Clarisse.

'Dat moet je uitleggen.'

'Harry Langhorne heeft veel maffiageld nagelaten. Daar hebben we het al over gehad.'

'Waarom kan dat Trask iets schelen? Was hij betrokken bij Lang hornes lange lijst misdaden waar je me laatst over vertelde?'

'Misschien niet bij allemaal, maar bij genoeg. Hij vertelde me ook dat hij zijn fort in Virginia Beach heeft laten bouwen omdat Langhorne, of Pottinger zoals hij hem kende, in de buurt was.'

'En jij geloofde dat?' zei Gibson.

'Maakt niet uit. Zijn vader is ook in de buurt, dus dat zou de echte reden kunnen zijn. Of het ging om beide mannen. Waar het om gaat is dat hij op een bepaald moment op een bepaalde manier iets met Pottinger te maken had.'

'Hij weet dus niet wie Pottinger in werkelijkheid was?'

'Ik heb hem dat niet verteld, maar ik vertelde hem wel dat Pottinger tientallen jaren geleden heel veel maffiageld heeft ingepikt en een deel daarvan heeft gebruikt om Stormfield te kopen. Maar de rest... Dat moet ergens zijn. En ik denk dat Pottinger Trask ook heeft afgezet, dat liet hij in elk geval doorschemeren. Dus is de schat misschien zelfs groter dan we denken.'

Gibson zei: 'Als Pottinger Trask heeft bedrogen, waarom heeft Trask hem dan niet te pakken genomen? Hij woonde vlakbij, al jaren. De man had al heel lang dood moeten zijn.'

'Dat heb ik hem gevraagd.'

'Wat zei hij toen?'

'Dat het feit dat het landgoed van hem was niet automatisch betekende dat hij daar ook woonde.'

'Nou, hij is er wel vermoord. Heeft Trask dat gedaan?' vroeg Gibson.

'Ook daar hebben we het eerder over gehad. Het vergif, die vreemde boodschap op de muur... Niet zijn werkwijze. Bovendien, je denkt toch zeker niet dat hij dat aan mij zou bekennen?'

'Had Trask enig idee voor hoeveel geld hij is afgezet? Of hoe?'

'Ik weet bijna zeker dat hij dat weet, tot op de cent. En nogmaals, hij gaf niet toe dat hij is afgezet, maar hij vond het belangrijk genoeg om mij te ontvangen. En bij die lui gaat het niet alleen om geld, maar ook om hun reputatie. Als ze afgezet kunnen worden, is dat een teken van zwakte. En in die wereld wil je niet dat de andere haaien jouw bloed in het water zien.'

'Geloof me, dat weet ik,' zei Gibson.

'Heb je op Stormfield iets gezien wat naar een schat verwijst?' vroeg ze.

'Ik vond een tekst, in zijn boot. Daarin liet hij blijken dat hij wist dat mensen ergens naar op zoek waren, en hij zei dat ze beter hun best moesten doen.'

Verbazingwekkend dat ze me dat zonder discussie vertelt.

'Is de politie op de hoogte van die tekst?'

'Ja.'

'En?'

'Volgens mij is hun prioriteit niet het vinden van het geld, maar het vinden van een moordenaar.'

'Misschien moet je de schat zoeken als je de moordenaar wilt vinden,' zei Clarisse.

'Ik kan hun niet vertellen hoe zij hun werk moeten doen.'

'Je kunt wel suggesties doen,' zei Clarisse.

'Misschien. Maar wat schiet jij ermee op als de politie de moordenaar én de schat vindt?' vroeg Gibson.

'Dan hoef ik niet langer op mijn hoede te zijn.'

'Onzin, jij wilt het geld. Ik geloof niet dat jij je zorgen maakt over je eigen veiligheid.'

Dat deed ik ook niet, tot mama verdween. 'Daarover verschillen we van mening. Goed, wat ga je nu doen?'

'Ik heb een paar aanwijzingen en die ga ik natrekken.'

'Werk je hierbij samen met Wilson Sullivan?' vroeg Clarisse.

'Ik zal maar niet vragen hoe je dat allemaal weet, maar ja, dat ga ik doen. In elk geval gedeeltelijk. En wat ga jíj doen?'

'Maak jij je daar maar niet druk over, ik heb genoeg te doen.'

'Wist Nathan Trask wie ik was?' vroeg Gibson.

'Dat heeft hij niet gezegd. Hij zei alleen dát je op bezoek was geweest. Maar hij zou je identiteit gemakkelijk kunnen achterhalen.'

'Hij moet een oogje op zijn vader houden.'

'Natuurlijk,' zei Clarisse.

'Je hebt me dus in de val laten lopen.'

'Luister Mickey, ik wil dat je dit overleeft.' *Eigenlijk kan het me niets schelen. Jij hebt je kans gehad, Mickey Rogers Gibson. Je had alles en hebt het allemaal uitgekotst.*

Gibson riep: 'Je vindt mij helemáál niet belangrijk. Dáárom heb je Trask op mij gewezen.'

'Zo te horen vergeet je iets: ik heb die man zelf bezocht. Hij weet ook dat ik besta. Ik heb mijn echte naam niet gebruikt, maar hij heeft voldoende mogelijkheden om ook mijn ware identiteit te achterhalen.'

'Ik weet niet eens zeker of je hem écht hebt bezocht.'

'Hij heeft een vrouwelijke butler. Twee bewakers bij het hek hebben me gescand. Ze brachten me naar het hoofdhuis met een golfkarretje met gouden afwerking. Het pand is gigantisch, maar niet overdadig gemeubileerd. Hij ontving me in een klein vertrek waar alleen een paar stoelen stonden. Ik schat hem op iets meer dan 1 meter 70, hij lijkt fit en begin vijftig, en ik heb nog nooit zulke donkere ogen gezien. Ik kan me in zo ongeveer elke situatie en bij de meeste mensen goed staande houden, maar ik moet bekennen dat hij me, hoewel hij bijna niets zei, enorm intimideerde.'

'Je hoort van me,' zei Gibson en ze verbrak de verbinding.

Clarisse keek naar haar Mickey Gibson-notitieboekje, maar op dit moment was er niets wat ze erin wilde schrijven.

Ze keek naar het vage spiegelbeeld op het beeldscherm. Daar zouden twee of drie gezichten in weerspiegeld kunnen zijn, dacht ze. Afhankelijk van de dag en de noodzaak, en van wat er nog meer door haar hoofd spookte.

Ze wilde Gibson straffen omdat ze niet deed wat ze kon doen. Waarom Clarisse dat zo belangrijk vond was ingewikkeld, maar kwam feitelijk neer op het verschil tussen rijk en arm. Gibson had alles gehad en Clarisse had niets gehad. Als je alles hebt, is het je plicht daar iets mee te doen. Als je dat niet doet is dat respectloos, tegenover iedereen, onder wie mensen als Clarisse.

Ik zet je gewoon een beetje onder druk, Mick, gaf ze toe, al was het alleen maar aan zichzelf. Ze vroeg zich weleens af waarom die vrouw haar zo obsedeerde. Maar ze was nu eenmaal obsessief, dat was de diagnose geweest van iedere psycholoog die ze had bezocht. En dat waren er een heleboel. Ze had hun de tijd en zichzelf het geld kunnen besparen, want dat had ze zelf ook al vastgesteld. Zo moeilijk was dat niet geweest.

De keren dat ze gewoon rationeel was, had ze beseft dat Gibson de keuzes die zij in haar leven had gemaakt alleen aan zichzelf te danken had. Ze had niet kunnen weten dat ze met een nietsnut trouwde en in haar eentje twee kinderen zou moeten grootbrengen. Iets waar ze echt het beste van maakte.

Maar een andere kant van Clarisse weigerde om dat in te zien. *Ik geef haar de kans om iets bijzonders te doen. Het enige wat ze moet doen is daarin slagen en het ook nog overleven. En iets in mij, heel diep vanbinnen, wil ook dat dat gebeurt.*

43

Gibson ademde langzaam uit. Elk telefoongesprek met die vrouw scheen tot gevolg te hebben dat haar bloeddruk steeg en haar zenuwen aan flarden gingen. Nu Nathan Trask van haar af wist had ze pas echt een goede reden om nerveus te zijn.

Toch was haar bezoek aan zijn vader verhelderend geweest. Gelukkig wel. Bovendien was Sam een aardige oude man. Ze was blij dat ze hem had leren kennen. Hij deed haar aan haar vader denken. En hij kon weleens nuttig zijn bij deze zaak. Heel nuttig zelfs.

Ze was er nog niet helemaal van overtuigd dat Clarisse echt op bezoek was geweest bij Trask, ondanks de bijzonderheden die ze had verteld, zoals over het golfkarretje dat ze tijdens haar bezoek zelf ook had gezien. Maar om de een of andere reden leek het haar waarschijnlijk dat de vrouw de waarheid vertelde.

Dat Clarisse zich in het hol van de leeuw heeft gewaagd was wel heel dapper. Of ze wilde gewoon dood.

Ze leunde naar achteren en dacht na.

Langhorne was dood, vermoord. Misschien was er een schat, of niet, die kon worden gevonden. Clarisse was wel of niet Francine Langhorne. Ze had geen idee waar Doug Langhorne kon zijn, als hij nog leefde. Nathan Trask kon op de een of andere manier bij dit alles zijn betrokken. En onofficieel hielp ze Wilson Sullivan met zijn onderzoek, maar daar schoot ze niet echt iets mee op. Bovendien was er iets met Sullivan wat haar verontrustte.

Ze wist bijna zeker dat Clarisse, als zij Francine was, die schat gewoon wilde hebben. Maar had Clarisse haar vader vermoord om die in handen te krijgen? Ze had zich ook al eerder afgevraagd waarom de vrouw haar erbij had betrokken. Waarom bleef ze niet gewoon zoeken zonder dat iemand anders dat wist? En waarom stond die vreemde boodschap op die muur? Ze kon misschien begrijpen waarom er voor gif was gekozen. Misschien had Francine tegen haar vader gezegd: *Als jij me vertelt waar het geld is, geef ik je het tegengif.* Zoiets, hoewel ze geen idee had of er wel een antigif bestond voor botuline. Toch dacht ze niet dat een man die de maffia had bedrogen, vervolgens had verlinkt en dat ook nog eens had overleefd, daar echt gevoelig voor was. Bovendien ging hij toch al dood. Wat kon het hem schelen?

Ik moet uitzoeken wie Clarisse in werkelijkheid is. Als zij Francine niet is, wat wil ze hier dan mee bereiken? Zolang ik dat niet weet, kom ik nergens.

De kinderen deden een dutje, dus las ze op haar computer het laatste nieuws over de moord op Daniel Pottinger. De boodschap op de muur die waarschijnlijk door twee mensen was geschreven – wat misschien betekende dat Francine en haar broer samenwerkten – was niet bekendgemaakt. Dat gold ook voor wie Pottinger echt was. Dat was zeker iets wat geheim moest worden gehouden, al was ze ervan overtuigd dat de politie dit wel had gemeld aan andere politiediensten. Ze wist dat haar vader en Art Collin wisten dat ze dat onder de pet moesten houden.

Gibson geloofde niet echt dat een ex-maffialid of zijn zoon of dochter Langhorne had getraceerd en vermoord. Maar er gebeurden wel vreemdere dingen. Om die reden was het logisch dat de politie zich in Langhornes verleden verdiepte. Sterker nog, het zou heel vreemd zijn om dat niet te doen.

Do as I say, not as I do.

Ze had het opgezocht. Die tekst was afkomstig uit het Bijbelboek Matteüs. Jezus sprak tegen de menigte en zijn discipelen, en hij had hun verteld dat de schriftgeleerden en de farizeeërs op de stoel van Mozes zaten. Daarna werd het een beetje onduidelijk, maar de boodschap was kennelijk dat je ze in de gaten moest houden, maar niet moest doen wat zij deden, omdat wat ze zeggen en wat ze doen twee verschillende, en waarschijnlijk tegengestelde dingen zijn.

Dat had haar vader vaak gezegd toen ze nog klein was. Hij was als kind zelf een wildebras geweest en had zich altijd problemen op de hals gehaald. 'Maar jij moet dat niet doen, Mick,' had hij steeds opnieuw tegen haar gezegd. Het was logisch dat ouders niet wilden dat hun kinderen de fouten die ze vroeger zelf hadden gemaakt ook maakten, maar het leek toch oneerlijk. *Ja hoor, papa, jij was niet volwassen genoeg om die shit te vermijden, maar je verwacht dat ik dat wel doe alleen omdat jij dat zegt? Dat is gemakkelijker gezegd dan gedaan. En jouw ouders zeiden waarschijnlijk precies hetzelfde tegen jou...*

Ze keek weer naar de woorden op het scherm. Die woorden waren belangrijk voor de moordenaar of moordenaars.

Maar waren die woorden iets waar iedere politieagent naar op zoek ging als ze probeerden een misdaad op te lossen? *Zijn die woorden een modus operandi?*

Voor haar werk bij ProEye had ze toegang tot databases waar de meeste mensen niet in konden, aangezien ProEye soms met de politie samenwerkte. Ze besloot nu van die toegang gebruik te maken, opende een database en typte haar vraag: *'Do as I say, not as I do.' Is deze zin naar voren gekomen tijdens een moordonderzoek in de afgelopen twee maanden?*

Als dit geen resultaat had kon ze haar vraag altijd nog herformuleren.

Maar dat was niet nodig. Helemaal niet zelfs.

Op haar scherm verscheen een politiebericht van het Sheriff's Office van Fauquier County over de moord op ene Daryl Oxblood, inwoner van The Plains, Virginia, een dorp ongeveer tachtig kilometer ten westen van D.C. met een kleine driehonderd inwoners. Hij was bijna onthoofd toen hij werd gevonden. En op een muur in zijn huis stonden de woorden: DO AS I SAY, NOT AS I DO.

Ze stuurde Sullivan de link naar het bericht, gemarkeerd als dringend.

Ze trommelde met haar vingers op haar bureau en las, in afwachting van zijn antwoord, de rest van het rapport door.

Twee minuten later werd ze gebeld door Sullivan.

'Shit,' zei hij.

'Ja, ik weet het. Maar is het zo of niet?'

'Daar kunnen we maar op één manier achter komen. We gaan naar The Plains, Virginia.'

'We?'

'Jij hebt dat bericht gevonden. Kun je met me mee, vandaag?'

'Moet ik even aan mijn ouders vragen.' *Geweldig! Ik lijk wel een tiener die met een jongen naar de film wil.*

'Ik wacht op je bericht.'

44

'Ik ga samen met een rechercheur van de politie, papa. Er overkomt me niets.'

Gibsons ouders waren er om op de kinderen te passen. Gibson had een weekendtas ingepakt en nam op de voorveranda van haar huis afscheid van haar vader.

'Volgens mij zit je al zo diep in deze zaak dat je er nooit meer uit komt.'

'Zo kun je het ook bekijken.'

'Haalt hij je op?'

'Ja. Kijk, daar is hij al.'

Sullivans slanke donkere auto reed de oprit op.

'Wees voorzichtig, ook nu je politiebegeleiding hebt. Ik ben te oud om kleine kinderen groot te brengen. Mijn knieën en rug zijn versleten.'

Ze omhelsde hem, wat hem verbaasde, en zei: 'Ik hou je op de hoogte.'

'Heb je je Beretta bij je?'

'Natuurlijk.'

Ze stapte in en Sullivan zwaaide even naar Gibsons vader. Rogers stond met zijn handen in zijn broekzakken, knikte alleen terug en keek de rechercheur strak aan.

'Lijkt nog altijd een politieman,' zei Sullivan. 'Intimiderend.'

'Mijn vader zal op een politieman blijven lijken tot hij zijn laatste adem uitblaast.'

Ze reden in noordelijke richting en namen Interstate 64 en 95. Bij Fredericksburg namen ze Route 17 naar het noordwesten. Een kleine drie uur nadat ze waren vertrokken, waren ze bij het gehucht The Plains.

'Denk niet dat ze hier veel moorden zien,' zei Sullivan.

‘Ik hoop van niet. Heb je gebeld dat we eraan komen?’

‘Ja. Iemand van het Sheriff’s Office vangt ons op bij Oxbloods huis.’

‘Wat weten we over hem?’

‘Niet veel. Hij was een jaar of veertig. Woonde bij zijn moeder tot ze stierf, bleef in haar huis wonen en deed reparaties voor mensen uit de buurt. Erg eenzelvig.’

‘Kwamen ze uit The Plains?’

‘Weet ik niet, maar dat ga ik vragen.’

Ze reden de oprit van Oxbloods huis op, maar zagen geen politieauto staan.

Er kwam een vrouw uit het huis naast dat van Oxblood. Ze droeg een spijkerbroek en een flanellen overhemd. Ze had een verweerd gezicht en leek stoer.

Ze stapten uit, stelden zich voor en vertelden haar waarom ze er waren.

Ze keek naar Sullivans politielegitimatie en knikte. ‘Ik ben Barbara Cole. Zoals jullie kunnen zien woon ik hiernaast.’

‘Kende u Daryl?’

‘Ja. Zijn moeder ook, toen ze nog leefde.’

Sullivan pakte zijn notitieboekje. ‘Hoe heette zij?’

‘Cindy Oxblood.’

‘Hoe lang is ze al dood?’ vroeg Gibson.

‘O, al vier jaar. De tijd vliegt.’

‘Hoe is ze gestorven?’ vroeg Gibson.

‘Auto-ongeluk, op de weg hiernaartoe. Weet niet hoe dat kwam, misschien een wild dier dat de weg overstak. Ze raakte van de weg en haar pick-up kantelde. Ze droeg helaas geen gordel. Weet niet of ze het dan wel had overleefd. Auto was total loss.’

‘Weet u waar ze vandaan kwamen?’ vroeg Gibson terwijl Sullivan alles opschreef.

Cole fronste. ‘Volgens mij zei ze een keer dat ze van de westkust kwamen. Oregon, ja, Oregon.’

‘Heeft ze het ooit over haar man gehad? Andere kinderen?’

‘Nee, en ik ben niet bemoeizuchtig. Ik praat ook niet graag over mijn ex. Dan voel ik me alleen maar opnieuw een domme koe.’

Gibson glimlachte omdat de vrouw zo open was. ‘Ik weet precies wat u bedoelt,’ zei ze, waardoor Sullivan even naar haar keek.

'U hebt Daryl gevonden?' vroeg Sullivan.

'Ja, samen met die andere vrouw.'

'Welke andere vrouw?' zei Gibson.

'Ze was hier voor een enquête en had een afspraak met Daryl. Ze klopte op zijn deur, maar hij deed niet open. Toen kwam ze naar mijn huis en gingen we samen hiernaartoe. Toen vonden we Daryl.' Ze rilde. 'Heb nog altijd nachtmerries. Hou sinds die tijd mijn deur op slot en mijn pistool onder mijn hoofdkussen.'

'Dat geloof ik meteen. Kunt u die vrouw beschrijven?'

Dat deed Cole en Sullivan schreef het allemaal op, terwijl Gibson aandachtig luisterde.

'Er stond niets over die vrouw in het politiebericht,' zei Sullivan.

'Klopt, ze had nog andere afspraken en wilde er niet bij worden betrokken. Ze was al weg voordat de politie hier was. Daarom zag ik er het nut niet van in om het over haar te hebben.'

'Kunt u ons nog meer over haar vertellen? Wat ze zei. Over haar auto.'

'Volgens mij was het een huurauto. Leek op de auto's die je op het vliegveld kunt huren. Ze was slank en lang en knap, heel chic zeg maar. Leuke kleren en heel zelfverzekerd.'

'Was het iets voor Daryl om zo'n afspraak te maken?' vroeg Sullivan.

'Wel als ze daar geld voor betaalden of hem gratis dingen gaven.'

'Waar ging die enquête over?' vroeg Gibson.

'Ze zei dat ze mensen wilde spreken die niet op internet te vinden waren, zoiets tenminste. Het bedrijf waar ze voor werkte deed onderzoek naar dat soort mensen. Ik neem aan om erachter te komen hoe ze hun op een andere manier spullen konden verkopen. Ik denk elke dag wel een keer dat ik internet maar voor gezien hou en terugga naar hoe het vroeger was, maar om de een of andere reden komt het er niet van.'

'Gedroeg ze zich verdacht? Nerveus?'

'Nee, helemaal niet. Ze zag eruit alsof ze gewoon haar werk deed. Luister, ze had niets te maken met wat Daryl is overkomen. Ze klopte op mijn voordeur. Ik moest mijn reservesleutel van Daryls huis halen om naar binnen te kunnen. Toen we hem vonden, waren we allebei geschokt, dat kan ik jullie wel vertellen. Ik moest bijna overgeven, en zij leek er niet veel beter aan toe.'

'En toen vertrok ze?'

'Ze moest weg. En ze kon de politie niets vertellen wat ik niet kon.'

Gibson keek naar Sullivan die zijn schouders ophaalde.

Hij keek naar Oxbloods voordeur. Er zat geen politietape voor. 'Is de plaatselijke politie daar klaar?' vroeg hij.

'Ja, ze waren hier gisteren om hun spullen weg te halen en toen haalden ze ook het slot weg dat ze op de deur hadden gedaan.'

'Kunt u ons binnenlaten, zodat we daar op de sheriff kunnen wachten?'

'Natuurlijk.' Cole opende de voordeur met haar reservesleutel en nam hen mee naar binnen. Ze wees de kamer aan waar hij was gevonden. Ze keek om zich heen en rilde. 'Er was zoveel bloed! Het was afgrijselijk.'

'Weet u of hij vijanden had?' vroeg Gibson.

'Verdomd, niemand hier heeft zulke vijanden. Daryl was erg op zichzelf. Had nooit problemen.'

'Drugs?'

'Nee, niet dat ik weet. Dat leek me ook niets voor hem. Ik dacht dat het misschien te maken kon hebben met opiaten en zei dat ook tegen die vrouw. Maar toen ik daar later over nadacht leek het me helemaal niet waarschijnlijk.'

'Wat voor vrouw was zijn moeder?'

'Leek veel op Daryl. Cindy was ook op zichzelf. Ik kende haar waarschijnlijk het best, doordat ik naast haar woonde. Maar ze ging niet naar de kerk en was ook geen lid van plaatselijke verenigingen.'

'Werkte ze?'

'Nee. Cindy ging eigenlijk nooit ergens naartoe. Toen ze hier net woonden zei ze iets over smartengeld dat haar man had gekregen vanwege een ongeluk of zo.'

'Maar haar man kwam niet met hen mee hiernaartoe?'

'Nee, ze zei dat hij was overleden.'

'Waarom kwamen ze vanuit Oregon helemaal hiernaartoe?' vroeg Gibson.

'Ze zei dat ze ooit in Virginia had gewoond en dat heel leuk had gevonden.'

'Hoe was Daryl toen hij jonger was?' vroeg Sullivan.

'Hij dronk wat, reed te snel met zijn auto en maakte soms ruzie met een paar vrienden. Daarna trok hij zich terug in zijn schulp, zeg je dat zo? Ging niet uit. Zat thuis met zijn ma. Kreeg een baan bij een garage in het dorp. Was een goede monteur. Repareerde ook weleens dingen voor mij.'

Op de oprit stopte een auto, hoorden ze, en Sullivan keek door het raam naar buiten. 'De sheriff is er. Ik ga hem begroeten en kom zo terug.'

Toen hij weg was vroeg Gibson: 'Waar stond die tekst op de muur?'

'Hier.' Cole nam Gibson mee naar de andere kamer, waarna ze samen naar de woorden keken.

'Is die andere vrouw hier ook binnen geweest?'

'Jazeker. Ze was hier al voordat ik binnenkwam. Ik zag dat ze hier was nadat ik de politie had gebeld.'

Die vrouw had de tegenwoordigheid van geest om rond te kijken nadat ze een dode man had gezien.

Gibson liet haar blik over de woorden dwalen, tot ze bij de plek kwam waar Clarisse had geprobeerd de tekst door te strepen. Ze wees ernaar en vroeg: 'Wat is daar gebeurd?'

'Dat weet ik niet. Ik neem aan dat degene die dat heeft geschreven dat heeft gedaan.'

'Heeft die vrouw u verteld hoe ze heette? Ik denk dat rechercheur Sullivan dat is vergeten te vragen.'

'Ja, inderdaad. Dat vroeg ik haar voor het geval de politie dat wilde weten, hoewel ik het uiteindelijk niet over haar heb gehad. Ze heette, even nadenken... Ja, Julia, Julia Frazier. Dat zei ze.'

Frazier. Dezelfde naam die de vrouw die Clarisse belde had gebruikt. 'Het ziet ernaar uit dat ze is verdwenen,' had de vrouw gezegd.

Clarisses moeder misschien?

45

De hulpsheriff heette Billy Dawson. Hij was groot, had brede schouders en was een jaar of vijfenveertig. Hij zei: 'Fauquier County is vrij groot, maar heel landelijk en veilig. Sommige gebieden zijn natuurlijk minder veilig dan andere, maar wat we hier voornamelijk zien is roof en diefstal.' Hij keek naar het bloed op de muren van Oxbloods slaapkamer. 'Dit niet.'

'Dat geloof ik graag,' zei Sullivan. 'Wat kunt u ons over Oxblood vertellen?'

'Jullie hadden dus een moord met dezelfde soort bijzonderheden?'

'In de eerste plaats de woorden op de muur, inderdaad.'

Dawson nam hen mee naar die kamer. 'Heb die zin duizenden keren gehoord, maar die zie je meestal niet op een muur in een vertrek waar een moord is gepleegd. Denken jullie dat het dezelfde moordenaar is?'

'Dat proberen we uit te zoeken. Maar dus, Oxblood...'

'Ik kende Daryl. Hij heeft mijn pick-up en een paar van mijn quads gerepareerd, maar ook een paar auto's van mijn broer. Hij was erg op zichzelf. Zijn moeder was ook zo. Gewoon aardige, rustige mensen.'

'Weet u meer over hen van voordat ze hier kwamen?'

'Nee.'

'Hoe lang was hij al dood?' vroeg Gibson.

'Een paar dagen, zei de lijkschouwer.'

Gibson keek Cole aan. 'U kreeg geen argwaan toen hij niet meer buiten kwam?'

'Ik was bijna een week weggeweest, op bezoek bij familie in West Virginia. En zoals Billy al zei, was Daryl erg op zichzelf.'

'Had zijn werk hem niet als vermist opgegeven?' vroeg Gibson.

Dawson zei: 'Ik heb ze gesproken en ze zeiden dat Daryl een paar dagen vrij had genomen.'

'Stonden er familiefoto's in zijn huis waar zijn vader op stond?' vroeg Gibson.

Dawson zei: 'Nee, heel vreemd, geen familiefoto's. Sterker nog, helemaal geen foto's.'

'Hebben jullie zijn telefoon gevonden?' vroeg Sullivan.

'Nee. We hebben zijn telefoongeschiedenis wel gecheckt. Hij belde vrijwel nooit en de berichtjes of e-mails die hij met mensen uitwisselde gingen over gewone dingen. Hij is door niemand gebeld.'

Gibson keek naar de stripboeken op de planken. 'Hebben jullie ze allemaal bekeken?'

'Een paar. Ik weet dat volwassenen dat soort dingen verzamelen, ook honkbalkaartjes en zo. Misschien wordt het op eBay verkocht.'

'Maar hij zat nooit op internet,' zei Gibson. 'Ik heb nergens in huis elektronica gezien.'

'Ja, dat is waar,' zei Dawson. 'Wat denken jullie dat er aan de hand is?'

Sullivan haalde zijn schouders op. 'Dat proberen we uit te zoeken.'

'Mogen we even rondkijken?' vroeg Gibson.

'Ga je gang. Ik ben niet te trots om om hulp te vragen. Ik kan u ons dossier wel mailen, rechercheur Sullivan.'

'Klinkt goed, graag.'

Dawson en Barbara Cole vertrokken.

Sullivan vroeg aan Gibson: 'Al ideeën?'

Ze had geen zin om te vertellen waar ze nu aan dacht, maar Sullivan leek vastbesloten, dus zei ze: 'Volgens mij weten we niet genoeg om voorlopige, laat staan definitieve conclusies te trekken. Zal ik boven de boel gaan doorzoeken en jij de rest van het huis? Als we iets vinden, kunnen we elkaar roepen.'

'Oké. Denk je echt dat het toeval is, die tekst op twee verschillende muren, bedoel ik?'

'Er móét een verband zijn. We moeten alleen ontdekken wat dat is.' Wat ze niet zei, was dat het handschrift op Oxbloods muur enorm verschilde van het handschrift op de muur op Stormfield. Maar dat had Sullivan zelf misschien ook al gezien.

Nu Gibson zich had voorgenomen deze zaak op te lossen, omdat het volgens haar de enige manier was om zichzelf en haar kinderen te beschermen, wilde ze dat zo snel mogelijk doen. Ze wilde dus het liefst dat Sullivan meteen wegging, want ze had iets gezien wat ze wilde controleren.

Zodra hij weg was liep ze regelrecht naar de stripboeken.

Ze lagen allemaal keurig op hun eigen stapel. Allemaal, op één na.

Eén stripboek vrij boven op een stapel stak een stukje naar buiten, heel opvallend, vond ze. Ze wist niet of de politie dit had gedaan, of iemand anders. Die mevrouw Frazier misschien?

Ze trok latexhandschoenen aan, pakte het stripboek, sloeg het open en verstijfde.

Is dat bloed op de binnenkant van het omslag? Ze keek aandachtiger. *Ja, dat lijkt bloed. Heeft Oxbloods moordenaar de tijd genomen om dit specifieke stripboek te pakken?*

Toen zag ze de initialen in het hart naast de bloedvlek: BD en RE.

Ze had een bewijszakje bij zich, deed het stripboek erin, vouwde het zakje dicht en stopte het in haar tas. Ze was ervan overtuigd dat iemand, de moordenaar of de moordenaars, of Clarisse/Julia Frazier, deze strip tussen alle andere uit had gehaald, had geopend en de initialen in het hart had gezien. Wat betekende dat voor hen of voor haar?

En wat betekent dit voor mij?

46

Ze namen een hotelletje vlak bij The Plains en aten in het kleine, leuke restaurant.

Tijdens het eten zei Sullivan: 'Tja, veel hebben we daar niet ontdekt, hè?'

Gibson dacht aan het stripboek met het gedroogde bloed erop in het plastic bewijszakje in haar kamer. Ze had haar vingerafdruksetje bij zich en het bloed onderzocht, maar geen vingerafdruk gevonden. Waarschijnlijk doordat degene die de vlek had gemaakt handschoenen had gedragen.

Ze wist dat het verwijderen van mogelijk bewijs van een plaats delict op zich een misdrijf was. Maar ze had lang en diep nagedacht en met moeite een conclusie getrokken. *Ik kan hier niet gewoon bij weglopen of mijn kop in het zand steken, want ik ben nu bekend. Dat is al zo vanaf het moment dat ik bij Stormfield naar binnen ging en de dode Harry Langhorne vond. Clarisse is waarschijnlijk een psychopaat en zij weet waar ik woon. En na mijn bezoek aan de vader van Nathan Trask kan hij heel eenvoudig achterhalen wie ik ben. Of Clarisse kan besluiten hem te vertellen wie ik ben, als ze dat niet al heeft gedaan. Ik kan mezelf en mijn gezin alleen beschermen door de waarheid zo snel mogelijk te achterhalen. De enige manier waarop ik dat kan doen is weer rechercheur worden en maar hopen dat ik nog steeds goed genoeg ben om dit probleem op te lossen.*

'Misschien is het er wel en zien we het niet.'

Sullivan doopte een stuk brood in de olijfolie en stopte het in zijn mond. 'Wat bedoel je?'

'Geen familiefoto's. Geen socialmedia-accounts. Kwam hier helemaal vanuit Oregon naartoe. Vader dood. Moeder had wat geld en werkte niet. Ze waren heel erg op zichzelf.'

'Wacht even… Denk je aan WITSEC?' vroeg Sullivan.

'Jij niet dan?'

'Misschien. Ik kan zijn vingerafdrukken door de nationale databases halen en kijken wat we dan vinden.'

'Het verbaast me dat de plaatselijke politie dat nog niet heeft gedaan.'

'Zij zullen wel denken dat hij Daryl Oxblood is. Einde verhaal.'

'Misschien wel,' zei Gibson.

'We hebben dus een heleboel voormalige WITSEC's die op de vlucht zijn en problemen veroorzaken of worden vermoord?'

'Dat geldt misschien zeker voor de kinderen van Harry Langhorne,' zei ze.

'Nou ja, Oxblood was Francine Langhorne niet, dat is zeker. En hij lijkt niet op het signalement dat we van Doug Langhorne hebben, die volgens Beckett ongeveer 1 meter 88 was. Ik heb het dossier over de moord op Oxblood gezien en hij was maar 1 meter 72. Geen enkele vermomming kan je zestien centimeter kleiner maken.'

'Dat is zo,' beaamde Gibson.

'Wat denk jij van die Julia Frazier?'

'Die vrouw was waarschijnlijk op het verkeerde moment op de verkeerde plaats. Ze had niet verwacht een vermoorde man te zien en wilde niet blijven wachten zodat ze erbij werd betrokken,' zei Gibson. *Leugenaar die je bent!*

'Je zult wel gelijk hebben.'

Na het eten verlieten ze het restaurant en gingen voor wat frisse lucht op de voorveranda zitten.

'Aardig van je om me bij het onderzoek te betrekken. Ik weet dat dat niet standaard is.'

'Ik krijg daar inderdaad gedoe mee,' bekende Sullivan.

'Breng je carrière niet in gevaar, Will. Je kunt me elk moment wegsturen.'

'Ik dacht dat je erbij betrokken wilde blijven.'

'Maar ik zou er hoe dan ook zelf aan blijven werken, met of zonder jou,' zei ze glimlachend.

Hij glimlachte een beetje gereserveerd. 'Voorlopig laten we het maar zoals het is.'

'Klinkt goed.'

'Ik ga achter even een sigaret roken.'

'En ik ga naar bed. Welterusten.'

'Welterusten.'

Ze liet hem alleen achter en liep de trap op naar haar kamer. Ze keek op haar horloge en belde haar vader. Door de achtergrondgeluiden wist ze dat hij naar basketbal keek. 'Hoe gaat het met de kinderen?'

'Liggen heerlijk te slapen. Hebben hun bord leeggegeten. Geen moment lastig geweest. Gewoon vrolijke kinderen. Ik wil je nooit meer horen klagen hoe zwaar het is, Mick.'

'Dat betekent dus dat mama voor ze heeft gezorgd en jij de hele tijd ergens anders was?'

'Nou ja, ik moest wel wat dingen doen.'

'Juist.'

'Jezus, hij maakte een driepunter vanaf de parkeerplaats!' zei hij, kennelijk met zijn blik op de tv gericht. 'Verdomde kinderen ook tegenwoordig. De NBA rekruteert ze al als ze vijf zijn. Ze springen tien meter hoog en dunken alsof het niets is.'

'Het gaat niet alleen om dunken,' zei Gibson. 'Ik kon niet dunken.'

'Dat kwam doordat je te klein was. En je bent een meisje.'

'Meisjes kunnen óók dunken, papa.'

'Verdomme, dat weet ik ook wel. Ik wilde gewoon niet dat je dacht dat ik soft werd. Hoe ging het vandaag?'

Ze vertelde hem wat ze had ontdekt en wat ze had gedaan.

Even later dacht ze dat haar vader haar door de telefoon een klap zou geven. 'Wát heb je gedaan?' riep hij. 'Bewijs achtergehouden? Je weet toch dat dat een ernstig misdrijf is? Natuurlijk weet je dat. Waar ben je verdomme mee bezig, Mick?'

'Ik speel op veilig, papa. Voorlopig tenminste, tot ik weet hoe de situatie precies is.'

'Ik zal je vertellen hoe de situatie precies is. Je doet niet wat je net hebt gedaan! Je geeft het nu aan die rechercheur of je legt het terug waar je het hebt gevonden en laat het aan hen over dat te vinden.'

'Zijn dat de enige twee keuzes die ik heb?'

'Heb je soms een derde nodig? Want ik heb het al eerder tegen je gezegd, ik ga je kinderen niet opvoeden terwijl jij de komende acht tot tien jaar in de gevangenis zit.'

'Ga je me verlinken?'

'Ik weet dat je in Jersey City altijd keek hoe ver je kon gaan, Mick, maar dit is geen spelletje.'

'Ik zal je vertellen waarom ik dat heb gedaan, dan kunnen we het er daarna over hebben.'

'Ik denk niet dat ik van gedachten zal veranderen.'

Ze vertelde hem dat ze Nathan Trasks vader had bezocht. 'Trask weet dat iemand zijn vader heeft bezocht en als hij dat echt wil, kan hij ontdekken dat ik dat was.'

Daardoor liet haar vader zich niet vermurwen. Integendeel, hij werd alleen maar kwader. 'Verdomme! Wil je dood of zo? Ik heb je gewaarschuwd en gezegd dat je niet bij die vent in de buurt moest komen!'

'Die vent heeft kennelijk iets met deze zaak te maken. Als ik deze zaak wil oplossen, moet ik overal naartoe waar ik naartoe moet.'

'Laat de politie die zaak oplossen en ga zelf terug naar je computers.'

'Zegt de man die ervan baalde dat ik ontslag nam bij de politie.'

Haar vader verbeterde haar: 'Ik begreep waarom je dat deed.'

'Toch baalde je als een stekker.'

'Ja, dat klopt. Vanwege die klootzak, hoe heette hij ook alweer, die je financiële situatie en je carrière naar de kloten hielp. Verwacht je soms dat ik daar blij om was? Je was een verdomd goede agent!'

'Ik was er ook niet blij om, hoor! En ik ben niet van plan deze zaak los te laten.'

'Waarom vind je deze zaak verdomme zo belangrijk? Die werd in je schoot geworpen. En je neemt een risico, zoals ik al zei. Denk aan de kinderen.'

'Ik dénk ook aan de kinderen. En aan jou. En aan mama. Ik heb de eerste stap gezet en daardoor ben ik bij deze zaak betrokken, of ik dat nu wil of niet. Ik kan wachten tot mij, de kinderen, mama of jou iets ergs overkomt of ik kan aan deze zaak werken zoals ik aan al mijn andere zaken werkte.'

'Is dat echt de enige reden?' vroeg haar vader.

Hij kon haar soms helemaal doorzien, voornamelijk doordat ze zo op elkaar leken.

'Iemand heeft me gebruikt, oké? Daar hou ik niet van. Als dat gebeurt ga ik er niet met de staart tussen de benen vandoor. Jij hebt me geleerd om de bullebak in zijn gezicht te stompen, papa. Ik kan mezelf niet veranderen.'

Ze hoorde dat hij een diepe zucht slaakte. Dat deed hij altijd na een discussie waarbij hij aan het kortste eind trok. Bijna altijd dus.
'Wat ga je doen met wat je hebt ontdekt?'

'Ik durf te wedden dat Julia Frazier dezelfde is als Francine Langhorne. Ik móét haar vinden.'

'Hoe wil je dat doen?'

'Door te graven. Dat is toch de essentie van politiewerk?'

'Pas wel goed op jezelf. Sommige mensen hebben je blijvend nodig.'

'Ik weet het, de kinderen...'

Haar vader viel haar in de rede: 'Ik had het over mezélf.'

Het bleef een paar seconden stil.

Toen zei hij: 'Ik ga weer naar die basketbalwedstrijd kijken. Pas goed op jezelf, kindje.' Hij verbrak de verbinding.

Gibson keek naar de telefoon en besefte voor het eerst hoeveel zorgen haar vader zich echt om haar maakte.

47

Clarisse zat voor haar computerschermen en schreef iets in een nieuw notitieboekje met de titel OORLOG OVER HET VERLEDEN.

De zaken ontwikkelden zich heel snel nu.

Haar bewakingscamera had laten zien dat Wilson Sullivan Gibson had opgehaald, waarna ze samen waren weggereden. Gibson had een weekendtas bij zich, zodat ze dus vrij ver weg zouden gaan.

Waar ga je een nachtje samen met die politieman naartoe, Mick? Waar heb je een officiële sterke arm voor nodig om te doen wat je wilt doen?

Er schoot haar iets te binnen.

Ze ging online en typte een zoekopdracht in. Ze kreeg verschillende resultaten, maar de eerste was al goed genoeg.

Het voorpaginaverhaal van de *Fauquier Times*: MOORD IN THE PLAINS. DARYL OXBLOOD BEESTACHTIG VERMOORD. GEEN VERDACHTEN. In het artikel stond: *Op de muur in een kamer in het huis stond de tekst: 'Do as I say, not as I do'.*

Het Sheriff's Office van Fauquier County was loslippiger geweest dan hun collega's in het zuiden, die dat stukje informatie geheim hadden gehouden. Ze hadden iemand er zelfs een foto van laten maken en dat gepubliceerd.

Gibson heeft nu dus dezelfde zoekactie ondernomen als ik net, en nu zijn zij en Sullivan daarheen op zoek naar mogelijke verbanden.

Ze zullen de buurvrouw hebben gesproken, de plaats delict hebben gezien en met de politie hebben gepraat. Een onderzoek naar Daryl Oxblood van twintig jaar terug zou niets hebben opgeleverd.

Ze zal weten wat dat betekent. Ze zullen zijn vingerafdrukken natrekken.

Clarisse dacht aan wat ze zelf had gedaan en niet had gedaan toen ze daar was.

Ik heb geprobeerd die zin te wissen, maar moest daarmee ophouden. Dat zal Gibson zeker zien. Ik droeg handschoenen, er zijn dus geen vingerafdrukken... Dat stripboek! Heb ik dat precies zo teruggelegd als...? Ze deed haar ogen dicht en liet de herinnering terugvloeien naar haar hippocampus, waar ze die grondig analyseerde. De uitkomst beviel haar helemaal niet. *Nee, dat heb ik dus niet gedaan. Ik had dat stripboek moeten meenemen. Stom!* BD *en* RE*. Dat zal Gibson nu weten.*

Toen dacht Clarisse aan iets anders. Ze haalde snel de handschoenen tevoorschijn die ze die dag had gedragen. Op het puntje van een van de vingers zat iets. Bloed.

BD*'s bloed. Niet mijn bloed. Met de handschoenen heb ik geen vingerafdrukken of* DNA *achtergelaten, maar toch was het een ongelofelijke blunder. Ik begin echt slordig te worden.*

Clarisse haalde een paar keer diep adem om rustiger te worden en typte een antwoord op het laatste mailtje.

> *Oké, hou maar even op met die humeurige kletspraatjes van je. We zijn nu ouder en hopelijk ook wijzer. Ja, ik wil mama terug, dus moet je haar nog maar wat langer verdragen. Zodra ik vind waar ik naar zoek, kunnen we een afspraak maken voor de ruil. Dat zal ingewikkeld worden, maar ach, wat is niet ingewikkeld?*

Ze stopte even met typen en vroeg zich af of ze erover zou beginnen of niet. *Ach, wat maakt het ook uit!*

> *En je moet weten dat ik weet wie Daryl was. Dat was onnodig. Waarom heb je dat met hem gedaan? We hadden een verleden, met z'n allen. Toegegeven, hij was geen groot licht, maar hij is ontsnapt. Je had die slapende hond toch niet wakker hoeven maken? Hij had een leven. Het ging goed met hem. Er was geen enkele reden voor om hem te vermoorden. Ik weet dat we allemaal geschift zijn, maar laten we proberen dit op de juiste manier te doen. Jij wilt een leuk, rustig leventje met heel veel geld? Nou, ik ook. Als we de juiste dingen doen, gaat dat ook lukken. Als we dat niet doen, lukt dat niet. Want er zitten anderen op hetzelfde spoor, mensen met een badge. Verkloot dit dus niet. We hebben maar één kans, meer niet.*

Clarisses vinger hing boven de verzendknop. Dit was serieuze shit. De persoon aan wie deze e-mail was gericht was serieuze shit.

Ze drukte de toets in en het mailtje verdween onmiddellijk in de duisternis van de ether. Ze vroeg zich af hoe lang het zou duren voordat het antwoord kwam, áls er antwoord kwam. Haar eigen mailtje was logisch, rationeel, steekhoudend, in hun eigen belang, voor hun eigen overleving. Het probleem was echter dat ze er niet van mocht uitgaan dat de ander daar net zo over dacht. De gevaarlijkste vijand was de vijand die het, al dan niet bewust, geen enkel probleem vond om dood te gaan.

Aan de andere kant liep die persoon de kans dat een vijand anticipeerde op de plannen.

En dat zal waarschijnlijk het enige zijn wat bepaalt of ik dit wel of niet overleef. Want alles is voor mij veranderd toen ik de bijna onthoofde Daryl Oxblood zag.

Clarisse opende een paar financiële documenten die ze eerder had gehackt. De documenten waren van Daniel Pottinger. Afkomstig van een stuk of tien rekeningen bij een stuk of tien financiële instellingen in zowel binnen- als buitenland.

Het probleem was dat deze rekeningen bijna zeven maanden geleden binnen het tijdsbestek van één week stuk voor stuk waren leeggehaald en afgesloten. Clarisse kon alleen maar raden naar het totaalbedrag, maar op basis van andere dingen die ze had ontdekt en de koopsom van Stormfield die contant was betaald, schatte ze het op een half miljard dollar.

Dat kon je inderdaad een schat noemen. Bovendien had ze altijd van ronde bedragen gehouden.

Ze nam aan dat Gibson deze documenten op een bepaald moment ook zou vinden, als dat nog niet was gebeurd. Het was de vraag of Gibson dieper zou graven. Clarisse ging ervan uit dat ze dat kon doen, want ProEye kon op plaatsen komen waar niemand anders kon komen.

Ik heb misschien niet de mogelijkheden van ProEye, maar ik ben slimmer dan de geweldige Mickey Gibson is of ooit zal zijn. Zij was de supervrouw van wie iedereen hield. Ik was degene van wie niemand hield of van wie niemand zelfs maar wist dat ik bestond. Maar ik zal het haar laten zien! Ik zal het iedereéén laten zien.

Ze drukte een toets in, waarna al die leeggehaalde rekeningen van het scherm verdwenen.

Maar toch, als ik er het eerst ben, komt alles goed. Als Gibson daar het eerst is, komt alles misschien nog steeds goed.

Ze veranderde haar kleding, haar en make-up, haar persoonlijkheid en haar manier van doen, liep naar het lamineerapparaat en haalde er iets uit wat ze had gelamineerd. Ze knipte de randen eraf, maakte er een gaatje in, reeg een touwtje door het gaatje en hing het kaartje om haar hals. Daarna vertrok ze, omdat ze een afspraak had.

Ergens geniet ik van elke minuut.

Al ben ik doodsbang.

48

Het huis was zestig jaar oud en nogal vervallen. De tuin was niet onderhouden en dus verwilderd. De vrouw die hier woonde zag eruit alsof dit alles ook voor haar gold.

'Mevrouw Betty Gross?' vroeg Clarisse.

'Ja?'

'Ik ben Sylvia Devereaux.' Ze liet haar gelamineerde kaartje zien. 'Van het Arbeidsbureau van Virginia.'

'Dat begrijp ik niet.'

Clarisse haalde een iPad uit haar tas en vroeg: 'Mag ik binnenkomen?'

'Zit ik in de problemen of zo?' Gross zocht houvast aan de gehavende hordeur.

'Helemaal niet! Ik ben hier om u te hélpen, dat hoop ik tenminste. Ik heb begrepen dat u tot voor kort werkzaam was voor meneer Daniel Pottinger in zijn huis, Stormfield.'

'Inderdaad. Ik was zijn huishoudster, maar hij heeft me ontslagen. Hij heeft iedereen ontslagen.'

'Dat weet ik, daarom ben ik hier dus. Om te kijken of ik u kan helpen. Mag ik binnenkomen?' vroeg ze opnieuw.

Gross stapte achteruit. 'Ik hoop ook dat u me kunt helpen. Ik heb nog geen nieuwe baan als huishoudster gevonden. En mijn geld is bijna op.'

'Dat begrijp ik heel goed.'

De vrouw nam haar mee naar een klein vertrek naast de keuken dat was ingericht met zo te zien overtollig meubilair uit heel veel verschillende huizen en decennia. Clarisse nam aan dat de vrouw dit in de loop der jaren had verzameld en het was blijven gebruiken, want de versleten meubels waren kennelijk nooit vervangen.

'Wanneer heeft meneer Pottinger u precies ontslagen?'

'Gisteren drie weken geleden.'

'Welke reden gaf hij hiervoor op?'

'Geen enkele. Hij zei alleen tegen mij en de anderen dat we konden vertrekken.'

'Lieve help, wat onbeleefd.'

'Dat vond ik ook. En hij was me nog salaris schuldig, voor een hele week, maar daar heb ik geen cent van gezien. Ik weet dat hij wel geld had, gezien zijn enorme huis. Nu hij dood is, betwijfel ik of ik nog iets krijg.' Ze zweeg even. 'Ik heb een werkloosheidsuitkering aangevraagd. Bent u daarom hier, mevrouw?'

'Ja, dat is een van de redenen,' zei Clarisse terwijl ze een tekst op haar iPad typte. 'Hoeveel personeel had hij?'

'Vier binnen, drie buiten. Allemaal hardwerkende locals. En die heeft hij ook gewoon weggestuurd. Ik denk weleens: hoe meer geld mensen hebben, hoe minder het ze iets kan schelen.'

'Ja, dat lijkt zo, hè? Hij was u dus nog een week loon schuldig. Hoeveel was dat?'

'Ik kreeg tien dollar per uur voor vijfenveertig uur per week.'

'Vierhonderdvijftig dollar dus.'

'Ja. Het was zwaar werk. Dat huis is gigantisch. En hij wilde dat de vloeren werden geboend en het marmer glansde.'

'Een lastige werkgever dus?'

'Dat kun je wel zeggen. Ik zou veel meer kunnen zeggen. Het probleem was dat hij er bijna nooit was. Hij praatte met me via de computer. Liet me ermee rondlopen zodat hij kon zien hoe het huis eruitzag. Hij dreigde met van alles en nog wat voor het geval iets niet op z'n plek stond, of iets niet naar zijn zin was of als hij dacht dat we niet hard genoeg werkten. Het was echt heel naar.'

'U zegt dus dat hij bijna nooit op Stormfield was?'

'De keren dat hij er was kan ik op de vingers van één hand tellen, en dan hou ik er nog een paar over ook.'

'Heel interessant.'

'En de paar keer dat hij wél verscheen negeerde hij me gewoon. Hij was er alleen maar. Alsof de man bang was in zijn eigen huis.'

Clarisse dacht aan Nathan Trask en wist dat de vrouw zonder dat ze het wist de spijker op de kop had geslagen. 'Hoe lang hebt u voor hem gewerkt?'

'Bijna vier jaar.'

'Uw jaarsalaris voor die baan was dus ongeveer drieëntwintigduizend?'

'Zoiets.'

'Betaalde vakantiedagen of zorgverzekering?'

Gross glimlachte bitter. 'Daar heb ik wel om gevraagd, maar hij heeft het nooit gegeven. Zei dat hij niet inzag waarom hij ervoor moest betalen als ik vakantie wilde. Daarna zei hij dat het mijn eigen schuld was als ik ziek werd. Niet zijn probleem.'

Clarisse keek om zich heen in het kleine vertrek. 'Kon u wel rondkomen van dat salaris?'

'Eén volwassen kind en twee kleinkinderen wonen bij me, dus het korte antwoord is nee. Ik heb 's avonds nog een andere baan, ik maak een paar gebouwen in Smithfield schoon, en in het weekend werk ik als serveerster bij het eethuis hier.'

'Zo te horen werkt u zich uit de naad.'

'Ik zou liever meer werken, hoor. Want met mijn werk als schoonmaakster en als serveerster verdien ik niet genoeg. Ik hoopte dat iemand Stormfield zou kopen en me weer in dienst zou nemen, maar dat zal nog wel een tijdje duren.'

'Ja, dat denk ik ook. Maar weet u, we weten nu dat meneer Pottinger geen werkloosheidspremie heeft afgedragen.'

Gross' gezicht betrok. 'Betekent dit dat ik geen uitkering krijg? Zoals ik al zei heb ik die wel aangevraagd, maar nog niets gekregen.'

'Tja, dat is een van de redenen dat ik hier ben, om u daarbij te helpen. Goed, heeft meneer Pottinger, voordat hij iedereen ontsloeg, nog bezoek gehad?'

'Waarom is dat van belang?' Gross keek haar opeens argwanend aan.

Clarisse leunde naar voren en zei op vertrouwelijke toon: 'U mag het niet verder vertellen, maar het zou kunnen dat meneer Pottinger zich met criminele zaken bezighield.'

'Criminele zaken!'

'Er is nog niets bewezen natuurlijk, maar de overheid duikt er nu ook in. Als u ons met ons onderzoek kunt helpen, dan... Nou ja, dat vergroot de kans dat ze u compenseren.'

Gross streek haar gekreukte blouse glad en zei: 'Ik zweer u dat ik u zo goed mogelijk zal helpen. Ik ben meneer Pottinger niets verschuldigd. Die man heeft mijn leven verpest.'

'Dat begrijp ik goed. Dus, bezoek?'

'Hij heeft maar één keer bezoek gehad. We zeiden weleens voor de grap dat zijn enige vriend de duivel was.'

'Wanneer was dat?'

'Ongeveer een week voordat hij ons ontsloeg. Dat weet ik nog, omdat hij opeens terugkwam. Toen ik op een ochtend binnenkwam was hij er. Hij stond in de hal naar me te kijken. Ik snap niet waarom mijn hart er niet mee ophield.'

'Denkt u dat hij daar was omdat hij wist dat er iemand op bezoek zou komen?'

'Dat dacht ik wel, maar hij zei niets tot vlak voordat die man er was.'

'Wat kunt u me over die bezoeker vertellen?'

'Het was een man. Ongeveer van uw leeftijd.'

'Kunt u hem beschrijven?'

'Lange man. Mager.'

'Kleur haar en ogen?'

'Waarom is dat van belang?'

'Omdat we die man willen vinden.'

'O ja. Blond haar, kalend, en groene ogen. Dat denk ik tenminste.'

'Hoe was hij gekleed?'

'Spijkerbroek en trui. Hij was heel beleefd, maar hij had iets... Ik weet het niet, maar ik kreeg de kriebels van hem.'

'Hebt u zijn naam gehoord?'

'Marshal.'

Clarisse leunde naar achteren. *Marshal? Bingo!* 'Hebt u toevallig gehoord wat ze hebben besproken?'

'Echt niet. Ik bracht de man naar meneer Pottingers werkkamer en ging weer weg om door te gaan met mijn werk.'

'Hebt u hem zien vertrekken?'

'Stormfield heeft een eigen telefoonsysteem, weet u, zodat je elke kamer kunt bellen. Meneer Pottinger belde me en zei dat ik meneer Marshal moest uitlaten.'

'Zei een van hen nog iets toen hij vertrok?'

'Meneer Pottinger niet. Maar toen ik de voordeur voor meneer

Marshal opende, keek hij me met een merkwaardige blik aan en wat hij zei was zelfs nog merkwaardiger. Niet grappig merkwaardig, maar vreemd merkwaardig.'

'Wat zei hij dan?'

'Ik hoop dat u ander werk kunt vinden.'

'Echt? Wat bedoelde hij daarmee, dacht u?'

'Ik dacht dat meneer Pottinger het landgoed misschien aan die man wilde verkopen en dat die man zelf personeel mee wilde nemen. Ik heb geen moment gedacht dat hij zou worden vermoord.'

'Hebt u de auto gezien waarmee hij was gekomen?'

'Ja hoor, die stond voor het huis. Zij zat achter het stuur.'

Clarisse leunde weer gespannen naar voren. 'Zij?'

'Ja, een vrouw. Ik kon haar niet goed zien, maar ik zag haar lange haar. En ze droeg een halsketting. Die schitterde in het zonlicht. Hij stapte in en ze reden weg.'

'En een week later werden jullie ontslagen?'

'Ja.'

'Heeft meneer Pottinger het ooit met u over dat bezoek gehad?'

'Nee, nooit.'

'Kende u de geheime kamer waar hij is gevonden?'

'Nee. Ik was stomverbaasd toen ik dat in de krant las. Ik had daar zo lang gewerkt en die kamer nooit gezien.'

'Was het huis helemaal gemeubileerd? Boeken in de bibliotheek, dat soort dingen?' Ze kende het antwoord op die vraag, maar ze wilde het van Gross horen. En misschien waren er dingen verdwenen.

'Nee, het was niet ingericht zoals had gemoeten. De meeste vertrekken waren leeg. Geen idee waarom hij dat huis kocht. Hij was er nooit en als hij er was ging hij maar naar een paar vertrekken, maar hij stond erop dat we alles schoonmaakten. Er zijn nooit boeken in de bibliotheek geweest. Ik herinner me dat ik hem daar een keer naar vroeg toen hij er was.'

'Wat zei hij toen?'

'Hij zei dat hij de pest had aan alles wat geschreven was. Dat vind ik verdomd gek.'

'Kunt u me nog meer vertellen?'

'Nee, dat is denk ik alles.'

'Is de politie al bij u geweest?'

Gross schrok en zei: 'Dat is waar ook. Helemaal vergeten!'
'Rechercheur Sullivan?'
'Ja, zo heette hij denk ik.'
'Was er een vrouw bij hem, ongeveer van mijn leeftijd? Ongeveer 1 meter 70, lichtbruin haar en grote blauwe ogen. Mickey Gibson...'
'Nee, hij was alleen.'
'Wat hebt u hem verteld? Wat u mij ook hebt verteld?'
'Niet alles, nee. Ik bedoel, hij vroeg me niet dezelfde dingen.'
'Hebt u hem verteld over die bezoeker?'
'Ja, dat wel.'
'Prima. Ik begrijp het.'
'En mijn uitkering? Kunt u een goed woordje voor me doen?'
'Ik kan iets beters doen.' Clarisse haalde een gecertificeerde cheque uit haar zak voor vijfduizend dollar op naam van Gross. Zodra de cheque was geïncasseerd, zou de bankrekening worden opgeheven.
Toen Gross het bedrag zag riep ze: 'Mijn god! Ik begrijp het niet...'
'Dit is een nieuw programma van het Arbeidsbureau van Virginia. Iets voor klokkenluiders. Maar u moet wel deze verklaring ondertekenen,' zei ze terwijl ze een document uit haar tas haalde. 'Hier staat dat u niemand vertelt wat wij hebben besproken, zelfs niet dát ik bij u ben geweest. Als u dat wel doet, moet u het geld terugbetalen. Dat betekent ook dat u hierover niet met de politie mag praten, mochten ze terugkomen. Maar dat geeft niet, want ik vertel het hun zelf wel. Maar u mag niets zeggen. Begrijpt u?'
Met haar blik op de cheque gericht zei Gross: 'Helemaal, mevrouw. Ik zal er met niemand over praten, dat zweer ik.'
Nadat Gross het document had ondertekend vertrok Clarisse. Ze stapte in haar auto en dacht: na al die jaren waren ze hier vlakbij op Stormfield. Allebei. Wat een heerlijk én angstaanjagend idee.

49

De volgende dag belde Clarisse Gibson.

'Lang niets van je gehoord,' zei Gibson.

'Heb het druk gehad. Jij ook, lijkt me.'

'Ik heb informatie ingewonnen, zoals ik al zei.'

'En?'

'Ooit gehoord van The Plains, Virginia?' vroeg Gibson.

'Vertel.'

Dat deed Gibson. Ze vertelde dat Daryl Oxblood was vermoord, over de tekst op de muur. Ze zei niet dat iemand had geprobeerd de woorden op de muur door te strepen. Ze zei niets over Julia Frazier. Ze zei niets over een stripboek met een hart waar twee initialen in stonden.

'Wat betekent dat volgens jou?' vroeg Clarisse.

'Dat de moorden verband houden met elkaar. Anders is het een na-aper, maar dat geloof ik niet.'

'Maar wie was Daryl Oxblood echt?'

'De politie trekt zijn vingerafdrukken na,' zei Gibson.

Oké, dan weten ze het straks. De strop wordt strakker aangetrokken en dat betekent niets goeds.

'Is dat de reden dat je *mij* hebt uitgekozen? Zodat je kunt meeliften op de mogelijkheden die ik via ProEye heb?'

'Dat lijkt me een uitstekende reden, jou niet?'

'Francine en Douglas Langhorne...'

'Wat is er met hen?' vroeg Clarisse.

'Weet jij waar ze zijn?'

'Daar hebben we het volgens mij al eens over gehad. Nee, dat weet ik niet.'

'De uitkomst van de vingerafdrukken zal een heleboel aanwijzingen opleveren.'

'Goed.'

Shit, dat weet ik wel zeker.

'En Geraldine Langhorne?' vroeg Gibson.

'Nogmaals, geen idee. Van voor mijn tijd. Ik had te maken met Pottinger, niet met Langhorne.'

'Hou je van strips?'

Ze begon in paniek te raken. 'Wát?'

'Stripboeken. Superman, Batman...' zei Gibson.

'We mogen geen tijd verspillen.'

Gibson keek naar het beeldscherm van haar computer waarop haar eigen stemanalyseprogramma draaide. Dat gebruikte ze als ze mensen telefonisch benaderde tijdens haar zoektocht naar bezittingen. De indicatoren op het scherm waren vaak eerlijker dan de woorden die werden uitgesproken. Na haar voorlopige conclusie dat Julia Frazier en Clarisse dezelfde persoon waren, had ze besloten dit programma te gebruiken. Als ze Clarisse een paar verwarrende vragen stelde, kon het programma haar helpen om te bepalen of die conclusie juist was. En Clarisses stressindicatoren waren net uitgeslagen.

Clarisse, die net zo'n computerprogramma gebruikte, zag tot haar afgrijzen dat de pijl omhoogschoot bij haar antwoord.

'Oké,' zei Gibson. 'Wilde het gewoon even weten.'

Clarisse keek in haar Gibson-notitieboekje en besloot zelf ook een schot af te vuren. 'Ben je bang dat je vader iets stoms zal doen en jou en je kinderen daardoor in gevaar zal brengen?'

'Waar héb je het verdomme over?'

Clarisse zag tot haar genoegen dat Gibsons stressniveau ook omhoogschoot.

'Ik weet zeker dat je hem over je bezoek aan Sam Trask hebt verteld, omdat jullie allebei bij de politie hebben gewerkt en een nauwe band hebben. Hij weet kennelijk wie Nathan Trask is. Hij maakt zich zorgen om je. Stel dat hij iets ondoordachts doet... Ik probeer je niet van slag te maken, Mickey. Voor mij is dit zakelijk. Ik beweer niet dat ik een groot hart heb, maar ik wil ook niet dat iemand iets ergs overkomt. Vooral kleine kinderen niet.'

Gibson zei een tijdje niets en Clarisse was niet van plan de stilte te doorbreken. Nathan Trask vormde een echte bedreiging voor Gibson. Voor hen allebei eigenlijk. En ze wilde dat Gibson dat begreep. *Bovendien denkt ze daardoor misschien niet meer aan dat verdomde stripboek.*

'Mijn vader is niet dom,' zei Gibson ten slotte. 'Hij gaat echt geen oorlog beginnen met Nathan Trask.'

'Ik vond gewoon dat ik het even moest zeggen. Goed, wat is de stand van zaken bij het onderzoek van jou en Sullivan?'

'Sullivan denkt niet dat de vrouw die bij Oxblood thuis was belangrijk is. Volgens hem was ze op het verkeerde moment op de verkeerde plaats.'

'Welke vrouw?'

'Die enquêteur. Ze noemde zichzelf Julia Frazier. Zegt die naam je iets?'

'Nee. Wat voor enquête deed ze dan?' Clarisse hield haar stressniveau op het scherm in de gaten. Ze moest ervoor zorgen dat het niveau gelijkmatig bleef en dat deed ze door een geluidloze en diepe buikademhaling en door te kauwen op de kauwgum die ze net in haar mond had gestopt.

'Een neponderzoek. Ik denk dat er een andere reden was voor haar aanwezigheid, maar Sullivan is het daar niet mee eens.'

'Waarom denk je dat die vrouw belangrijk is?'

'Noem het maar mijn politie-instinct.'

'Sullivan is ook van de politie,' zei Clarisse.

'En we hebben allemaal een ander instinct.'

'Ik heb ook iets ontdekt.'

'Wat dan?' vroeg Gibson.

'Langhorne had bezoek, vlak voordat hij stierf. Een man. Lang, mager, blond haar, groene ogen.'

'Hoe weet je dat?'

'Ik moet mijn bronnen beschermen,' zei Clarisse.

'Enig idee wie deze bezoeker was?'

'Dat moet jij uitzoeken. Met je ProEye-magie. Mijn bron vertelde me ook dat de man na zijn bezoek in een auto stapte die voor het huis stond en werd bestuurd door een vrouw.'

'Wat wilde hij van Langhorne?' vroeg Gibson.

'Dat wist mijn bron niet. Maar voordat de bezoeker vertrok zei hij tegen mijn bron dat ze een andere baan moest zoeken. Mijn bron dacht dat dit betekende dat Langhorne het landgoed aan die andere man verkocht. Maar het kon ook betekenen dat de man wist dat Langhorne niet lang meer zou leven. Wat dus inderdaad zo bleek te zijn.'

'Je bron was dus iemand van Langhornes huispersoneel?'

'Ik kan echt niets voor je verborgen houden, hè?'

'Oké, dat zal ik aan Sullivan vertellen.'

'Hij weet dat al. Hij heeft al eerder met mijn bron gepraat en die heeft hem alles verteld wat ik jou net vertelde.' Ze zweeg even en vroeg toen: 'Heeft hij je dat niet verteld?'

Clarisse keek naar het scherm om te zien of Gibsons stressindicatoren omhoogschoten. Tot haar teleurstelling gebeurde dat niet.

'Bedankt voor die info,' zei Gibson.

'Graag gedaan. Pas goed op jezelf,' zei Clarisse, waarna ze de verbinding verbrak.

Gibson leunde naar achteren in haar stoel. Dankzij de stressindicatoren wist ze dat ze raak had geschoten met haar opmerking over het stripboek. Ze wist ook bijna zeker dat Julia Frazier en Clarisse dezelfde persoon waren. Nu ze een aanknopingspunt had, kon ze haar misschien traceren.

Ze was er niet echt verontwaardigd over dat Sullivan die informatie niet met haar had gedeeld; zij hield immers ook informatie voor hem achter. Bovendien was hij officieel van de politie en zij niet.

Toch wierp die informatie een paar interessante vragen op. Een lange man die bij Pottinger op bezoek was, en een vrouw in die auto.

Doug en Francine Langhorne?

Maar als dat zo is, wie is Clarisse dan in vredesnaam?

50

De volgende dag waren de kinderen beneden bij Silva en ging Gibson met een kop thee en een amandelkoekje naar haar werkkamer. Ze liet haar knokkels kraken, ging voor haar computerschermen zitten en begon te werken.

Hoewel Zeb Brown zelf had voorgesteld dat ze even vrij nam, wist ze ook dat er op een bepaald moment een einde aan haar verlof moest komen, zodat haar missie vrij urgent was geworden. En voordat deze zaak was opgelost, kon ze er niet mee kappen.

Ze bezocht verschillende websites. Er waren ontelbare manieren om geld te verbergen en evenveel manieren om ernaar te zoeken. Het was een kat-en-muisspel dat elke seconde van elke dag op de hele wereld werd gespeeld. Niet alleen door rijke mensen met schulden die hun bezit wilden verbergen voor hun schuldeisers, maar ook door politiediensten op zoek naar gaten in muren waar dictators geld dat ze uit de schatkist van hun land hadden gestolen achter hadden verborgen én door geheime organisaties die zwart geld hadden gestoken in aantrekkelijke fondsen die *weaponized capital* werden genoemd. Op die manier hoefden rijken hun vermogen niet te investeren in het zoveelste superjacht of luxeprivéjet, maar konden ze het gebruiken om critici tot zwijgen te brengen, politici om te kopen en ervoor te zorgen dat zij de verkiezingen al dan niet op eerlijke wijze wonnen, om zakelijke concurrenten te vernietigen en om een toch al ongelijk speelveld in hun eigen voordeel nóg ongelijker te maken.

Gibson gebruikte een *asset locator search* om een lijst te kunnen opstellen van alles wat ooit in een openbare database op Pottingers naam had gestaan. De lijst omvatte ook alles waar Pottinger op welke manier ook bij betrokken was, als hoge manager, als investeerder of in een andere hoedanigheid. Ze had dit al veel eerder moeten doen, maar achteraf wist je altijd alles beter.

Nog geen uur later had ze, dankzij de ProEye-software en toegang tot internetplatforms die normaal ontoegankelijk waren voor trollen, een lijst opgesteld van vierenveertig bedrijven en heel veel investeringsplatforms, allianties en bankrekeningen verspreid over de hele wereld die één ding gemeen hadden: ze waren in de afgelopen zes maanden gesloten en alle tegoeden waren verplaatst.

Ze wist dat Pottinger de rekeningen ergens van had moeten betalen, net als het salaris van zijn personeel op het landgoed. Ze bleef zoeken, maar het spoor liep steeds dood. Deze bankrekeningen waren ook gesloten en de eventuele tegoeden verdwenen.

Gibson ging door met haar moeizame zoektocht naar het geld. Dat was minder eenvoudig dan soms op de televisie werd gesuggereerd, met op een computerscherm pijlen die van satellieten afbogen naar bankrekeningen tot de huidige locatie enkele seconden later was gevonden.

Natuurlijk.

Vervolgens deed ze een LexisNexis-search van namen van eisers en verdachten om te zien of Pottinger bij rechtszaken betrokken was geweest.

Ze vond er een stuk of tien, allemaal geschikt zonder dat het bedrag van de schikking werd vermeld. Maar het gaf haar wel nuttige info en die schreef ze op.

Ze deed een search naar Stormfield en vond de informatie over de overdracht van het pand die ze al eerder had gevonden. De koopsom was contant betaald met geld van een rekening bij de Deutsche Bank die daarna was gesloten. Oké, dat kon iets betekenen. Deze Duitse financiële instelling dook steeds op bij immorele zaken.

Ze probeerde geld te traceren dat was overgebleven na de aankoop, maar raakte het digitale spoor ergens in het Caribisch gebied kwijt. Vervolgens ging ze op zoek naar zijn leningenoverzicht, maar vond niet veel. Dat was niet vreemd, aangezien de man overal contant voor betaalde. Ze ging naar LinkedIn en begon een zoektocht naar hem en naar de bedrijven die ze eerder had ontdekt. Helaas vond ze daar niets nuttigs.

Ze ging naar een andere website om te kijken of er een beroep was gedaan op het retentierecht met betrekking tot hemzelf, een van zijn bedrijven of bezittingen van hem of zijn bedrijven. Dat was niet het geval. De goede voormalige maffia-accountant had dus nooit geprobeerd iemand op te lichten.

Ze pakte haar iPad en nam de inventarislijst van het landhuis door die ze tijdens haar eerste bezoek had opgesteld. Er waren twee harnassen geweest en ze had van allebei het serienummer genoteerd. Daarna had ze ontdekt dat ze waren gekocht van een antiekhandelaar in Londen. Ze keek op haar horloge en zag dat het nu avond was in Engeland. Ze stuurde het bedrijf daarom een mailtje en deed zich voor als een geïnteresseerde potentiële koper, omdat ze uit ervaring wist dat ze op die manier veel sneller antwoord kreeg.

Daarna nam ze de inventarislijst verder door. Van elk object waarvan ze had ontdekt waar het was gekocht, stuurde ze de verkoper een mailtje.

Toen kwam ze bij de Formula-motorboot. Ze ontdekte dat Pottinger die nieuw had gekocht, van een dealer in Yorktown. Maar toen ze de website bekeek, zag ze dat het bedrijf niet meer bestond. Ze liet zich daardoor niet ontmoedigen en besloot een andere aanpak te proberen en wel via de saaie, maar duistere wereld van geregistreerde agenten. In de Amerikaanse wet stond dat elk bedrijf zonder uitzondering een *registered agent* moest hebben voor rechtszaken of andere juridische kwesties. Dat was geen onmogelijke eis, want daarvoor had een bedrijf alleen een persoon of een bedrijf nodig met een postbus of een echt adres.

Gibson wist dat er een bedrag van ongeveer veertig miljard dollar aan zwart en crimineel geld over de wereld stroomde, volkomen buiten het zicht van wie ook, ook overheden. Meer dan een miljard dollar van dit geld bevond zich in South Dakota, Wyoming, Delaware en Nevada. Ze wist bijna zeker dat Nathan Trask een groot deel van zijn vermogen had gestopt in dergelijke projecten die volkomen legaal waren, al waren ze met illegaal verkregen geld gefinancierd.

Bij één zaak had ze een registered agent in Wyoming gevonden. De vrouw had een portfolio van ongeveer achtduizend bedrijven waarvoor zij de registered agent was, terwijl ze geen idee had wie achter al die bedrijven zaten. Dat wist Gibson zeker, doordat ze een video-opname had gevonden van het verhoor van de vrouw in een database waar Gibson, dankzij ProEye, toegang toe had. In haar verklaring had de oudere vrouw gezegd: ‘Het kan me niets schelen wie erachter zitten. Ik doe gewoon wat de wet zegt dat ik moet doen, meer niet. Dat is vele malen beter dan proberen rond te komen van mijn *Social Security*-uitkering. En ik woon kennelijk in een fraudevriendelijke staat. Als de wet zegt dat het oké is, vind ik het ook oké.’

Ze rekende vijftig dollar per jaar om de agent te zijn en eenmalig honderdvijftig dollar om het bedrijf op te richten. Haar jaaromzet was dus ongeveer veertigduizend dollar waardoor ze, samen met haar uitkering, heel comfortabel van haar pensioen kon genieten.

‘Mijn kinderen en kleinkinderen doen het ook allemaal,’ had ze vrijwillig verklaard. ‘De beste baan ter wereld, omdat je feitelijk niets anders hoeft te doen dan de administratie bijhouden en de noodzakelijke documenten indienen, en je wordt altijd op tijd betaald. En als ze niet betalen, werk je gewoon niet meer voor dat bedrijf. Had ik dit maar geweten toen ik jonger was.’

Gibson ontdekte dat de vrouw deze getuigenverklaring had afgelegd omdat ze zonder dat ze het wist als agent had gefungeerd voor twee Russische miljardairs en voor een kartelbaas uit Venezuela. De kartelbaas had tijdens zijn arrestatie gezegd dat hij zelfs nog nooit van Wyoming had gehoord voordat een zakenpartner de advertentie had gezien die de vrouw op LinkedIn had geplaatst op zoek naar nieuwe cliënten.

Toen de vrouw tijdens haar getuigenverklaring de identiteit van haar beruchte cliënten te horen kreeg, leek ze trots op het feit dat ze zulke rijke, maar wel criminele mensen vertegenwoordigde. ‘Guttegut. Wie had dat gedacht?’ zei ze.

Ja, dame. Wie had dat gedacht.

Gibson ontdekte een rechtszaak in Colorado die Pottinger had aangespannen onder een *d/b/a – doing business as*, oftewel onder een fictieve naam. Daarin stond een aanwijzing naar Pottingers echte identiteit, waarschijnlijk door een fout van een juridisch medewerker van de county. Dat gebeurde heel vaak en het was een van Gibsons voornaamste manieren om door de ingewikkelde beschermlagen te breken die rijken en/of criminelen opzetten om hun bezittingen te beschermen.

Toen ze dat spoor volgde vond ze vier beschermlagen in de vorm van bedrijven waar ze stuk voor stuk doorheen moest breken tot ze uiteindelijk, hopelijk, de pot met goud vond. Ze klikte op de naam van een registered agent voor een bedrijf dat Pottinger nog maar een jaar geleden had opgericht en vervolgens onder ontelbare lege vennootschappen had begraven. De naam van het bedrijf was DPE, de initialen van de man, terwijl de laatste letter waarschijnlijk stond voor Enterprises.

De registered agent voor DPE, Dexter Tremayne, was gevestigd in Sioux Falls, South Dakota. En zijn adres was een echt adres en geen postbus zoals gebruikelijker was. Er was ook een e-mailadres.

Gibson schreef een mailtje waarin ze meneer Tremayne mededeelde dat ze hem dringend moest spreken over DPE. Ze verstuurde het mailtje, hoewel ze niet verwachtte een antwoord te krijgen. Voorlopig niet tenminste.

Een paar seconden later kreeg ze echter al een mailtje terug: *Kunnen we praten?* Met een telefoonnummer.

Ze belde het nummer meteen.

De man bevestigde dat hij Dexter Tremayne was en zei: 'Ik ben een jaar of twee geleden begonnen met dat registered agent-gedoe. Was vroeger vrachtwagenchauffeur. Meest ongezonde baan ter wereld, op mijnwerker na misschien. Hoe dan ook, ik leef van een arbeidsongeschiktheidsuitkering, van de Social Security en van wat ik verdien als agent. Mijn neef heeft me getipt. Ik heb op dit moment maar vijftienhonderd bedrijven. Hij heeft er bijna dertigduizend. Hij heeft spreadsheets en speciale software en creditcards voor automatische betalingen, zodat hij niet wordt bedrogen. Loopt als een trein. En hij verdient geld als water. Uiteindelijk wil ik hem inhalen, maar dat zal nog wel even duren.'

'Dat begrijp ik. Maar waarom wilt u praten?' vroeg Gibson.

'Ik heb nog nooit iemand van al deze bedrijven waarvoor ik agent ben ontmoet, niet één. Ik weet nog dat ik een keer een mailtje kreeg van een advocaat, maar daar stond weinig in. Heb geen idee wie de eigenaar is van deze shit. Mijn neef denkt dat hij een van die Mexicaanse karteljongens in zijn portfolio heeft zitten. Ik misschien ook wel,' voegde hij er gretig aan toe.

'Oké. Maar...'

'Zou dat niet geweldig zijn? Dat ik hem zeg maar vertegenwoordig?'

'Ja, echt iets om aan uw kleinkinderen te vertellen.' Gibson moest haar best doen om haar stem niet sarcastisch te laten klinken.

'Wacht, ik kom zo ter zake. Zoals ik net al zei heb ik nog nooit een van de eigenaren ontmoet, tot deze Daniel Pottinger me belde. Zomaar. Ik was echt stomverbaasd.'

'Hoe wist u dat hij het was?'

'Omdat hij dat zei. Waarom zou hij me anders bellen?'

Gibson kon wel een paar redenen bedenken, maar ze vroeg: 'Wat wilde hij?'

'Hij wilde me iets vertellen. En dat ga ik nu aan ú vertellen.'

'Waarom?' vroeg Gibson, die meteen wantrouwig werd.

'Hij is toch dood? Dat zag ik op het nieuws. Pottinger is vermoord, in... was het West Virginia?'

'Zoiets. Maar ja, hij is dood. Vermoord.'

'Nou, hij zei dat wanneer iemand na zijn dood contact met me opnam, ik die persoon moest vertellen wat hij mij toen vertelde.'

Gibson ging rechtop zitten en pakte een pen. 'Wat dan?'

'Hij zei dat ik tegen die persoon moest zeggen: *Now you see it, but then you don't.* Nu zie je het, maar dan niet. Ik vond dat het heel stom klonk, maar goed.'

'Zei hij nog meer?'

'Ja.'

'Wat dan?'

'Hij zei: *Then tell them to take away the eight.* Daarna moeten ze de acht weghalen.'

'De acht weghalen?'

'Inderdaad. De acht. Dat zei hij letterlijk. Ik moest het opschrijven van hem.'

'Wat is de acht? En waar weghalen?'

'Geen idee, mevrouw. Dat zei hij.'

'Nog meer?'

'Ja. Toen zei hij: *Use the leftovers for Sesame Street.* Gebruik wat overblijft voor *Sesamstraat*.'

'Gebruik wat overblijft voor *Sesamstraat*?'

'Dat zei hij letterlijk. Echt waar.'

‘Dat was alles?’
‘Ja. Is dat soms niet genoeg?’ Hij grinnikte.
Gibson bedankte hem en verbrak de verbinding.
Hè?!

51

Gibson bleef na dit telefoongesprek nog even zitten. De man had deze 'boodschappen vanuit het graf'-onzin kennelijk echt leuk gevonden. Zijn eerste cryptische boodschap luidde: 'Look harder. It's worth it.' En nu deze boodschap?

Ze vroeg zich opeens iets af. Had hij de tekst 'Do as I say, not as I do' zelf op de muur van de kamer waar hij was gestorven geschreven? Misschien eerst met zijn ene en daarna met zijn andere hand, zodat het leek alsof het door twee mensen was gedaan? Nee, dat leek onwaarschijnlijk, want diezelfde tekst stond op de muur in Oxbloods huis en toen was Langhorne al dood.

Gibson keek opnieuw naar de woorden die ze in haar notitieboekje had genoteerd: *Now you see it, but then you don't.*

Ze had het gevoel dat dit niet helemaal juist was, dus ging ze er op internet naar op zoek. De gebruikelijke zin luidde: *Now you see it, now you don't.* Ze vond ook links met de tekst *Now you see them, now you don't* en begreep dat de uitdrukking oorspronkelijk verwees naar de vingervlugheid van een goochelaar. Als je iets wilde verbergen deed je iets opvallends met je ene hand om de aandacht van het publiek daarop te richten, terwijl je ondertussen stiekem iets deed met je andere hand waar het publiek niet naar keek. Maar wat betekende 'take away the eight'? Welke acht, en waar moest je die dan weghalen? En wat betekende dat van die 'leftovers' en '*Sesamstraat*'?

Gegoochel en trucjes en dingen verbergen. Langhorne had precies de juiste uitdrukking uitgekozen.

Opeens verstijfde ze. *Wat ik nu doe is hetzelfde als wat ik tijdens mijn werk doe. Toen vond ik Tremayne, die me vertelde wat Langhorne wilde dat hij vertelde. Dat was meer dan ik vijf minuten geleden wist. Dáárom heeft Clarisse mij uitgekozen.*

Maar er was nog steeds iets wat ze niet begreep. Als zij de schat het eerst vond, zou Clarisse daar geen cent van krijgen. Als Clarisse de schat zelf ook kon vinden, waarom had ze haar er dan bij gehaald?

En er was nog iets. Ze wist niet zeker of ze deze informatie aan Sullivan zou doorgeven, omdat haar politie-instinct haar waarschuwde dat er iets niet in de haak was met die man.

Wat ga ik dus doen?

Ze keek om zich heen in de eenvoudige kamer in haar eenvoudige huis. Twee kinderen, geen man. Ze zou keihard moeten blijven werken tot de kinderen groot waren en gingen studeren of wat ze later ook maar wilden doen.

Maar stel dat ik die schat vind... Dan kan ik hun studie betalen. Mijn ouders helpen. Een ander huis in een leukere wijk kopen. Niet langer tientallen ballen tegelijk in de lucht hoeven houden. Genieten van het leven. En dat kon allemaal als ik...

Gibson keek naar haar spiegelbeeld in haar computerscherm, maar wist opeens niet meer zeker wie ze daar zou zien.

Ik begeef me op gevaarlijk terrein. Ik ben verdomme agent geweest, een eerlijke agent. Dus wíl ik het bloedgeld van die klootzak niet eens hebben.

Deze verontrustende gedachtegang werd verstoord doordat haar telefoon ging.

Wilson Sullivan zei: 'Uitslag vingerafdrukken van Daryl Oxblood zijn binnen. De FBI is al gebeld.'

'Laat me raden, ze zaten in een database omdat Oxblood in WITSEC zat?'

'Klopt. Sterker nog, zijn hele familie zat erin. Zijn naam was Bruce Hall. Zijn vader, Tony, werkte als *enforcer* voor een maffiabaas in New York City. Werd informant en is daarna samen met zijn vrouw en zoon in het programma opgenomen.'

'Hoe zijn moeder en zoon dan in The Plains terechtgekomen?'

'Tony Hall stierf aan een hartaanval. Daarna hebben Bruce en zijn moeder het programma verlaten en zijn ze letterlijk verdwenen. Niemand heeft ooit nog iets van hen gehoord.'

'Waar woonden ze toen ze nog in het programma zaten?'

'Dat weet ik niet. Ik ben trouwens gebeld door een special agent van de FBI, Cary Pinker. Hij komt uit D.C. om met mij over de zaak te praten.'

'Enig idee waarom?'

'Nee. Maar je moet weten dat ik hem over jou heb verteld.'

Gibson zei: 'Oké, hoe groot is de kans dat ik aanwezig ben tijdens jullie ontmoeting?'

'Nul.'

'Wilde het toch even vragen.'

'Ja, had ik ook gedaan.'

'Kun je me laten weten wat hij zegt?'

'Alles wat ik je mag vertellen, ja.'

'Bedankt.'

Ze verbrak de verbinding en keek naar haar handen. Hij speelde geen open kaart, maar dat deed zij ook niet. En ze vroeg zich af wat ze daarmee opschoten.

Maar ik vaar mijn eigen koers bij deze zaak. En hij weet niets over Clarisse of over Langhornes cryptische boodschap aan zijn registered agent in South Dakota. Ik ga dus maar door met graven.

Ze pakte haar telefoon en belde Earl Beckett. Ze vertelde hem dat Daryl Oxblood in werkelijkheid Bruce Hall was.

'Jezus! Dus hij is ook dood? We hebben daarover nog geen seintje van de FBI gekregen.'

'Wij denken dat er een verband is tussen zijn dood en die van Harry Langhorne.'

'Wat voor verband?'

'Zeg jij het maar. Waar woonden de Halls toen ze in het programma zaten?'

'Dat weet ik niet.'

'Kun je dat achterhalen?'

'Jawel, maar ik denk niet dat ik het jou dan kan vertellen.'

'Waarom niet? Ze zitten niet meer in WITSEC en ze zijn allemaal dood.'

'Maakt niet uit.'

'Je hebt ons wel over Langhorne verteld.'

'Dat heb ik verteld toen je bij rechercheur Sullivan was. Maar in je eentje ben je gewoon een burger. En zonder gegronde reden praat de Marshals Service niet over WITSEC.'

'Het feit dat twee mensen zijn vermoord lijkt mij wel een gegronde reden. En ik wil eigenlijk maar twee dingen weten. Was Bruce Hall zijn WITSEC-naam of zijn echte naam? En waar woonden ze toen ze in het programma zaten? Meer niet.'

'Ik zal zien wat ik kan doen,' zei Beckett.

'Is het nog gelukt om voorbeelden te vinden van het handschrift van Francine en Doug Langhorne?' vroeg ze.

Maar Beckett had de verbinding al verbroken.

Ze leunde naar achteren en speelde met haar pen. *Oké, hij gaat het me dus niet vertellen.*

Wie had een motief om Bruce Hall te vermoorden? Clarisse?

Maar als zij en Julia Frazier dezelfde persoon waren, waarom zou ze dan teruggaan naar de plaats delict? Het was zeker dat ze had geprobeerd de tekst op de muur door te krassen. En ze had het stripboek dat Gibson nu in bezit had ingekeken. Ze had er nu waarschijnlijk spijt van dat ze het stripboek niet gewoon had meegenomen.

Maar volgens buurvrouw Barbara Cole was Frazier oprecht geschrokken toen ze de dode Oxblood vonden. En voordat ze ervandoor ging had ze ook tegen Cole gezegd dat ze de politie moest bellen.

Als zij het niet had gedaan, dan was Hall vermoord door Francine – als Clarisse niet dezelfde vrouw was als Francine – en/of Doug Langhorne. En hun vader misschien ook. Hoewel Clarisse het niet had gezegd, kan het Doug zijn geweest die Langhorne kort voor zijn dood had bezocht, terwijl Francine in de auto op hem zat te wachten.

Het leek haar te onwaarschijnlijk dat voormalige WITSEC's elkaar toevallig tegenkwamen. Maar waarom was Hall vermoord? Was hij ook op zoek geweest naar de schat? Wist hij iets en hadden Doug en Francine hem opgespoord en hem tot zwijgen gebracht nadat ze die informatie hadden gekregen?

Of was er een andere reden?

52

Het was twee uur 's nachts en Gibson sliep nog steeds niet. Ze was doodmoe, maar haar geest wilde niet tot rust komen. Ze nam aan dat zij en ongeveer tachtig miljoen andere gestreste Amerikanen op dit moment door hun huis dwaalden in de hoop dat ze zich uiteindelijk konden ontspannen en daarna weer naar bed gingen, met beperkt succes.

Ze had al even bij de kinderen gekeken. Zij vielen altijd probleemloos in slaap en als ze weer wakker werden, verbrandden ze al hun energie tot ze uiteindelijk uitgeput in slaap vielen.

Ik wilde dat ik nog steeds genoeg energie had om dat te doen. Maar ja, zij hoeven zich nergens zorgen over te maken. Dat is mijn taak. Ik heb ontelbare dingen waar ik me zorgen over moet maken.

Ze liep naar haar werkkamer en ging voor haar computers zitten. Ze was op zoek geweest naar verwijzingen naar Pottinger, maar de resultaten waren overwegend teleurstellend geweest. Het enige wat ze tot nu toe had gevonden was de aanwijzing die ze van Dexter Tremayne had gekregen. Helaas kon ze daar niet veel mee, omdat ze die informatie niet in een bepaalde context kon plaatsen.

Ze opende haar zoekresultaten en op het scherm verscheen allerlei info over Harry Langhorne.

Geboren in het stadje Yarden in de provincie New York in een eenvoudig huis in een arbeiderswijk, overleden vlak bij Smithfield, Virginia, in een verlaten landhuis. Het gezin was voor zijn vijfde verjaardag naar New Jersey verhuisd. Hij was daar naar school gegaan en had daarna accountancy gestudeerd aan de Pace University in New York City. Na zijn studie had hij zijn CPA-vergunning verkregen. Toen was hij voor de Giordano's gaan werken. Hij was getrouwd met Geraldine, met wie hij Francine en Douglas had gekregen.

Gibson las een ander artikel over Ida Giordano, de moeder van

Langhorne en de zus van Leo Giordano, wat haar vader haar al had verteld. Daardoor, stond in het artikel, kon Langhorne als accountant voor de maffia werken.

Langhornes vader, Joel Langhorne, was een van de enforcers van de Giordano's geweest, wat waarschijnlijk ook kwam door zijn huwelijk met Ida. Verdomme, dat was waarschijnlijk de reden dat hij toestemming had gekregen om met Ida te trouwen, dacht Gibson. De maffia nam immers niet snel buitenstaanders op.

Als je met een van ons trouwt, word je een van ons, dacht Gibson.

Joel Langhorne was gedood tijdens een vuurgevecht met de politie toen Harry nog op de basisschool zat. Gibson vroeg zich af of Harry daardoor was veranderd, of dat Harry daarom bereid was geweest om naar de criminele wereld over te stappen. Een andere reden was misschien dat de familie Giordano na Joels dood voor de Langhornes had gezorgd.

Langhorne, volgens de informatie die ze had gevonden, was verdomd goed geweest in zijn werk. Door de manier waarop hij de financiële administratie van de familie Giordano had gevoerd, waren alle pogingen van de autoriteiten om de Giordano's en anderen te pakken te nemen stukgelopen.

Nu vroeg Gibson zich iets af wat ze zich eerder had moeten afvragen: waarom was Langhorne bereid geweest de FBI te helpen om de criminele familie Giordano te pakken te nemen, hoewel ze na de dood van zijn vader voor hun gezin hadden gezorgd? Als de autoriteiten er niet in waren geslaagd om de bewijzen in handen te krijgen doordat hij zo goed was in zijn werk, wat was er dan gebeurd waardoor hij de Giordano's die hem en zijn familie voedden en beschermden had verraden?

Art Collin had gezegd dat hij Langhorne door zijn undercoverwerk te pakken had kunnen nemen, waardoor de man om zijn eigen hachje te redden wel gedwongen was om de Giordano's te verlinken. Maar was dat echt zo? Langhorne leek haar een man die ieder ander altijd drie stappen voor was geweest. En al was Art Collin heel goed geweest in zijn werk, toch leek het allemaal te gladjes verlopen te zijn.

Toen dacht ze aan iets wat dit kon verklaren. Stel dat Langhorne opgepakt had wíllen worden en toen pas zogenaamd was doorgeslagen? Waaróm hij dat had gewild? Dat was duidelijk. Omdat hij geld van de familie Giordano had gestolen, zouden ze hem dus vroeg of laat vermoorden. Maar als hij de overheid hielp om ze erbij te lappen? Dan kreeg hij overheidsbescherming en jaren de tijd om alles wat hij had gestolen perfect te verbergen. Dan zou hij doen wat hij uiteindelijk had gedaan: verdwijnen, het vermogen meenemen en de rest van zijn leven veilig en wel een luxeleventje leiden.

Dit idee was zo verbijsterend dat Gibson het een paar minuten van alle kanten moest bekijken om te zien of het echt mogelijk was. En dat was zo. Maar ze wilde zeker weten of haar theorie ook klopte.

Om de schat te vinden moest ze zelfs nog meer over Langhorne weten. Dus las ze het ene na het andere artikel over hem uit die tijd tot één artikel, diep verborgen in het archief van de *Star-Ledger* uit Newark, haar aandacht trok.

Ze las het artikel twee keer en leunde toen naar achteren.

Shit, is dit echt zo? Waarom heeft niemand me dit ooit verteld? Waarom heeft zelfs Beckett me dit niet verteld?

En toen wist ze het. Dat was onderdeel geweest van de deal: als Langhorne ervoor zorgde dat de maffiabende werd opgerold, zouden ze hem zijn eigen vuile was vergeven – en dit artikel was heel duidelijk over wat die vuile was kon zijn. Dat was waarschijnlijk de andere reden dat hij de Giordano's had verlinkt. Niet alleen om het geld in handen te krijgen, maar ook om te voorkomen dat hij daarvoor de gevangenis inging.

Ik neem aan dat ze in die tijd anders werkten. Of misschien werken ze nog altijd op die manier, maar hoor je daar nooit iets over.

Ze ging op zoek naar andere artikelen over ditzelfde onderwerp, maar die vond ze niet. Dat was op zich heel bijzonder, dacht ze. Toen begreep ze waarom: de FBI had hier niets over bekendgemaakt. Als dit bekend was geworden, hadden de advocaten van de maffialeden dat kunnen gebruiken tijdens hun verdediging.

Ze mailde het artikel naar Art Collin, omdat ze zijn mening wilde horen over wat de verslaggever had verondersteld. De verslaggever die het artikel had geschreven, Samantha Kember, googelde ze ook. Ze kon helaas niet met Kember praten, want de vrouw was vijftien jaar geleden aan kanker gestorven. Dan maar hopen dat Art Collin informatie voor haar had.

Gibson stuurde ook een mailtje naar Jan Roberts, die nu als verslaggever voor de *Star-Ledger* werkte. Ze had hem leren kennen toen zij in Jersey City bij de recherche werkte en Roberts bij de plaatselijke krant.

Ze las opnieuw de informatie door over Langhornes jeugd.

Joel Langhorne was kennelijk het prototype geweest van een enforcer: wreed, sadistisch, een zware drinker en alleen trouw aan de capo's boven hem. Zijn vrouw, Ida Giordano, leek volkomen tevreden met haar maffiafamilie. Ze was bijna de gevangenis ingegaan nadat haar zoon de boel had verlinkt. Gibson nam niet aan dat de vrouw daardoor meer van hem was gaan houden. Ze was twintig jaar geleden gestorven in een verpleeghuis van de overheid. Langhorne had geen broers of zussen. Hij was dus de laatste Langhorne.

Op Doug Langhorne na.

Gibson keek naar de info over Langhornes vrouw Geraldine. Ze was in het zuiden geboren, maar haar familie was naar New York verhuisd toen zij een puber was. Daar had ze Langhorne leren kennen en ze waren getrouwd. Nu was haar man dood en wist niemand waar Geraldine was. Waarschijnlijk ook dood.

Gibson deed haar ogen dicht en zakte onderuit in haar stoel. Vanaf het begin had ze haar twijfels gehad over deze zaak. *Pak ik deze zaak echt op? Houd ik me er helemaal buiten?* Nu twijfelde ze opnieuw.

Deze zaak is zo ingewikkeld dat het me de rest van mijn leven zal kosten om hem op te lossen, en zelfs de rest van mijn leven is waarschijnlijk niet lang genoeg. Op dit moment droom ik ervan dat er zomaar een onmetelijke rijkdom in mijn schoot komt vallen. Maar hallo! Dat gaat echt niet gebeuren, hoor! Waarom laat ik deze zaak dus niet gewoon aan de politie over? En nu ook aan de FBI? Dan kan ik gewoon weer aan het werk als computernerd voor ProEye. Een volkomen ongevaarlijke en best wel leuke vaste baan.

Demonstratief zette ze haar computer uit. Daarna liep ze snel naar beneden, omdat het haar net te binnen was geschoten dat ze het alarm niet had ingeschakeld. Ze liep dus naar het bedieningspaneel om dat te doen.

En dat was het laatste wat Gibson zich herinnerde.

53

Gibson kwam langzaam bij, maar was opeens klaarwakker en keek wild om zich heen. Maar het was pikdonker.

Ze knipperde toen een licht in haar ogen scheen. Ze probeerde haar gezicht af te schermen, maar kon haar handen niet bewegen. Die waren vastgebonden aan de stoel waar ze op zat. Net als haar benen.

Ze voelde haar hartslag in haar oren, rukte aan haar boeien en vroeg: 'Wie ben je? Waar ben ik? Wat doe je?' Een zwakke tekst, als zinnen uit een slechte film. Maar wat had ze anders moeten zeggen?

De lichtstraal werd verder naar beneden gericht en scheen dus niet meer in haar ogen.

'Mevrouw Gibson, ik heb een paar vragen voor u,' zei een stem uit het donker. 'Beantwoord ze en u kunt gaan. Beantwoord ze niet en de zaak wordt ingewikkeld.'

Dat klonk écht als een tekst uit een slechte film. Maar dat is het niet, het is de werkelijkheid.

'Luister, ik hoef geen antwoord te geven op...'

'Uw kinderen zijn op dit moment alleen in uw huis. Ze worden waarschijnlijk heel vroeg wakker. Dan wilt u toch zeker thuis zijn, of niet soms?'

Door deze woorden verdween haar vechtlust. 'Wat wilt u weten?'

'Sam Trask...'

'Ja?'

'Waarom ging u bij hem op bezoek?'

Nu wist ze wie haar had ontvoerd.

'We weten genoeg om te doorzien wanneer u probeert te liegen. En nogmaals, dan wordt het ingewikkeld. Maar ach, ik neem aan dat uw ouders wel voor uw kinderen kunnen zorgen.'

Pff, die man draaide er niet omheen.

'Iemand gaf me Nathan Trasks naam zodat ik de man kon natrekken. En ik dacht dat ik maar met zijn vader moest beginnen.'

Is deze stem van Nathan Trask of van een van zijn handlangers? Ben ik zo belangrijk dat de grote leider zich persoonlijk met mij bemoeit?

'Van wie kreeg u die naam om hem na te trekken?'

'Van iemand die ik via internet heb leren kennen. Ik weet niet wie het is.'

'Dat kan ik moeilijk geloven.'

'Dat weet ik, geloof me. Ik wilde dat ik meer wist.'

'Waarom moest u Trask natrekken?'

'Omdat hij volgens die persoon banden had met Daniel Pottinger.'

'Daniel Pottinger alias Harry Langhorne?'

'Ja.'

'En het doel daarvan?'

Gibson dacht snel na. *Vertel hem de waarheid, want die kent hij waarschijnlijk toch al.* 'Langhorne werkte tientallen jaren geleden als accountant voor de maffia, maar hij verlinkte ze. Hij heeft waarschijnlijk heel veel geld van de maffia gestolen. Sommige mensen proberen dat geld te vinden. En ik ben erbij gehaald. Als ik de keus had gehad, had ik hier niets mee te maken.'

'Hebt u het geld gevonden?'

'Nee.'

'We hebben u grondig nagetrokken, mevrouw Gibson. Ex-politieagent, ex-rechercheur, nu speurder voor ProEye en expert in het opsporen van grote vermogens. Ik heb het idee dat degene die u hierbij heeft gehaald wist wat-ie deed.'

'Dat denk ik ook.'

'Wij hebben hier ook belangstelling voor. Het is mogelijk dat het geld dat deel uitmaakt van deze zoektocht niet allemaal afkomstig was van Langhornes maffiabazen.'

'Oké.'

'Dus als u het vindt, zou dat geld naar ons moeten gaan. Daar krijgt u uiteraard vindersloon voor.'

Gibson spitste haar oren. 'Hoeveel?'

'Vijf procent is standaard. Hebben we een deal?'

'Heb ik een keus?'

'Mensen hebben altijd een keus.'

Iemand achter Gibson legde een lus om haar hals en trok die onaangenaam strak aan.

Gibson raakte in paniek, kokhalsde en riep: 'Deal!'

'We hebben de middelen om te controleren of u zich aan deze deal houdt.'

De strop werd nog een keer strak aangetrokken, maar toen weggehaald.

'Wat gebeurt er nu?' vroeg Gibson schor.

'Nu gaat u weer aan het werk. Voor uw nieuwe partner. O ja, en als u dit aan iemand vertelt, dan weten wij dat ook. Dus als u uw mond opendoet bent u niet de enige die daar de consequenties van zal ondervinden. Zoon, dochter, moeder, vader en twee jongere broers. Dan wordt de hele familie Rogers/Gibson uitgeroeid. Bovendien gaan we misschien ook nog op zoek naar uw ex en nemen we hem ook te pakken.'

Nou ja, als Peter Gibson te pakken wordt genomen zou dat niet verkeerd zijn, dacht Gibson. Ze kon nog niet helder nadenken nadat ze was verdoofd en bijna was gewurgd.

'U moet wel weten dat geduld geen schone zaak is. Ga hier dus mee aan de slag alsof dit uw laatste minuut op aarde is. Vergeet niet dat de hoofdprijs alleen naar de winnaar gaat. Verliezers gaan de grond in.'

Voordat Gibson iets kon zeggen drukte iemand iets tegen haar gezicht en verloor ze opnieuw het bewustzijn.

54

Gibson werd met een schok wakker en zag het eerste ochtendlicht dat door het raam van haar woonkamer naar binnen scheen. Ze krabbelde snel overeind, rende de trap op en gooide de deur open van de slaapkamer van haar kinderen. Ze lagen gelukkig in hun bed, diep in slaap. Ze hijgde, had hartkloppingen en dacht dat ze moest overgeven. Ze deed de slaapkamerdeur dicht en ging op de overloop op de grond zitten, terwijl ze probeerde haar zenuwen en haar maag tot rust te brengen.

Dat lukte allebei niet echt.

Ze sloeg haar handen voor haar gezicht en begon zachtjes te huilen. Na een tijdje leunde ze naar achteren en bleef met haar rug tegen de muur zitten. Even later haalde ze nog een keer diep adem om tot rust te komen, ging rechtop zitten en veegde de tranen van haar wangen. Ze stond op, liep naar de badkamer en nam een douche. Toen ze daarna in de spiegel keek, zag ze een vrouw die doodsbang was.

Ze keek op haar horloge. Het was even na zes uur in de ochtend. Haar dag zou bijna beginnen, terwijl ze nu het liefst in bed wilde kruipen.

Ga ik naar de politie? Wat schiet ik daarmee op? Ik kan niets bewijzen. Vertel ik dit aan papa? Nee, mijn god, nee! Hij zou meteen in actie komen en zichzelf laten vermoorden.

Nadat ze een pot koffie had gezet, hoorde ze de kinderen. Gibson liep snel naar boven en gaf hun allebei een stevige knuffel. Ze hielp hen met aankleden, nam hen mee naar beneden om te ontbijten en schonk hun zo overdreven veel aandacht terwijl ze zaten te eten dat Tommy haar ongerust aankeek. Ze wist dat hij haar stemming altijd snel aanvoelde. Ze probeerde te glimlachen toen ze nog een pannenkoek op zijn bord schoof en hem de stroop er zelf op liet doen.

'Goed, mama?' vroeg Tommy met beide handen om de stroopfles.

Ze wist niet waar hij op doelde, de manier waarop hij de stroop op zijn pannenkoek deed of haar stemming. 'Goed, lieverd,' zei ze, terwijl ze door zijn dikke blonde haar streek. 'Helemaal goed.'

Ze bracht de ochtend met hen door en liet hen daarna aan Silva over.

Gibson liep snel naar haar werkkamer, pakte de telefoon en drukte op de herhaalknop. De telefoon ging eindeloos over.

Waar ben je, Clarisse? Waar ben je, verdomme?

Ze legde de telefoon neer, ging zitten en staarde naar de beide donkere beeldschermen.

Ze had Zeb Brown een mailtje gestuurd over haar baan. Hij had haar verzekerd dat ze nog steeds een baan bij ProEye had, dat ze heel tevreden waren over haar werk en dat de waarde van de Larkin-bezittingen zo gigantisch was dat het geen enkel probleem was dat ze verlof nam. Neem alle tijd die je nodig hebt, had hij haar laten weten.

Gibson wist niet of dat waar was of grote onzin, maar ze had nu in elk geval een e-mail waar dat in stond voor het geval het op een rechtszaak zou uitlopen. Virginia was een *right-to-work state* met minder macht van de vakbonden en minder werknemersbescherming, maar ondanks dat zou ze zich niet zonder terug te vechten laten ontslaan.

Ze deed een van haar computers aan en las alles door wat ze de vorige avond had ontdekt over Harry Langhorne. Op Google Maps zocht ze zelfs het huis op waar hij was opgegroeid. Het adres was 199 Button Road in Yarden, New York. Daar leek nu iemand te wonen, want er stond een oude auto op de oprit, er stonden voorjaarsbloemen in de tuin rondom het huis en er stond een schommelstoel op de voorveranda. Ze zag nog een paar andere eenvoudige huizen in de straat en ook die leken bewoond.

Daarna las ze opnieuw het verontrustende artikel over Langhorne door. Ze zag dat het verhaal was gepubliceerd nádat Langhorne en zijn gezin waren verdwenen in de wereld van WITSEC.

Een paar meisjes in Langhornes wijk in Trenton hadden hem beschuldigd van seksuele intimidatie. Hij zou hen hebben gedwongen zich uit te kleden terwijl hij foto's van hen maakte, hij zou hen hebben aangerand of zelfs seks met hen hebben gehad. Maar Langhorne had de meisjes elke keer overgehaald het tegen niemand te zeggen. Volgens de meisjes had hij cadeautjes, vlotte praatjes en uiteindelijk dreigementen gebruikt om hen te dwingen hun mond te houden. Hun bereidheid om er nu wel aangifte van te doen was kennelijk vergroot doordat de Langhornes waren verdwenen.

Toen kon de oude Harry hen niet langer bedreigen of omkopen.

Wat hadden de U.S. Marshals in vredesnaam met die beschuldigingen gedaan? Niets, kennelijk. De overheid had dus een pact met de duivel gesloten. Maar hadden ze de man ongeacht zijn WITSEC-status niet kunnen vervolgen? Ze nam aan dat dit een grijs gebied was binnen de wet, hoewel dat moreel gezien natuurlijk niet het geval mócht zijn. Gibson wist ook dat veel mensen in WITSEC zelf criminelen waren. Als de overheid hen, nadat ze in het programma waren opgenomen, zou vervolgen wegens vroegere misdaden, was het gevolg natuurlijk dat deze mensen niet langer bereid waren om hun leven te riskeren door zich te melden en hun handlangers hoger in de hiërarchie te verlinken.

Even later hoorde ze iets buiten. Ze rende naar het raam dat uitkeek op de straat.

Een auto met een federaal nummerbord stopte op haar oprit. En de man die uitstapte was onmiskenbaar van de FBI. Hij knoopte zijn colbertje dicht, waardoor de bobbel zichtbaar werd op de plek waar zijn pistool in zijn schouderholster zat. Hij leek heel gespannen, keek om zich heen en was zichtbaar niet onder de indruk van Gibsons eenvoudige woning. Daarna liep hij naar de voordeur.

Gibson stapte achteruit.

Verdomme!

55

Gibson deed de voordeur open nadat de man op de deur had geklopt.

'Special agent Cary Pinker van de FBI.' Hij haalde zijn legitimatie tevoorschijn en liet die haar iets te lang zien.

Voor haar gevoel tenminste. *Pure intimidatie.* Dat had ze ook meegemaakt als politieagent en als rechercheur, zodat ze daar op zich niet van onder de indruk was. Maar deze man was van de FBI en zij was nu een gewone burger. Ze kon zich dus niet de luxe permitteren om hem te onderschatten.

'Kom alstublieft binnen.'

Ze nam Pinker mee naar de woonkamer en wees naar de bank, de enige plek die haar kinderen niet vies hadden gemaakt. Tommy en Darby waren gelukkig met Silva in de achtertuin, want het leek haar niet goed dat de kinderen hoorden wat Pinker zou zeggen, ook al zouden ze het niet begrijpen.

Ze gingen tegenover elkaar zitten.

Pinker keek om zich heen. 'U bent alleenstaande moeder, begreep ik?'

'Klopt. Ik werk vanuit huis. De kinderen zijn met hun oppas in de achtertuin.'

'En u werkte vroeger bij de politie, eerst als forensisch onderzoeker, daarna in uniform en toen als rechercheur, allemaal in New Jersey.'

'Ja, in Jersey City.'

'En uw vader was straatagent?'

'Inderdaad.'

'En nu werkt u bij ProEye en spoort u bezittingen op.'

'Dat is zo ongeveer mijn hele cv,' zei ze met een ontwapenende glimlach.

Hij negeerde dit. 'En nu bent u midden in deze puinhoop beland van de moord op Harry Langhorne en de moord op een andere voormalige WITSEC in The Plains, Virginia.'

'Dat klopt.'

'Het verbaast me dat de Virginia State Police u toestaat om met hen samen te werken bij hun onderzoek, maar misschien doen ze de dingen hier in het zuiden anders.'

'Het is een informele samenwerking. Rechercheur Sullivan weet dat ik een paar vaardigheden bezit die nuttig kunnen zijn, maar het is niet zo dat ik vertrouwelijke informatie krijg. Sterker nog, hij vertelde me dat hij u zou spreken, maar dat ik niet bij die bespreking aanwezig mocht zijn. Het verbaast me dat u hier bent. U hebt hem toch nog niet gesproken, of wel?'

'Nog niet. Maar dat zal ik even uitleggen.'

'Oké,' zei Gibson vriendelijk.

'Ik ben hier omdat ik wil weten wat u rechercheur Sullivan níét hebt verteld. Welke dingen u hebt gedaan die u niet had mogen doen. Ik wil ook weten wat uw motivatie is om dit allemaal te doen.' Hij keek opnieuw om zich heen. 'Zou het geld kunnen zijn?' Hij keek haar weer aan.

Gibson had even tijd nodig om te verwerken wat hij allemaal had gezegd. Ze dacht aan haar dagdromen over rijkdom, aan haar bereidverklaring – weliswaar onder druk – om op zoek te gaan naar Trasks geld tegen een vindersloon van vijf procent. Ze voelde zich opeens heel schuldig.

'Beschuldigt u me ergens van?'

Hij keek haar alleen strak aan. Net zoals zij ontelbare keren een misdadiger in een verhoorkamer had aangekeken. 'Ik ben hier om de waarheid te achterhalen, mevrouw Gibson. Niet meer en niet minder.'

'Dat is precies wat ik ook probeer te doen.'

'U ging naar dat landhuis en vond de dode Langhorne. U beweert dat iemand u belde en u overhaalde dat te doen. Ik zou niet weten waarom iemand juist u daarvoor zou uitkiezen. Maar laten we aannemen dat het waar is. Waarom bent u er nog steeds bij betrokken als u hier met een soort smoes of truc bij bent gehaald? Waarom bent u er niet gewoon mee opgehouden? U hebt kinderen, u hebt een baan, dus waarom houdt u zich in vredesnaam nog steeds met deze zaak bezig? Vindt u dat ik onredelijke vragen stel?'

Dit vond ze nog het ergste, want zijn vragen waren helemaal niet onredelijk. In zijn plaats had ze dezelfde vragen gesteld.

Op dat moment besloot ze hem de waarheid te vertellen, gedeeltelijk tenminste. 'Ik wílde hier helemaal niet bij worden betrokken. Maar zodra ik op pad ging en die dode man vond, wás ik erbij betrokken. Ik probeerde me nog steeds terug te trekken. Zoals u al zei, ik heb kleine kinderen en wilde niets doen waardoor ik hen in gevaar bracht.'

'Waarom deed u het dan toch?' vroeg Pinker.

'Omdat ik geen keus had, oké? Er zijn... mensen die weten dat ik erbij betrokken ben. Ik kan hier alleen mee ophouden door de zaak op te lossen. Bovendien heb ik lang bij de politie gewerkt. Het zit gewoon in mijn aard.' Ze zweeg even. 'Vindt u dat onredelijk klinken?'

Hij leunde naar achteren en ze kon zien dat hij zijn mening over haar herzag door haar snelle en eerlijke antwoord. 'Wie zijn die mensen?'

'Dat kan ik niet zeggen, sorry,' zei Gibson.

'Oké, dat accepteer ik, voorlopig. Hebt u vorderingen gemaakt?'

'Een beetje. Pottinger is Langhorne. Langhorne heeft waarschijnlijk een vermogen gestolen van de maffia. Iemand is op zoek naar dat geld. En volgens mij is dat de reden dat ik erbij ben gehaald. Want dat doe ik voor ProEye: ik ga op zoek naar bezittingen, enorme vermogens, op de meest onwaarschijnlijke locaties.'

'En denkt degene die u hierbij heeft betrokken dat u deze schat, als die bestaat, zult vinden en daarna aan hen overhandigt?'

'Misschien.'

Hij keek haar sceptisch aan. 'Hebben ze u of uw gezin of familie bedreigd?'

'Ik denk dat het het veiligst voor me is om de schat te vinden, als die bestaat, en die vervolgens over te dragen aan de autoriteiten. Dan is mijn probleem opgelost, dat denk ik tenminste.'

'U hebt mijn vraag niet beantwoord. Bent u bedreigd?'

'Meer zeg ik daar niet over,' zei Gibson.

'Wat op zich al een antwoord is. Goed, hebt u al duidelijke aanwijzingen?'

'Ja, en die heb ik aan rechercheur Sullivan verteld.'

Behalve alle aanwijzingen die ik hem niet heb verteld. Sorry hoor, Will.

'Wat bent u nu van plan te gaan doen?' vroeg Pinker.

'Ik ben van plan om op internet op zoek te gaan naar de bezittingen van Langhorne.'

'Ik weet wel zeker dat de politie dat ook doet.'

'De FBI ook?' vroeg Gibson.

'Dat kan ik u niet vertellen.'

'Waarom is de FBI hier eigenlijk bij betrokken?'

'Dat kan ik u ook niet vertellen. Maar ik ben ervan overtuigd dat u weet dat WITSEC een federaal programma is.'

'Ze záten niet meer in WITSEC.'

'Maakt niet uit. Ze zijn dood. Iemand heeft hen vermoord. We moeten uitzoeken wie dat is of zijn. Want daarna vermoorden ze misschien mensen die nog wél in het programma zitten.'

'Ik begrijp wat u bedoelt,' zei Gibson.

'Voor mij is het vinden van die "schat" dus minder belangrijk dan het vinden van de moordenaar of moordenaars.'

'Ik neem aan dat u alles af weet van de Langhornes.'

'Geraldine verdween kort na haar man en ze is wel of niet dood. Hun kinderen, Francine en Douglas, verlieten het programma toen ze volwassen waren. Niemand weet waar ze zijn. Denkt u dat ze hun vader hebben gevonden en vervolgens wraak hebben genomen omdat hij hen in de steek had gelaten?'

Gibson zei: 'Na alles wat ik over Harry Langhorne heb ontdekt, waren zijn kinderen waarschijnlijk heel blij dat hij vertrok. Maar ik kan niet zeggen dat ze hem niet hebben vermoord. Niet met zekerheid.'

'Ik neem aan dat u Earl Beckett van de U.S. Marshals Service hebt gesproken.'

'Sullivan en ik hebben hem gesproken, dat klopt. Hij was de *handler* voor de Langhornes tijdens hun laatste overplaatsing.'

'Maar u denkt nog steeds dat zij hem vermoord kunnen hebben? Om wraak te nemen omdat hun pa zo'n tiran was?' vroeg Pinker.

'Mensen hebben voor minder gemoord.'

'Dat is waar. En Daryl Oxblood?'

‘Ik begrijp dat zijn echte naam Bruce Hall was,’ zei Gibson.

‘Dat begrijpt u goed. Bruce Hall was zijn WITSEC-naam. Zijn echte naam was Bruce Dixon.’

Bruce Dixon? BD? De initialen in dat stripboek. Gibson probeerde haar opwinding niet te laten blijken. ‘Oké, bedankt voor die informatie.’

Ze genoot er altijd van als betweters zoals deze Pinker het gewoon niet konden laten om hun superieure kennis te tonen. Maar ze wist bijna zeker dat de man er straks spijt van zou hebben dat hij het haar had verteld.

Ze zei: ‘Het lijkt erop dat degene die Langhorne heeft vermoord ook Oxblood heeft vermoord. Dezelfde tekst op de muur. Dat kan geen toeval zijn. Ik geloof trouwens ook niet in toeval.’

‘Maar waarom is hij vermoord?’ vroeg Pinker.

‘Beckett wilde me niets over hem vertellen.’

Pinker zei: ‘In New Mexico waren de Dixons buren van de Langhornes. Bruce en Francine waren bevriend, heel goed bevriend.’

Nogmaals bedankt. Dat is een heel belangrijke tip.

Ze vroeg zich af waarom hij haar dit allemaal vertelde, terwijl Earl Beckett haar niet eens had verteld dat de Dixons de Langhornes kenden. ‘Beckett zei dat WITSEC-gezinnen soms bij elkaar worden gezet om op geld en mankracht te kunnen besparen. Maar ze mochten hun echte identiteit aan niemand vertellen.’

‘U denkt toch niet dat kinderen of volwassenen zich altijd aan de regels houden?’ vroeg Pinker.

‘Mijn kinderen doen dat niet en dat zijn nog maar peuters. Ik heb geen idee wat tieners allemaal kunnen doen. Nee, dat neem ik terug. Ik kan me mijn eigen tienertijd nog goed herinneren, dus dan is niets te gek.’

Pinker knikte peinzend. ‘Ze vonden het misschien wel cool dat ze lid waren van een soort eliteclub en dat alleen zij wisten dát die bestond. Maar goed, Harry Langhorne is dood. En Francine Langhornes WITSEC-vriend van tientallen jaren geleden is ook dood. Wat is er volgens u aan de hand? Houdt dat verband met die “schat”?’

‘Als ik het wist zou ik het u vertellen, agent Pinker.’

‘Waarom geloof ik dat niet?’

56

Clarisse zat voor haar beide computerschermen en keek naar haar verzameling wegwerptelefoons en notitieboekjes voor alle projecten waar ze mee bezig was.

Gibson weet dat Julia Frazier in The Plains was. Ze weet het van het stripboek en de initialen. Ze heeft de tekst op de muur gezien.

Ze opende haar notitieboekje met de titel HET VERLEDEN. Ze bladerde naar een bepaalde pagina en keek naar de initialen die ze daar had genoteerd: BD en RE.

Ooit was ze sentimenteel geweest, zorgzaam zelfs. Dat kon ze nu niet meer zijn. Aan de ene kant vond ze dat prima, maar aan de andere kant – een kant van haar die steeds verder naar de achtergrond verdween – vond ze dat niet prima. Ze streek over de letters BD. Hij was een van hen geweest. Ze hadden een eed afgelegd, net als de maffia. Je keerde je nooit tegen een van je eigen groep. Voor een paar van hen hadden de jaren die serieuze eed kennelijk afgezwakt.

Ze keek naar haar Gibson-wegwerptelefoon. Wat was die vrouw nu aan het doen? Volgde ze Julia Fraziers huurauto van Dulles naar The Plains en terug? Had Barbara Cole een duidelijk signalement van Frazier kunnen geven? Daar was ze niet echt bang voor. Clarisse wist heel goed welke outfit, pruik en make-up ze in The Plains had gedragen. Zo zou ze er nooit meer uitzien, aangezien ze zich al had ontdaan van deze spullen.

En Gibson kon niet weten dat Frazier en zij dezelfde vrouw waren.

De naam, het rijbewijs en de creditcard die ze bij het autoverhuurbedrijf had gebruikt waren van uitstekende kwaliteit geweest, en ze had verschillende verdedigingsmuren opgetrokken tussen haarzelf en haar alter ego. Het probleem was dat Gibson een ervaren onderzoeker was met bronnen op ProEye-niveau.

Diezelfde bronnen worden misschien tegen me gebruikt.

Op internet begon ze aan een grondige elektronische schoonmaakbeurt en verwijderde elk mogelijk pad dat Gibson zou kunnen gebruiken om haar in verband te brengen met Julia Frazier.

Toen ze daarmee klaar was vertrok ze. Ze maakte een rit van bijna drie uur naar een appartement dat ze sinds een paar maanden huurde. Ze ging naar binnen, deed haar pruik af en zette een andere op met een saai, futloos bloempotkapsel, en verwijderde alle make-up van haar gezicht. Ze trok een spijkerbroek, trui en platte canvas schoenen aan, pakte een kleine schoudertas en vertrok. Ze reed in haar huurauto naar haar bestemming en liet de auto achter op de parkeerplaats achter een gebouw nadat ze de slagboom met haar pasje had geopend. Ze liep naar binnen via de achteringang, die ze met hetzelfde pasje opende. Op het pasje dat aan een koord om haar hals hing stond de naam April Nettles.

Ze opende haar tas en liet de inhoud onderzoeken.

'Geen covid meer, Nettles?' vroeg de geüniformeerde bewaker bij de securitycontrole.

Ze was in de veertig en leek niet blij dat ze hier was. 'Nee. Het was echt balen, de derde keer!'

'Je hebt geluk dat ze je je baan lieten houden.'

'Had je soms gewild dat ik wel was gekomen en iedereen had besmet? En wie zou dit stomme werk anders willen doen? Jullie hebben alles uitbesteed. We zijn niet verzekerd, hebben waardeloze werktijden, doen afschuwelijk doodsaai werk en krijgen slecht betaald. Ik vraag me af hoeveel gegadigden er zouden zijn. Ha!'

'Ach, dat is de Amerikaanse manier. Naai de gewone man, en daar reken ik mezelf ook toe.'

Clarisse liep door de hal naar een kleedkamer en trok schone werkkleding aan. Ze voegde zich bij een groep van negen jonge vrouwen die met hun schoonmaakkarretje door een gang liepen en in een grote goederenlift stapten.

Op de volgende verdieping gingen de deuren open en de vrouw met een clipboard die daar stond zei: 'Bowers en Nettles, deze verdieping. Werk van rechts naar links.' Ze gaf ieder een papier met instructies en de plattegrond van de kantoren. 'Gewoon voor het geval je het bent vergeten, wat waarschijnlijk voor jou geldt, Nettles.'

Clarisse was het niet vergeten, wat de voorvrouw heel goed wist.

Clarisse had haar vijfhonderd dollar betaald om vanavond op deze verdieping te mogen werken. En aangezien de supervisors niet veel beter werden betaald dan hun ondergeschikten, had de vrouw geen moment geaarzeld om de omkoopsom aan te nemen.

De voorvrouw stapte in de lift en ging samen met de andere schoonmaakploegen verder naar boven, terwijl Clarisse zich met haar schoonmaakkarretje bij Bowers voegde.

Clarisse zei: 'Je bent nieuw, hè?'

'Tweede avond.' Bowers was een klein vrouwtje met kort donker haar.

'Oké, ik ga naar rechts en jij naar links. We hoeven echt niet samen te werken, zoals zij zei. Zo zijn we eerder klaar, misschien kunnen we dan een rookpauze nemen,' zei ze toen ze een pakje Marlboro in Bowers' zak zag zitten.

'Ik vind het prima,' zei Bowers en ze liep naar links.

Clarisse liep naar rechts. Dankzij haar eigen systeem maakte ze haar deel schoon in de helft van de tijd die daarvoor was ingepland. Ze vond schoonmaken leuk, want het was een bezigheid met een gepland resultaat. Dat gold ook voor haar leven. Clarisse zette haar karretje in een kantoor en sloop door de gang. Ze wist waar elke bewakingscamera hing en ontweek ze allemaal zorgvuldig.

Uit het hoesje haalde ze een tweede pasje dat achter haar eerste pasje zat. Daarom was ze vanavond teruggekomen. Zodra ze klaar was met dit slechtbetaalde werk had ze eindelijk de sleutel om daarnaartoe te gaan waar ze heen moest. Haar ziekteverlof was noodzakelijk geweest, aangezien ze andere dingen moest regelen. Een van die dingen was zorgen voor een kopie van deze sleutelkaart, die niet gemakkelijk te kopiëren was.

Ze ging snel het kantoor in en liep rechtstreeks naar het bureau. Ze had het wachtwoord voor deze computer al geregeld. Ze ging zitten, logde in op het systeem en begon te zoeken, terwijl ze de deur constant in de gaten hield.

Ze vond de bestanden die ze wilde, stopte een geheugenstick die in haar Zippo-aansteker verstopt had gezeten in de computer en kopieerde alles wat ze nodig had. Ze deed de stick weer in de aansteker en deed het klepje dicht.

Daarna verliet ze het kantoor en zocht Bowers op, waarna ze naar buiten gingen voor hun rookpauze. Daarvoor openden ze een deur naar een balkon die op slot had moeten blijven. Iedereen ging hiernaartoe om te roken, en het lag er vol peuken. Dat was de reden dat de bazen, die de weinige mensen die bereid waren dit werk te doen niet wilden afschrikken, het alarm op deze deur hadden uitgeschakeld.

Toen Bowers even niet keek boog Clarisse zich over de leuning heen en liet haar Zippo achter een struik op de grond vallen. Na haar dienst moest ze langs de beveiliging en dat betekende röntgenfoto's en het grondig fouilleren van mensen en het grondig doorzoeken van tassen. Ze had niet het risico willen nemen dat iemand de geheugenstick vond.

Clarisse verliet het gebouw, liep achterom naar de plek onder het balkon waar ze hun rookpauze hadden gehouden en raapte haar Zippo op. Ze stapte in haar huurauto en reed terug naar haar appartement.

Ze nam de trap naar haar appartement, deed de voordeur van het slot en liep naar binnen.

Een stem zei dat ze moest blijven staan waar ze stond.

Dat deed ze dus.

57

Het was donker en het bleef donker.

Heel langzaam haalde Clarisse de Zippo met de geheugenstick uit haar zak. Ze haalde de stick eruit, stopte haar hand in haar spijkerbroek en haar onderbroek, en verborg de stick ten slotte in haar lichaam. Dat deed pijn, maar misschien deed het minder pijn dan wat haar te wachten stond.

'Wie ben je? Wat doe je in mijn huis?'

Rechts van zich zag ze een beweging, een schaduw die maar iets donkerder was dan de duisternis.

'Dat weet je heel goed,' zei de stem. 'En je weet wel wie.' De schaduw bewoog niet. Dat was niet nodig.

Clarisse wist inderdaad wie het was.

'Wil je me vertellen hoe je het hebt gedaan?'

De schaduw kwam dichterbij. 'Nee, dat wil ik je niet vertellen. Ik wil niet dat je maatregelen neemt. Daar was je altijd verdomd goed in, beter dan ik.'

'Wat wil je?' vroeg Clarisse.

'Dat is wel duidelijk toch?'

'Voor mij niet. Ik dacht dat we daar contact over hadden gehad en wisten waar we stonden.'

'Echt? Dat stelt me teleur. Je was altijd zo snel van begrip, daar verdien je je geld mee. Gaat alles niet zoals je wilt?'

'We hadden toch een afspraak?' zei Clarisse.

'Misschien dácht je dat.'

'Ga je je eigen gang?'

'Dat heb ik altijd gedaan. Ik dacht dat dat voor iedereen gold.'

Clarisse schudde haar hoofd. 'Nee, zo worden we niet geboren, maar gemaakt. Dat weet je.'

'Misschien.'

'BD?' vroeg ze.

'Wat is er met hem?'

'Waarom?' vroeg Clarisse.

'Waarom niet?'

'Daarmee heb je de regels overtreden,' zei Clarisse.

'Ik maak mijn eigen regels. Al jaren.'

'Toch had je het niet hoeven doen. Je had alleen zijn identiteit nodig om dat busje te huren waarmee je mijn moeder hebt ontvoerd.'

'Sommige dingen zul je nooit weten. Dingen waar ik je tegen heb beschermd.'

'Hij was lief. Hij was aardig. Hij verdiende dat niet. Hij hield van strips!'

'Hij hield van heel veel "dingen", niet alleen van stripboeken.'

'Je liegt!' snauwde Clarisse.

'Zeggen dat iets waar is, maakt het niet waar, babycakes.'

De schaduw kwam in de lichtkring die van buiten kwam, maar bleef nog steeds grotendeels een schaduw. Daarna zette ze nog een stap naar voren en was ze duidelijk te zien.

De vrouw was veranderd. Heel erg veranderd.

'Je ziet er niet goed uit,' zei Clarisse.

'Maar jij ziet er fantastisch uit. Goed genoeg om op te eten, babycakes, zelfs met je stomme pruik en je vulgaire kleren. Vulgair? Heb ik me in de loop der jaren ontwikkeld of niet?'

'Babycakes was jóúw bijnaam, niet de mijne,' snauwde Clarisse.

'Zonder mij was het jouw bijnaam geweest,' zei ze zacht. Ze kwam nog dichterbij.

Clarisse vroeg zich af of ze iets bij zich had wat ze als wapen kon gebruiken en stopte een hand in haar zak. 'Daar ben ik je altijd dankbaar voor geweest.' Haar vingers sloten zich om het spuitbusje pepperspray.

'Nou, dan moet je me maar opnieuw dankbaar zijn. Heel lang hadden we alleen elkaar, en dat is volgens mij niet veranderd. Zeg het maar als ik me vergis. Ben je getrouwd? Heb je kinderen? Een partner?' Ze glimlachte. 'Ik weet dat je niemand hebt.'

'Ik had mama. Maar nu heb jij haar.'

'Mama maakt het goed, heel goed, maar ze kost me goudgeld aan Ensure. Maar er is meer voor nodig dan dat om haar in leven te houden. Zij ziet er, anders dan ik, niet zo goed uit.'

'Ze heeft een zwaar leven gehad.'

'Ze zat daar maar te zitten en zat maar te staren naar het zware leven dat ons allemaal heeft verwoest. Net als mijn trut van een moeder.'

'Ik heb je verteld wat ik ging doen,' zei Clarisse. 'Ik begrijp dus niet waarom je hier bent. Ik weet ook niet hoe je me hier hebt gevonden.'

'Denk je soms dat jij de enige bent die de FBI natrekt? Ik heb een maand overdag schoongemaakt en stapte toen de tijd rijp was over naar de avonddienst. Die schatkist zat echt vol shit, zeg. En toen vond ik jou.'

'Ik dacht dat je mijn spoor had opgepikt bij de schoonmaakploeg van het gebouw van Creative Engineering in North Carolina.'

'Klopt, maar daar vond ik je ook. Was niet moeilijk.'

'Waardoor? Wat heeft me verraden?'

'Oké, ik zal het je vertellen. Je zwierige manier van lopen. Je kunt je haar, gezicht, kleren en lichaam veranderen, maar niet de manier waarop je loopt. Voor mij tenminste niet.'

'Maar hoe wist je het dan zeker?'

'Dat zal ik je vertellen,' zei ze genietend. 'Niemand anders van de schoonmaakploeg heeft een Zippo opgeraapt die achter een struik onder de rookplek lag.'

'Slim van je,' zei Clarisse, terwijl ze de pepperspray vastpakte.

'Heb je gevonden wat je zocht?'

'Misschien. Is dat belangrijk voor je?'

'Alles is belangrijk voor me, babycakes. Waar is het spul dat je hebt gevonden?'

'Op een veilige plek.'

De vrouw greep naar Clarisses kruis. 'Hierbeneden, nietwaar? Dezelfde verstopplek als vroeger. Je moet een nieuwe plek bedenken, babycakes.' Ze liet haar los.

Clarisse ademde snel. *Afleiding en tegenaanval.* '"Do as I say..." Waarom heb je dat gebruikt?'

'Dat was zijn mantra. Of was je dat soms vergeten?'

'Niets van dát kan ik vergeten.'

'Zie je wel? Leek me toepasselijk.'

'Waar is Dougie?' vroeg Clarisse.

'Geen idee.'

'Je liegt. Hij was altijd loyaal naar jou toe. Deed alles wat je wilde.'

'Zelf weten als je me niet wilt geloven. Trouwens, ga je dat ding dat je vasthoudt nog uit je zak halen om mij daarmee te verwonden? Probeer het maar. Dat kon weleens leuk worden.'

'Daar dacht ik wel aan.'

'Nou, denk hier dan eens aan.'

Clarisse voelde de punt van een mes in haar hals. Ze voelde de druppel bloed die uit haar hals kwam. Het bloed kronkelde over haar lange hals naar beneden als een skiër op zachte sneeuw. 'Is dat het mes waarmee je Bruce hebt vermoord?'

'Nee, jij bent bijzonder. Dit mes is zelfs nog scherper.'

'Als je me doodt, krijg je de schat niet in handen.'

'Misschien heb ik genoeg geld.'

'Niemand heeft genoeg geld.'

Ze maakte een soepele beweging met het mes, als een chirurg. 'De dag van morgen wordt aan niemand beloofd, maar ik beloof je dat wel, bábycakes.'

En toen was ze verdwenen.

Clarisse deed de deur op slot, liep snel naar de badkamer en bekeek haar wondjes. Het waren precieze wondjes, vlak bij elkaar, als van een slangenbeet.

Of het merkteken van een vampier.

En allemaal in het donker gedaan. Indrukwekkend.

Clarisse maakte de wondjes schoon en verbond ze.

Daarna moest ze overgeven.

58

Gibson zat de volgende dag naar haar beeldscherm te staren toen de telefoon ging.

Díé telefoon.

'Hallo?'

'Mickey?' zei Clarisse.

'Ben je in orde? Je klinkt... beverig.'

'Jij ook.'

Gibson aarzelde en besloot toen het haar gewoon te vertellen. 'Ik kreeg gisteravond bezoek.' Ze vertelde Clarisse dat ze was ontvoerd en was ondervraagd.

Clarisse zei even niets. 'Nathan Trask? Weet je het zeker?'

'Ik weet niet of hij het zelf was, maar hij zat er wel achter. En zeg maar niet dat je het erg voor me vindt, want dat geloof ik toch niet. Hij wil het geld dat Langhorne van hem heeft gestolen.'

'Hij vindt gezichtsverlies belangrijker dan het geld. Ik heb een deal met hem gesloten dat ik het zal vinden. Dan krijg ik er een deel van.'

'Wat?!'

'Kom op, zeg! Doe maar niet alsof je verbaasd bent. Ik doe dit echt niet voor de lol.'

Gibson zei: 'Nou, ik heb diezelfde deal met hem gesloten. Ik had geen keus als ik daar levend vandaan wilde komen.'

'De winnaar krijgt alles.'

'Als je het zo beschrijft klinkt het als een soort wedstrijd.'

'Dat is het misschien ook wel.'

'Waarom klink jíj zo ontdaan?' vroeg Gibson.

'Ik heb ook bezoek gehad.'

'Van wie, ook mensen van Trask?' vroeg Gibson.

'Nee. Trask niet.'

'Wie dan wel? En wat wilden ze?'

'Zij willen de schat ook, Mickey. En misschien wel meer.'

'Wat bedoel je daar precies mee?'

'Iets wat tussen mij en hen moet blijven.'

'Als we open zijn tegen elkaar, maakt dat onze kans dit te overleven groter.'

'Ik heb er nu spijt van dat ik je hierbij heb betrokken,' bekende Clarisse.

'Waaróm heb je dat eigenlijk gedaan? Je had de schat waarschijnlijk ook wel zonder mijn hulp kunnen vinden.'

'Het is ingewikkeld.'

'Alleen als je het ingewikkeld maakt.'

'Ik maak alles ingewikkeld. Dat ligt in mijn aard.'

'Ik heb je nog nooit zo open meegemaakt. Je lijkt echt van slag door dat bezoek.'

'Ik hou er niet van als mensen me kunnen vinden. Jij wel?' snauwde Clarisse.

'Ik verschuil me niet.'

'Nou, ik wel!'

Door deze verbijsterende bekentenis begreep Gibson dat de vrouw zich kwetsbaar voelde, misschien wel voor het eerst. En ze wist niet goed hoe ze dit moest aanpakken. Ze besloot in de aanval te gaan. De ontvoering door Trasks mensen had haar het gevoel gegeven dat de zaak zo snel mogelijk opgelost moest worden. 'Julia Frazier?'

'Wie?' zei Clarisse nonchalant.

Een paar seconden daarvoor had Gibson de telefoon gekoppeld aan de dongel van haar computer en haar stemanalyseprogramma opgestart. Nu zag ze op het scherm dat de pijl gewoon op zijn plek bleef. Ze vroeg zich af wat haar volgende vragen bij Clarisse teweeg zouden brengen. 'Waarom was je die dag in The Plains? Ben jij RE? En zorgde jij voor Bruce Hall alias Bruce Dixon alias Daryl Oxblood? RE en BD... Dat zag ik in een stripboek. Ik vraag het maar even. Was het een schok om hem zo te vinden?'

Clarisse verbrak de verbinding.

Gibson keek naar haar scherm waar de stresspijl als een bliksemflits omhoog was geschoten.

Gek genoeg voelde ze zich hierdoor niet echt beter.

59

Clarisse zat in een trein, voor het eerst sinds tijden, omdat ze niet met het vliegtuig wilde reizen. Op een hoogte van tienduizend meter kon ze niet uit een vliegtuig springen, maar ze kon vrij eenvoudig uit een trein stappen.

Ze had alle spullen uit haar huurauto in twee tassen gepakt en was met een Uber naar het station gereden. Voor de zekerheid had ze in een wc-hokje haar uiterlijk veranderd en was ze naar buiten gekomen met maar één kleine weekendtas.

Ze nam een trein naar het noorden. Ze keek naar buiten, waar het steeds donkerder werd. Toen de trein op snelheid was gekomen en lichtjes schommelde, sloot ze haar ogen en probeerde ze alle gebeurtenissen te verwerken.

Er waren twee dingen gebeurd en die waren geen van beide goed voor haar.

Ze heeft me opgespoord. Ondanks al mijn voorzorgsmaatregelen is ze daar toch in geslaagd.

Ze raakte de wondjes in haar hals even aan.

Zou ze mijn keel echt hebben doorgesneden? Kijk maar wat ze met Bruce heeft gedaan.

Ze drukte haar vingertoppen tegen het koele raam.

Daarna dacht ze aan Gibsons verbijsterende onthullingen. *Ze weet dat ik Julia Frazier was in The Plains. En ze heeft het verband met Bruce Dixon ontdekt. Ze zitten nu allebei in mijn nek te hijgen. Letterlijk.*

Toen verstijfde ze.

Kom op, zeg! Ik kan dit wel. Ze hebben me nog niet verslagen.

Ze pakte haar laptop en stopte de geheugenstick in de dongel. Ze opende de bestanden en bekeek ze snel.

Het bestand waar ze nu naar keek was een samenvatting van alle informatie die de U.S. Marshals Service had over de familie Langhorne.

Het meeste daarvan wist ze al, maar niet alles. Ze zag foto's van Harry Langhorne uit de tijd dat hij nog als accountant voor de maffia werkte. Groot, ergens wel aantrekkelijk, maar zij zag zijn arrogante blik en de sluimerende wreedheid van deze man die de meeste mensen als een vriendelijke financiële man zouden beschouwen.

Ze las zijn levensverhaal door, van de wieg tot letterlijk zijn graf. Het dossier was keurig bijgewerkt tot en met de dood van (de moord op) Harry Langhorne, alias Daniel Pottinger. Maar dat had geen invloed gehad op het perfecte dossier van de Marshal, aangezien Langhorne WITSEC lang voordat hij was vermoord had verlaten.

Ze wendde haar blik af toen de foto's van de familie Langhorne op het scherm verschenen: zijn vrouw, zijn zoon en zijn dochter. Ze wist genoeg over ieder van hen.

Opeens kwamen de beelden terug, in haar hoofd. Zoals elke dag, soms elk uur, gebeurde. Ze had die angst kunnen hanteren, al heel lang, al jaren zelfs. Dat was haar gelukt door zich te concentreren op haar zwendelpraktijken en door haar vele notitieboekjes die haar hele leven in vakjes verdeelden.

Clarisse keek om zich heen, maar alle andere passagiers die ze kon zien sliepen.

Ik lijd in stilte, vergeet dat niet. Gezien, maar niet gehoord. Gebruikt, maar nooit een woord gezegd. Dingen die me zijn aangedaan. Nooit een protest. Maar ze had wel gehuild, daar had ze niets aan kunnen doen. Ze genoten zelfs van haar tranen. Ze wílden dat er tranen werden vergoten. Dat maakte hen gelukkig. En zelfs nog sadistischer.

Ze concentreerde zich weer op het scherm en de informatie daar. De man had zijn schat gehad en nu hij dood was wilde zij die schat hebben. Dat zou niets van dat alles goedmaken, maar ze wilde die schat gewoon hebben, omdat ze wist dat de dode man niet zou willen dat zij die had. Dat was voldoende motivatie. Meer dan genoeg motivatie.

Graaf dieper.

Ze opende het SCHAT-notitieboekje en schreef er met haar precieze handschrift alles in wat ze daar op dat moment over wist. Ze nam aan dat ze, als ze het grote geheel kon zien, misschien iets zag wat verband hield met iets anders.

Ongeveer een halfuur later was haar conclusie dat de schat op Stormfield moest zijn. De boodschap was achtergelaten op de motorboot. Het landhuis had heel veel plekken waar je iets in kon verstoppen. En het terrein was uitgestrekt.

Ga ik ernaartoe en begin ik met zoeken? Hoeveel tijd zal ik hebben? Wie krijgt dit landgoed? Wat stond er in zijn testament, áls hij een testament had? Waarom denk ik daar juist nu aan?

Bij het eerstvolgende station stapte Clarisse uit.

60

Stormfield doemde op uit de duisternis, als een nachtmerrie uit het onderbewustzijn. De voorgevel was verborgen door de mist die 's nachts tegelijk met de gestage regen was ontstaan.

Clarisse had haar huurauto een paar honderd meter verderop achtergelaten en liep het laatste stuk met een paraplu op. Ze wilde dit helemaal niet doen, maar wat was het alternatief?

De lichtbundel van haar zaklamp sneed door het donker en ze zwaaide de lamp heen en weer voordat ze het bordes op liep. De deur zat op slot en ze had tijdens haar eerste bezoek hier ontdekt dat de sleutel niet meer onder het kattenbeeld lag. Maar ze had de juiste instrumenten bij zich, zodat dit geen probleem vormde. De deur kraakte toen ze hem opende en ze klemde haar kaken op elkaar.

Clarisse liep naar binnen, deed de deur weer dicht en richtte haar zaklamp naar voren.

Ze was hier één keer eerder geweest, toen ze in de geheime kamer de dode man had ontdekt. Hij had haar niet laten komen, zoals ze tegen Gibson had gezegd. Ze had nooit samengewerkt met Daniel Pottinger in Miami. Maar na een jarenlange zoektocht had ze ontdekt dat Pottinger en Langhorne dezelfde persoon waren. Maar hij was al dood. Ze wist wie hem had vermoord. De tekst op de muur had haar dat verteld.

Do as I say, not as I do.

Dat was Langhornes spottende, sadistische mantra geweest. Hij kon met iedereen alles doen wat hij wilde, maar eiste volkomen gehoorzaamheid van alle mensen die hij in zijn macht had.

Ze bleef staan en gaf zich even over aan die herinnering.

Er waren twee redenen voor geweest om hem te zoeken. Ten eerste wilde ze ontdekken waar de schat was, iets wat hij zich lang geleden had laten ontvallen. En ten tweede wilde ze hem doden voor al zijn misdaden tegen de menselijkheid.

En tegen mij.

Ze begon aan de oostkant van het landhuis en werkte langzaam naar de westkant toe.

Daarna ging ze naar boven en liep naar de enige slaapkamer die gemeubileerd was. Hier had Langhorne geslapen, nam ze aan. Ze doorzocht de weinige dingen die daar waren op zoek naar een mogelijke extra aanwijzing, maar vond niets.

Ze liep naar beneden en doorzocht kamer na kamer. Uiteindelijk betrad ze het laatste vertrek op het laagste niveau, de wijnkelder. Daar stonden houten kratten met daarop de naam van wijngaarden in Frankrijk, Italië en Spanje. Op wandplanken lagen een paar kapotte wijnflessen. Maar waarom bewaarde hij wijn in de wijnkelder als hij hier nooit was? En dit alles leek haar... hoe moest ze het beschrijven... in scène gezet.

Ze ging op een van de oude kratten zitten en keek om zich heen. De geur van het water hier vlakbij was heel sterk, alsof de rivier op de een of andere manier in het fundament van Stormfield was getrokken.

Harry Langhorne was een kampioen geweest in *mind games*, in manipulatie, in beïnvloeding. Hij kon ervoor zorgen dat je dingen deed die slecht voor je waren. Maar hij was ook wantrouwig, een instinctieve overlever. En dat moest ook wel, want de mensen die hem iets wilden aandoen waren heel goed in moorden.

Dus waar zou een rancuneuze, wantrouwige klootzak zijn gestolen geld verbergen? Ze keek naar de vloer onder haar voeten. Lag het onder de vloer? Kratten vol goudbaren? Kisten vol fonkelende sieraden? Waardepapieren? Maar dat zou allemaal heel veel ruimte innemen. En in dit binnenklimaat zou onbeschermd papier snel vergaan. Hoe moest ze daarbij komen? Moest ze de vloer en het betonnen fundament eronder met een drilboor openmaken?

Graaf dieper. Zo luidde zijn instructie vanuit het graf.

Nou, dit was de laagste plek op Stormfield. Als je dieper wilde graven, moest je dat hier doen. Toch vond ze dat ergens te gewoontjes, te veel een anticlimax. De man had alle tijd gehad om een inventievere locatie voor zijn buit te bedenken.

Zou hij ervan uitgaan dat ik hiernaartoe zou komen? Precies naar deze plek? Om te graven, terwijl hij me uitlacht, hopelijk vanuit de hel? Of was zijn boodschap letterlijk bedoeld, maar wel op een andere manier?

Ze stond op toen ze een ander idee kreeg. Hij had één boodschap achtergelaten, dus misschien nog wel meer.

Clarisse begon met het doorzoeken van de kratten, maar kreeg een ander idee. Dat zou logisch zijn, op een klassieke manier dan.

Er waren maar vijf flessen in deze kelder. Vier waren leeg en gebroken; eentje was heel, maar daar zat geen wijn in. Dat was op zich al intrigerend. Waarom zou je een gekurkte wijnfles bewaren waar niets in zat?

Of zat er wel iets in?

Op een krat lag een roestige kurkentrekker. Daarmee maakte ze de fles open.

Niets.

'Shit,' mompelde ze.

Vergiste ze zich gewoon in dit alles? Was dit gewoon een wijnkelder, maar dan eentje zonder wijn?

Maar de enige constante factor in Clarisses leven was haar aandacht voor detail. Dat werd bevestigd door de honderden notitieboekjes die ze in de loop der jaren had volgeschreven. Dus bekeek ze de kurk heel aandachtig om te zien of er iets in zat. Ze scheen met haar zaklamp op het glas om te zien of daar een tekst of een aanwijzing op stond.

Daarna bekeek ze het etiket. Dat zat niet helemaal vast. Eén randje zat een beetje los. Langzaam en behoedzaam haalde ze het etiket van de fles. Het opgevouwen stukje papier erachter viel eruit.

Een boodschap búiten een fles. Wat curieus, Harry.

Maar de boodschap was allesbehalve curieus: *This is the twenty-first century. Act like it, you idiot.* Het is de eenentwintigste eeuw. Gedraag je daarnaar, domkop die je bent.

Ze bleef even naar het papiertje kijken en stopte het toen in haar zak. Eenentwintigste eeuw?

Oké, dat kon een aantal dingen betekenen. Sommige lagen voor de hand, andere niet. Ze dacht net na over enkele van de meer voor

de hand liggende opties toen ze boven zich een geluid hoorde.
Ze spitste haar oren. Ze hoorde het weer.
Ze was vannacht dus niet de enige bezoeker op Stormfield.

61

Met de pepperspray in haar hand verliet Clarisse geluidloos de wijnkelder. Omdat ze daar niet in de val wilde zitten sloop ze langzaam naar boven.

Haar ademhaling versnelde toen ze de begane grond bereikte en gespannen om zich heen keek. Ze durfde haar zaklamp niet aan te doen. Ze luisterde of ze nog iets hoorde, maar het bleef stil.

Hebben ze me gehoord? Wachten ze tot ik me vertoon? Wie kan dit zijn? De moordenaar van Langhorne?

Ze rilde bij het idee dat ze háár weer zou zien. Of was het de politie? Maar waarom zou die hier midden in de nacht naartoe komen? Of waren het Nathan Trasks mannen die ook op zoek waren naar de schat? Wat zou er gebeuren als zij haar hier zagen?

Dat zou waarschijnlijk mijn einde betekenen.

Ze liep door en kwam steeds dichter bij de voordeur.

Ze had er alles voor over om terug te zijn in haar veilige onderkomen, omringd door haar notitieboekjes met hun troostrijke details.

Opnieuw hoorde ze een geluid. Zo te horen was het maar één persoon. Alles hing dus af van wie het was. Ze stopte het briefje dat ze achter het etiket van de wijnfles had gevonden in haar mond, kauwde erop en slikte het door. Als die persoon haar vond, zou die niet vinden wat zij had gevonden.

Daarna hoorde ze de zelfverzekerde voetstappen niet meer.

Had ze natte voetstappen achtergelaten in de hal? Of hadden ze haar auto verderop aan de weg zien staan?

Ze gilde toen iemand haar bij de schouder pakte, keek om en zag het gezicht van een grote, sterke man.

'Wat doe je hier? Wie ben je?'

Hij liet zijn zaklamp vallen toen hij de pepperspray in zijn gezicht kreeg. Hij greep naar zijn gezicht en wankelde achteruit, botste met zijn rug tegen de muur en brulde van de pijn. 'Verdomme!'

Ze rende door de openstaande voordeur naar buiten en zocht met haar gehandschoende hand in haar zak naar de autosleutels. Ze kwam langs de auto die voor het landhuis stond en rende zo hard ze kon naar haar auto. Ze reed plankgas naar de hoofdweg, sloeg links af en scheurde weg. Pas toen ze bij een snelweg kwam reed ze langzamer. Ze reed naar het autoverhuurbedrijf, waar ze de auto achterliet en de sleutels in de nachtkluis stopte.

Ze had de man herkend. Ze had Wilson Sullivan pepperspray in het gezicht gespoten!

Het was drie uur 's nachts en ze wist niet goed wat ze moest doen.

Toen dacht ze ergens aan en deed iets wat helemaal niets voor haar was.

Clarisse belde het nummer. Om de een of andere reden wilde ze wanhopig graag de stem van de andere vrouw horen. Ze ademde zo snel dat haar lichaamstemperatuur daalde en ze het heel koud kreeg.

'Hallo?' zei een slaperige stem.

'Mickey, met mij.'

'Ik weet dat jij het bent, want dit is de telefoon die jij me hebt gegeven. Weet je wel hoe laat het is?'

'Mag… Mag ik naar je toe komen? Nu meteen? Er is iets gebeurd.'

Gibson bleef heel lang zwijgen.

Dat vond Clarisse heel verontrustend. 'Mickey?'

'Ik ben er… Je wilt… naar me toe komen?'

'Ja.'

'Wat is er gebeurd?'

'Ik… was vannacht op Stormfield.'

'Waarom?'

'Ik zocht de schat.'

'Heb je iets gevonden?'

'Ik… Kunnen we dit straks bespreken?'

'Wat is er nog meer gebeurd?'

'Toen ik daar was, kwam er nog iemand binnen. Hij pakte me bij de schouder.'

'Wie?!'

'Wilson Sullivan.'

Gibson zei een paar seconden helemaal niets. Toen vroeg ze: 'Heb je met hem gepraat?'

'Nee.'

'Zei hij wie hij was?'

'Nee, maar ik wist dat hij het was.'

'Hoe weet je eigenlijk hoe hij eruitziet?'

'Het is in mijn eigen belang dat ik zo veel mogelijk weet over alles wat relevant kan zijn voor me. Hij was het. Toen hij me vastpakte spoot ik pepperspray in zijn gezicht.'

'Je hebt een politieman pepperspray in zijn gezicht gespoten?'

'Hij maakte zichzelf niet bekend als politieman. En ik spoot al voordat ik zag wie hij was. En wat deed hij midden in de nacht op Stormfield?'

'Dat is een plaats delict.'

'Hij was alleen. Bovendien... de politie beschouwt dat huis toch allang niet meer als een plaats delict? En wat was zo belangrijk dat hij daar op dat tijdstip naartoe ging?'

'Ik... Hij... Waar ben je?'

'Ik kan over twintig minuten bij je zijn. En Mickey?'

'Ja?'

'Ik kan je niet alles vertellen, misschien zelfs niet veel.'

'Kun je me ten minste vertellen hoe je echt heet?'

'Ik heb er een gewoonte van gemaakt niemand te vertrouwen.'

'Waarom kom je dan naar me toe?'

'Omdat ik het gevoel heb dat jij, van alle mensen die ik ken, de enige bent die ik misschien kan vertrouwen.'

'Ik ben stomverbaasd dat je van gedachten bent veranderd.'

'Dat zou ik ook zeggen als de rollen waren omgedraaid.'

'Ik ga niets illegaals doen om je te helpen.'

'Dat zou ik ook niet van je vragen.'

'Wil je thee of koffie? Of iets sterkers?'

'Koffie is prima.'

'Tot over twintig minuten dan.'

62

Gibson keek naar haar voordeur en toen dwaalde haar blik naar boven, waar haar kinderen lagen te slapen. Eigenlijk kon ze niet geloven dat ze het goed had gevonden dat ze midden in de nacht bezoek kreeg van een vreemde. Nee, niet echt een vreemde, maar misschien wel een psychopaat.

En het enige wat tussen deze bezoeker en haar kinderen in staat? Dat ben ik. Zal ik de politie bellen en zeggen dat ze moeten komen om haar te arresteren? Maar waar kunnen ze haar eigenlijk van beschuldigen?

Gibson nam ook aan dat de vrouw zo slim was om voordat ze zich liet zien eerst de omgeving grondig te checken op aanwezigheid van de politie.

Ze tastte naar haar pistool achter in haar broeksband. Wat er vannacht ook gebeurde, ze liet zich niet zonder gevecht verslaan. Wat, ze liet zich helemaal niet verslaan!

Ze liep naar het raam en keek naar buiten. Ze had nergens in huis licht aangedaan, zodat iemand die buiten was haar niet kon zien. Ze kromp ineen toen ze zag dat er iemand aankwam. Lopend. Gibson keek naar links en naar rechts, maar zag geen onbekende auto staan en had ook geen auto gehoord.

Ze bleef naar haar kijken tot ze de oprit op liep. Lang, mager, met haar blik neergeslagen en haar handen in de zakken.

Gibson stond al achter de voordeur te wachten toen Clarisse zacht aanklopte. Ze deed de deur open en toen, eindelijk, zagen de vrouwen elkaar die tot dan toe alleen elkaars stem hadden gehoord.

Gibson bekeek haar van top tot teen, en Clarisse deed hetzelfde.

Clarisse had kort blond haar. Haar wangen waren rood, misschien door de wandeling in de regenachtige koele avond.

Gibson keek of ze iets zag wat erop wees dat Clarisse gewapend was. Ze had haar het liefst gefouilleerd en haar tas doorzocht, maar besloot haar hand op de kolf van haar pistool te houden terwijl ze opzijstapte en gebaarde dat Clarisse binnen mocht komen.

Clarisse zag haar pistool, maar zei niets.

Gibson sloot de voordeur en deed hem op slot. Ze wees met haar blik op de vrouw gericht naar de keuken. 'We moeten stil zijn. Mijn kinderen liggen te slapen.'

'Natuurlijk,' zei Clarisse.

Ze gingen in de keuken zitten en Gibson schonk koffie in, voor hen allebei zonder melk of suiker.

Clarisse nam een paar slokjes en bleef in haar koffie staren.

Gibson bekeek haar aandachtig en zei: 'Je komt me vaag bekend voor. Hebben we elkaar ooit ergens ontmoet?'

'Wil je over het verleden praten of over het nu en daarna misschien over onze toekomst?'

Gibson leunde naar achteren en keek haar strak aan. 'Jíj wilde met me praten.'

'Wat weet je over Wilson Sullivan?'

'Ik weet dat hij rechercheur is bij de Virginia State Police.'

'Is dat alles?' vroeg Clarisse.

'Moet ik meer weten?'

'Minder weten is nooit goed. Is hij op de hoogte van de schat?'

'Daar heb ik het met hem over gehad. Hij leek niet erg geïnteresseerd.'

'Volgens mij is hij juist heel erg geïnteresseerd en ik denk dat hij daarom vannacht op Stormfield was, om de schat te zoeken. Waarom zou hij daar anders zijn geweest?'

'Toen ik rechercheur was werkte ik op de gekste tijden. Als ik een theorie had bedacht, wilde ik die meteen checken.'

'Wat voor theorie zou je op Stormfield moeten checken? Daniel Pottinger was Harry Langhorne. Kort voor zijn dood kreeg hij bezoek van een man, terwijl een vrouw buiten in een auto op hem wachtte. Dat wist Sullivan, maar dat heeft hij je niet verteld. Langhorne is vergiftigd en werd gevonden in een geheime kamer waar een vreemde tekst op de muur was geschreven, volgens jou door twee verschillende mensen.'

'Bedoel je de man en de vrouw die op bezoek waren op Stormfield? Jij weet wie dat waren, of niet soms?'

'Ik heb wel een theorie.'

'En wie ben je echt?' vroeg Gibson.

'Heb jij een theorie?'

'Twee zelfs. Francine Langhorne of iemand met de initialen...'

'... RE. Ja, dat weet ik. Dat heb je al gezegd. Wat ik echt wil, is dat jij meer over Sullivan te weten komt.'

'Ik kan wel een paar dingen natrekken, maar je had me dit ook via de telefoon kunnen vragen. Waarom ben je hier gekomen zodat ik je kan zien?'

'Ik laat me aan niemand zien. Morgen lijk ik niet meer op deze vrouw.'

'Hoe zit het met Doug Langhorne? Enig idee waar hij kan zijn?'

'Hij is misschien de man die Harry Langhorne vlak voor zijn dood heeft bezocht.'

'En dan is de vrouw in de auto misschien Francine Langhorne? Bedoel je dus te zeggen dat jij haar niet kunt zijn?'

'Denk wat je wilt.'

'Ik heb kleine kinderen voor wie ik moet zorgen.'

'Dat weet ik.'

'Heb jij iemand voor wie je moet zorgen, een van je ouders misschien?'

Clarisse reageerde niet zichtbaar op deze vraag. 'Waarom vraag je dat?'

'Gewoon door iets wat je een keer zei.'

'Dan moet ik bij jou dus beter op mijn woorden letten.'

'Is je antwoord dus ja?'

'Iedereen heeft problemen.'

'Je moest een telefoontje aannemen toen we elkaar een keer aan de telefoon hadden. Jij dacht volgens mij dat je de verbinding had verbroken, maar dat was niet zo. Ik hoorde je stem en die klonk net zoals wanneer iemand mij belde om me te vertellen dat mijn vader met pijn in de borst naar het ziekenhuis was gebracht. Dan zou ik proberen niet in paniek te raken, maar zou ik me bijna niet kunnen beheersen.'

'Jij houdt van je ouders, nietwaar?'

'Natuurlijk.'

'Nou, daarin zijn wij dus verschillend.'

'Oké, jij houdt je hier dus alleen maar mee bezig voor de schat? Is dat de enige reden? Geld?'

'Soms is geld meer dan geld,' zei Clarisse.

'O, wat dan?'

'Schulden moeten worden betaald, Mickey. Zo niet, dan heeft dat consequenties.'

'Je was volkomen van slag vannacht. Door Sullivan. Daarom ben je nu hier.'

'Ik weet uit ervaring dat strategische bondgenootschappen soms de enige manier zijn om bepaalde doelen te bereiken. Jij bent zo'n bondgenoot.'

'Onvrijwillig.'

'Als je deze zaak oplost kun je zelf bepalen wat je aandeel is. Tenzij je je de rest van je leven achter een computer wilt verstoppen.'

'Dat doe jij toch ook?'

'Kennelijk niet. Dan was ik vannacht niet op Stormfield geweest, waar ik inderdaad een aanwijzing heb gevonden.'

Gibson was geïntrigeerd. 'Waar dan, en wat was die aanwijzing?'

'In de oude wijnkelder, achter het etiket van een oude fles. Een boodschap búíten een fles, snap je 'm? Er stond op dat we nu in de eenentwintigste eeuw leven en dat de lezer daarnaar moest handelen. En toen noemde hij de vinder een idioot.'

'Enig idee wat dat betekent?'

'Het betekent dat de schat niet ergens is begraven zodat we 'm moeten opgraven. We moeten ons kennelijk op modernere middelen richten.'

'Heb je een idee?'

'Dat komt nog wel. Jij misschien?'

'Misschien.'

Clarisse keek naar boven. 'Hoe gaat het met je kinderen?'

Gibson klemde haar lippen op elkaar. 'Ze slapen. Vredig. Dat wil ik zo houden.'

'Kinderen zijn kostbaar.'

Gibson keek haar aandachtig aan. 'Volgens mij meen je dat echt.'

Clarisse nam een slokje koffie. 'Ik lieg. Vaak. Maar daar niet over.'

'Zelfs als je deze schat vindt, is dat volgens mij niet genoeg om de schuld te betalen die iemand je schuldig is.'

'Hoe kun jij dat in vredesnaam weten?'

'In een krant las ik een verhaal over Harry Langhorne. Dat hij op de meest walgelijke, misselijkmakende manieren graag met kleine meisjes speelde.' Ze zweeg even en keek Clarisse aan. 'Was jij een van zijn slachtoffers?'

Clarisse stond op. 'Ik denk dat ik een goede keus heb gemaakt, Mickey. Jij bent alles waar ik op mocht hopen, en meer. Maar je moet niet proberen mijn motieven of mijn toekomst te voorspellen. Je bent heel goed, maar niemand is zó goed. Wil je Sullivan natrekken?'

'Ik zal proberen onopvallend informatie in te winnen.'

'Dank je wel.'

'Wil je hier blijven? Ben je veilig?'

Deze ernstige vragen leken Clarisse even van haar stuk te brengen. 'Laat je kinderen vredig slapen. Vannacht en elke volgende nacht. Als ik hier blijf is dat niet goed, niet voor jou en niet voor hen. Maar bedankt voor je aanbod. En dank je wel voor de koffie.'

'Waarom heb je me hierbij gehaald? De echte reden?'

'Jij had alles, Mickey. Alles! En dat heb je achteloos weggegooid. Dus misschien wilde ik je alleen maar een lesje leren en daar tegelijkertijd zelf iets van leren.'

Gibsons blik verhardde. 'Waar heb je het verdomme over? Wat heb ik achteloos weggegooid? Je kent me niet eens!'

'Ik ken je beter dan je denkt. Misschien zelfs beter dan ik mezelf ken.'

Ze stond op en wilde vertrekken.

Gibson deed de deur voor haar open. Nadat ze de deur weer op slot had gedaan leunde ze er met haar rug tegenaan.

Wat bedoelde ze in vredesnaam met die laatste opmerking?

Eindelijk had ze de vrouw ontmoet die haar gedachten de laatste tijd had gedomineerd, maar niet op een goede manier.

Dus heb ik zojuist kennisgemaakt met Francine Langhorne, met RE *óf met iemand anders over wie ik nog niets heb gehoord?*

En ik had alles, maar heb dat achteloos weggegooid?

Gibson ging weer naar bed, maar deed geen oog dicht.

63

Nadat Gibson haar kinderen de volgende ochtend had laten ontbijten droeg ze ze over aan Silva. Daarna liep ze snel naar haar werkkamer en ging op internet op zoek naar informatie over Wilson Sullivan.

Hij kwam op zijn eenentwintigste bij de politie van El Paso. Nadat hij zich daar omhoog had gewerkt, werd hij overgeplaatst en werkte met een vergelijkbare rang als rechercheur in Arkansas. Na een korte tijd in South Carolina vertrok hij naar North Carolina en ten slotte naar Virginia.

Dat zijn wel heel veel overplaatsingen. Ze wist niet of dat gewoon bij hem paste of dat de politiekorpsen hem steeds hadden gevraagd te vertrekken. Als dat laatste het geval was, vond ze misschien iets. Tenzij ze het onder het tapijt hadden geveegd, zoals vaker bij de politie gebeurde.

Maar vóórdat hij bij de politie in Texas was gaan werken kon ze helemaal niets over hem vinden. Het leek wel een zwart gat. Ze ging naar websites die ze voor ProEye gebruikte om ingewikkeldere zoekacties te kunnen uitvoeren, maar vond helemaal niets over hem.

Oké, ik stop even met mijn zoekactie naar Sullivan en ga iets anders doen.

Ze opende de foto van Francine Langhorne op het scherm en vergeleek deze met haar herinnering aan Clarisse die ze de vorige avond had gezien. Misschien iets bij haar neus, de alerte blik in haar net niet symmetrische ogen waardoor ze meer diepte kregen, maar ze wist niet zeker of het kleine meisje met de verdrietige blik in haar grote ogen op de foto van tientallen jaren geleden dezelfde persoon was als de volwassen vrouw die in haar huis was geweest.

Daarna dacht ze na over de aanwijzing die Langhorne had achtergelaten.

It's the twenty-first century, act like it.

Ze wist beter dan de meeste mensen dat er moderne manieren waren voor het verbergen van geld, bezittingen of een schat. Je had geen dingen nodig als een bankkluis, een kluisje op een busstation of een koffer en een schep om een gat mee te graven.

En als ze iets had geleerd tijdens haar werk voor ProEye, dan was het dat bezittingen liquide en niet-liquide konden zijn, maar dat ze met de snelheid van het licht van de ene in de andere vorm konden overgaan en ook nog eens achter een muur van geheimhouding. Ze wist ook dat die bezittingen konden worden getransformeerd en overgeboekt op manieren die het bijna onmogelijk maakten om hun oorsprong te traceren.

Een van de mogelijkheden uit de eenentwintigste eeuw waar ze aan dacht was cryptocurrency. Ironisch genoeg was dit systeem voor ingewijden om waarde te creëren – via ontelbare getallen uitgespuugd door ontelbare computers – meestal vrij eenvoudig te traceren. Dat kwam door de strikte registratie-eisen van het systeem, wat het enige was waardoor cryptovaluta waarde had.

Hoewel het leek alsof bitcoins al sinds het Romeinse Rijk bestonden, was het fenomeen pas in 2008 bedacht door een nog altijd onbekend iemand die gebruikmaakte van de alias Satoshi Nakamoto. Zodra je online een account had geregistreerd en bezit nam van je *coins* – geen echte munten, maar digitaal geld – werd je account op een blockchain geplaatst. Deze blockchain was het elektronische grootboek waardoor iedereen eerlijk bleef en de bitcoin zijn waarde behield.

Daarmee kon Gibson achterhalen wat iemand bezat, misschien zelfs als deze persoon het later in een *secure wallet* stopte. Deze wallet of portefeuille was niet van leer, maar meer een geheugenstickachtig apparaat dat nog steeds aan de blockchain was gekoppeld.

De FBI maakte al heel lang gebruik van het feit dat mensen die bitcoins voor illegale doeleinden gebruikten minder zorgvuldig waren dan ze zouden moeten zijn. Ze werden ongeduldig of ze probeerden een shortcut. Dat had de ontwikkelaar van de drugsoperatie Silk Road met een waarde van miljarden dollars zijn vrijheid gekost, had een andere ambitieuze crimineel met een ponzifraude ter waarde van honderdvijftig miljoen dollar in de gevangenis doen belanden en was de doodsteek geweest voor de verduistering van vele miljoenen door een jonge Fransman. Al deze dieven hadden bitcoins gebruikt en waren allemaal betrapt en veroordeeld omdat ze de boel hadden verkloot.

Gibson dacht aan de digitale bewijzen die als bitcoinbroodkruimels werden achtergelaten voor de politie en voor mensen zoals zij.

Maar mensen werden steeds voorzichtiger. Want als je door Gibson of de politie werd gevonden op de blockchain, werd niet slechts één illegale transactie zichtbaar, maar alles wat je ooit met crypto had gedaan. Aangezien crypto een relatief recent fenomeen was, wist Gibson dat Langhorne zijn gestolen maffiageld jarenlang ergens anders had moeten stallen.

Haar vingers vlogen over de toetsen en een uur lang zocht ze naar de voor de hand liggende plaatsen waar Langhorne zijn gestolen geld had kunnen verbergen.

En ze vond helemaal niets.

Waarom dacht ik eigenlijk dat die klootzak het gemakkelijk zou maken?

Ze wilde net een nieuwe zoekactie starten toen haar telefoon ging. Haar eigen telefoon.

Het was Zeb Brown.

'Wat is er?' vroeg Gibson.

Toen Brown niet meteen antwoordde, wist ze dat er iets aan de hand was. 'Zeb?'

'Luister, Mick, het bedrijf wilde dat ik je een mailtje stuurde, maar ik zei tegen hen dat je beter verdiende.'

'Waar heb je het over?'

'Ik ben bang dat ProEye je ontslaat.'

Ze werd lijkbleek. 'Me ontslaat? Waarom?'

'Ze hebben me de reden niet verteld, me alleen de opdracht gegeven.'

'Ik dacht dat ik met verlof was. Ik dacht dat alles was uitgelegd. Dat zei je tegen me.'

'Dat dacht ik ook, totdat ik dat telefoontje kreeg.'

'Je zegt dus dat je geen idee hebt waarom dit gebeurt?'

'Luister, ik mag niets zeggen.'

'Zeg het toch maar, Zeb, dit is heel belangrijk voor me. Ik ben een alleenstaande moeder met twee kleine kinderen!'

'Iemand hier is gebeld door iemand. En toen begon het balletje te rollen.'

'Wie?' vroeg Gibson.

'Dat weet ik niet, maar het was kennelijk een heel belangrijk iemand. Het positieve nieuws is dat ze je twee maanden salaris meegeven. En je hebt die Larkin-bonus natuurlijk ook al gekregen.'

'Ontslagen worden heeft niets positiefs. En hoe zit het met de zorgverzekering van mijn gezin?' Gibson was helemaal in paniek.

'Die kun je zelf afsluiten.'

'Dat kan dit jaar niet meer.'

'Dan doe je COBRA.'

'Weet je wel hoe duur dat is? ProEye betaalde de premie. En als ik geen baan heb, hoe moet ik die premie dan betalen?'

'Het spijt me echt, Mick. Maar je krijgt wel ergens anders een baan. Je bent echt heel goed. Ik zal je een referentie geven. Nogmaals, ik vind dit heel erg.'

'Kun je wat rondneuzen en uitzoeken wie me laat ontslaan?'

Maar hij had de verbinding al verbroken.

Gibson keek zichzelf verbijsterd aan in haar beeldscherm dat op de slaapstand stond.

Wat is er verdomme net gebeurd?

64

Clarisse zat voor haar computers en haar notitieboekjes lagen netjes opgestapeld naast haar. Alles in haar leven leek normaal. Volgens haar eigen excentrieke normen tenminste.

Maar niets van dit alles was nog normaal.

Ze keek naar het notitieboekje met het etiket: HOE IK GA STERVEN.

Ze had vrijwillig contact opgenomen met Mickey Gibson, iemand die misschien wist wie ze was. Ze had pepperspray gespoten in het gezicht van een rechercheur die misschien onprofessionele belangstelling had voor de moord op Harry Langhorne en voor de schat die de man had achtergelaten. Een gevaarlijke persoon uit haar verleden zat haar op de hielen en had haar moeder ontvoerd. Bovendien ging een internationale crimineel ervan uit dat hij via haar het geld terugkreeg dat Harry Langhorne had gestolen.

En als ik hem teleurstel?

Meteen na de vondst van dat briefje in de wijnkelder had ze zich afgevraagd op welke manieren Langhorne zijn vermogen had kunnen verbergen. Ze had meteen aan crypto gedacht en was ervan overtuigd dat dit ook voor Gibson gold. Maar zij had één voordeel ten opzichte van Gibson: zij had Langhorne gekend, waardoor ze dacht dat dit onmogelijk het geval kon zijn. Er kon veel misgaan met crypto; je kon binnen een paar seconden enorme bedragen kwijtraken. In dat opzicht was het net zomin een geldeenheid als een bijzonder volatiele pennystock, een aandeel van een bedrijf met een heel lage waarde. Langhorne wilde niets verliezen. Hij zou iets hebben gekozen waarvan de waarde zekerder was en had het geld zeer waarschijnlijk geïnvesteerd in iets waarvan de waarde bijna zeker zou stijgen.

Ze pakte haar Mickey Gibson-notitieboekje en bladerde er even in. Natuurlijk had ze zelf en helemaal in haar eentje op zoek kunnen gaan naar de schat. Maar er waren ingewikkelde redenen voor dat ze dat niet had gedaan en dat ze Gibson erbij had gehaald, zoals ze Gibson ook al had verteld.

Zij was het meest geliefde meisje op de campus geweest. Ze had alles kunnen hebben. Ze was niet professioneel gaan basketballen. Ze had zelfs niet geprobeerd door te breken op Broadway. Toen was ze bij de politie gaan werken. Oké, dat was prima. Maar daarna was ze getrouwd met die klojo en had toegelaten dat hij haar leven verpestte. Waarom had dat meest geliefde meisje op de campus dat laten gebeuren? Nu rijdt ze in een stationwagon en zit ze achter een computerscherm terwijl ze haar leven verknoeit. Ik heb haar hierbij betrokken om haar een lesje te leren, dat is zeker. Maar ik heb haar hier ook bij betrokken om haar de ogen te openen.

Ze had zes hele notitieboekjes gewijd aan het leven van Mickey Gibson.

Clarisses vingers zweefden boven het toetsenbord.

Maar dat is toch zielig? Welk recht heb ik om haar beslissingen te veroordelen? En ze was aardig tegen me toen ze dat niet hoefde te zijn. Natuurlijk heb ik mijn uiterlijk zo veranderd dat ze me niet herkende, maar ik ben niet vergeten wat ze voor me heeft gedaan. En ik vind het vreselijk om te zien dat haar leven zo... gewoontjes is geworden.

Mickey Gibson was een vreemde mix geweest van superieure atleet en onconventionele kunstenaar. De ene avond gooide ze ballen naar anderen van haar team en de volgende avond zong ze de longen uit haar lijf gekleed als een Franse opstandeling in een collegatheaterproductie van *Les Misérables*. En iedereen aanbad haar.

Clarisse had haar daar gemakkelijk om kunnen haten, maar merkte dat ze dat niet kon. Gibson was aardig tegen iedereen, zonder arrogant te zijn.

Toen ik haar in de eetzaal bediende of toen ik haar garderobe voor de theaterproducties verzorgde, was ze altijd beleefd en glimlachte ze altijd tegen me. Terwijl ik nota bene een slechtbetaalde keukenhulp of een onbetaalde toneelhulp was, alles wat de universiteit maar wilde dat ik was. In die tijd wilde ik alleen maar een dak boven mijn hoofd en wat eten in mijn buik.

Het was een eenvoudig leven geweest waar ze tegenwoordig ook wel een beetje naar terugverlangde. Haar leven was nu zo ingewikkeld.

En Gibson had een liefhebbende familie. Dat had Clarisse niet.

Maar ze stelde zich voor dat zij op Temple met Mickey Rogers had gepraat over de rollen die ze wilden vertolken. Dat Gibson haar had aangemoedigd, haar had geholpen met het onthouden van haar tekst en haar had aangemoedigd om auditie te doen.

Natuurlijk was dat een belachelijke fantasie en nog erger, meelijwekkend.

Ik was zo'n loser dat ik me moest inbeelden dat ik vrienden had. Maar ik had Mickey Gibson kunnen zijn. Ik had dat geliefde meisje op de campus kunnen zijn met haar liefhebbende ouders. En ik had dat echt niet allemaal achteloos weggegooid zoals zij. Maar die kans heb ik nooit gehad.

En dan was er die ontmoeting op de campus, laat op de avond toen die griezel haar aanviel. Dat was angstaanjagend geweest en… toen was Gibson er geweest. Clarisse had haar ongelofelijk dankbaar moeten zijn, maar dat was ze niet geweest. Het had haar kwaad gemaakt, woedend zelfs, hoewel ze niet echt kon uitleggen waarom.

Maar misschien kan ik dat nu wel. Ik wilde niet gered worden door haar, of door iemand anders. Daardoor bleek alleen maar dat ik geen enkele controle had over welk deel van mijn leven ook. Want uiteindelijk was ik de enige die mezelf kon redden.

De volgende dag had ze de universiteit verlaten en een begin gemaakt met wat haar carrière was geworden: liegen, bedriegen, stelen, manipuleren – anderen aandoen wat haarzelf het grootste deel van haar leven was overkomen. In haar meer rationele ogenblikken wist ze dat dat nergens op sloeg. Maar het was al heel lang de enige manier geweest waarop ze de wereld aankon. Er waren winnaars en verliezers. Sterke en zwakke mensen. Mensen die macht hadden en mensen over wie anderen macht hadden. En ze wist maar al te goed hoe vreselijk het was als je in die laatste categorie viel.

Dus toen Clarisse die dag Stormfield binnen was gegaan en de dode Harry Langhorne vond, had ze meteen aan Gibson gedacht, die vlakbij woonde. Het leek haar een perfect plan. Zij zou Gibson weleens laten zien dat zíj de sterkste was van hen beiden, de winnaar. En als Gibson haar hielp de schat te vinden, des te beter. Dan had Clarisse nog steeds gewonnen.

Iets anders was toch zeker niet belangrijk?

Maar ze vroeg of ik in haar huis wilde blijven. Of ik veilig was. Niemand heeft me dat soort dingen ooit gevraagd.

Toch verbaasde het haar niet dat Gibson dat dus wel had gedaan, want Gibson was een goed mens.

En ik dus niet.

Clarisse schudde haar hoofd en wreef in haar ogen.

Verman je, mens!

Ze keek weer naar een foto op haar computerscherm.

Wilson Sullivan. Die man had iets waardoor al haar alarmbellen afgingen.

Terwijl Gibson op zoek was naar de schat, besloot zij zich te verdiepen in deze rechercheur van de Virginia State Police.

Als hij tenminste niet meer was dan dat.

65

De volgende ochtend zat Clarisse in haar huurauto aan de overkant van de straat toen Sullivan het politiebureau in Virginia Beach verliet en in zijn ongemerkte auto stapte.

Het motregende, de lucht betrok en beloofde nog meer neerslag na alle regen van de afgelopen nacht.

Ze volgde hem, maar zorgde ervoor dat er twee auto's tussen zijn en haar auto reden. Ze volgden een bekende route en stopten bij Stormfield. Ze had een afslag genomen voordat ze daar waren, omdat er weinig verkeer was en ze niet gezien wilde worden. Maar ze wist zeker dat hier maar één plaats kon zijn waar hij naartoe zou gaan.

Clarisse liet de auto achter en liep naar het huis toe. Ze trok haar capuchon strakker toen het kouder werd en het harder ging regenen. Ze kwam langs de brievenbus en liep snel tussen de bomen door tot aan de rand van het gazon tegenover de voordeur. Daar stond zijn auto.

Ze rende over het gras naar de oostvleugel van het huis en keek door een van de ramen naar binnen. Binnen was het donker, zodat ze niets kon zien. De man zou wel een zaklamp gebruiken. Als om haar aanname te bevestigen zag ze binnen een lichtbundel. Hij liep door de hal naar het trappenhuis en ging naar beneden.

Als hij naar de wijnkelder ging zou hij daar geen berichtjes vinden. Ze bevochtigde haar lippen en herinnerde zich de smaak van het papiertje in haar mond.

'Hoi, babycakes.'

Toen Clarisse de stem hoorde draaide ze zich om en drukte iemand een doek tegen haar gezicht.

Eerst werd Clarisse langzaam wakker, maar toen schoot het stresshormoon cortisol door haar lichaam en wilde ze rechtop gaan zitten. Dat kon echter niet, doordat ze was vastgebonden.

Ze keek om zich heen in het afgeleefde vertrek en zag afbladderende verf, vieze houten vloerplanken, één raam en het zwakke flakkerende licht van het peertje aan het plafond. Ze lag op een bed en haar armen en benen waren vastgebonden aan de bedstijlen. Het rook er onaangenaam.

Ze hoorde de regen op het dak roffelen en in de verte een donderslag.

'Welkom terug, babycakes. Je bent maar kort buiten westen geweest. Ik weet precies hoeveel ik moet gebruiken. Daardoor kan ik 's nachts slapen.'

Clarisse zag dat de vrouw met haar benen over elkaar voor haar op een stoel met een rechte rugleuning zat. In dit licht kon ze haar veel beter zien dan die keer in haar eigen appartement toen de vrouw haar te slim af was geweest. Haar gezicht en kont en heupen waren dikker, zag Clarisse. Haar lichtbruine haar was nu felrood. Het was geen pruik, zag ze, maar het was geverfd. Uitstekend gedaan, maar de kleur paste niet bij haar teint.

Het lukte Clarisse om haar hoofd in een betere hoek op het kussen te draaien. 'Waarom vond je dit een goed idee? Ik schaduwde iemand die ook op zoek is naar de schat.'

'Dat weet ik,' zei ze ontspannen. 'Ik weet heel veel. Soms wat meer en soms wat minder dan jij. Daarom was het dus wél een goed idee om je mee te nemen om even te praten. Om je te debriefen, zoals het wel wordt genoemd.'

'Waar heb je me mee verdoofd?'

'Ik kan de naam niet spellen en ook niet uitspreken, maar het werkt heel goed.' Ze stond op en kwam dichterbij. Ze droeg laarzen, een spijkerbroek en een lange trui tot over haar billen. 'Je bent afgevallen.'

Clarisse zei: 'Ik heb al een jaar of twintig geen eetlust meer. Jij bent de andere kant op doorgeslagen.'

'Ik heb het overleefd, dus at ik waar ik zin in had. Zou jij eens moeten proberen, je bent echt te mager.' Ze zette haar stoel naast het bed en ging zitten.

'En mijn moeder?'

'Zij is hier ook. Waarschijnlijk ruik je haar pies en andere dingen.

We hebben haar naar een andere kamer gebracht, zodat we deze voor jou konden gebruiken.'

'We?'

'Stel geen nieuwsgierige vragen. Dat staat je niet en ik ben er niet voor in de stemming. Wilson Sullivan is de agent die je volgde. Vertel me waarom.'

'Zoals ik al zei is hij op zoek naar de schat. Hij is misschien wel politieman, maar gedraagt zich niet als zodanig.'

'Waarom niet?'

'Nou, één intrigerende theorie is dat hij, net als wij, niet degene is die hij ooit was.'

De vrouw keek peinzend. 'En wie is dat dan? Degene die hij vroeger misschien was, bedoel ik.'

'Een lid van de bende van vroeger die zijn uiterlijk heeft veranderd. Dat is één mogelijkheid.'

'Ik denk dat niet. Ik herkende Bruce. Ik herkende jóú, zelfs ondanks alle shit die je met jezelf hebt uitgehaald. Ik zou iedereen van vroeger herkennen. Daar ben ik heel goed in en ik werk eraan. Daar zijn verschillende redenen voor, ik wil bijvoorbeeld in leven blijven. Je weet wat ze ons hebben aangedaan en ze krijgen echt geen tweede kans. Ik heb Sullivan eerder gezien en toch gingen mijn alarmbellen niet af.'

'Oké, waar is de andere helft van "wij"?'

'Weg om dingen te doen die "andere helften" vaak doen. Druk, druk, druk.'

'Je loog dus toen je zei dat hij niet meer in de buurt was?'

'Even weer over die geheimzinnige man. Als dat niets met vroeger te maken had, waar dan wel mee?'

'Eerst wil ik mijn moeder zien,' zei Clarisse.

'Waarom?'

'Voornamelijk om zeker te weten dat ze niet dood is.'

'Nogmaals, waarom? Je hebt nooit van haar gehouden. Je hebt die bitch altijd willen vermoorden. Lieg niet en beweer niet dat dat niet waar was, of dat je gevoelens zijn veranderd. Gevoelens veranderen niet na die shit. Nee, dat klopt niet, die veranderen wél. Ze worden sterker. Daarom wil je haar zelfs nog liever vermoorden, ja toch?'

Clarisse schudde haar hoofd. 'Zo eenvoudig is het niet. Misschien was het toen wel zo, maar nu niet meer. En ik ben verantwoordelijk voor haar. Weet je, ik ben niet helemaal een slappe trut geworden. Ik heb veel geld uitgegeven om haar in leven te houden en als iemand haar vermoordt, dan ben ik dat. Jij niet. Breng haar dus maar naar me toe. Nu.'

'Wat ben je fel! Terwijl je vastgebonden bent... Natuurlijk mag je haar zien. Ik rij haar zo wel naar binnen. Het is toch tijd voor haar om naar de wc te gaan.'

'Heeft ze haar medicatie wel gekregen?'

'Hou op met je zorgen te maken. Je maakte je altijd al zoveel zorgen.'

'Dat is geen antwoord op mijn vraag. Ze slikt heel veel medicijnen, heeft zuurstof nodig, moet een speciaal dieet volgen en heeft diabetes. En ik hoop dat je haar in een schonere ruimte laat verblijven dan deze. Ze heeft bijna geen weerstand meer.'

'Je hield altijd al van voorschriften: doe dit, doe dat. Maar weet je, jij bent vastgebonden en ik niet. Ontspan je dus maar terwijl ik haar naar binnen rij.' Ze glimlachte en stak waarschuwend een vinger op. 'Nergens naartoe gaan, hoor.' Ze haalde een pistool uit haar broeksband. 'Anders schiet ik en is mama dood. Door mijn hand, niet de jouwe. Want ik volg geen regels meer op, ik maak ze.'

Zodra ze was vertrokken probeerde Clarisse zichzelf los te maken, maar tevergeefs. Ze hoefde niet lang te wachten tot de deur openging. En daar was haar moeder, in een rolstoel met een zuurstofslangetje in haar neus en een zuurstofcilinder achter op haar rolstoel. Ze zag er schoon en goed verzorgd uit, en keek zelfs helder uit haar ogen, ondanks de staar in een ervan. Ze glimlachte tegen haar dochter en zwaaide alsof ze een klein meisje was dat een vriendinnetje zag. 'Schatje, schatje, zie je mijn nieuwe vriendin?'

Clarisse keek naar de andere vrouw, die zei: 'Toen we haar ontvoerden namen we ook haar lijst met medicijnen en andere benodigdheden mee. Of denk je soms dat we monsters zijn?'

'Ze hebben me ontvoerd, ze hebben me ontvoerd!' riep haar moeder opgewekt. 'Me bevrijd uit mijn gevangenis, zo zie ik het tenminste. En ze laten me ook roken, een beetje. Maar alleen als de zuurstof uit is. Niemand wil een explosie.'

De vrouw stond achter haar en drukte het pistool tegen mama's hoofd. 'En als ze niet doodgaat aan roken, waar gaat ze volgens jou dan wel aan dood, babycakes?'

'O, zeg dat woord niet!' riep mama, terwijl ze haar handen tegen haar oren drukte. 'Dat is afschuwelijk!'

'Ja, dat is zo,' zei Clarisse. 'Alleen vond je dat toen niet erg, hè? Als je dat tenminste nog weet.'

Haar moeder liet haar handen langzaam zakken en keek haar dochter recht aan. 'Ik weet het nog. En ik moest kiezen welke strijd ik wel of niet aanging.'

'Nou, daar hoef je je nu geen zorgen meer over te maken.'

'Echt niet?' vroeg mama met een hoopvolle blik.

'Echt niet,' zei Clarisse.

'Heb jij het gedaan?'

'Was dat maar zo.'

Mama keek naar de andere vrouw. 'Heb jij het gedaan?'

Ze schudde haar hoofd. 'Iemand was me voor.'

Clarisse zei: 'Onzin! Als jij het niet hebt gedaan, wie deed het dan wel?'

'Geen idee.'

'Ze schreven op de muur. Hetzelfde als wat jij op de muur van Bruce hebt geschreven.'

'Bruce beken ik wel, maar meer niet.'

Clarisse keek haar moeder aan en vroeg op felle toon: 'En welke strijd ben je wel aangegaan? Want ik kan me er niet één herinneren.'

Haar moeder keek de vrouwen stuk voor stuk aan. 'Je hebt geen idee wat ze allemaal wilden doen.' Terwijl ze de andere vrouw strak aankeek voegde ze eraan toe: 'Zelfs jóúw moeder niet.' Ze zag het pistool, maar reageerde er niet op. 'Daar trok ik de grens. Dan had ik mijn mond opengedaan.'

'Alsof die klootzakken zich daar iets van aantrokken,' zei de vrouw. 'De vos die het kippenhok bewaakt. Nou ja, dat is mijn probleem niet meer. En ik leef niet in het verleden.' Ze rilde overdreven. 'Dat is te angstaanjagend.'

'Je was wél bang,' zei Clarisse. 'We waren allemaal bang.'

De vrouw hield op met haar zogenaamde geril. 'Toch zou je bang moeten zijn. Nu. Er zijn heel veel slechte mensen in de buurt en op dit moment kijk je naar een van hen. Prent het dus maar in je geheugen. Voor de plakboeken.'

'Vroeger was je niet zo,' zei Clarisse, terwijl haar moeder met haar blik neergeslagen aan het slangetje in haar neus trok.

'Vroeger waren we heel veel dingen niet. Nu zijn we dat wel. Allemaal. Ik tenminste wel.'

'Hoe gaat het met hem?' vroeg Clarisse. 'Ik bedoel echt?'

'Wie?' vroeg haar moeder. Ze had nu een wat wazige blik, alsof haar heldere moment van de afgelopen minuten voorbij was. 'Over wie heeft ze het?'

'Hou je mond maar gewoon, oké? Jij hebt hier niets mee te maken.' Clarisse keek naar de vrouw. 'Zeg hoe het met hem is. Alsjeblieft.'

De vrouw keek een beetje onzeker. 'We hebben het goed gehad. Een levenslange band door al die jaren samen en door wat er is gebeurd.'

'Maar je had Bruce niet hoeven vermoorden. Dat was onnodig.'

'Ik had heel veel dingen niet hoeven doen. Daarom maken we keuzes. En er waren dingen met Bruce waar je nooit iets van wist.'

'En Harry? Toe maar, je kunt me de waarheid wel vertellen. Ik vertel het echt niet aan de politie.'

De andere vrouw schudde haar hoofd en zei met een verdrietige glimlach: 'We wilden het geld gewoon. We hadden geen baat bij zijn dood. Zie je wel? Geen motief. Dat moet je checken. De politie doet dat wel.'

'Ik weet dat je naar hem toe ging. Hoe heb je hem gevonden?'

'Dat hoef jij niet te weten. Maar toen we vertrokken was hij nog springlevend.'

'Wie heeft het dan gedaan?' vroeg Clarisse. 'Wie heeft hem vermoord?'

'Als je dat ontdekt moet je het me vertellen. En dan vermoord ik hem, omdat hij ons behoorlijk dwars heeft gezeten. Hij heeft de gemakkelijke weg naar het geld voor ons afgesloten.'

'Hij zou je nooit hebben verteld waar het was. Hij maakte nooit iets gemakkelijk.'

De vrouw zwaaide dreigend met haar pistool. 'Goed, wat heb je ontdekt?'

'Als we de schat willen vinden, moeten we kennelijk de eenentwintigste eeuw binnenstappen. Dat stond tenminste op het briefje dat ik vond.'

'Wat betekent dat precies?'

'Dat de schat niet in het een of andere houten krat zit. Of op Stormfield is begraven. Het zou digitaal kunnen zijn.'

'Digitaal? Heb je dat ontdekt?' vroeg de vrouw.

'Nog niet. Maar dat gaat wel gebeuren.'

Ze drukte het pistool tegen mama's slaap en deze keer kromp de oude vrouw wel ineen. 'Schiet dan op. Ik word er niet jonger op, en niemand van ons trouwens, vooral deze ouwe trut niet. Of wel soms, babycakes?'

Toen mama dit woord hoorde en weer begon te gillen drukte de vrouw een vochtige doek op mama's gezicht, waarna de oude vrouw onmiddellijk bewusteloos opzijzakte.

'Ze heeft COPD, ze kan doodgaan aan dat spul!' riep Clarisse.

'Dat merken we dan wel. En nu is het jouw beurt om bewusteloos te raken. Bábycakes.'

66

De volgende ochtend kreeg Gibson een mailtje van Art Collin:

> *Over je vraag. Ik kan daar echt niet over praten. Ik zei wat ik zei en heb daar niets aan toe te voegen. En jij kunt het beter laten rusten. Niemand kan er nog iets aan veranderen. En het tuig is dood, dus dat is dat. Hou je haaks. AC.*

Nou, bedankt voor je hulp, AC. Maar hij had haar kwaad gemaakt, dus stuurde ze hem een mailtje waarin ze min of meer suggereerde dat Langhorne zichzelf had láten vinden, omdat hij voelde dat de politie hem op de hielen zat in verband met dat kindermisbruikgedoe en WITSEC hem een 'verlaat de gevangenis zonder betalen'-kaart zou geven. Bovendien kon hij er dan vandoor met al dat geld van de maffia.

Zo zie je maar, superagent.

Ze wachtte tot hij antwoordde. Maar dat deed hij niet.

Sam Trask had Gibson een beveiligd e-mailadres gegeven waarop ze hem kon bereiken. Dat deed ze. Ze vertelde hem dat ze was ontvoerd, volgens haar door zijn zoon, en over de deal die ze noodgedwongen met hem had gesloten.

Trask schreef meteen terug. *Wat vind ik dat erg. Bel dit nummer. Het is ontraceerbaar, zelfs voor die minderwaardige zoon van me.*

Hij nam meteen op. 'Ben je in orde?' was het eerste wat hij vroeg. 'Heeft hij je iets aangedaan?'

'Nee, ik ben in orde. Hij heeft me alleen doodsbang gemaakt. Ik neem tenminste aan dat hij het was of een van zijn mannen. Ik kan niets bewijzen.'

'Hij wil dus dat jij het geld vindt dat Langhorne, onder het alias Daniel Pottinger, van hem heeft gestolen? En dan geeft hij je vijf procent commissie?'

'Dat zei hij wel, maar dat geloof ik niet. Ik geloofde hem wel toen hij mij en mijn familie bedreigde.'

'Ben je al iets opgeschoten?'

'Ik heb een paar aanwijzingen gevonden, samen met iemand met wie ik samenwerk.'

'Bedoel je Clarisse?'

Gibson verslikte zich bijna. 'U weet van haar af?'

'Ze heeft me opgezocht voordat Pottinger werd vermoord en bleek dat hij Langhorne was. Ze kwam zogenaamd als pedicure één keer per maand naar The Feathers en speelde haar rol uitstekend. Ze had alle officiële papieren en kende de vaktaal. Dat weet ik zeker, hoewel ik de enige patiënt was die ze heeft behandeld.' Hij grinnikte. 'Ik geloofde haar helemaal, tot ze me vertelde waarom ze er echt was. Ze heeft mijn teennagels zelfs heel goed verzorgd, maar terwijl ze dat deed hebben we het over andere dingen gehad.'

'Nou, ik ben blij dat ze zo open was naar u toe. Dat soort dingen heeft ze mij nooit verteld.'

'Ze was op zoek naar Pottinger. Ze wist dat hij Stormfield had gekocht en ik denk dat ze wist, of in elk geval vermoedde, dat Pottinger en Langhorne dezelfde persoon waren. Ze vertelde me dat ze had ontdekt dat Pottinger zaken had gedaan met mijn zoon: vrouwenhandel vanuit Mexico en Thailand naar de Verenigde Staten. Heel lucratief, doordat de vrouwen die werden verhandeld niet alleen drugs, maar ook gestolen objecten meebrachten. Ze maakten dus drie keer winst met één verhandelde vrouw.'

Verdomme, het was dus waar wat Clarisse daarover had gezegd. 'Waarom hebt u me dat niet verteld toen we elkaar de eerste keer spraken?'

'Toen kende ik je niet echt. Na onze ontmoeting heb ik je laten natrekken. Jij staat aan de goede kant. En mijn zoon heeft je ontvoerd en bedreigd. Alleen al daarom wil ik je in vertrouwen nemen en je helpen.'

'Hebt u ook iets ontdekt over Clarisse?'

'Ik had helemaal geen aanknopingspunten. Ze droeg latexhandschoenen toen ze hier was en liet dus geen vingerafdrukken achter. Ik had kunnen proberen een DNA-monster te krijgen, maar dat leek me onbeleefd. En aangezien ik een man ben, op leeftijd en aan de zuurstof, denk ik niet dat ik haar aan had gekund.'

Gibson moest zich inhouden om niet te lachen om zijn opmerking.

'Maar dat is natuurlijk niet haar echte naam,' zei Trask. 'Toch leek ze me bijzonder intelligent, scherp, georganiseerd en...'

'En wat?'

Hij antwoordde niet meteen. 'Nou ja, intens verdrietig, ondanks de zelfverzekerdheid die ze probeerde uit te stralen.'

'Volgens mij zou ze best eens Francine Langhorne kunnen zijn.'

'Dat heb ik ook gedacht. Ze heeft de juiste leeftijd. En het zou kunnen verklaren waarom ze naar hem op zoek was.'

'Kende u de walgelijke verhalen die over Langhorne de ronde deden?'

'Zijn voorliefde voor jonge meisjes? Ja, dat hoorde ik nádat hij in WITSEC was opgenomen. Voor die tijd walgde ik al van die man en toen werd die afkeer alleen maar sterker.'

'Had hij niet in staat van beschuldiging gesteld kunnen worden?'

'Helaas niet, nee. Dat had het einde van WITSEC betekend. Dan zou niemand met een twijfelachtig verleden zich ooit nog vrijwillig melden. De meeste informanten die in WITSEC worden opgenomen zijn zelf criminelen. Ik zou net als jij willen dat hij ter verantwoording geroepen had kunnen worden. Daar had ik echter geen invloed op. Maar als Clarisse inderdáád Francine Langhorne is, zou dat een verklaring kunnen zijn voor haar verdrietige uitstraling. Als ze het wist of, nog erger, als haar eigen vader...'

'Ja, inderdaad,' zei Gibson snel. Ze kreeg tranen in haar ogen toen ze aan haar eigen dochter dacht. 'Earl Beckett is een U.S. Marshal en was een van de handlers van de Langhornes toen ze op hun laatste plek zaten, in Albuquerque. Hij heeft me informatie over de zaak gegeven, maar nooit iets gezegd over welke vorm van misbruik ook.'

'Dat verwacht ik ook niet van hem, vooral niet als het onder hun neus gebeurde. Geen enkele federale dienst wil toegeven dat ze een fout hebben gemaakt.'

'Misschien niet,' zei Gibson.

'Wat ga je nu doen met betrekking tot mijn zoon? Ik heb je verteld dat ik nog altijd contact heb met bepaalde spelers en diensten die mij zien als een mogelijke manier hem op te pakken. Nu jij voor hem werkt zou dat jou een kans geven om daar samen met ons aan te werken.'

'Ik zou niets liever doen. En om uw vraag te beantwoorden: ik denk dat de kans daarop het grootst is als ik blijf zoeken naar die schat. Dan heb ik iets in handen om met hem over te onderhandelen. De FBI zal klaar moeten staan om me te helpen zodra ik een seintje geef. Als ik daar tenminste de kans voor krijg.'

'Door wat ik inmiddels van je weet zet ik mijn geld op jou. O ja, en nog iets...'

'Ja?'

'Ik zet mijn geld ook op Clarisse. Weet je, samen kunnen jullie misschien doen wat jullie geen van beiden alleen kunnen doen.'

'Ik heb al met haar samengewerkt. Zij heeft me bij deze zaak betrokken. Maar ik betwijfel of onze belangen helemaal overeenkomen.'

'Dat is nooit zo. Ik heb samengewerkt met criminelen om nog ergere criminelen op te pakken. Dat geldt volgens mij ook voor jou. Soms moet je gewoon de gok nemen en er maar het beste van hopen. Mensen vertrouwen, alleen op basis van je instinct, niet op basis van redelijke argumenten. Gewoon iets om over na te denken, hoor, een tip van een oude man die veel meer van die dingen heeft gezien dan goed voor hem was. Misschien komt dat doordat ik wat zachter word op latere leeftijd, of doordat ik een dochter had willen hebben die ik nooit heb gekregen. Maar nadat ik wat tijd heb doorgebracht met Clarisse en over haar heb kunnen nadenken, weet ik één ding zeker.'

'Wat dan?'

'Dat ik haar heel graag wil zien glimlachen, al was het maar één keer.'

Gibson nam afscheid van hem, verbrak de verbinding en staarde voor zich uit terwijl ze nadacht over alles wat Sam Trask had gezegd.

Hij wil Clarisse zien glimlachen? Na alle shit waar zij me bij heeft betrokken? Nee, zover ben ík niet. Nog niet.

67

Later dacht Gibson ergens aan.

Ouders.

Clarisse had iets gezegd over oppas voor kinderen én ouders.

Oké, denk hier eens goed over na. Stel dat zij Francine is en voor haar moeder Geraldine heeft gezorgd? Stel dat die vrouw ergens in een verpleeg- of verzorgingshuis zit?

Daarna dacht ze aan het telefoontje dat Clarisse had gekregen toen zij haar aan de telefoon had. Clarisse, anders altijd onverstoorbaar en beheerst, leek toen bijna volkomen ontdaan. Dat was vergezocht, wist Gibson. Maar alles leek nu vergezocht en ze had niet bepaald veel andere aanwijzingen die ze kon natrekken. Ze had Clarisse expliciet gevraagd naar wat ze had gehoord, maar Clarisse had geen echt antwoord gegeven. Maar Gibson kon mensen doorzien en ze wist dat Clarisse zich echt zorgen maakte... over iets of over iemand.

Ze ging online en typte een vrij algemene zoekterm in over verzorgingshuizen en verpleeghuizen, en mogelijke problemen die daar de afgelopen weken waren geweest: vermiste bewoners bijvoorbeeld, zoals ze de vrouw aan de telefoon had horen zeggen, of misschien een sterfgeval of een ongeluk. Daarop kreeg ze een heleboel verhalen en posts.

Jezus, dat zijn levensgevaarlijke plaatsen!

Ze beperkte de zoektermen zoveel als ze durfde en kreeg tien treffers. Dat was beter. Ze las ze allemaal door. Vier gingen over het een of andere ongeluk waarbij iemand was gestorven. Twee gingen over iemand die een oud 'geliefd' familielid had doodgeschoten.

Geweldig.

En de andere gingen over bewoners die waren weggelopen of op een andere manier waren verdwenen. Gibson nam deze verhalen stuk voor stuk aandachtig door, maar kon op basis hiervan geen conclusies trekken. Ze herkende geen enkele naam, maar wist ook dat Clarisse haar moeder niet onder de naam Geraldine Langhorne of Geraldine Parker zou hebben ondergebracht.

Ze stopte voorlopig met dit onderzoek en wilde net een kop thee halen toen ze een mailtje kreeg.

De mail was afkomstig van Jan Roberts, haar contactpersoon bij de *Star-Ledger* in Newark, die eindelijk antwoordde op Gibsons eerdere mailtje.

Heb je tijd om te praten?

Ze gaf ook een telefoonnummer, dat Gibson meteen belde.

'Nou zeg, dát is lang geleden,' zei Roberts met haar zware stem die Gibson zich zo goed kon herinneren. Ze had Roberts via haar vader leren kennen toen ze in Jersey City aan een zaak werkte. Roberts had Gibson bij één aspect van de zaak geholpen die haar in ruil daarvoor een exclusief interview had gegeven, allemaal anoniem natuurlijk omdat Gibson undercover aan dat onderzoek had gewerkt.

'Hoe gaat het met je vader?' vroeg Roberts.

'Narrig, zoals altijd,' zei Gibson.

Roberts lachte. 'Goed, dan weten we dat er niets mis met hem is.'

'Hoe bevalt Newark?'

'Het is Jersey en ik kom uit Jersey. Hé, is het waar dat Harry Langhorne bij jou in de buurt dood is gevonden? Je bent nu toch in Virginia?'

'Ja. Hij gebruikte de naam Dan Pottinger. Iemand heeft hem vermoord.'

'Nou, daar zal ik geen traan om laten. Ik kende hem niet, maar door alles wat ik over hem heb gelezen leek hij me een echte griezel. Hij werkte ook voor de maffia en zo.'

'Ik heb Samantha Kembers verhaal over hem gelezen.'

'Zij is veel te jong gestorven. Rust in vrede, Sam. Ja, ik was net aan mijn eerste scriptie begonnen toen zij dat verhaal schreef. Ik heb het opnieuw gelezen toen ik hoorde dat Langhorne dood was.'

'Hij was dus een pedofiel?'

'Niets is ooit tijdens een proces bewezen, doordat de man verdween. Maar het klonk echt alsof hij dat was, tenzij al die meisjes logen, wat ik niet geloof.'

Gibson had eerder ergens aan gedacht en wilde dat aan Roberts voorleggen. 'Ik hoorde van iemand anders dat Langhornes vingerafdrukken zijn genomen en dat zijn achtergrond is nagetrokken zodat hij als vrijwilliger aan de slag kon, volgens mij op een school. Ik vroeg me af waarom een maffia-accountant dat zou willen doen. Maar nu denk ik dat ik dat wel weet.'

Roberts zei: 'Hij zocht kennelijk de nabijheid van de bron van zijn zieke fantasieën.'

Gibson rilde. 'Kun je me meer vertellen dan in het verhaal stond?'

'Zoals?'

'Langhorne had kinderen, een dochter en een zoon.'

'Wacht! Denk je dat hij hen ook heeft misbruikt?'

'Ik weet het niet. Daarom vraag ik het dus.'

'Denk je dat zijn vrouw dat toeliet?'

'Voor zover ik heb gehoord heeft ze zich nooit tegen hem verzet. En ze heeft hem kennelijk ook niet tegengehouden toen hij andere kinderen misbruikte.'

'Klopt, als ze het wist. Hoe heette ze ook alweer?'

'Geraldine.'

'Hmm, weet je dat zeker?'

'Ja, dat was haar naam.'

'Juist ja. Dat is de naam die ze gebruikte.'

'Wacht eens even, had ze ook een andere naam? Hoe weet je dat?'

'Nadat ik Sams verhaal weer had gelezen, ben ik in de dossiers gedoken die ze voor haar verhaal heeft gebruikt. De *Star-Ledger* gooit nooit iets weg.'

'Waarom deed je dat?'

'Ik dacht dat er, nu Langhorne was vermoord, misschien een vervolgverhaal in zat. Dat heb ik net aan mijn redacteur voorgesteld.'

'Oké, lijkt me logisch.'

'Sam was heel nauwgezet in haar werk en heeft me ontzettend veel geleerd.'

'Dat geloof ik graag. Maar wat heb je ontdekt?' vroeg Gibson ongeduldig.

'Geraldine was haar tweede voornaam. Ze gebruikte die naam omdat ze de pest had aan haar eerste voornaam. Dat begrijp ik wel, het is niet echt een mooie naam.'

'Hoe luidde die dan?'

'Agnes.'

Gibson keek naar haar computerscherm. *Holy shit.*

Een van de artikelen die ze had gevonden over vreemde gebeurtenissen in verzorgingshuizen ging over ene *Agnes* Leland, die kennelijk was verdwenen uit een tehuis in Greenville, South Carolina, rond de tijd van het telefoontje dat Clarisse had gekregen.

Of was het nu bijna zeker dat Clarisse Francine was?

68

Na haar telefoongesprek met Jan Roberts zat Gibson nog lang voor zich uit te staren terwijl ze zich afvroeg wat ze moest doen.

Ze dacht dat ze zojuist bevestigd had gekregen dat Clarisse niemand anders was dan Francine Langhorne. En dat haar moeder, Agnes Geraldine Langhorne (Leland), was verdwenen uit een verzorgingshuis in South Carolina, een tehuis waar haar dochter haar misschien had geplaatst. Was ze ontvoerd? Om haar dochter in hun macht te krijgen? Misschien om zich ervan te verzekeren dat ze een deel van of de hele schat zouden krijgen? Want het leek waarschijnlijk dat iedereen daarvoor in actie was gekomen.

Ik misschien ook wel, aangezien ik nu geen baan heb, maar wel twee kinderen moet voeden, kleden en verzorgen.

Ze dacht weer aan Sam Trasks woorden, zodat ze uiteindelijk die telefoon pakte en haar belde.

'Ja?' zei Clarisse met een vreemde klank in haar stem.

'Is er weer iets gebeurd?' vroeg Gibson. 'Nadat je hier bent vertrokken?'

'Ik weet niet waar je het over hebt.'

'Kunnen we alsjeblieft ophouden met liegen? We hebben allebei heel veel te verliezen.' Gibson zweeg even en zette zich schrap. Want wat ze nu ging zeggen, als ze gelijk had, zou de vrouw volkomen overvallen en ze had geen idee hoe ze zou reageren. 'Verdomme, ze hebben je moeder ontvoerd, Francíne.'

Gibson had haar stemanalyseprogramma niet ingeschakeld, maar dat was ook niet nodig. Ze was zelf een dochter. Ze had een moeder. En als haar eigen moeder zou overkomen wat Francines moeder was overkomen... Ze zou gek worden van angst.

De vrouw zei niets. Gibson hoorde alleen haar snelle ademhaling.

'Ik heb alles overdacht en mijn eigen conclusies getrokken, Francine. Daar ben ik goed in, wat volgens mij de reden is dat je me hierbij hebt betrokken. Ik heb net ontdekt dat je moeder Agnes heet en dat, in combinatie met wat je je hebt laten ontvallen over...'

'Oké, oké! Verdomme, je lijkt Sherlock Holmes wel!'

De verbinding werd verbroken.

Tien minuten verstreken waarin Gibson niets anders deed dan naar de telefoon kijken.

Toe nou, kom op! Ik kan je helpen. Echt waar. Ik wil je helpen.

Ze viel bijna van haar stoel toen de telefoon echt ging.

'Het spijt me van zonet,' zei Clarisse heel beheerst.

'Het spijt mij ook. Ik overviel je daarmee. Ik wist alleen niet of we tijd genoeg hebben. Heb je enig idee waar je moeder is? Hebben ze contact met je opgenomen? Weet je wie het is?'

'Kun je weg?'

'Ja.'

'Kom dan over een uur naar me toe op dit adres.'

Gibson schreef het adres op van een restaurant in Newport News, verbrak de verbinding, kleedde zich snel om en vertrok nadat ze zich had afgemeld bij Silva en de kinderen.

Ze deed veel moeite om te voorkomen dat ze werd gevolgd.

Voor het restaurant stond een vrouw. Ze droeg een hoed en een zonnebril. Ze liep naar Gibsons auto en zwaaide. Gibson deed het portier van het slot en Francine Langhorne stapte in. Ze zette haar bril af en zei: 'Je hebt gelijk, we hebben geen tijd te verliezen.'

'Oké.'

'Wil je rijden terwijl we met elkaar praten? Ik vind het niet prettig om hier open en bloot te zitten.'

Gibson zette de auto in de versnelling en reed weg. 'Hebben ze contact met je opgenomen?'

'Ze heeft twee keer contact met me opgenomen.'

'Ze?'

'Rochelle Enders.'

Gibson leek het even niet te snappen. 'Wacht, is dat RE?'

Francine knikte. 'We waren samen in Albuquerque. Haar familie zat ook in WITSEC. Ze woonden aan de overkant.'

'En BD? Bruce Dixon?'

'Hij en Rochelle hadden toen een relatie. Rochelle maakte het uit, maar ik weet niet waarom. Toen stierf Bruce' vader en verlieten hij en zijn moeder WITSEC.' Ze keek naar Gibson. 'Rochelle heeft Bruce vermoord, maar ik weet niet waarom. Ze stal zijn identiteit als Daryl Oxblood om het busje te huren waarmee ze mijn moeder uit het tehuis in Greenville haalde. Het was helemaal niet nodig om hem te vermoorden.'

'Heeft zij je vader ook vermoord?'

'Dat ontkende ze en ze heeft nog nooit iets ontkend wat ze wel had gedaan. Je kunt van haar houden of haar haten, maar ze nam altijd de verantwoordelijkheid op zich voor wat ze deed.'

'Wie kan hem dán hebben vermoord?'

'Ik was van plan hem te vermoorden toen ik die avond naar Stormfield ging. Toen zag ik dat hij dood was en las ik die tekst op de muur.'

'"Do as I say, not as I do." Waar gaat dat over?'

'Dat zei mijn vader altijd, maar hij bedoelde er iets heel anders mee dan gebruikelijk is.'

'Dat zul je moeten uitleggen.'

'We moesten altijd precies doen wat hij zei. Dat waren bevelen, geen ouderlijke raadgevingen.'

'Maar als zij hem niet heeft vermoord, hoe kan degene die het wel gedaan heeft hier dan in vredesnaam van op de hoogte zijn geweest?'

'Tja...'

'Kan het je broer zijn geweest?' vroeg Gibson terwijl ze haar aandachtig aankeek.

'Doug heeft een relatie met Rochelle.'

'Maar ik dacht dat jij en je broer samen waren vertrokken, dat hij wachtte tot je achttien werd.'

'Hij wachtte tot Rochelle achttien werd. Hij hield van haar. Ik ging eerst met hen mee. Rochelle en ik konden gewoon niet met elkaar opschieten. Ik ben niet zoals zij is en zij is niet zoals ik ben. Maar... door de shit die we allemaal hadden meegemaakt, hadden we misschien toch een band, in elk geval tijdelijk. Toen... maakte ze me duidelijk dat ik niet gewenst was.'

'Wat voor soort shit?' vroeg Gibson langzaam. 'Je moet weten dat ik heb gelezen dat je vader in jullie oude buurt in New Jersey kleine meisjes misbruikte.'

Francine sloeg haar blik neer. 'Meneer Enders en mijn vader werden heel goede vrienden. Ze vertelden elkaar hun achtergrond en de reden dat ze in WITSEC zaten. Daardoor kregen ze een band met elkaar. Enders was huurmoordenaar geweest voor een Mexicaans kartel en werd erbij gelapt. Dus verlinkte hij de boel om zelf uit de gevangenis te blijven en ging met zijn gezin in WITSEC. Rochelle was enig kind. Haar vader was tuig, die man had toen hij voor dat kartel werkte zelfs kleine kinderen vermoord. Dus natuurlijk konden hij en mijn vader het uitstekend vinden samen. Officieel mochten we niemand vertellen wie we echt waren, maar daar trokken zij zich niets van aan. Ze deden gewoon... waar ze zin in hadden.'

'Toen je klein was, heeft je vader...'

'Ik denk dat hij dat wel wilde. Ik bedoel, hij gedroeg zich echt... vreemd naar mij en Dougie toe. Maar... mijn moeder...'

'Beschermde zij jullie?'

'Ja. Dat was de enige keer.'

'Hebben je vader en Enders jou en Rochelle toen jullie ouder waren en in New Mexico woonden misbruikt?'

Nu keek Francine op. 'In bepaalde opzichten was het erger.'

'Hoe bedoel je?'

'Heb je *Oliver Twist* gelezen?'

'Ik heb er natuurlijk wel van gehoord, maar het nooit gelezen.'

'Dat gaat over een bende straatcriminelen, voornamelijk kinderen. Oliver Twist wordt er ook een. De leider van de bende is Jack Dawkins, met de bijnaam de Artful Dodger. Hij was opgeleid door een oude man, Fagin.'

'Ik begrijp je niet.'

'Mijn vader en Enders gingen in zaken en verkochten een product. Rochelle en ik waren dat product. Ze waren onze pooiers en verhuurden ons aan iedereen met geld. En als er rijke klootzakken bij zaten, filmden ze alles stiekem en chanteerden die lui daar dan mee. En die rijke klootzakken betaalden allemaal, omdat we veel en veel te jong waren. Ook moesten we alles stelen wat we maar te pakken konden krijgen als we bij die mannen waren. Als we met lege handen thuiskwamen werden we geslagen.'

'Holy shit!'

'Ik was dertien toen ik voor het eerst met een man naar bed ging.

Ze wilden zelfs Dougie verhuren, maar hij was toen al te groot en te sterk. Hij weigerde.'

'Waarom hield hij hen dan niet tegen?'

'Je hebt mijn vader niet gekend. Het was geen kwestie van spierkracht, maar van mind games. Het ging om intimidatie. Hij maakte je letterlijk doodsbang. Niemand kon dat beter dan onze vader. Hij stal van de maffia. Tieners vormden geen enkele uitdaging. Mijn broer wist dat papa, als hij probeerde zich tegen hem te verzetten, mij en Rochelle zonder met zijn ogen te knipperen zou doden.'

'Waar was je moeder toen dit allemaal gebeurde?'

'Dronken en stoned. Ik denk dat ze het toen al had opgegeven.'

'Ik hoorde wat hij deed om te voorkomen dat je mocht meespelen in dat toneelstuk op school.'

Ze rolde haar mouw op en liet een lang litteken zien. 'Dit deed hij nadat hij ervoor had gezorgd dat ik niet kon meespelen in *Twelfth Night*. En de poes die ik mee naar huis had genomen waar hij zo kwaad om werd, heeft hij levend verbrand, waar ik bij was.'

'O mijn god!'

'God is nooit bij mij thuis geweest toen dit allemaal gebeurde.'

Gibson zag twee grote tranen over Francines wangen druppelen. Ze zette de auto aan de kant en pakte Francines hand. 'Ik vind het zo erg voor je dat je al die... gruwelijkheden hebt meegemaakt.'

'Aan de ene kant heeft dat me sterker gemaakt. En aan de andere kant heeft het me kapotgemaakt. En je ziet het resultaat.'

'En Rochelles moeder?'

'Zij is er uiteindelijk vandoor gegaan, zodat Rochelle het zelf maar moest uitzoeken. Weet je, ik haat mijn moeder en ik heb medelijden met mijn moeder, maar ik denk dat het medelijden in de loop der jaren sterker werd dan de haat.'

'Dus ging je voor haar zorgen?'

'Het was geen gelukkige tijd met mijn vader. Er waren wél gelukkige momenten met mijn moeder. Als hij er niet was geweest was alles volkomen anders gelopen. Voor ons allemaal. Ja, ze had problemen, de drank, de drugs, maar dat kwam bijna allemaal door hem. Dus toen ik oud genoeg was en genoeg geld had, heb ik haar opgezocht en in een verzorgingshuis laten opnemen.'

'Had je niet naar de U.S. Marshals Service kunnen gaan? Zij hadden toch een eind aan dat alles kunnen maken?'

Francine keek haar aan. 'Je maakt een grapje zeker? De plaatselijke Marshals werkten eraan mee.'

'Wat?!'

'Mijn vader bood me aan hen aan. Daardoor kreeg hij speciale voorrechten. Ze lieten hem en Enders doen wat ze maar wilden.'

'Hoe heetten ze?'

'Eentje is dood en de andere zit nu in Norfolk.'

'Earl Beckett toch zeker niet?'

'Ja, dat is hij. Ik ben in zijn kantoor geweest toen ik daar bij de schoonmaakploeg werkte.' Ze haalde een geheugenstick uit haar tas. 'En toen heb ik dit meegenomen.'

'Hij kan dat onmogelijk op een overheidscomputer hebben gezet,' zei Gibson.

'Nee, maar ze hadden een dossier over mijn vader waarvan ik dacht dat het weleens nuttig kon zijn. En nog belangrijker: ik wilde uitzoeken wie Beckett daarna nog meer had bewaakt.'

'Heb je een lijst gekregen?'

'Ja, maar die heb ik nog niet gecheckt.'

'Je had naar de politie kunnen gaan, naar de schooldirecteur, naar wie dan ook, Francine. Was er toen echt helemaal niemand die je kon helpen?'

'Mijn vader lette altijd goed op alle details, dus had hij daar al aan gedacht. Ik heb stapels notitieboekjes, dus ik neem aan dat ik wat dat betreft op hem lijk. Hoe dan ook, niemand wist dat hij Harry Langhorne was die in Jersey was beschuldigd van pedofilie. Hij en Enders verspreidden het gerucht via de politie, via de scholen en zelfs via onze kinderartsen dat wij dingen verzonnen, dat niemand Rochelle en mij kon vertrouwen. Mijn vader en Rochelles vader dwongen ons zelfs een bekentenis te schrijven waarin we zeiden dat het allemaal leugens waren, voor het geval iemand argwaan kreeg. Ze dreigden ons te vermoorden als we het niet deden.'

Francine keek naar een foto van Gibsons kinderen die op het dashboard was geplakt. Ernaast hing een briefje met een rond gezicht naast een groot hart met daarin in een kinderlijk handschrift het woord MAMA.

'Ik kan nooit kinderen krijgen vanwege de fysieke schade als gevolg van de gedwongen seks op die leeftijd.' Ze zuchtte en leunde naar achteren. 'Rochelle heeft het zelfs nog zwaarder gehad. Ik moet er niet aan denken wat ze allemaal met haar hebben uitgehaald.'

'Waarom werd zij anders behandeld?'

'Omdat ze niet wilde huilen. Ondanks alles wat ze haar aandeden weigerde ze te huilen. En ze wilde hun niet smeken ermee op te houden. Dat maakte hen woedend. Ik was de zwakkeling, denk ik. Ik huilde en ik smeekte. Niet dat ik er veel mee opschoot.'

Gibson keek haar weifelend aan.

Francine zag dat en vroeg: 'Geloof je me niet?'

'Dat wil ik wel, maar...'

'... maar ik ben een leugenaar. Een goede. Ja, dat weet ik. Nou ja, het maakt niet echt uit of je me wel of niet gelooft, toch?'

'Maar waarom heb je mij erbij gehaald? Je zei dat je me kende toen ik bij de politie werkte.'

'Het was al voor die tijd. Op Temple.'

'Studeerde je daar?'

'Nee, ik werkte in de eetzaal en ik deed allerlei andere klusjes op de campus. Ik hielp ook mee met de theaterproducties. Dat deed ik voor niets, omdat... Nou ja, dat vond ik leuk.'

'Waarom zei je dat ik alles had en het vervolgens achteloos weggooide? Ik heb keihard moeten werken, voor alles. Ik kom niet uit een rijke familie, Francine.'

'Ik had het niet over geld. Basketbalster, de hoofdrol in al die toneelstukken, een liefhebbend gezin. Ik zag jullie vaak over de campus lopen als ze op bezoek kwamen. Daar loopt Mickey Rogers, het meest geliefde meisje van de campus. Jij was een *rockstar*. Iedereen... hield gewoon van je. Ik heb nooit geweten hoe dat voelt. Daarom vond ik dat jij alles had. Ik dacht dat je professioneel zou gaan basketballen of Broadway zou veroveren.'

'Maar dat heb ik nooit gedaan omdat ik niet goed genoeg was, Francine. Op college basketballen en meespelen in toneelstukken is iets heel anders dan in het echte leven. Dan wordt het kaf echt van het koren gescheiden.'

'Ik wilde dat je het probeerde. Ik wilde...'

'... via mij een echt leven leiden?'

'Zielig, ik weet het. Maar ik had niet echt iets anders om mee te leven.'

'En mij bij dit alles betrekken?'

'Ik zal je de waarheid vertellen, hoewel je me waarschijnlijk niet zult geloven.' Ze keek Gibson recht aan. 'Ik wilde je een lesje leren. Ik wilde de schat eerder vinden dan jij, ondanks al jouw mogelijkheden bij ProEye. Je had gefaald in je leven, dat vond ik tenminste. Maar als ik je kon verslaan. Als ik de wereld kon laten zien dat...'

'... dat jij de echte rockstar was... Dan zou iedereen van je houden?' Gibson keek haar met een grimmige blik aan en wees naar de kinderstoeltjes achterin. 'Ik heb keuzes gemaakt in mijn leven. Ik ben getrouwd en heb kinderen gekregen omdat ik dat wilde. Ik ben jou en niemand anders een verklaring schuldig, omdat het verdomme niemand iets aangaat. Je hebt dus jaren gewacht en toen besloten om mijn leven te verpesten en mijn kinderen in gevaar te brengen, allemaal zodat jij een goed gevoel over jezelf kon hebben? Dat is inderdaad zielig.'

Francine kromp niet ineen onder Gibsons tirade. Ze knikte alleen. 'Je hebt gelijk. Alles wat je net zei is waar. Ik ben een zielige loser. Jij haat me en je moet me ook haten.' Ze opende het portier. 'Ik zal dit regelen. Ik zal ervoor zorgen dat Trask je met rust laat. Ik zal de schat vinden en dan is het klaar. Je bent dus vrij om te gaan.'

'Dat kun je allemaal niet garanderen.'

'Niets in het leven is zeker. Maar ik zal mijn best doen.'

Gibson zei, zachter nu: 'Ik weet dat je leven shit was. En dat vind ik heel erg voor je. Als het mij was overkomen, zat ik nu waarschijnlijk in een inrichting.'

'Ik heb in een inrichting gezeten, en dat zou ik je niet aanbevelen,' zei Francine bot.

Gibson verstijfde. 'Wat gebeurt er met je moeder?'

'Zodra ik de schat heb gevonden, kan ik haar vrijkopen.'

'En Earl Beckett?'

'Wat is er met hem?'

'Komt hij hier gewoon mee weg?'

'Ik kan niets doen voor de mensen die hij al iets heeft aangedaan, maar ik zal mijn best doen om te voorkomen dat hij nog meer mensen iets kan aandoen.'

'Maar als jij je vader niet hebt vermoord en als Rochelle hem ook niet heeft vermoord? Doug?'

'Nee, Doug zou dat nooit doen, niet zonder dat Rochelle het weet.'

'Kende Beckett de zin "Do as I say..."?'

'Natuurlijk. Hij zei dat ook tegen ons.'

'Beckett zei dat je vader vrijuit ging, alsof hij hulp had gehad.'

'Dat denk ik wel, ja.'

'Kan dat Beckett zijn geweest?'

Francine keek haar aan. 'Waarom zou hij dat doen?'

'Voor een deel van de schat?'

Francine sloot het portier, helemaal weer betrokken. 'Denk je dat?'

'Vervolgens deed je vader wat hij altijd deed: hij naaide die man. Maar Beckett lijkt me een vasthoudende klootzak. Hij bleef zoeken, hij vond hem en hij vermoordde hem.'

'Konden we dat maar bewijzen.'

Gibson leunde naar achteren en zei peinzend: 'Het enige wat ik niet begrijp is dat die zin door twee verschillende mensen is geschreven. Wat betekent dat als Beckett hem heeft vermoord, hij misschien niet alleen werkt.'

'Wat denk je van Wilson Sullivan?'

Gibson knikte. 'Dat zou kunnen. Ik heb niets over die man kunnen vinden van langer dan twintig jaar geleden.'

'Dat is interessant,' zei Francine.

'En Sullivan heeft Beckett hierbij betrokken. Misschien was dat de bedoeling als ze hem samen hebben vermoord. En nu willen zij de schat. Jij ontdekte dat Sullivan ernaar op zoek was op Stormfield. We hebben ook te maken met Nathan Trask die verwacht dat jij en ik de schat vinden. Want anders...'

'Zoals ik al zei neem ik Trask voor mijn rekening.'

'Maar je kunt de zaak niet zomaar laten rusten. Beweren dat je de schat niet hebt gevonden.'

Verrassend genoeg schudde Francine haar hoofd. 'Ik loog niet toen ik je vertelde bij welke soort misdaden Trask en mijn vader betrokken waren. Handel in minderjarige seksslavinnen was een heel belangrijke zaak. In San Antonio hebben ze een heleboel vrouwen vermoord om te voorkomen dat ze konden getuigen. Dat was de voornaamste reden dat ik naar Trask ging. Ik wilde hem erbij lappen. Ik had helemaal geen belangstelling voor het geld of voor de commissie die hij misschien wilde betalen. Ik wil alleen dat ze niet nog meer kinderen iets aandoen.'

Gibson leek in tweestrijd te staan.

Francine zag dat en zei: 'Ik ben een slecht mens, Mickey. Ik heb misdaden gepleegd. Ik heb mensen dingen aangedaan. Maar… ik hou niet van mannen die kinderen mishandelen en daarmee wegkomen.'

'Je moet wel ballen hebben om die psychopaat vrijwillig op te zoeken,' zei Gibson. 'Ik ben nog nooit zo bang geweest als toen zijn hulpjes me ontvoerden.'

'Mijn enige voordeel was misschien dat ik mijn hele leven al te maken had met psychopaten, van wie mijn vader de ergste was. Na een tijdje ben je nog steeds bang, maar word je niet meer verlamd door je angst.'

'Sam Trask vertelde me dat je hem hebt opgezocht, als pedicure.'

'Hij is een heel aardige man. Ik snap echt niet hoe zijn zoon zo kan zijn geworden.'

'Hij stelde ook voor dat jij en ik gingen samenwerken tot deze zaak is afgerond.'

'Nathan Trask is bijzonder gevaarlijk. En jij hebt twee kleine kinderen. Ik had je nooit bij die man in de buurt mogen laten komen. Weet je, je móét deze zaak laten vallen. Je móét weglopen. Nu. Ik zal die man te pakken nemen, al kost het me mijn leven. En geloof me, niemand zal me missen als ik word vermoord.'

'Ik wel.'

Ze zwegen allebei en keken elkaar aan.

'Dat kun je niet menen. Na alles wat ik je heb aangedaan.'

'Mijn vader heeft me geleerd dat ik niemand mag veroordelen tenzij ik in hun schoenen heb gestaan. Ik ken niemand die in jouw schoenen heeft gestaan. Ja, ik ben kwaad om wat je me hebt aangedaan. Maar… je hebt je leven geriskeerd om een paar heel slechte mensen uit te schakelen. En dat betekent veel voor mij, als voormalige politieagent.'

Francine zei: 'Maar je hebt al een baan. En je zou weer aan het werk moeten gaan, nu meteen. Maar ik beloof je dat ik liever sterf dan dat ik laat gebeuren dat zij jou of je kinderen iets aandoen.' Ze keek opnieuw naar de foto van Tommy en Darby. 'Je hebt geen enkele reden om me te geloven, maar het is echt zo.'

'ProEye heeft me ontslagen en nu ik dit weet van Beckett, denk ik dat die klootzak daarvoor heeft gezorgd. En je kent me, Francine, van vroeger. Ik geef nooit op. En ik weet dat jij net zo bent als ik.'

'Wat bedoel je precies, Mickey?'

'Sam Trask dacht dat we als we samenwerken misschien sterker zijn dan wanneer we apart werken. Waarom proberen we niet te ontdekken of hij gelijk heeft?'

69

Het ziekentransportbusje vertrok met vier passagiers van verzorgingshuis The Feathers.

Sam Trask, gekleed in een colbertje en een geruite lange broek, zat afwezig een krant te lezen. Zijn rollator stond achterin, net als de rolstoel van een andere passagier. Trask had een mobiele zuurstofcilinder bij zich. De passagiers zouden later weer worden opgehaald op van tevoren afgesproken tijden en plaatsen.

Trask had er zin in om voor het eerst sinds lange tijd weer een film te zien, in een bioscoop en met een beker popcorn. Hij keek naar buiten. Als hij de zwarte SUV al zag die hen volgde liet hij dat niet blijken.

Hij was de derde passagier die werd afgezet. Hij liep met zijn rollator de bioscoop in, kocht zijn kaartje en een zakje popcorn, en liep door naar de zaal.

De zwarte SUV stopte aan de overkant van de straat en er stapte een man uit. Hij liep snel naar de bioscoop, kocht een kaartje en keek in alle zalen tot hij Trask zag zitten, in zijn eentje en met zijn popcorn. Er waren maar een paar andere toeschouwers toen het licht uitging. De man bekeek het allemaal aandachtig en vertrok.

Zodra Gibson zag dat de man vertrok, schoof ze naar Trask, terwijl Francine vanaf de andere kant naar hem toe schoof. Trask bood hun popcorn aan, wat ze allebei accepteerden.

'De grote boze wolf is verdwenen, neem ik aan,' zei Trask.

'De mannen van je zoon houden denk ik niet van films,' zei Gibson.

'Ik ben blij dat jullie mijn raad hebben opgevolgd en nu samenwerken, dames,' zei hij.

'We zijn nog niet op elkaar ingespeeld,' zei Gibson met een blik op Francine, die strak voor zich uit keek. 'En misschien gaat dat ook niet lukken.'

Francine zei: 'Of wel. Oké, het plan is dat ik de goederen aan uw zoon overhandig.'

'Dan moet je de goederen wel hebben.'

'Daar hebben we u en uw mensen voor nodig,' zei ze. 'Hij wil zijn geld terug. Vijftig miljoen dollar zei hij toen we elkaar spraken. Een zakcentje voor een man als hij, maar het gaat hem niet om het geld.'

Trask zei: 'Als iemand erin slaagt hem af te zetten, dan is hij ook een mogelijke prooi voor andere roofdieren.'

'Daarom heeft Mickey anoniem bepaalde informatie die hierop zinspeelt op het darkweb gezet en vervolgens heb ik dat gerucht verspreid vanaf een heleboel ontraceerbare IP-adressen. Daarom zal hij dit wanhopig graag willen herstellen. En wanhopige mensen zijn minder zorgvuldig dan ze in een andere situatie zouden zijn.'

'Vertel verder. Dit klinkt me als muziek in de oren.'

'Mickey heeft een werkelijk briljant plan bedacht om uw zoon te pakken te krijgen.'

Gibson nam het verhaal over. 'Dat is te danken aan het feit dat ik al twee jaar op internet rijke klaplopers opspoor. Dan maak je kennis met bepaalde bronnen, methodieken en... trucs.'

'Klinkt intrigerend.'

Francine zei: 'Dan zult u de rest van ons verhaal ook geweldig vinden.'

Terwijl hij daarnaar luisterde verdween de glimlach van Trasks gezicht. 'Dat kan ik jullie niet laten doen. Dat is te gevaarlijk.'

'Het is de enige manier,' zei Francine. 'En hoe vaak hebt u uw leven geriskeerd voor het algemeen belang?'

'We weten wat we doen, meneer Trask,' zei Gibson. 'En hij weet wie we zijn. Dus als we dit niet voor elkaar krijgen, blijft dit zwaard van Damocles de rest van ons leven boven ons hoofd hangen.'

Trask kauwde op wat popcorn, dacht even na en knikte uiteindelijk. 'Goed dan, en ik denk dat ik jullie wel kan helpen aan de hulp die jullie nodig hebben.'

'Goed,' zei Francine.

'Want we moeten dit echt met z'n allen doen,' zei Gibson.

70

Nathan Trask was niet in een goed humeur toen Francine dezelfde kamer binnenkwam waar ze elkaar eerder hadden gesproken. Hij leek geagiteerd en afwezig. Toen hij opkeek en Francine zag, leek hij zelfs nog narriger.

'Kom ik op een slecht moment?' vroeg ze terwijl ze tegenover hem ging zitten.

'Dat weet ik niet. U zei dat u succes hebt gehad...?'

'Ik heb er heel veel tijd in moeten steken, maar ik heb uiteindelijk een bankrekening van Pottinger gevonden met ongeveer zeventig miljoen dollar erop. Dat is twintig miljoen meer dan hij volgens u van u heeft gestolen. Maar niemand heeft gezegd dat een kleine bonus niet op zijn plaats zou zijn, toch?'

'Hoe hebt u het gevonden?'

'Geheime informatie,' zei ze met een ontwapenende glimlach. 'Zo verdien ik de kost. Ik weet zeker dat u daar begrip voor hebt.'

'Hoe komen we aan dat geld?' vroeg Trask.

'Ik heb er alle vertrouwen in dat ik daar wel een manier voor kan vinden. En het geld staat niet op een gewone bankrekening. Het zijn bitcoins.'

'Bitcoins! Ik had niet gedacht dat Pottinger wist wat dat was.'

'Wel dus, of hij had een adviseur die dat wist.'

'Nogmaals, hoe komen we eraan?'

'Daar heb ik uw hulp bij nodig.'

Hij keek haar verbaasd aan. 'Jij wordt betaald om dit te doen. Waarom moet je mij erbij betrekken?'

'Geloof me, als het geld op een andere soort rekening stond zou ik het in mijn eentje kunnen doen. Maar bitcoins zijn een andere zaak.'

'Oké, vertel me je plan en dan vertel ik jou wat er mis mee is.'

Ze glimlachte weer. 'Ik hou er wel van als mijn cliënten proactief zijn.'

Hij leunde naar voren, zodat hun knieën elkaar bijna raakten. 'Ik ben je cliënt niet. Ik ben een man die jou op een zeer tijdelijke basis in zijn wereld heeft toegelaten om te zien of jij een probleem van mij kunt oplossen dat niemand anders leek te kunnen oplossen. Als je dat doet, is er niets aan de hand voor je. Als je probeert jezelf belangrijker te laten lijken dan je feitelijk bent en ooit zult zijn, dan hebben we een probleem. En dat is nooit goed voor iemand zoals jij. Begrepen?'

'Begrepen.'

'En dan nog iets... Mijn mensen, die ik betaal om die dingen in de gaten te houden, vertellen me dat hierover verhalen rondgaan. Dat iemand misbruik van me heeft gemaakt.'

'Dat wist ik niet.'

'Fout antwoord. Je wordt betaald om op dat soort dingen te anticiperen en er vervolgens iets aan te doen.' Hij knipte met zijn vingers.

Meteen daarna ging de deur open. Een grote man kwam binnen, liep naar Francine toe, trok haar uit haar stoel, ramde haar tegen de muur en draaide haar arm op haar rug tot ze het uitgilde van de pijn.

Trask knikte en de man liet haar los.

Ze wankelde naar haar stoel en liet zich erop zakken. 'Ik dacht dat ik werd betaald om uw geld voor u te vinden,' zei ze zacht, terwijl ze over haar pijnlijke arm wreef.

Trask knikte naar de man, die Francine een kaakstomp gaf. Ze gilde het opnieuw uit en hief haar handen om haar gezicht te beschermen. Er druppelde bloed uit haar mond.

Trask zei: 'Nogmaals, fout antwoord. Je doet het niet erg goed. Kijk, als je voor mij werkt, haal je daarvoor alles uit de kast. Jij regelt deze shit. Jij regelt het allemaal op zo'n manier dat nooit kan worden bewezen dat ik erbij betrokken ben. Ik huur mensen in die slimmer zijn dan ik. Wat heb ik aan die lui als ze dat niet blijken te zijn?' Hij leunde naar achteren. 'Vertel me nu het plan en dan moet hij je misschien opnieuw slaan, maar wel harder. Of misschien moeten mijn mensen meer met je doen dan dat. Dat hangt allemaal af van wat je hierna zegt. Voel je niet onder druk gezet, ontspan je en vertel.'

Francine vermande zich, ging rechtop zitten en veegde de tranen uit haar ogen. Daarna keek ze de man met een keiharde blik aan. 'Hebt u een computer bij de hand?'

'Waarvoor?'

'Het zijn bitcoins! Dat is digitaal geld!'

Hij keek haar even aandachtig aan. 'Waarom kun je je eigen computer niet gebruiken?'

'Dat kan ik wel doen, maar dan moet ik het alsnog naar uw computer overzetten.'

'Dan moet je dat dus maar doen.'

'Het probleem, meneer Trask, is wanneer we dat op die manier doen uw bankrekening, uw wachtwoorden en andere informatie in mijn cloud komen te staan. Ik kan me niet voorstellen dat u dat wilt.'

'Dat kun je wissen.'

'Hoe weet u dan zeker dát ik dat heb gedaan? Zelfs als u iemand heeft die dat kan checken? En ik wil niet dat u achter me aan komt als daar iets mee misgaat, vooral niet als iemand me hackt voordat ik die gegevens kan wissen. En hoe kan ik weten dat u me hier laat vertrekken als daar een kans op is? Ik ben hiernaartoe gekomen om de klus af te ronden en mijn commissie te incasseren, meer niet.'

Trask zweeg wel twintig seconden. 'Oké, ik zal het spelletje meespelen, voorlopig.' Hij pakte zijn telefoon en belde iemand.

Een minuut later kwam een man binnen met een laptop en gaf die aan haar.

'Deze is beveiligd met een wachtwoord,' zei ze. 'Kunt u hem opstarten?' Nadat hij dat had gedaan begon ze te typen. Haar vingers vlogen over het toetsenbord.

'Wil je even uitleggen wat je aan het doen bent?' vroeg Trask.

'Ik overtuig een secure wallet, of een *hot storage*, ervan dat ik Dan Pottinger ben met de *private key*.'

'Is dat alles wat nodig is, een private key? Ik dacht dat dit gedoe volkomen veilig was met die blockchainonzin.'

'Dat is dus de reden dat ik die blockchain niet aanval. Dat zijn duizenden aan elkaar gekoppelde computers en die kan ik nooit verslaan, zelfs niet als ik dat mijn leven lang zou proberen. Maar als u iets met uw bitcoins wilt dóén, moet u naar andere platforms en digitale exchanges gaan.'

'Hoe komt het dat je dat kunt?'

'Voordat hij stierf heb ik de wifi in Pottingers huis gehackt. Dat heb ik gedaan om zijn PII te krijgen.'

'Wat is dat?' vroeg Trask.

'*Personal identifiable information*. Daarmee kan ik zijn crypto-private key te pakken krijgen.'

'Maar hij is dood. Hij doet helemaal niets meer online.'

'Maakt niet uit dat hij dood is als hij *remote instructions* heeft ingesteld om op een bepaalde tijd op een bepaalde datum een transactie uit te voeren met zijn bitcoins, dan wordt die transactie nog steeds uitgevoerd.'

'En, heeft hij dat gedaan?'

'Ja. En nu ga ik die transactie omleiden naar úw rekening.'

'Bedoel je nu, op dit moment?'

'Daarom kwam ik hiernaartoe. Ik moet de transactieset in gang zetten. Uw mensen moeten uw rekeninggegevens invoeren als de uiteindelijke bestemming. Dan ontvangt u zeventig miljoen, binnen vijf minuten, maar we moeten het rekeningnummer wel invoeren.'

'Vijf minuten! Ik hou er niet van om opgejut te worden,' snauwde Trask.

'Oké, maar dit is de enige kans die we hebben, want hij heeft geen andere remote instructions gegeven. Dan zijn die bitcoins voor altijd verdwenen, tenzij hij de private key aan iemand anders heeft gegeven. En als dat zo is, krijgt diegene het geld.'

'Maar je zegt net dat jíj die sleutel hebt. Waarom kun je die rekening niet op elk willekeurig tijdstip leeghalen?'

'Omdat Pottinger slim is geweest. Hij gebruikte een eenmalig private key-systeem. Dat heb ik. Dat kan worden gebruikt voor deze transactie, maar echt alleen voor deze transactie. Daarna is die sleutel onbruikbaar.'

'Shit!' Trask ging rechtop zitten en keek naar zijn assistent. 'Zeg tegen George dat hij de Zürich-rekening moet invoeren. Schiet op!' Tegen Francine zei hij: 'Een waarschuwing vooraf was goed geweest.'

'Ik heb dit net ontdekt. De digitale wereld werkt volgens een eigen schema en zonder veel waarschuwing vooraf. Daarom zei ik dat ik u onmiddellijk moest spreken.'

Trask belde weer iemand.

Twee minuten later kwam George gehaast binnen. Hij was een jaar of dertig, mager en droeg een slechtzittend pak. Hij ging achter de laptop zitten en schermde het beeldscherm af met zijn lichaam zodat niemand kon zien welke gegevens hij invoerde. 'Oké, dat is gebeurd,' zei George.

'Nu gaat George hier kijken naar elke toets die je aanslaat,' zei Trask. 'Hij zal alles zien wat afwijkt van de normale gang van zaken. En als uit ook maar iets blijkt dat je probeert me te bedriegen, krijg je een kogel in je hoofd.' Hij knikte naar de man die Francine had geslagen.

Deze trok zijn pistool en drukte de loop tegen haar achterhoofd.

Francine zag Georges angstige blik en ze keek hem met een geruststellende glimlach aan. Haar grote ogen werden zelfs nog groter en dreigden de man helemaal op te slokken. 'Geen probleem, George. We krijgen dit wel voor elkaar, oké?' Ze gaf een geruststellend kneepje in zijn hand, terwijl ze met haar andere hand begon te typen.

Hij glimlachte terug en keek haar even onderzoekend aan. 'Oké,' zei hij.

Francines vingers vlogen zo snel over de toetsen dat zelfs computernerd George onder de indruk leek.

Ze vertelde hem wat ze aan het doen was terwijl ze typte en bleef praten.

Hij knikte om aan te geven dat hij haar begreep en bleef naar haar kijken, precies zoals haar bedoeling was. Hij keek Trask aan en zei: 'Ze is echt heel goed, meneer.'

Twee minuten later zei ze: 'Oké, u bent zeventig miljoen in bitcoins rijker, meneer Trask.' Ze keek George aan en zei: 'Voel je vrij om het te controleren.'

George pakte de laptop en drukte een paar toetsen in. Hij glimlachte en keek op. 'Ze heeft gelijk, meneer. Zeventig miljoen in bitcoins is net binnengekomen.'

'En het is net cash,' zei ze. 'Het spoor is ontraceerbaar doordat ik de private key had. U bent net uitbetaald door een dode man, meneer Trask. Maar aangezien talloze bedrijven die in crypto handelen failliet gaan, raad ik u aan het zo snel mogelijk te incasseren.'

Trask gebaarde dat de gewapende man kon vertrekken en grinnikte. 'Ik begrijp helemaal niets van al die onzin, maar zeventig miljoen dollar begrijp ik wel.'

'Minus mijn commissie van drie komma vijf miljoen. Dat accepteer ik met alle plezier in bitcoins. En dan incasseer ik het.'

Trask dacht hierover na. 'Waarom niet?' Hij wees naar George. 'Kun je die transactie uitvoeren?'

George leek daar weinig vertrouwen in te hebben.

Francine zei: 'U bevestigt het bedrag in bitcoins en ik doe de transactie. Zo weten we allemaal waar we staan en de bedragen zijn duidelijk. En u hoeft niet bij uw eigen geld, alleen bij de bitcoins die ik net aan u heb overgemaakt. U bent nu een rijk man.'

George keek naar Trask die knikte en zei: 'Doe het maar.' George bevestigde het bedrag.

Daarna kreeg Francine de laptop. Ze begon te typen en een minuut later was de transactie afgerond. Francine zei: 'Aangenaam zaken met u gedaan te hebben, meneer Trask.'

'Kun je nog iets doen aan die onzin die op internet over me rondgaat?'

'Ja, dat kan ik en dat zal ik doen, vandaag nog.'

'En er was een andere vrouw. Ze heeft mijn vader bezocht. Zij was hier ook naar op zoek.'

'Ach, als je niet alert bent verlies je. En aangezien u uw geld terug hebt plus een leuke kleine bonus, zou ik haar maar vergeten als ik u was.'

'Je hebt denk ik wel gelijk.'

Francine gaf George een hand. 'Aangenaam met je te werken, George.'

'Dat is wederzijds.'

'Laten we een keer samen koffie gaan drinken.'

Hij glimlachte en knikte.

Francine voelde dat haar hart een slag oversloeg, omdat ze wist dat George nu waarschijnlijk ten dode was opgeschreven. *Sorry, hoor. Maar het was jij of ik.*

Ze werd met het golfkarretje naar het hek gebracht en liep snel weg. Ze ging een winkel in, trok in de wc andere kleren aan, zette een andere pruik op die ze daar eerder had verstopt en vertrok via een andere deur.

Vier blokken verderop stapte ze in een wit busje.

Drie ernstig kijkende mensen van de FBI zaten voor een hele rij computers, net als Gibson, die glimlachte.

Francine vroeg: 'Ik neem aan dat jullie de hele transactie konden volgen nadat ik de keyloggersoftware erop had gezet?'

'Zeker wel,' zei Gibson. Haar gezicht betrok toen ze de blauwe plekken op Francines gezicht zag en de vreemde hoek van haar rechterarm. 'Shit, die klootzakken hebben je mishandeld!'

'Ik heb veel hardere klappen gehad, geloof me maar.'

'We hebben elke toetsaanslag binnen,' zei een van de mannen. 'En toegang tot al zijn bankrekeningen. Dat was goed werk! Je hebt veel risico genomen door daar zonder bescherming naar binnen te gaan.'

'Ach, dat maakt het leven interessant.'

Een andere agent zei tegen Gibson: 'We zouden mensen zoals jullie goed kunnen gebruiken.'

'Eerlijk gezegd denk ik dat jullie ons niet genoeg kunnen betalen,' zei Francine.

Gibson moest zich beheersen om het niet uit te schateren.

Francine stapte uit en liep weg.

Even later kwam Gibson naast haar lopen. 'Ben je echt in orde?' vroeg ze.

'Ja hoor.'

'Het was echt moedig wat je hebt gedaan.'

'Dat was noodzakelijk om dat eindresultaat te verkrijgen.'

'Ben je altijd zo zakelijk?'

Francine keek haar aan terwijl ze vers bloed van haar lippen veegde. 'Welkom in mijn wereld.'

'Ik begin je te begrijpen, weet je.'

'Zonde van je tijd. Als dit allemaal voorbij is, en als ik dan nog leef, zie je me nooit meer terug.'

'Op zoek naar meer "transacties"?'

'Als ik de schat vind... In Frankrijk staat een huis waar ik een oogje op heb.'

'Maar als ík de schat vind?'

'Dan kunnen jij en je kinderen in Frankrijk gaan wonen. Dan stuur ik je de lijst met vastgoed dat te koop staat.'

Gibson keek haar peinzend aan. 'Misschien begrijp ik je toch nog steeds niet.'

'Laat dat "misschien" maar weg.'

71

Twee dagen later was de arrestatie van Nathan Trask en veel van zijn handlangers wereldnieuws.

De man was kennelijk zo dom geweest om zeventig miljoen dollar te stelen van een federale bitcoinrekening en daardoor had hij de flagrante technologische fout gemaakt om zijn eigen digitale bestanden bekend te maken aan de overheid. Hij werd dus niet alleen beschuldigd van het stelen van de bitcoins, maar ook van alle andere zaken die daardoor boven water kwamen. En dat waren er heel veel, aan de brede glimlach van de openbaar aanklager die de arrestatie bekendmaakte te zien.

Niemand had een verklaring voor het feit dat een man als Trask zo'n stomme en uiteindelijk fatale fout had gemaakt door te proberen geld van de overheid te stelen. Enkele nieuwsgoeroes zeiden dat het duidelijk was dat de man dacht dat hij onaantastbaar was, omdat hij zijn vermeende misdaden zo lang zonder consequenties had kunnen plegen. Zijn advocaten hadden gereageerd zoals te verwachten was – dit was een heksenjacht, Trask was erin geluisd – en ze zwoeren dat alle eventuele bewijzen die de overheid had verzameld ontoelaatbaar waren tijdens een rechtszaak. Maar de juridische verslaggevers hadden al gezien dat dat een onmogelijke taak was. De man en zijn handlangers hadden zijn schatkist vol feiten over zijn criminele bezigheden immers onbedoeld zelf ter inzage gegeven aan de overheid waar hij al heel lang zijn middelvinger tegen had opgestoken.

Eén verslaggever zei: 'Als dat niet ongelofelijk ironisch is, dan weet ik het niet. Ze konden Capone niet veroordeeld krijgen voor zijn echt gruwelijke misdaden, maar wel voor belastingontduiking. In de geschiedenisboeken komt waarschijnlijk te staan dat Nathan Trask door zijn eigen arrogantie ten val is gebracht. Maar deze zaak laat ook zien dat niemand boven de wet staat.'

Sam Trask werd geïnterviewd door alle belangrijke netwerken, aangezien het feit dat de vader van een mondiaal werkende crimineel bij de FBI had gewerkt om het zacht uit te drukken bijzonder ongewoon was. Zijn antwoorden waren duidelijk en professioneel, maar gingen allemaal gepaard met een tevreden glimlach.

Trask en zijn groep vertrouwelingen werden vastgehouden zonder kans op borgtocht, aangezien de man duidelijk een vluchtrisico vormde. Terwijl de formele beschuldigingen werden opgesteld, werd duidelijk dat Trask lang in de gevangenis zou zitten voordat zijn proces zelfs maar zou beginnen.

Toen Sam Trask dit tijdens een van de interviews te horen kreeg, zei hij: 'O, dit is echt een schitterende dag!'

Die ochtend belde Rick Rogers zijn dochter. 'Wil ik het weten?' vroeg hij gespannen.

'Niet echt,' zei ze.

'Weet je zeker dat je veilig bent voor die man?'

'Ja, pa. Heel zeker.'

'Ik vertel hier niets over aan je moeder.'

'Dat zou ik ook niet doen.'

Een paar dagen na de arrestatie van Nathan Trask zaten Francine en Gibson in dezelfde bioscoop met een zak popcorn aan weerszijden van Sam Trask, die die dag iets energieker achter zijn rollator had gelopen.

Trask zei: 'Ik heb een paar vroegere FBI-collega's van me gesproken. Het Openbaar Ministerie heeft er alle vertrouwen in dat ze mijn zoon en al zijn smerige vriendjes met succes kunnen vervolgen. Ze hebben bergen aan bewijsmateriaal, zeiden ze. En hoewel zijn advocaten het tegendeel beweren, is dat bewijs absoluut toelaatbaar, al is het zonder een gerechtelijk bevel verkregen, doordat Trask tijdens zijn cyberdiefstal zijn bestanden vrijwillig voor de overheid heeft geopend. En bij gebrek aan een cruciaal stukje bewijs kunnen ze niet aanvoeren dat het een val was.'

'Dat ben ik dus, en ik werk niet voor het Bureau. Ze zullen me wel getraceerd hebben en zijn daardoor bij Trask beland,' zei ze glimlachend.

'Inderdaad. En hoe zou hij dat moeten verklaren? Dat hij het geld terughaalde dat zijn partner van hem had gestolen en dat afkomstig was van drugs- en vrouwenhandel? Echt niet!'

Gibson zei: 'Maar er is nog meer werk aan de winkel.'

'Kan ik jullie daarmee helpen?' vroeg Trask.

Gibson gaf een kneepje in zijn arm. 'U hebt ons alle hulp al gegeven die nodig was. Ik stel voor dat u hier blijft zitten, de film uitkijkt, uw popcorn opeet en van uw overwinning geniet.'

De vrouwen verlieten de bioscoop.

Francine zei: 'Nathan Trask was misschien wel het gemakkelijkste onderdeel.'

'Ik dacht precies hetzelfde,' zei Gibson.

72

Wilson Sullivan liep de wachtkamer van het politiebureau in. Toen hij Gibson daar zag zitten zei hij geïrriteerd: 'Ik wist niet dat je kwam.'

Ze stond op en zei met een ontwapenende glimlach: 'Ik hou mensen graag alert.'

'Wat is er?'

'Kunnen we even naar je kantoor gaan?'

Hij had veel tijd nodig om een besluit te nemen. 'Goed, maar je moet het kort houden. Ik heb het druk.'

'Dan moeten we maar gaan.'

In zijn kantoor ging ze tegenover hem zitten.

'O ja, heb je het gehoord van Nathan Trask?' vroeg hij. 'Dat is het enige waar we het bij de politie over hebben. Niemand had verwacht dat die klootzak ooit te pakken kon worden genomen.'

'Dat laat maar weer eens zien wat er gebeurt als je blijft proberen,' zei Gibson.

'Het Bureau zal wel heel blij zijn. Wat een vangst, zeg! Ik vraag me af hoe ze daarin zijn geslaagd.'

'Ja, ik ook. O ja, over de FBI gesproken, ik heb bezoek gehad van Cary Pinker.'

'Dat weet ik.'

'Volgens mij bevalt het hem helemaal niet dat ik me met deze zaak bemoei. Ik neem aan dat hij dat niet van jou heeft gehoord, aangezien hij tegen je zei dat je moest ophouden met wat we aan het doen waren.'

'Ik werk niet voor de FBI,' zei Sullivan.

'We zitten dus goed wat dat betreft?'

'Ik heb je meteen al gezegd dat er dingen zijn die je kunt doen om te helpen en dat er dingen zijn waar ik je niet bij kan betrekken.'

‘Hoe gaat het met Pinker? Maakt hij vorderingen?’

‘Hij werkt aan de zaak.’

‘Samen met jou?’ vroeg Gibson.

‘Hij werkt aan zijn zaak en ik aan mijn zaak.’

‘Logisch. Goed, weet je, ik wilde je vertellen wat me is overkomen sinds de laatste keer dat we elkaar spraken.’

‘Oké.’

‘Ten eerste, ik ben ontslagen door ProEye,’ zei ze, omdat ze benieuwd was naar zijn reactie.

‘Wát? Maar ik heb met je baas gepraat.’

‘Dat weet ik. Iemand anders heeft kennelijk contact met het bedrijf opgenomen, waarna ze besloten alle banden met mij te verbreken.’

Hij speelde met zijn pen. ‘Denk jij dat Pinker die iemand was?’

‘Zou jij dat als je in mijn schoenen stond ook niet denken?’

Sullivan zei: ‘Nou, dat heeft hij me niet verteld. Dan zou ik tegen hem hebben gezegd dat dat een slecht idee was.’

‘Oké, bedankt.’ Ze keek naar het litteken van een oude wond in zijn hals die hij tijdens zijn werk had opgelopen. ‘Doet dat nog steeds pijn?’

‘Alleen als iemand ernaar vraagt,’ snauwde hij. ‘Is er nog meer? Weet je al meer over het geld dat Langhorne heeft nagelaten?’

Gibson wilde antwoord geven, maar begon opeens te hoesten. Het werd steeds erger. ‘Mijn allergie,’ zei ze moeizaam. ‘Water... Zodat ik een pil kan innemen...’

Hij liep snel weg en kwam terug met water.

Daarmee nam ze een vitamine C-pil in. ‘Jeetje, bedankt. Dat was al even geleden.’

‘Gelukkig maar. En, weet je al meer over dat geld?’ vroeg hij opnieuw.

‘Ik denk het wel. Hij heeft een paar aanwijzingen achtergelaten.’

‘Meer dan die je mij al hebt verteld?’

‘Nee, maar ik heb erover nagedacht en nu heb ik misschien een paar ideeën. Ik heb veel op internet gezeten. De man had ontelbare bedrijven en bankrekeningen, die vrij kortgeleden allemaal zijn opgeheven en leeggehaald.’

‘Wat betekent dat hij misschien geld vrijmaakte?’

‘Ja, om het te houden of om er iets mee te kopen. Dat probeer ik uit te zoeken. O ja, wanneer was de laatste keer dat je op Stormfield was?'

'Hoezo?'

'Ik vroeg me gewoon af of jij nog meer hebt ontdekt.'

'De laatste keer dat ik daar was, was samen met jou.'

Ze vertrok geen spier toen hij deze leugen opdiste en knikte. 'Heb je Francine of Doug Langhorne al gevonden?'

'Nee. Toen die vertrokken zijn ze echt verdwenen.'

Dat is inderdaad zo. 'En nog geen aanwijzingen over de moordenaar van Langhorne?'

Hij schudde zijn hoofd en leek al met zijn gedachten elders.

Ze stond op. 'Goed, ik zal je niet langer van je werk houden.'

'Prima.'

Ze vertrok zonder zelfs maar één positieve gedachte over Wilson Sullivan.

En ik dacht nog wel dat we vrienden konden worden. Of zelfs meer dan dat.

Gibson haalde het plastic zakje uit haar zak waar ze toen hij water voor haar haalde de pen in had gestopt waarmee hij had zitten spelen.

Dan gaan we maar eens uitzoeken wie je echt bent, oké?

73

Dankzij haar nieuwe vrienden bij de FBI kreeg ze het voor elkaar dat ze de vingerafdrukken natrokken die ze van Wilson Sullivan had gekregen.

'Zijn echte naam is Mark Gosling,' zei Gibson tegen Francine toen ze op een terras in Williamsburg koffie zaten te drinken.

'Waarom zou hij die hebben veranderd in Wilson Sullivan?'

'Geen idee. Hij zat niet in WITSEC; dat hebben ze bevestigd. Het is niet illegaal om je naam te veranderen. En hij heeft geen strafblad onder zijn echte naam. Dan was het nooit gelukt om politieagent te worden.'

'Wacht eens even. Gosling?'

'Ja. Hoezo?'

Francine haalde haar laptop uit haar tas en klapte hem open. Daarna stopte ze er een geheugenstick in en opende een bestand. 'Dit zijn de bestanden die ik van Becketts computer heb gehaald.' Haar vingers vlogen over het toetsenbord. 'Hebbes! Ik dacht al dat ik die achternaam herkende, maar niet door Ryan Gosling.'

Gibson schoof haar stoel naast die van Francine zodat zij ook op het scherm kon kijken en las voor wat er stond: 'Helen Gosling zat jaren geleden in WITSEC. Ze was verliefd geworden op een man die lid was van een militiegroepering die verschrikkelijke dingen deed, zoals mensen vermoorden en een bomaanslag plegen op een gebouw van de federale overheid. Ze heeft tegen hem getuigd en werd opgenomen in WITSEC.'

'Vervolgens werd ze overgeplaatst naar Alabama waar ze onder anderen door Earl Beckett werd beschermd,' zei Francine.

'Toen pleegde ze zelfmoord door zichzelf op te hangen in haar slaapkamer.'

Francine drukte een paar toetsen in. 'Dit is een foto van haar.'

'Wauw, wat was ze mooi!' zei Gibson.

'Inderdaad,' zei Francine. Ze keek Gibson strak aan en zei toen: 'Misschien té mooi.'

'Wacht, denk je...'

'... dat Beckett haar ook... Verdomme, ja! Ik denk dat tenminste wel. Dat moet gebeurd zijn kort nadat we New Mexico hadden verlaten. Hij moet zijn overgeplaatst.'

'Denk je dat hij iets met haar dood te maken heeft gehad?'

'Weet je, ze was zeker moedig genoeg om ermee te dreigen dat ze bekend zou maken welke shit die man uithaalde. Is dat een motief voor moord?'

'Echt wel! En Sullivan, of eigenlijk Mark Gosling, is haar...'

Francine haalde een notitieboekje uit haar tas.

Gibson zag de tekst op het etiket: EARL FUCKING BECKETT TE PAKKEN NEMEN. 'Heb je voor alles een notitieboekje?' vroeg ze.

Francine zei glimlachend: 'Je hebt geen idee.' Ze sloeg een paar bladzijden om en wees naar een paar aantekeningen. 'Ik heb ontdekt dat Mark haar jongere broer was, maar wist toen niet dat hij ook Wilson Sullivan was.'

'Denk je dat ze hem in vertrouwen nam? Dat hij dus wist wat er met zijn zus gebeurde?'

Francine zei: 'En dat hij bij de politie ging werken om zijn zus te wreken? Dat kan ik me wel voorstellen.'

Gibson kreeg opeens een idee. 'Eerst dacht ik dat Gosling Langhorne misschien volgde en hem toen vermoordde, maar kun je zien waar Beckett al die jaren heeft gewerkt?'

Francine sloeg een paar bladzijden om en zei: 'Na Alabama zat hij achtereenvolgens in El Paso, Arkansas, South Carolina, North Carolina en nu dus in Virginia.'

'Dát is het!'

'Dat is wat?'

'Vanaf El Paso zijn dat dezelfde plaatsen waar Mark Gosling als Wilson Sullivan bij de politie werkte.'

'Hij volgde Beckett dus?'

'Daar lijkt het wel op,' zei Gibson.

'Maar je zei dat je dacht dat ze samenwerkten.'

'Dat klopt dus niet. Gosling dacht waarschijnlijk dat dit de enige manier was om die man te pakken te nemen. Hij heeft zijn kans gegrepen toen hij ontdekte dat Pottinger Langhorne was. Doordat hij bij de politie zat is het goed mogelijk dat hij ontdekte dat Beckett Langhorne toen kende. Dat kon hij gebruiken als een geloofwaardige reden voor zijn verzoek om aan deze zaak te mogen werken. Op die manier kon hij dichter bij die man komen en hopen dat er iets gebeurde, zodat hij hem te pakken kon nemen.'

'Hij is dus geen slechte man. Maar waarom was hij die avond dan op Stormfield?' vroeg Francine.

'Toen ik hem vroeg wanneer hij daar voor het laatst was geweest, loog hij. Hij zei dat dat de keer was dat we daar samen waren. En toen ik hem sprak vroeg hij me naar de schat.'

'Hij wil daar dus inderdaad een deel van hebben?'

'Verdomme, wie zou dat niet willen?'

Francine keek haar aan. 'Jij dus ook, Mickey?'

Gibson voelde zich ongemakkelijk en zei: 'Ik heb net als iedereen geld nodig, vooral nu ik geen baan meer heb. Maar dat is allemaal crimineel geld, Francine. Het zou dus hetzelfde zijn als stelen.'

Francine knikte en sloeg haar notitieboekje dicht. 'Zo dacht ik er ook over.'

'Dacht?'

'Je hebt rijke en arme mensen. Ik heb het grootste deel van mijn leven bij die laatste categorie gehoord. Ik zeg niet dat de wereld me iets verschuldigd is, maar ik heb wel het recht om voor mezelf op te komen. En als wij de schat vinden, hebben we toch zeker recht op een bepaald bedrag aan vindersloon? Ik bedoel, dat is toch normaal? Zelfs Trask heeft ons dat toegezegd.'

'Ja, dat klinkt wel logisch. Maar dan hoop ik wel dat het een hoger percentage is dan ProEye betaalt. Toen ik tweehonderd miljoen dollar had opgespoord, gaven ze me een armzalige vijfduizend.'

'O, maar lieverd, wij kunnen veel meer scoren.'

'Hoe weet je dat? We zouden moeten onderhandelen.'

'Dat gaan we ook doen. Nádat we de schat hebben gevonden, zodat we alle touwtjes in handen hebben.' Francine stond op. 'Goed, laten we aan het werk gaan. Jij zoekt de schat en ik zoek mijn moeder. Het is duidelijk dat we het een nodig hebben om het ander te krijgen, want Rochelle vertrekt echt niet met lege handen. En ondanks alle shit die mijn moeder met me heeft laten gebeuren, wil ik haar toch graag terug.'

74

Francine zat in haar kamer met het licht uit en een geluiddempende koptelefoon op. Toen ze op Stormfield door Rochelle was verdoofd was het rond kwart voor twee 's middags geweest. Dat wist ze doordat ze vlak voordat ze het bewustzijn verloor op haar horloge had gekeken. Toen ze vastgebonden wakker werd in dat bed had ze haar horloge ook kunnen zien en was het één minuut over twee. Ze was naar een auto gedragen en daar waren twee tot vier minuten voor nodig geweest. Daarna volgde een rit van acht minuten naar de plek waar ze was vastgehouden en nog een paar extra minuten om haar naar binnen te dragen, vast te binden en te wachten tot ze wakker werd.

Ze deed haar ogen dicht en concentreerde zich volledig op waar ze zich op wilde concentreren. Dat deed ze ook altijd in Albuquerque als ze bij de mannen was die haar vader hadden betaald én als ze bij Darren Enders was, die het heerlijk vond om haar te horen gillen. Ze had in een boek over deze techniek gelezen om je gedachten te verplaatsen naar een andere plek dan waar je lichaam was. Gevangenen deden het vaak, om in leven te blijven. Ze begreep wel waarom. Met die techniek had ze het overleefd zonder gek te worden.

De wegen rondom Stormfield waren bochtig en het gebied was niet dichtbevolkt, zodat je nergens snel naartoe kon. Het huis waar ze naartoe was gebracht moest afgelegen liggen, zodat er geen nieuwsgierige buren waren die konden zien dat ze uit de auto werd getild en naar binnen werd gedragen. Ze berekende de tijd en de afstand, en de uitkomst was dat ze in een gebied was geweest met een omtrek van ongeveer vijf kilometer rondom Stormfield.

Ze maakte haar hoofd leeg en vulde het daarna met alles wat ze zich kon herinneren over het vertrek waarin ze gevangen was gehouden.

Er was een eenvoudiger manier geweest om dit te doen, maar Rochelle was zo slim geweest om Francines telefoon uit te schakelen zodat ze niet met behulp daarvan kon nagaan waar ze naartoe was gebracht.

Ze zei hardop: 'Houten vloer, klein bed, gerafelde gordijnen, één raam, afbladderende verf en koud, hoewel het geen erg koude dag was geweest.'

Er was niet veel zonlicht naar binnen gekomen, dus misschien stonden er veel bomen die het tegenhielden?

'Houten paneeldeur met twee panelen, leek oud. Het rook er muf, het was er stoffig.'

Een verlaten huis? Dat zou goed kunnen.

Nu concentreerde ze zich op geluiden, of het ontbreken ervan. Geen verkeer vlakbij. Geen geratel of getoeter van treinen. Geen vliegtuigen, het huis stond dus waarschijnlijk niet onder een vliegroute.

Maar er was wel een geluid geweest. Aanhoudend, luid. Van een machine. Een landbouwtrekker?

Ze deed het licht aan, zette de koptelefoon af, opende een app op haar telefoon en voerde haar kilometerparameters in met Stormfield als het middelpunt.

Ze pakte haar autosleutels en haar pistool, een Glock die ze had gekocht. Die had ze misschien nodig tegen Rochelles mes of pistool. Ze had het wapen zeker nodig om de schat te pakken te krijgen als ze haar moeder terug wilde, hoewel daar misschien nog meer voor nodig was. Wat het ook was, ze was bereid de prijs te betalen, al wist ze niet goed waarom.

Maar ik ben bereid de prijs te betalen. Want ik weet dat Rochelle dat ook is.

Gibson had haar ouders gebeld en met hen afgesproken dat ze naar haar huis zouden komen om op de kinderen te passen. Haar vader had haar extra stevig omhelsd, iets wat haar moeder wel zag, maar waar ze niets over zei.

'Je lijkt oké,' mompelde haar vader in haar oor.

'Dat ben ik ook.'

'Het is dus echt afgelopen?'

'Dat deel wel.'

'Dat deel? O mijn god, ik krijg alweer een maagzweer, dat voel ik gewoon!'

'Slik maar gewoon een paar Rennies. Heb ik ook baat bij.'

Ze liet Tommy en Darby achter onder de hoede van haar ouders en liep naar haar werkkamer. Ze zette haar computer aan. Terwijl Francine op zoek was naar haar moeder, zou Gibson alles op alles zetten om Langhornes schat te vinden.

Hoewel ze cryptocurrency hadden gebruikt om Nathan Trask erbij te lappen, dacht Gibson niet dat Langhorne zich met dat soort digitaal geld had beziggehouden. Maar toen ze bepaalde delen van Pottingers financiële administratie opnieuw bekeek, zag ze een intrigerend stukje code dat daar was achtergelaten, als een zwevend deeltje.

Ze kopieerde de coderegel en plakte die in een zoekterm op internet. Ze leunde naar achteren en wachtte op het resultaat. 'Verdomme!'

Harry Langhorne had haar zojuist een aanwijzing gegeven. Haar zoektocht had haar naar een website gebracht waar NFT's werden verkocht. *Non-fungible tokens* – niet-vervangbare tokens – waren digitale eigendomscertificaten en iets volkomen anders dan bitcoins. Elke NFT was uniek en gekoppeld aan een specifiek 'iets', zoals een unieke tweet, de gedeeltelijke eigendom van een kunstwerk van Banksy of een digitaal sportkaartje waarvan maar heel weinig exemplaren waren ondertekend door een superster. De allereerste tweet, van Twitter-oprichter Jack Dorsey, was als een NFT voor bijna drie miljoen dollar verkocht.

Dit is wel heel bizar, maar ach, het is maar geld. Of bitcoin.

Je kon een NFT betalen met cryptocurrency, maar bij bepaalde platforms zoals PayPal en Robinhood, was een gewone creditcard voldoende. Als crypto werd gebruikt, had de koper een digitale portemonnee nodig voor zowel de NFT als de crypto.

Ze had mensen met schulden opgespoord die een deel van hun geld hadden weggestopt in NFT's. Daardoor wist ze dat de meeste NFT's werden vastgelegd in de Ethereum-blockchain, een economisch handelsplatform. Veel NFT-*marketplaces* accepteerden alleen ETH-tokens als betaling. Je moest dus een gebruikersaccount hebben voor een transactie op Ethereum.

Had Langhorne dus een NFT gekocht? En zo ja, waarom? Was dat de schat?

Dat kon ze misschien achterhalen, doordat NFT's geen bitcoins waren. Ze waren onderdelen van digitale informatie die op blockchains werd bewaard. Hoewel de ene bitcoin een andere kon vervangen, vertegenwoordigde een NFT-token een uniek digitaal 'iets'. Ze begreep niet goed waarom iemand een enorm bedrag wilde uitgeven aan een tweet of een sportkaartje waar iedereen een screenshot van kon maken om vervolgens te beweren dat dat het origineel was. Maar verzamelaars waren nu eenmaal vreemde snuiters, en de blockchain bewees de authenticiteit van de NFT en de waarde ervan. In theorie tenminste.

Het probleem was echter dat je NFT's niet kon ruilen tegen andere NFT's of tegen traditionele valuta's. Dus zodra je een NFT had gekocht, kon je ze alleen weer verkopen voor crypto. En de laatste tijd hadden NFT's een slechte naam gekregen in het nieuws en op financiële markten, vanwege fraude en verborgen tarieven. Maar ook door de kosten ervan, door de onmogelijkheid het item te behouden op de Ethereum-blockchain, en door nog veel meer andere problemen. Gibson had geen idee of de hele NFT-markt op een bepaald moment zou imploderen, maar dat kon haar ook niets schelen. Het enige wat zij wilde was de schat vinden, áls die bestond.

Oké, daar gaan we.

Ze ging op blockchains op zoek naar ERC-721-tokens, want daarop waren NFT's op Ethereum gebaseerd. Ze moest er een paar zien te vinden die eigendom waren geweest van Langhorne en vervolgens waren gebruikt om een of meer NFT's te kopen. Er waren heel veel plaatsen waar je NFT's kon kopen, platforms zoals OpenSea, Rarible, AtomicMarket en SuperRare. Verdomd, zelfs Amazon overwoog kennelijk ze te gaan verkopen.

Gibson ging aan de slag en volgde een spoor dat haar weer naar een ander spoor leidde. Soms liep het spoor dood. Nee, alle sporen liepen dood.

Tot ze één spoor vond waarvoor dat niet gold.

75

Het kostte Francine ongeveer twee uur, maar toen dacht ze dat ze eindelijk de plek had gevonden waar ze naartoe was gebracht.

Vlakbij stond een boerderij en ze hoorde de trekker... Ongeveer hetzelfde geluid dat ze had gehoord toen ze gevangen werd gehouden.

Het vervallen huis stond aan een bochtige onverharde weg. Het was verlaten, dat was meteen duidelijk. Dat was ook wel logisch, want Rochelle was altijd al gierig geweest, zelfs met de opbrengst van een diamantroof bij een bank. Ze zou nooit geld uitgeven aan de huur van een huis waar ze mama gegijzeld hield als het ook gratis kon.

Francine hurkte naast een groepje bomen en bekeek het huis. Ze zag geen auto, maar die zou wel achter het huis staan, voor het geval iemand zo dichtbij kwam.

Ze vroeg zich af of hier eigenlijk wel elektriciteit was. Zo niet, dan kon er geen zuurstofapparaat zijn en moesten ze cilinders gebruiken voor de zuurstofbehoefte van haar moeder. Ze vroeg zich af hoe ze dat voor elkaar hadden gekregen. Dat kostte natuurlijk geld en het bedrijf dat ze verkocht, bezorgde de cilinders thuis, maar het leek haar onwaarschijnlijk dat ze die naar een huis als dit zouden brengen.

Hadden ze de voorraad gestolen van het verzorgingshuis waar ze haar hadden weggehaald? Rochelle had zoiets gesuggereerd tijdens haar gesprek met Clarisse die toen nog vastgebonden was. Ja, dat was meer iets voor Rochelle. Waarom zou je ergens voor betalen als je het ook kon stelen?

Maar dat is ook ongeveer mijn mantra.

Ze verstijfde toen hij het huis uit kwam. En werd intens verdrietig.

Haar grote knappe broer zag er niet goed uit voor zijn leeftijd. Hij was heel mager, hij liep gebogen en hij leek... gewoon uitgeput.

Shit. Wat hebben jullie gedaan met z'n tweeën? Maar ja, moet je naar mij kijken. Ik weet wat ik heb gedaan: een leven leiden dat ik zelf vorm moest geven om mijn eerdere leven te vergeten.

Haar broer was altijd heel gevoelig en erg afstandelijk geweest. Haar vader had hem stom, onbeholpen en nutteloos genoemd. Dat waren de aardigste woorden geweest die dat monster had gebruikt. Dat vrat aan je, als je dat jaar na jaar hoorde. En nu, al die jaren later, zag je wat daar het gevolg van was.

Hij rookte een sigaret en tikte gedachteloos de as op de grond. Zijn haar werd al dunner en hij had een sprietige snor die veel te klein leek voor zijn brede gezicht. Hij droeg goedkope en wijde kleren. Ze herinnerde zich hem zoals hij was geweest toen ze nog klein waren, voordat hun vader zijn monsterachtige karakter had laten zien. Ze hadden van elkaar gehouden, plezier gemaakt samen en elkaar geholpen, en uiteindelijk vormden ze een legertje van twee personen om alle shit op afstand te houden.

De shit had jammer genoeg gewonnen.

Ze had gehoopt dat hij gelukkig en gezond was geworden en iets had gevonden wat veel beter was dan toen hij nog deel uitmaakte van de familie Langhorne. Dat was kennelijk niet gebeurd.

Ze had onwillekeurig de neiging hem te roepen. Maar haar broer was duidelijk niet langer dezelfde persoon als lang geleden.

Zijn leven had heel anders kunnen lopen, als Harry Langhorne er niet was geweest.

Ik had het je niet kwalijk genomen, Dougie, als jij hem had vermoord.

Wist ik maar een manier om je bij Rochelle vandaan te krijgen.

Ze hoorde een geluid vanuit het huis. Toen werd de deur geopend en kwam Rochelle bij hem staan. Ze nam een trekje van zijn sigaret en keek om zich heen. Ze droeg een spijkerbroek en een capuchontrui, en was blootsvoets. Haar brede heup raakte Dougs magere heup. Ze glimlachte en kuste hem.

En hij glimlachte terug, en Francine moest toegeven dat hij daardoor weer een kleine jongen leek. Het kind dat zij zich herinnerde. Hij leek... gelukkig.

Ze stopte een hand in haar zak en raakte het pistool even aan. Dit kon heel goed aflopen. Of het werd de ergste dag van haar leven, en dat zei wel iets. Ze haalde diep adem en veranderde zichzelf in de vrouw die ze kon zijn als het moest: bevelend, vol zelfvertrouwen en moedig. Zoals ze bij Nathan Trask was geweest, toen ze hem en zijn mensen precies voldoende voor het lapje hield om in leven te blijven. Om ervoor te zorgen dat ze won.

Ze stapte naar voren, zodat ze haar konden zien. 'Prachtige lentedag, nietwaar? Hoe gaat het met mama? Levendig en energiek?'

Rochelle zette een stap naar voren, zodat zij tussen broer en zus in stond.

'Kom op, je denkt toch zeker niet dat ik mijn broer iets zou aandoen? Maar je zou me niet zo'n verleidelijk doelwit moeten geven, Rochelle.'

Francine keek langs Rochelle heen en haar stoere houding verliet haar heel even. 'Ik zou je nooit iets aandoen, Dougie. Nooit. We waren heel lang alles voor elkaar.'

Francine wist niet zeker of hij hierop reageerde, maar hij liet zijn sigaret vallen en trapte hem uit. Hij knikte naar haar, om haar te begroeten nam ze aan. Haar broer was nooit erg spraakzaam geweest.

'Hoe heb je ons gevonden?' vroeg Rochelle. 'Ik had je telefoon uitgeschakeld.'

Francine liep dichterbij. 'Verklap nooit je bronnen en methoden. En is mijn lieve moeder hier nog?'

Rochelle wees naar het pistool. 'Waar is dat voor?'

'Jij had de vorige keer een pistool. Het is dus gewoon eerlijk dat ik er nu een heb. En, hoe gaat het met mama?'

'Net zoals de vorige keer dat je hier was,' zei Rochelle. 'En je moet een beetje opschieten en het geld vinden, want ik hou het niet lang meer vol met die vrouw.'

'Is er wel elektriciteit in dit huis? Want hoe zorg je anders voor haar zuurstof?'

'We hebben het afgetapt van een aanvoerleiding. Nou ja, Dougie dus. Hij is heel goed in dat soort dingen. En we hebben een zuurstofapparaat.'

'Waar?'

Rochelle grijnsde. 'Bronnen en methoden.'

Francine keek naar haar broer. 'Herkende mama je?'
Hij schudde zijn hoofd en wendde zijn blik af.
'Dat spijt me.'
Hij keek haar weer aan. 'Waarom?' Zijn stem was schor en eentonig en vreemd.
Ze kwam nog dichterbij, met de loop van haar pistool naar de grond gericht. 'Omdat ze onze moeder is, ondanks alle shit.'
'Alles vergeten en vergeven?' vroeg Rochelle spottend.
'Geen van beide, maar we kunnen verder met ons leven.'
'Jij misschien wel. Maar die shit heeft ons behoorlijk verkloot,' zei Rochelle. 'We redden ons maar net. Misschien blijft dat altijd wel zo.'
'Denk je soms dat ik het voorbeeld ben van een goede mentale gezondheid?' vroeg Francine.
'Geen idee. Probeer je dat te zijn?'
'Het enige wat ik probeer is elke dag uit mijn bed komen.'
'Wij ook,' zei Doug. Hij voegde er snel aan toe, terwijl hij zijn blik weer afwendde: 'Wij ook, echt waar.'
'En Bruce?' vroeg Francine.
Haar broer keek nerveus naar Rochelle. 'Dat heb ik gedaan,' zei hij.
'Waarom?'
Doug keek opnieuw naar Rochelle en haalde zijn schouders op, met zijn blik naar de grond gericht.
'Je kende Bruce niet zoals ik hem kende,' zei Rochelle.
'Maar jullie hadden een relatie,' zei Francine.
'Echt niet. Hij had idiote fantasieën over me. Zei dat ik Wonder Woman was en hij Superman. Ik kreeg de kriebels van hem. Ik zei dat-ie me met rust moest laten, maar anders dan Doug had Bruce er geen enkel probleem mee om mee te doen aan de *reindeer games*.'
'Waar heb je het over?'
'Hij betaalde mijn vader om seks met me te hebben. En dat deed ik niet vrijwillig. Mijn pa moest me vasthouden.'
'Dat heeft hij bij mij nooit geprobeerd.'
'Dat wilde hij wel, geloof me,' zei Rochelle die nu net als Doug eerder haar blik afwendde.
'Waarom deed hij dat dan niet?'
'Omdat hij mij had. Ik dacht dat hij, als hij mij die shit aandeed,

jou wel met rust zou laten. Ik heb hem zelfs laten beloven dat-ie je met rust liet.'

'Waarom?'

'*Twelfth Night*...'

'Wat?'

'Jij was een veel betere toneelspeelster dan ik. Ik kon Viola's intonatie nooit goed krijgen of me echt in haar personage verplaatsen. Ik prentte de tekst gewoon in mijn hoofd en lepelde alles op als dat moest.'

'Ik heb gehoord dat het stuk goed was ontvangen.'

'Jij had op dat toneel moeten staan, niet ik.' Rochelle zweeg even. 'Dat was de ene reden waarom ik Bruce liet doen wat-ie met me deed.'

'Wat was de andere reden dan?'

Rochelle keek naar Doug. 'Je bent zijn zus. Daarom ben je belangrijk voor me. En voor het geval je het je afvraagt, zodra Bruce ons zag toen hij de deur van zijn huis opendeed, ging hij met een machete achter Dougie aan. Dougie had geen keus. Het was hij of Bruce.'

'Waarom ben je hem eigenlijk gaan zoeken?' vroeg Francine.

'Hij had iets van me wat ik terug wilde hebben.'

'Wat dan?'

Rochelle liet Francine zwijgend een gouden halskettinkje zien. 'Dit had je broer me gegeven. Hij werkte zich de pleuris in de bouw toen wij in New Mexico waren. Bruce pakte het van me af toen ik weer eens werd gedwongen seks met hem te hebben. Kort daarna werd zijn vader vermoord en waren hij en zijn ma verdwenen.'

'Hoe heb je hem gevonden?'

'Weet je nog, ik werkte ook als schoonmaakster in het kantoor van de Marshals en daar vond ik wat ik zocht. Anders dan wij hielden Bruce en zijn moeder wel contact met die lui van WITSEC. Volgens mij dacht die ouwe Bruce dat er een andere reden voor was dat wij er waren. Dat we wraak wilden nemen omdat hij me had verkracht. Hoe dan ook, hij probeerde Dougies hoofd van z'n romp te snijden, maar Dougie liet hem zien wie de sterkste was.'

'Ik heb het bloedbad gezien. Het leek niet alsof het echt een worsteling was geweest.'

'We hebben alles opgeruimd en Bruce in het bed gelegd. We wisten dat de politie de zaak waarschijnlijk wel zou oplossen en zij zouden nooit geloven dat het zelfverdediging was, al was dat wel zo. Dougie was veel groter dan Bruce, maar Bruce dacht volgens mij nog altijd dat-ie Superman was.'

Francine keek naar haar broer, die een sigaret uit zijn zak haalde en aanstak. Ze zei tegen Rochelle: 'Je hebt me in mijn hals gesneden.'

'Ik heb nooit beweerd dat ik helemaal goed was, of helemaal geestelijk gezond.'

'Jij hebt Harry een bezoek gebracht. Hoe en waarom?'

'We waren de hele tijd naar hem op zoek geweest en vonden hem uiteindelijk ook. Dougie ging naar hem toe om met hem te onderhandelen. We wilden dat hij ons een deel van het geld gaf en dat wij hem in ruil daarvoor niet zouden verraden. Toen zei Harry tegen Dougie dat-ie doodging en dat wij dus de pot op konden.'

Francine zei: 'Ik heb de huishoudster gesproken. Zij zei dat Dougie tegen haar zei dat ze een andere baan moest zoeken. Was dat omdat hij wist dat Harry stervende was?'

Doug knikte. 'Ja.'

Francine stopte haar pistool in haar jaszak. 'Ik zal zorgen dat ik het geld krijg. Doe mama de groeten van me en zeg dat ik terugkom om haar te halen en dat we dan nog lang en gelukkig zullen leven.' Ze begon weg te lopen, maar draaide zich weer om. 'Fijn je weer te zien, Dougie.'

Haar broer knikte en wendde deze keer zijn blik niet af. Hij keek haar na, terwijl hij Rochelles hand stevig in de zijne nam.

76

'Kunnen we elkaar zien?' vroeg Gibson.

Ze was aan de telefoon met Francine, die net terug was van haar ontmoeting met Rochelle en haar broer.

'Ja, zelfde plek?'

'Ik ben er over een uur.'

Gibson reed ernaartoe en zag dat Francine voor het café op haar wachtte. Ze droeg een donkerblauw pakje met een slappe hoed. Ze gingen op het terras zitten en bestelden ijsthee. Gibson opende haar laptop, maar voordat ze kon laten zien wat erop stond, zei Francine: 'Ik heb mijn moeder gevonden, en ik heb Rochelle en Dougie gezien.'

'Wat! Hoe?'

Francine vertelde op welke manier ze hen had opgespoord.

'Heel ingenieus,' zei Gibson. 'Je hebt haar daar dus gelaten?'

'Ze is daar veel gelukkiger dan ze was in dat tehuis in Greenville. En ze zullen ervoor zorgen dat haar niets overkomt. Ze willen het geld.'

'Oké. Eh... Hoe ging het met je broer?'

'In bepaalde opzichten hetzelfde en in bepaalde opzichten anders. Ik vroeg me af hoe ik hem bij Rochelle vandaan kon krijgen.'

'Maar?'

'Maar toen besefte ik dat hij gelukkig was met haar. Ik denk zelfs dat ze voor elkaar gemaakt zijn. Dat heeft mijn plannen zeg maar behoorlijk verstoord.'

'Welke plannen, om je familie weer bij elkaar te brengen?' vroeg Gibson vol twijfel.

Francine wendde haar blik af. 'Ik ben zoveel tijd alleen geweest dat ik... Nou ja, ik dacht dat ik op een andere manier wilde gaan leven.'

'Maar?'
'Maar ik zie nu wel in dat dat niet zal lukken. Er is te veel tijd verstreken en we zijn allemaal te verschillend.' Ze keek naar de laptop. 'Goed, laat me maar eens zien wat je hebt ontdekt.'
'Weet je iets van NFT's?'
'Ja. Maar je wilt me toch niet vertellen dat mijn vader daar ook iets van wist?'
'Daar lijkt het wel op.' Gibson drukte een paar toetsen in en draaide de laptop een beetje zodat Francine het scherm kon zien. 'Ik ontdekte een stukje zwevende code op een van de rekeningen die je vader had afgesloten. Volgens mij deed hij dat expres, als een soort broodkruimel die naar de schat leidde. Dus heb ik dat spoor gevolgd.'
'Die NFT's zijn inderdaad iets van de eenentwintigste eeuw,' zei Francine.
'Inderdaad. Dat past dus bij de tekst op zijn briefje.'
'Maar wat voor soort NFT kan hij hebben gebruikt voor een half miljard dollar?'
Gibson vroeg verbijsterd: 'Gaat het om zoveel geld?'
'Volgens mijn berekening wel.'
'Allemachtig.'
'Allemachtig is te zacht uitgedrukt.'
'Dit heb ik gevonden.' Gibson drukte nog een toets in en er verscheen iets op het scherm.
'Dat is een kamer,' zei Francine. 'Waar is dat?'
'Ooit gehoord van het metaverse?'
'De niet-bestaande realiteit waar we allemaal avatars hebben die shit doen die we echt doen, zoals naar een feest of een concert gaan, of idiote dingen doen die we nooit echt zouden doen, zoals basejumpen in een *wingsuit*.'
'Klopt,' zei Gibson. 'Je kunt ook dingen kopen die niet echt bestaan, maar alleen in het metaverse. Zoals vastgoed. Alles van een huis tot en met advertentieruimte in een voetbalstadion, virtueel tenminste.' Gibson wees naar het scherm. 'Die kamer bevindt zich in een vastgoed dat Harry in het metaverse heeft gekocht.'
'Waar is het?' vroeg Francine.
'Dat weet ik niet zeker. Het digitale spoor was om de een of an-

dere reden afgeschermd, terwijl het normaal heel duidelijk is.'

'Wat is dat, op de muren?'

Gibson zoomde in. 'Kunst.'

Francine leunde naar voren. 'Wat voor kunst?'

'Digitale afbeeldingen van kunstwerken. Ik heb ze al geïdentificeerd.' Ze ging met haar cursor over elk stuk. 'Dit is een Degas, dat is een Monet en die ene links is een Vermeer. En van de drie aan deze muur is de eerste een Winslow Homer, de volgende een Mary Cassatt en de laatste een John Singer Sargent. Er zijn er nog meer, in andere kamers. Maar zo heb je een idee.'

'Oké, maar dit zijn digitale kopieën, niet de echte kunstwerken. Hoeveel kunnen die waard zijn?'

'Dat heb ik ook opgezocht. Dit zijn geautoriseerde unieke kopieen met blockchain provenance. Ik neem aan dat musea en mensen die deze kunstwerken bezitten een manier zagen om geld te verdienen zonder het origineel te moeten verkopen. Iedereen doet dit nu. Ik heb berekend dat al deze NFT's bij elkaar ongeveer vijf miljoen dollar waard zijn. Ik denk dat dit voornamelijk een aankoop uit ijdelheid is geweest. Ik bedoel, wie zou bereid zijn zoveel geld uit te geven aan een digitale kopie, zelfs mét authentieke provenance? Ik denk niet dat hij ze kan verkopen of eraan kan verdienen.'

'Maar dat is bij lange na niet het vermogen dat hij volgens mijn berekening heeft nagelaten. Bovendien heeft hij geld van Trask afgepakt, dus er móét wel meer zijn.' Ze keek naar het scherm. 'Is er een manier om deze NFT's in bezit te krijgen?'

'Niet zonder de private key.'

'Zit die soms verborgen in een andere aanwijzing die we nog niet hebben gevonden?'

'Zou kunnen. Ik heb ontdekt dat je vader substitutiecijfers gebruikte toen hij de boekhouding voor de maffia deed. Dat heeft hij hier misschien ook gedaan.'

'Geweldig goed werk, Mickey, maar we zijn nog lang niet zover dat we aan het geld kunnen komen.'

'Ik weet het.'

'We mogen ook niet vergeten dat er een reële kans is dat mijn vader ons opnieuw voor de gek heeft gehouden.'

Gibson keek nerveus naar Francine. 'Vertel eens wat meer over je ontmoeting met Rochelle en je broer. Ben je iets nieuws te weten gekomen?'

'Ik heb gehoord dat Rochelle in New Mexico voor me is opgekomen en dat ik me daar helemaal niet bewust van was.'

'Wat bedoel je daarmee?'

'Ik bedoel dat ze zich door anderen heeft laten misbruiken zodat ze mij met rust lieten.'

'Waarom?'

Francine deed haar zonnebril naar beneden en keek Gibson aan. 'Voornamelijk omdat ze van mijn broer houdt. Mijn broer hield van mij en dus, zei ze, was ik belangrijk voor haar. Ze offerde haar lichaam op voor het mijne.'

'Verdomme!'

'Terwijl ik haar de hele tijd als mijn vijand beschouwde.'

'En Bruce Dixon?'

'Dougie gaf toe dat hij hem heeft vermoord, maar Rochelle zei dat Bruce met een machete achter hem aan kwam toen ze bij zijn huis kwamen. Dougie had geen keus, het was hij of Bruce.'

'Waarom zou Bruce dat doen?'

'Volgens Rochelle was Bruce lang niet zo aardig als ik dacht.' Ze vertelde Gibson dat Dixon Rochelle had verkracht en haar halsketting had gestolen.

Het bleef lang stil.

Toen vroeg Gibson: 'Wat is er met Rochelles vader gebeurd?'

'Weet ik niet. Vrij snel nadat mijn vader verdween is hij ook verdwenen. Ik heb je verteld dat haar moeder er toen al vandoor was, net als de mijne. Dus toen Rochelle en ik achttien werden, zijn we er als de sodemieter vandoor gegaan. Er was geen enkele reden om te blijven. En zoals ik je al eerder heb verteld, zijn Dougie en Rochelle later samen weggegaan en zijn ze sinds die tijd bij elkaar.'

'Hoe zag je broer eruit?'

'Lichamelijk niet geweldig, maar...' Ze zweeg even en keek Gibson aan. 'Hij lijkt gelukkig met Rochelle en zij met hem.' Ze schraapte haar keel. 'Dat is meer dan ik heb.' Ze fronste. 'Sorry, dat zeg ik alleen uit zelfmedelijden, dat weet ik wel.'

'Volgens mij is dat gewoon menselijk.'

Daarna zei Francine op zakelijke toon: ‘En als we het geld niet meteen in handen krijgen, is er iets anders wat we kunnen pakken.’

‘Wat dan?’

Francine haalde een notitieboekje uit haar tas, liet het aan Gibson zien en zei: ‘Earl Fucking Beckett.’

77

'Ik heb het vrij druk,' zei Wilson Sullivan. Hij stond voor Gibson in de wachtkamer van het politiebureau.

'Ik wilde gewoon even bijpraten en horen hoe de zaak ervoor staat. Ik dacht dat we hier samen aan werkten.'

'Tja, dingen kunnen veranderen. Ik kreeg de wind van voren van de leiding. Ze willen niet dat we met burgers samenwerken.'

'Ontzettend jammer, zeg! En ik dacht nog wel dat onze werkrelatie net goed op gang kwam.'

'Ja... Nou ja, het spijt me. Is er verder nog iets?'

'Nee, dat was het wel.'

Sullivan draaide zich om en wilde weglopen, maar keek meteen achterom toen iemand riep: 'Hé, Mark!'

Francine Langhorne zei: 'Volgens mij moeten we met elkaar praten.'

Ze zaten in de eetzaal van het politiebureau, waar op dit tijdstip verder niemand was.

Sullivan had zijn blik op het tafelblad gericht en nam een slok koffie. 'Hoe hebben jullie het ontdekt?' vroeg hij.

'Gewoon door alles naast elkaar te leggen,' zei Gibson, 'maar voornamelijk doordat jouw carrière parallel loopt met die van Beckett.'

'Daardoor weet ik nog steeds niet hoe jullie mijn echte naam hebben achterhaald.'

'Ik heb je vingerafdrukken genomen van de pen die je gebruikte toen ik de vorige keer bij je op bezoek kwam. We vermoedden al dat je iemand anders was dan je beweerde. Tot twintig jaar geleden bestond Wilson Sullivan niet.'

Hij keek Francine aan en vroeg. 'Ben jij echt de dochter van Harry Langhorne?'

'Echt. Sorry dat we die oude WITSEC-techniek hebben gebruikt en je dwongen jezelf te verraden door je echte voornaam te roepen, maar we moeten dringend een paar vorderingen maken.'

'Wat gaan we nu doen?'

Francine tikte op de tafel. 'Earl Beckett. Ik weet wat hij met mij en anderen heeft gedaan en we vermoeden wat hij met je zus heeft gedaan.'

'Hij heeft haar verkracht en toen ze dreigde het bekend te maken heeft hij haar vermoord.'

'Maar dat is nooit bewezen?' vroeg Gibson.

'Natuurlijk niet, hij loopt immers vrij rond.'

Gibson keek naar zijn hals. 'Ik heb je dossier ingekeken. Je bent tijdens je politiewerk nooit gewond geraakt, terwijl je me dat toch vertelde. Hoe kom je aan dat litteken?'

Sullivan trok de kraag van zijn overhemd omhoog om het litteken te verbergen. 'Laten we het er maar op houden dat ik zo wanhopig was door de dood van mijn zus dat ik probeerde iets heel doms te doen. Dat is me gelukkig niet gelukt.'

Francine en Gibson keken elkaar aan.

Francine zei: 'Oké, maar we moeten ervoor zorgen dat we hem deze keer wel veroordeeld krijgen.'

'Op basis waarvan?' vroeg Sullivan.

'De moord op Harry Langhorne,' zei Gibson.

Sullivan keek hen om beurten aan. 'Kunnen jullie dat bewijzen?'

'Misschien. Met jouw hulp.'

Hij leunde naar voren. 'Hoe dan?'

'Jij werkt met hem samen aan deze zaak. Volgens ons maakt hij misbruik van deze samenwerking om Langhornes schat te vinden.' Gibson zweeg even. 'Een schat waar jij ook belangstelling voor lijkt te hebben.'

'Mijn zus had een dochtertje, mijn nichtje. Na Helens dood hebben mijn ouders haar opgevoed. Ze heeft een verstandelijke beperking en is nu een volwassen vrouw. Ik hoopte dat ze, als er geld was...'

'Weet je, volgens ons is er geld. En wij denken dat we dat als aas kunnen gebruiken om Beckett te vangen.'

'Oké, ik zal jullie op elke mogelijke manier helpen.'

'Dat is precies wat we wilden horen,' zei Francine.

78

Het was een paar dagen na Sullivans gesprek met Francine en Gibson.

Sullivan liep naar het kantoor van Earl Beckett in het federale gebouw in Norfolk.

'Wat is er?' vroeg Beckett.

Sullivan ging tegenover de Marshal zitten. 'Zeg, kan ik even vertrouwelijk met je praten?'

'Waarom vraag je dat, denk je soms dat iemand ons hier afluistert?' vroeg Beckett met een droge glimlach.

'Misschien niet, maar ik wil niet dat iemand kan horen wat ik nu ga zeggen,' zei de rechercheur van de Virginia State Police

'Oké.' Beckett ging rechtop zitten, steunde met zijn ellebogen op zijn bureau en keek hem aandachtig aan. 'Vertel.'

'De Langhornes.'

'Wat is daarmee?'

'Ik denk dat ik Francine en Doug Langhorne heb gevonden. En de moeder.'

'Wat? Waar zitten ze?'

'De laatste plek was een verlaten huisje ongeveer drie kilometer van Stormfield vandaan.'

'Wat doen ze daar in vredesnaam? En hoe heb je ze gevonden?'

'Eigenlijk was dat het werk van Gibson. Zij heeft een specialistisch softwareprogramma van ProEye op haar computer, een soort opsporingsprogramma dat wel tienduizend verschillende factoren kan analyseren.'

'Weet je heel zeker dat ze daar waren? Heb jij ze gezien?'

'Gibson zei dat zij ze had gezien.'

'Zij zei dat zij hen had gezien? En jij geloofde haar?'

'Ze heeft me deze foto's gestuurd die zijn gemaakt met een telelens.'

Sullivan pakte zijn telefoon en gaf hem aan Beckett. 'Swipe maar gewoon.'

Dat deed Beckett en daarna keek hij Sullivan aan.

'En?' zei Sullivan. 'Jij hebt ze gekend, ik niet. Zouden dit ze kunnen zijn?'

'Zou kunnen,' zei Beckett langzaam. 'Kun je me die foto's sturen?'

'Tuurlijk.' Nadat Sullivan dat had gedaan vroeg hij: 'En, gaan we ernaartoe om ze te arresteren?'

'Waarvoor?' zei Beckett.

'Voor de moord op hun vader. Ze zijn misschien hetzelfde van plan met hun moeder. Ze zitten ook achter de schat aan, daar is Gibson van overtuigd. Zij heeft op internet een paar dingen gevonden en zegt dat ze hun digitale handtekening kan herleiden naar Francine.'

'Francine was altijd al de slimste,' zei Beckett afwezig.

'Ja. Dus als we hen arresteren en aan de praat krijgen, kunnen ze ons vertellen waar het geld is dat hun vader heeft gestolen. Dat gaat daarna natuurlijk naar de overheid. Het was immers maffiageld.' Sullivan voegde er met een glimlach aan toe: 'Wij krijgen daar waarschijnlijk een medaille voor.'

'Ja, een medaille,' zei Beckett, nog steeds afwezig. Hij dacht duidelijk ergens anders aan. 'Heeft Gibson een vermoeden waar de schat is?'

'Ze is ervan overtuigd dat die ergens op Stormfield is.'

'Waar dan? Dat is een enorm gebouw.'

'Gibson zal het wel kunnen vinden. Anders horen we het wel van Francine.'

Beckett leunde naar voren en zei langzaam en indringend: 'Ik ben bang dat Francine ons nooit van z'n leven ook maar iets gaat vertellen. Jij hebt haar niet gekend, maar ik wel. Die vertelt ons helemaal niets zonder strijd. Maar als wij de schat zelf vinden... Dan ziet de zaak er volkomen anders uit.'

'Maar moeten we hen dan niet arresteren?'

'Dat kan wel wachten. Laat hen voorlopig gewoon schaduwen zodat ze er niet vandoor kunnen gaan.'

'Oké. En als we het geld vinden, leveren we het in en houden we een persconferentie. Misschien komt de gouverneur wel, en iemand uit Washington. Dit is echt te gek! Ik wil al heel lang zo'n grote zaak oplossen.'

Beckett wreef over zijn kin en keek Sullivan van opzij aan. 'Ja, dat geloof ik meteen. Denk je echt dat Gibson de schat kan vinden?'

'Nou ja, ze heeft de Langhornes toch ook gevonden? Ik heb er dus alle vertrouwen in. En toen ik haar sprak, klonk ze ook heel zeker van haar zaak. Ze zei dat ze het allemaal had uitgezocht. Dat is haar werk immers, en het kan toch geen kwaad om te kijken of ze gelijk heeft?'

'Dat kan helemaal geen kwaad. Bespaart ons een heleboel moeite. Wil jij dit met haar regelen? Dan kunnen we er misschien met z'n drieën naartoe.'

'Met z'n drieën? Ik dacht dat we er morgen met een team naartoe konden gaan om alles te doorzoeken.'

'Morgen. Ja, dat is ook wel logisch... Is Gibson nu thuis?'

'Ja, ze heeft toch kinderen en zo? Ik kan wel even contact met haar opnemen en een afspraak maken voor morgen. Zullen we elkaar daar om een uur of tien treffen?' Sullivan stond op. 'Dit kon weleens heel belangrijk worden voor jou en mij, Earl.' Hij stak zijn hand uit. 'Veel succes morgen.'

Beckett stond op en schudde zijn hand. 'Ja, veel succes mórgen. Dan zie ik je daar.'

Meteen nadat Sullivan was vertrokken voerde Beckett een telefoongesprek.

79

Die avond om een uur of halftien belde iemand aan en deed Gibson de deur open. Toen ze Earl Beckett zag staan vroeg ze verbaasd: 'Hoi Earl, wat kan ik voor je doen?'

'Kreeg je adres van Sullivan. Mag ik even binnenkomen?'

Ze stapte achteruit, hij liep langs haar heen en nam zijn hoed af, en ze gingen in de kleine woonkamer zitten.

'Neem aan dat je kinderen liggen te slapen?'

'Zeker. Rond halfnegen zijn ze uitgeteld en dan barsten ze om zes uur weer los.'

'Heb nooit kinderen gehad,' zei Beckett. 'Mijn carrière was mijn gezin, denk ik.'

'Dat geldt voor heel veel mensen.'

'Zeg, Sullivan was vandaag bij me.'

'Ja, hij zei al dat hij dat van plan was.'

'Ik heb de foto's gezien en volgens mij zijn dat inderdaad de Langhornes. Hij zei dat jij ze hebt gevonden met behulp van een softwareprogramma.'

'Klopt, speciale software die ProEye gebruikt.'

'Verdomme! Als wij hadden geweten dat zoiets bestond, hadden we hen al heel lang geleden gevonden.'

'Nou ja, die software is nog maar een paar jaar beschikbaar.'

'Weet je, ik zou ze graag willen zien als dat kan, om die kinderen... Nou ja, het zijn geen kinderen meer natuurlijk... Om ze te laten weten dat ik aan ze dacht. En...'

'... en jij vroeg je af of zij hun vader hebben vermoord?'

Hij keek haar ongemakkelijk aan. 'Nee, ik wil niet eens dénken dat ze dat hebben gedaan. En het is mijn zaak niet, dus hoef ik niet achter hen aan te gaan. Het is Sullivans zaak.'

'Maar toch...'

'Natuurlijk zouden ze een motief hebben voor die moord. Hij heeft hen slecht behandeld, echt heel slecht. Ik vertelde je al over dat toneelstuk en dat hij Doug verbood om te sporten.'

'Ja, dat klonk echt verschrikkelijk.'

'Ik heb Sullivan gezegd dat hij ze moet laten schaduwen.'

'Ze waren helaas al verdwenen voordat hij dat kon regelen. Maar we vinden hun spoor wel terug,' zei ze.

Beckett keek verbijsterd. 'Sullivan zei ook dat je weet waar de schat is.'

'Ja, dat is mijn werk. Weet je, ik dacht dat ik als ik die schat vind misschien wel vindersloon kan krijgen... Ik ben een alleenstaande moeder met twee kinderen en zoals je kunt zien ben ik niet rijk. Dat geld zou dus heel welkom zijn.'

'Maar nu Francine en Doug hier in de buurt zijn, kunnen zij de schat toch ook gaan zoeken? Stel dat zij hem vinden nu jullie ze uit het oog zijn verloren?'

Gibson keek geschrokken. 'Shit, daar heb ik geen moment aan gedacht! Denk je dat dat mogelijk is?'

Beckett begon heel snel te praten: 'Als zij hem hebben vermoord, waren zij waarschijnlijk ook op zoek naar die schat. Je zei net dat ze het huis waar je hen hebt gezien al hebben verlaten. Ze zouden nu dus op Stormfield kunnen zijn. Sullivan stelde voor dat we er morgen naartoe gaan, maar stel dat dat te laat is?'

'Verdomme, straks zijn ze daar nog eerder dan wij!'

'Volgens jou weet je dus echt waar de schat is?'

'Ja.'

'Wacht, ik ga Sullivan bellen, nu meteen. Ik zal hem zeggen dat hij daar zo snel mogelijk naartoe moet gaan en dat wij daar dan ook zijn. Laten we meteen vertrekken.' Hij knipte met zijn vingers. 'O, maar je kunt je kinderen natuurlijk niet alleen laten.'

'Dat is geen probleem, hoor. Mijn moeder is hier, zij kan wel op hen passen. Als jij Sullivan belt, vertel ik haar dat ik even wegga en straks terugkom.'

'Goed idee,' zei Beckett.

Tijdens de rit naar Stormfield in Becketts SUV begon het te onweren, te regenen en harder te waaien. Het was al bijna elf uur toen ze er waren en door het dichte wolkendek was het pikdonker.

Beckett en Gibson haalden hun zaklampen tevoorschijn.

'Ik zie Sullivans auto niet,' zei Gibson.

'Misschien kost de rit hem meer tijd door het slechte weer.'

'Oké, laten we maar naar binnen gaan. Hij vindt ons straks wel.'

Ze renden door de regen naar de voordeur.

Die zat niet op slot.

Ze liepen naar binnen en schudden het water van hun kleren. Gibson veegde haar natte haar uit haar gezicht.

'Waar is de schat verborgen?' vroeg Beckett, terwijl ze hun zaklampen door de schemerige ruimte lieten gaan.

Gibson scheen de zaklamp op haar eigen gezicht en zei met een triomfantelijke blik: 'De kamer waar Langhorne werd gevonden was niet de enige geheime kamer in dit huis.'

'Wat?!'

'Ja, ik ben in de geschiedenis van Stormfield gedoken. De man die dit pand heeft gebouwd had Schotse voorouders. En Schotten lieten heel vaak verborgen kamers in hun kastelen bouwen. Ik heb John Turner gesproken, de man die dit landhuis aan Langhorne heeft verkocht. Hij zei dat er in de wijnkelder een tweede geheime kamer is en heeft me ook verteld hoe ik naar binnen kon.'

'Verdomme! Goed werk, Gibson.'

'Bedankt. Ik was ook best trots op mezelf.'

Ze liepen de trap af.

In de wijnkelder liep Gibson snel naar een houten wand in een hoekje achterin, waar planken aan waren bevestigd voor wijnflessen. Ze wees naar de hoek rechts beneden en zei: 'Richt daar het licht van je zaklamp op.'

Dat deed hij.

Gibson legde haar zaklamp neer en pakte de hoek van het hout vast. Eerst duwde ze het hout naar binnen en daarna hoorden ze een klikje. Vervolgens trok ze eraan, waarna het hele stuk wand op scharnieren naar buiten draaide. 'Voilà.' Ze pakte haar zaklamp weer en scheen ermee in de kleine donkere ruimte.

Achterin, onder een paar oude dekens, stond een kist. Gibson maakte de kist open in het licht van Becketts zaklamp. Er lag een sleutel in.

'Oké. Waar is deze sleutel voor?' Ze keek onderzoekend naar het middelste gedeelte van de achterwand van de kelder. 'Licht me even bij,' zei ze op dringende toon.

Dat deed hij.

Ze trok een laagje glanzende verf los waar een sleutelgat onder bleek te zitten.

'Verdomme, hoe zag je dat?' vroeg Beckett.

'Gemakkelijk. De rest van de muur heeft een iets andere blauwe kleur en de verhoging van het sleutelgat eronder konden ze niet helemaal afdekken.'

Ze stopte de sleutel in het sleutelgat en draaide hem om. De wand, of eigenlijk een deur, zwaaide open zodat ze een andere ruimte konden zien waar vijf grote koffers in stonden. Met dezelfde sleutel probeerde ze de koffers te openen, maar pas bij de vierde kon ze de sleutel omdraaien. Ze maakte de koffer voorzichtig open.

Beckett richtte zijn zaklamp op de inhoud. 'Jeetjemina!' zei hij.

De koffer zat vol bankbiljetten.

Ze knielde en bekeek het geld. 'Dit zijn allemaal biljetten van honderd dollar.' Ze probeerde een snelle berekening te maken. 'Als in elke koffer hetzelfde bedrag zit, dan is dit waarschijnlijk in totaal een paar honderd miljoen dollar.' Ze veegde haar handen af en pakte haar telefoon. 'Ik zal foto's maken. Daarna probeer ik Sullivan weer te bellen en kunnen we hem vertellen wat we hebben gevonden. Dit haalt het landelijke nieuws, zeker weten.'

'Echt niet,' zei Beckett.

Toen Gibson opkeek, was zijn pistool op haar gericht.

80

'Wat heeft dit verdomme te betekenen, Earl?'

'Ik kom halen waar ik recht op heb.'

'Dit is het maffiageld van Langhorne.'

'Nee, dit is mijn geld! Ik heb hier heel lang op gewacht.'

'Waar heb je het over?'

'Ik heb Harry geholpen om uit WITSEC te vluchten. We hadden afgesproken elkaar te treffen zodat hij me mijn aandeel kon geven, maar die klootzak is nooit gekomen. Ik was al meer dan twintig jaar naar hem op zoek en uiteindelijk vond ik hem, hier in dit huis.'

'Wacht even… Heb jíj Langhorne vermoord?'

'Ik kwam hem tegen toen hij uit dat geheime kamertje in zijn bibliotheek kwam. Ik was eerlijk en gaf hem de keus: als hij het me vertelde zou hij een pijnloze dood sterven, maar als hij het me niet vertelde zou hij op een gruwelijke manier doodgaan. Hij koos voor het gif.'

'En toen Sullivan je benaderde?'

'Ik dacht dat het geen kwaad kon om mee te liften op jouw inspanningen en kwam tot de ontdekking dat je echt goed bent in het opsporen van verborgen geld.' Hij scheen met zijn zaklamp op de koffers. 'Ik moet zeggen dat je reputatie klopt.'

'Je komt hier echt niet mee weg! Sullivan komt er zo aan.'

'Jezus, denk eens even na! Ik heb hem echt niet gebeld.'

'Mijn moeder weet dat jij en ik samen zijn vertrokken.'

'Dat betekent dat ik straks bij jou thuis nog iets moet afhandelen. Wees niet bang, ik zal het snel doen en je kinderen raak ik niet aan. Maar eerst moet ik met jou afrekenen.'

'Laat je wapen vallen, Beckett!' riep iemand.

Beckett draaide zich vliegensvlug om en zag Wilson Sullivan en twee geüniformeerde agenten met getrokken pistool uit de duisternis opdoemen.

Beckett vloekte zacht en liet zijn wapen zakken. 'Je hebt me erin geluisd, bitch!' zei hij tegen Gibson.

Francine kwam naast Sullivan staan. 'Hoi Earl, weet je nog wie ik ben? Francine.'

Beckett keek haar aan. 'Lang niet gezien.' Hij glimlachte.

Die glimlach beviel Gibson helemaal niet.

Francine liep naar Beckett toe en gaf hem een knietje in zijn kruis. 'Dit is hopelijk een memorabel weerzien.'

Beckett zakte kreunend door zijn knieën.

Even later werd vanuit de deuropening geschoten. Twee kogels raakten een van de geüniformeerde agenten, die meteen op de grond viel. Een andere kogel raakte Sullivan in zijn schouder, zodat ook hij viel. De andere agent schoot terug in de richting van de deuropening.

Gibson haalde haar pistool uit haar enkelholster, maar Beckett had zich al hersteld. Hij pakte Francine, raapte snel zijn pistool op en trok haar met zich mee de wijnkelder uit.

Gibson hoorde een klikje.

Ze rende naar de deur, maar die zat op slot. 'Francine!' Ze zag dat de ene agent dood was. Zijn collega stond bij Sullivan die zwaar ademde en zijn arm vasthield. Ze rende naar hem toe. 'Hoe erg is het?'

'De kogel is er ook weer uit gegaan, maar het bloedt hevig. Wie heeft die schoten afgevuurd?'

'Beckett is hier dus niet alleen naartoe gekomen.'

Gibson zei tegen de agent: 'Bind een tourniquet om zijn arm en bel dan voor een ambulance en back-up.'

Ze rende naar de deur, schoot twee keer op het slot, trapte tegen de deur en duwde hem open. Ze keek voorzichtig om het hoekje om te zien of er iemand stond te wachten tot ze de kelder uit kwam. Maar de kust was veilig.

Ze rende achter hen aan en voelde zich weer de agent die ze in Jersey was geweest, terwijl ze achter een verdachte aan zat.

Alleen had deze een gijzelaar.

81

Gibson hoorde rennende voetstappen voor zich. Ze kon de afstand niet schatten, maar ze hadden een grote voorsprong op haar.

Ze baalde van zichzelf dat ze dit had laten gebeuren. Ze had geweten dat het waarschijnlijk was dat twéé mensen de zin op de muur in de geheime kamer hadden geschreven. Eerst had ze aan Francine en haar broer gedacht en later aan Rochelle en Doug, maar dat bleek allemaal niet zo te zijn. Toen ze had ontdekt dat Earl Beckett de moordenaar van Harry Langhorne was, had ze aan de tweede persoon moeten denken die de tekst had geschreven. Doordat ze daar niet aan had gedacht was nu één agent dood, had Sullivan een schotwond en zou Francine misschien sterven.

Maar wie was die andere persoon?

Op de begane grond keek ze voorzichtig om een hoek. Ze hoorde geen voetstappen meer.

'Mickey, pas op!' gilde Francine.

Gibson bukte zich. Twee kogels sloegen in de muur waar ze even eerder nog voor had gestaan.

Ze hoorde een klap en Francine gilde het uit van de pijn.

Gibson kon niet terugschieten, omdat ze Francine dan kon raken.

Toen ze hoorde dat ze weer verder renden, volgde ze hen. Ze versnelde haar tempo toen ze hoorde dat een van de voordeuren tegen de muur klapte.

Buiten onweerde het nog steeds. Ze had geen idee hoe lang het zou duren voordat de politie of een ambulance hier waren. Maar als Beckett ontsnapte en Francine meenam? Gibson wist zeker dat ze dan hoogstens haar lijk zouden vinden, áls dat al gebeurde.

Ze liep net de trap van het bordes af toen Becketts SUV werd gestart en de koplampen aangingen. Er stond een andere auto naast, vast de auto van degene die met Beckett samenwerkte.

Gibson rende een stukje, knielde, richtte zorgvuldig en schoot de beide voorbanden van de SUV lek. Daarna schoot ze twee kogels in de radiateur.

De portieren vlogen open. Beckett had achter het stuur gezeten en een andere man had naast hem gezeten. Voor de andere man stond Francine, met een pistool tegen haar hoofd.

Beckett riep: 'Straks zijn zij én jij dood.'

'Je vertrekt hier niet samen met haar. Dan is ze zeker dood.'

'Ze is nu al dood!' riep de andere man.

'De politie kan hier elk moment zijn!' riep Gibson.

'Wij hebben twee vuurwapens en jij hebt er maar een,' riep Beckett. 'Dat pakt dus niet goed uit voor je.'

'Voor jou ook niet,' snauwde Gibson terwijl de regen in haar gezicht striemde.

Vlakbij sloeg de bliksem in een boom. Door die explosie, samen met een griezelig harde donderslag, keken ze allemaal naar de boom zo'n driehonderd meter verderop die in brand vloog.

De man die Francine vasthield kreunde toen hij ergens door werd geraakt en hij viel op de grond.

Gibson zag dat en riep: 'Francine, rennen!'

Francine rende weg terwijl de man opstond en een paar keer op haar schoot, tot zijn aanvaller opnieuw op hem in sloeg en pas ophield toen hij slap op de grond lag.

Toen Beckett zag wat er gebeurde rende hij naar zijn partner toe om hem te helpen, maar Gibson schoot hem in zijn been, zodat hij op de grond viel en gillend van de pijn en met zijn handen om zijn been bleef liggen.

Gibson rende naar hem toe, raapte zijn pistool op en stak waarschuwend een vinger op. 'Als je ook maar een beetje beweegt, schiet ik opnieuw.'

Gibson wilde net naar de andere man toe rennen toen Beckett een tweede pistool uit een zijholster haalde en de trekker wilde overhalen.

Op dat moment drukte iemand de loop van een pistool tegen zijn hoofd. Special agent Cary Pinker van de FBI pakte het pistool van hem af en zei: 'Je bent gearresteerd.'

Gibson keek om en toen ze zag wat er was gebeurd, zei ze: 'Bedankt voor je hulp.'

‘Nee, jij bedankt. Ik zit al heel lang achter deze klootzak aan.’

Gibson rende om de SUV heen en zag dat Doug Langhorne over de bewusteloze man gebogen stond. In het licht van haar zaklamp zag ze het gehavende gezicht van de man. ‘Wie is dat?’ vroeg ze.

Dougs kleren waren drijfnat van de regen en hij zei hijgend: ‘Rochelles vader, Darren Enders.’

Opeens hoorden ze een gil. Ze draaiden zich om en renden naar het geluid toe, maar bleven bij de boomgrens staan toen ze Francine zagen die naar iets keek wat op de grond lag.

‘Rochelle!’ riep Doug. Hij duwde zijn zus opzij en knielde naast Rochelle. Ze had een kogelwond midden op haar borst die ontzettend bloedde. Toen Doug haar hand vastpakte, opende ze haar ogen. Ze mompelde iets toen ze hem zag en stierf.

Gibson keek vol ongeloof naar Francine en toen weer naar de plek waar Darren Enders bewusteloos op de grond lag. ‘Toen hij op jou schoot...’

‘... raakte hij Rochelle,’ zei Francine. Ze stond te wankelen op haar benen en verloor het bewustzijn.

Gibson kon haar net op tijd opvangen.

82

De doden waren opgehaald. De plaats delict werd nog steeds onderzocht. Getuigenverklaringen waren verzameld. De gewonde Sullivan was al naar het ziekenhuis gebracht en werd nu geopereerd, net als Earl Beckett. De gewonde Darren Enders was gearresteerd en lag nu ook in het ziekenhuis.

Gibson, Francine en Doug zaten gehuld in warme dekens in een kleine vergaderzaal van het FBI-gebouw in Norfolk en dronken hete sterke koffie.

Agent Pinker kwam binnen met een dossier en deed de deur dicht. Hij trok een stoel bij en ging zitten. 'Hoe gaat het met jullie?'

Doug staarde naar het tafelblad en Francine staarde in haar koffie.

Gibson antwoordde: 'Zo goed als mag worden verwacht. Komt het weer goed met Sullivan?'

'Ik heb de artsen gesproken. Het komt helemaal in orde met hem.'

'Ken je zijn echte naam?' vroeg Gibson.

'Mark Gosling, ja.'

'Toen jij daar aankwam, dacht ik dat je daar was om de moord op Langhorne te onderzoeken.'

'In zekere zin was dat ook zo. Maar in werkelijkheid zat ik achter Beckett aan.'

'Je wist dus wat hij heeft gedaan?'

'We hadden een sterk vermoeden. We hadden verhalen gehoord. In de loop der jaren hebben een paar mensen een verklaring afgelegd. Er waren meer dan genoeg onregelmatigheden om ons wantrouwig te maken. Ik hou niet van *dirty cops*. En wat Beckett heeft gedaan was veel erger dan alleen geld incasseren om de andere kant op te kijken.'

Hij keek naar Francine en Doug. 'Ik weet iets van wat jullie is overkomen. Ik weet ook dat het waarschijnlijk heel weinig betekent, maar ik vind het heel erg voor jullie. Dat had nooit mogen gebeuren.'

Francine reageerde met een knikje. Doug liet niet eens blijken dat hij het had gehoord.

'Waarom kwamen jullie naar Stormfield?' vroeg Gibson.

'We volgden Beckett. We volgden hem naar jouw huis en toen naar Stormfield. We zagen dat die andere man eraan kwam en na jullie naar binnen ging. We stonden buiten toen de hel losbarstte, een paar mensen naar buiten renden en er werd geschoten. Ik ben blij dat ik er op tijd was om te voorkomen dat hij jou doodschoot.'

'Ik ook. Wist je dat hij samenwerkte met Darren Enders?'

'We wisten dat hij met iemand samenwerkte, maar niet dat dit Enders was. Langhorne had hun allebei kennelijk een deel van dat maffiageld beloofd.'

'Dat zei Beckett ook al. Hij zat al heel lang achter Langhorne aan en heeft bekend dat hij hem heeft vermoord. Sullivan en de andere agent hebben zijn bekentenis ook gehoord.'

'We hebben hem op heterdaad betrapt. Hij komt nooit van z'n leven meer vrij. Enders ook niet.' Hij tikte op zijn dossier. 'Je hebt hem er dus in geluisd met die schat?'

'Met wat volgens hem de schat was. Sullivan had van de vorige eigenaren gehoord dat er in de wijnkelder nog een geheime kamer was. Zodoende kwamen Francine en ik op het idee om Beckett te bedriegen. We wisten dat hij het geld in handen wilde krijgen. Daarom regelden we de koffers die Sullivan en zijn mensen vulden met op maat gesneden papier, maar met helemaal boven op elke stapel echte biljetten van honderd dollar. De vroegere eigenaren vertelden ons dat je met die oude sleutel een andere deur in die geheime kamer kon openmaken. We smeerden wat verf op het sleutelgat om het eruit te laten zien alsof iemand had geprobeerd het te verbergen. In werkelijkheid was er helemaal geen sleutel nodig om die koffers open te maken. Die gebruikte ik alleen om te voorkomen dat Beckett wantrouwig werd.' Ze zweeg even. 'Ik heb ook net te horen gekregen dat hij ProEye heeft gebeld en ervoor zorgde dat ik werd ontslagen.'

'Waarom?' vroeg Pinker.

'Waarschijnlijk omdat hij wilde dat ik wanhopig werd en de schat per se wilde vinden, zodat hij alles kon inpikken.'

'Je móét hebben geweten dat hij zou proberen je te doden nadat je de schat had gevonden.'

'Daarom had ik geregeld dat Sullivan en twee van zijn mannen zich in de wijnkelder verstopten. Ik had er niet op gerekend dat Beckett zijn partner zou laten komen en dat heeft één agent het leven gekost.' Ze schudde haar hoofd met een verdrietige blik.

Pinker keek naar Doug en zei tegen hem: 'Ik vind het heel erg van uw vriendin, meneer Langhorne.' Nu knikte Doug, maar hij keek niet op. 'Het was heel fijn dat u er was om te helpen die mannen te pakken te krijgen.'

Doug keek naar zijn zus, niet naar Pinker, en zei: 'We hielden het huis om beurten in de gaten. Rochelle was er gisteravond. Toen ze de auto's aan zag komen, belde ze me en ben ik er meteen naartoe gegaan. Ik zag Enders en Beckett. Ik wist meteen wie ze waren. Toen ik je zag rennen en hij op je wilde schieten...'

Francine legde een hand op de arm van haar broer. 'Je hebt mijn leven gered, Dougie. Je was er altijd voor me, en Rochelle.'

Hij kreeg tranen in zijn ogen. 'Behalve gisteravond.' Hij boog zijn hoofd en begon te huilen.

Francine sloeg haar armen om hem heen en hield hem stevig vast, terwijl ze troostende woorden in zijn oor fluisterde.

Gibson en Pinker wendden hun blik af.

83

'Goed, we hebben alles wat we moeten hebben, behalve de schat,' zei Francine.

Ze zat samen met Gibson in haar werkkamer. Tommy en Darby waren bij Gibsons ouders.

'Ja, maar de schat is wel heel belangrijk. Hoe gaat het eigenlijk met je moeder?'

'Ik heb haar in een tehuis hier vlakbij kunnen plaatsen, in elk geval tijdelijk. Dougie is nu bij haar. Hij heeft besloten Rochelle te cremeren en de as uit te strooien bij een meer waar ze een tijdje hebben gewoond en heel gelukkig waren.'

'Ze kwamen hier dus naartoe om Beckett en je vader te zoeken?'

'Ze wilden wraak nemen, maar ze wilden het geld ook hebben, net als ik.' Ze keek naar Gibsons beide computerschermen. 'NFT's. Het lijkt me echt niets voor Harry om zijn geld daarin te stoppen. Bovendien was dat maar een miljoen dollar.'

'Ik heb alles al wel honderdduizend keer bekeken.'

'En die *dig deeper*-aanwijzing dan? En die verwijzing naar de eenentwintigste eeuw? Was dat alles? Heeft hij geen andere aanwijzingen achtergelaten?'

'Nee.' Gibson keek naar haar schermen. 'Maar dat klopt niet.'

'Waar heb je het over?' vroeg Francine.

'Ik ben vergeten je dat te vertellen. Ik heb een heleboel bedrijven van Langhorne getraceerd. Als je in een bepaalde staat een vennootschap opricht, móét je in die staat een registered agent hebben die eventuele dagvaardingen en dergelijke in ontvangst kan nemen als er een proces tegen dat bedrijf wordt aangespannen.'

'Ja, en?' vroeg Francine ongeduldig.

'Er was een registered agent die meteen reageerde nadat ik hem had benaderd.' Ze drukte een paar toetsen in en wees naar het scherm. 'Dexter Tremayne uit South Dakota. Hij is de registered agent voor DPE, Daniel Pottinger Enterprises.'

'Wat zei hij toen hij contact met je opnam?'

'Dat Pottinger alias Harry hem had gebeld en een boodschap achterliet die Tremayne moest doorgeven aan iedereen die na Pottingers dood contact met Tremayne opnam. DPE was uitstekend verborgen achter een paar andere lege vennootschappen. Ik moest behoorlijk lang graven om dat te vinden.'

'Hoe luidde die boodschap?'

'"Now you see it, but then you don't."'

'Dat is alles?'

'Nee, er was meer. "Take away the eight. And then use the leftovers for *Sesame Street*." Haal de acht weg en gebruik wat overblijft voor *Sesamstraat*.'

'Dat slaat helemaal nergens op.'

'Mee eens. Maar de normale uitdrukking is een beetje anders: "Now you see it, now you don't."'

'Harry heeft "now" dus veranderd in "but then"?'

'Inderdaad. Ik wilde doorgaan met graven, maar werd afgeleid door alles wat er toen gebeurde en heb er daarna geen moment meer aan gedacht.'

Francine haalde een notitieboekje uit haar tas en begon erin te bladeren.

'Wat is dat?' vroeg Gibson.

'Mijn SCHAT-notitieboekje.'

Gibson keek haar bevreemd aan.

'Ik heb er een stuk of zes over jou. Dat is een record.'

'Moet ik me dus vereerd voelen? Denk je dat hij die uitdrukking per ongeluk fout opschreef?'

'Nee. Hij had juist ontzettend veel aandacht voor details.'

Gibson keek naar het notitieboekje en naar het precieze handschrift op de bladzijde die ze kon zien. 'Net als jij, bedoel je?'

'Ik doe dit omdat dit me een soort controle geeft over mijn leven. Hij deed het om mensen te bedriegen.'

'Er was dus een reden voor als hij "but then" schreef?'

'Dat moet wel.' Ze sloeg een bladzijde om en verstijfde. 'Wacht eens even... Je zei dat je had ontdekt dat mijn vader geheime codes en substitutiecijfers gebruikte om zijn boekhouding voor de maffia geheim te houden?'

'Klopt.'

'Dan is deze zin misschien ook een substitutiecode. Weet je hoe die werken?'

'Zo ongeveer. Je vervangt een bepaalde letter van het alfabet voor een andere. De partijen die met elkaar communiceren hebben de sleutel, zodat zij weten welke letter je moet vervangen door de echte letter. Julius Caesar gebruikte dat systeem al.'

Gibson begon te typen en vergrootte de letter zodanig dat de zin levensgroot op het scherm verscheen.

NOW YOU SEE IT, BUT THEN YOU DON'T.

'Jij denkt dus dat elke letter een andere letter vervangt?' vroeg Francine.

'Zou kunnen. Ik heb daar software voor, omdat de mensen met schulden op wie ik jaag allerlei dingen gebruiken, ook geheime codes.' Gibson opende een programma en plakte de zin erin. 'Dit werkt snel, maar klopt niet altijd.'

Vijf minuten later kwam het programma met verschillende mogelijkheden die volgens hen allebei nergens op sloegen.

'Harry's huishoudster vertelde me dat hij er bijna nooit was,' zei Francine. 'Dat heeft Nathan Trask bevestigd.'

'Oké, waar was hij dan de rest van de tijd?' vroeg Gibson.

'In een andere schuilplaats, lijkt me. Wacht, stel dat de schat in een van die schuilplaatsen is en deze code ons de locatie vertelt,' opperde Francine.

Gibson keek met hernieuwde belangstelling naar de woorden. 'Als dit inderdáád een adres is, dan zijn het waarschijnlijk cijfers én letters.'

'Waardoor het nog moeilijker wordt om de oplossing te vinden, dat weet ik,' zei Francine peinzend. 'Oké, laten we met de eenvoudigste beginnen. We nemen de eerste letter van elk woord en geven dat zijn alfabetische numerieke equivalent. Als we dat met die zin doen, is elke eerste letter N-Y-S-I-B-T-Y-D. Nu geven we elke letter zijn alfabetische equivalent.'

Nadat Gibson dit had gedaan keek ze naar de verschillende cijfers die overeenkwamen met hun plaats in het alfabet: '14, 25, 19, 9, 2, 20, 25 en 4. Valt jou iets op?'

'Ja, dat het verwarrend is,' zei Francine.

'Zou het een hybride kunnen zijn?'

'Wat bedoel je daarmee?'

Gibson zei: 'Een paar vervangen een cijfer door een letter, maar misschien betekenen bepaalde letters feitelijk woorden.'

'Maar welke dan?'

'Ik heb echt geen idee.'

'Laten we Harry letterlijk nemen. De letters b en t van de woorden "but then" worden vertegenwoordigd door de 2 en de 20. Is dat van belang? Aangezien het duidelijk is dat hij "but" voor "then" heeft geplaatst om er "but then" van te maken.'

Gibson keek naar haar aantekeningen. 'Wacht even, we vergeten de woorden "take away the eight".'

'Oké, maar hoe doen we dat?'

'Als we hetzelfde vervangingscijfer gebruiken, dan vertegenwoordigt "eight" de letter h.'

'We halen de h dus uit het woord "then"?'

'En dan wordt het *ten*,' zei Gibson.

'Dan luidt de zin nu: "Now you see it, but ten you don't."' Ze keek Gibson aan. 'Wat betekent dat in vredesnaam?'

Gibson werd lijkbleek. 'O mijn god!'

'Wat is er?' vroeg Francine meteen.

'Dit is een ondoorzichtige puinhoop en ik weet zeker dat dat opzet was. "But then" was feitelijk de sleutel. Ik weet bijna zeker dat het een shortcut was die Harry gebruikte, omdat het woord in dit verband zo ongebruikelijk is.' Ze typte iets en leunde naar achteren, zodat Francine het kon zien: 199 Button Road, Yarden, New York.

'Button staat gelijk aan "but ten".' Ze keek naar Francine om te zien of deze haar logica kon volgen. 'Herken je het niet? Staat het niet in een van je notitieboekjes?'

'Wat?'

'Op dit adres heeft je vader als kind gewoond.'

84

Gibson en Francine hadden het vliegtuig gepakt en zaten nu in hun huurauto in Yarden, New York. Gibson zat achter het stuur en stopte voor het kleine huis waar Harry Langhorne als kind had gewoond.

Het huis leek precies op de foto die Gibson eerder op Google Maps had gezien.

Voor het huis stond een auto. De bloembedden stonden vol bloemen. Alles leek netjes en goed onderhouden. In de straat stonden nog vier huizen. Ze leken allemaal op elkaar, er stond een auto voor de deur en er stonden bloemen in de bloembedden.

Gibson had ontdekt dat al deze huizen eigendom waren van één bedrijf. Ze wist na een hele zoektocht dat dit een van Daniel Pottingers bedrijven was, dat er een onderhoudsdienst was ingehuurd die de buitenkant van de huizen netjes moest houden en de auto's moest onderhouden. Verder was er een schoonmaakbedrijf ingehuurd dat de huizen vanbinnen moest schoonhouden. Ze konden echter niet bij nummer 199 naar binnen. Daar ging kennelijk niemand ooit naar binnen.

Ze stapten uit en liepen naar het huis.

Naast de voordeur hing het paneel van de alarminstallatie.

'Beetje ongebruikelijk om dit buiten te hangen,' zei Francine.

'Deze deur heeft geen sleutelgat, alleen een deurkruk. Ik denk dat Harry hier de meeste tijd woonde. Nu hebben we de code nodig om naar binnen te kunnen.'

Francine keek in haar notitieboekje naar de getallen die ze daar had genoteerd: 14, 25, 19, 9, 25, en 4. Deze getallen vertegenwoordigden het numerieke equivalent van elke eerste letter van de zin die Harry aan zijn registered agent had doorgegeven, maar dan zonder de woorden 'but then'.

'En "wat overblijft voor *Sesamstraat*"?' zei Gibson.

'Ik hoop dat dit "Sesam open u" betekent.'

'Op hoop van zegen,' zei Gibson, waarna ze al deze getallen intoetste op het paneel.

Het rode lampje op het paneel werd groen en ze hoorden een klikje.

Francine pakte de deurkruk vast, opende de deur en zei tegen Gibson: 'Na jou.'

Ze liepen naar binnen en Francine deed de deur achter hen dicht.

Het huis was klein. De kamers waren sober ingericht, maar schoon. De keuken was functioneel, maar rudimentair. De ramen waren geblindeerd en er kwam geen licht door naar binnen. De lucht was koel en ze hoorden het gezoem van de airco.

'Het licht en de airco zullen wel voorgeprogrammeerd zijn,' zei Gibson.

Ze liepen een hoek om en kwamen in wat de woonkamer leek te zijn. Het grootste vertrek tot nu toe. Er hing een rail met spots aan het plafond en alle spots waren op de muren gericht.

En aan de muren...

'Lieve help!' riepen ze tegelijk.

Op alle muren hingen schilderijen. En niet zomaar schilderijen.

Ze liepen naar een van de schilderijen toe. Het was een eenvoudige weergave van een kamer met een tegelvloer en een stuk van een blauwe deur. Maar het middelpunt van het werk was duidelijk een houten stoel met een rieten zitting waar een pijp en een doek op lagen, en...

Francine wees naar de naam op de houten kist die achter de stoel stond en waar wat groente in zat.

'Vincent?'

'Van... Van Gogh?' mompelde Gibson. 'De NFT's waren dus gewoon misleiding of waren het digitale exemplaren van de echte kunstwerken?'

Francine pakte haar telefoon, ging op zoek en liet het scherm aan Gibson zien.

'Van Gogh schreef zijn voornaam op de vreemdste plaatsen op de werken die volgens hem van waarde waren. Dit schilderij heet *De stoel van Vincent* en hij heeft dit in december 1888 geschilderd. Het hing in de National Gallery in Londen.' Ze zweeg even en keek toen opeens op. 'Tot het zeven jaar geleden werd gestolen.' Ze keek om zich heen. 'Het zou me niets verbazen als al deze schilderijen gestolen zijn.'

'Harry heeft ze dus gekocht van degene die ze heeft gestolen en hing ze ergens op waar hij de enige was die ervan kon genieten. En van elk schilderij kocht hij een NFT en bewaarde het in een kamer in het metaverse die waarschijnlijk een kopie is van deze.' Ze keek naar de andere kunstwerken van wereldklasse van verschillende meesterschilders. 'Wat een hufter!'

'Wat geeft het?' Francine leunde met haar rug tegen de muur, deed haar ogen dicht en slaakte een diepe zucht. Ze opende haar ogen, keek Gibson aan en zei met een brede glimlach: 'We hebben de schat gevonden!'

85

De musea en particuliere verzamelaars van wie de werken waren gestolen waren heel blij dat ze ze terug hadden. Zo blij zelfs dat Gibson en Francine enorme bedragen uitbetaald kregen als vindersloon.

In het vliegtuig na de bespreking met een van die musea waarvan twee van de schilderijen waren gestolen, zei Francine tegen Gibson: 'Die avond op Stormfield...'

'Ja?'

'Toen heb je mijn leven gered.'

'Jij deed hetzelfde voor mij, want als jij me niet had gewaarschuwd, was ik nu dood.'

Francine pakte Gibsons hand. 'Mag ik je een gunst vragen?'

Gibson keek haar nieuwsgierig aan. 'En die is?'

'Mag ik... Ach, laat ook maar.'

'Wát?'

Francine leek nerveus en onzeker. 'Ik vroeg me gewoon af of ik... je kinderen mag ontmoeten.'

Dit had Gibson duidelijk niet verwacht, maar ze zei: 'Natuurlijk, mijn ouders hebben op hen gepast. Ik zal je ook aan hen voorstellen.'

'Dit is mijn vriendin Francine,' zei Gibson tegen haar ouders. 'Zij zat tegelijk met mij op Temple.'

Rick en Dorothy Rogers gaven Francine een hand.

Gibsons vader keek zijn dochter even aan en vroeg geluidloos: *Francine Langhorne?*

Ze glimlachte, maar gaf geen antwoord.

'Waar ken je Mickey van?' vroeg haar moeder.

Francine zei: 'Nou, Mickey was heel bekend op de campus. Maar we waren allebei betrokken bij het theaterprogramma. Weet u nog dat ze meespeelde in *My Fair Lady*? Ze was geweldig als Eliza Doolittle.'

Rick Rogers keek zijn dochter met een schuldige blik aan. 'Die voorstelling heb ik kennelijk gemist. Maar toen ze basketbalde heb ik al haar thuiswedstrijden gezien.'

'Speel jij ook toneel?' vroeg Dorothy Rogers.

Francine zei: 'Ik heb soms het gevoel dat ik mijn hele leven al acteer.'

'Ben je hier voor zaken?' vroeg Rick met een blik op zijn dochter.

'Inderdaad. Eigenlijk doe ik hetzelfde soort werk als Mickey. Geld terughalen.'

'Waar zijn de kinderen?' vroeg Gibson. 'Francine wil ze graag even begroeten.'

'Hun middagslaapje is bijna voorbij,' zei haar moeder.

Gibson nam Francine mee naar boven en naar de kamer van haar kinderen.

Tommy had zijn ogen al open en keek slaperig om zich heen.

Darby had haar ogen nog dicht. Ze had haar duim in haar mond en in haar andere hand had ze haar favoriete knuffel, Winnie de Poeh, waar ze zo gek op was dat zijn knoopneusje helemaal versleten was.

Francine hurkte naast Tommy en stak haar hand uit. 'Hoi Tommy, ik ben Francine.'

Tommy keek naar zijn moeder en toen zij knikte, stak hij zijn hand ook uit en schudde de hare. 'Hoi,' zei hij heel zacht en onzeker.

'Heb je lekker geslapen?'

Hij knikte.

'Je lijkt me heel sterk. Volgens mij kun jij een bal heel ver weg gooien.'

Hij glimlachte en knikte.

'Wat is dat?' Francine pakte een bal en liet die aan Tommy zien.

Tommy keek haar met grote ogen aan toen ze hem de bal gaf. 'Oké, gooi maar.' Ze stapte achteruit en hurkte als een catcher.

Tommy ging rechtop zitten, wreef de slaap uit zijn ogen, keek naar zijn moeder die bemoedigend knikte en stond op.

Hij gooide de bal naar Francine die hem ving en daarna met haar hand schudde alsof het pijn had gedaan. 'Jeetje, wat kun jij goed gooien!'

Ze gooide hem terug naar Tommy, die helemaal straalde en hem netjes opving.

'Wie ben jij?'

Ze keken allemaal om en zagen dat Darby wakker was en naar Francine keek.

Ze stond op, liep naar Darby toe en hurkte naast haar bed. 'Ik ben Francine. Jij heet Darby, hè?'

Ze knikte en stopte haar duim weer in haar mond.

'Ik had net zo'n Winnie de Poeh. En weet je?'

'Wat?' mompelde Darby.

'Hij was zijn neus ook kwijt.' Francine lachte.

Darby keek naar haar Poeh en giechelde. Ze haalde haar duim uit haar mond en zei: 'Poeh kan niet ruiken.'

'Dat is oké. Hij kan nog wel zien en horen, toch?'

Darby knikte heftig.

'Zo hoeft hij ook geen stinkende dingen te ruiken.'

'Tommy stinkt,' zei Darby.

'Niet waar,' zei haar broer.

Gibson zei: 'Volgens mij heeft ze je tuk, cowboy.'

'Mag ik Poeh een hand geven?' vroeg Francine.

Darby stak zijn hand uit.

Francine schudde de hand van de beer en zei: 'Kijk eens, wist jij dat Poeh dit had?'

Darby ging snel rechtop zitten. 'Wat?'

Francine liet haar een hartvormig medaillon zien.

'Wat is dat?' vroeg Darby.

'Een medaillon. Weet je wat je daarmee kunt doen?'

Darby schudde zo heftig met haar hoofd dat haar vlechten door de lucht vlogen.

Francine opende het medaillon zodat de binnenkant zichtbaar werd. 'Daar kun je een foto in doen.' Ze keek Gibson aan. 'Misschien een foto van je mama. En als je ouder bent kun je het medaillon aan een halsketting hangen, zoals die van mij.' Ze liet Darby haar eigen medaillon zien. 'Dan hoef je alleen het medaillon maar open te maken als je mama wilt zien.'

Darby nam het medaillon van haar aan en keek opgewonden naar haar moeder.

'We kunnen wel een foto uitzoeken om erin te stoppen,' zei Gibson. 'Misschien eentje van ons samen tijdens je verjaardagsfeestje.'

Darby knikte, ging weer liggen, deed haar ogen dicht en viel meteen weer in slaap.

Later liepen Gibson en Francine naar buiten.

Francine zei: 'Je hebt prachtige kinderen. Je zult wel heel trots zijn.'

'Meestal wel, maar niet als ze ruziemaken, niet willen eten of over me heen kotsen.'

'Het moederschap in al zijn glorie.'

Gibson zei: 'Dat had je niet hoeven doen, Francine. Die cadeautjes, bedoel ik.'

'Een bal en een medaillon, dat is echt niets bijzonders.'

'Het leek alsof je een echte catcher bent geweest.'

Francine keek tegelijk verlangend en verdrietig. 'Mijn broer. Harry liet hem nooit sporten. Dougie mocht nooit iets doen. Toen we nog jong waren, vond ik een keer een paar ballen en handschoenen en dan gooide hij in de achtertuin ballen naar me toe.'

'Wat leuk.'

'Soms zijn het de kleine dingen...' Ze zweeg even en zei toen: 'De kleine dingen, weet je wel, meer hadden we niet.'

'Dat medaillon was een lief idee.'

Francine tastte naar haar eigen medaillon.

'Wie staat op de foto die erin zit?' vroeg Gibson.

Toen Francine haar aankeek, had Gibson al spijt van haar vraag.

'Ik heb er nooit een foto in gedaan. Maar wie weet, in de toekomst doe ik dat misschien wel.'

86

Een maand later was Francine weer op bezoek bij Gibson in Williamsburg. Ze waren allemaal in de achtertuin. Gibson en Francine keken naar Darby en Tommy, die aan het spelen waren. Agnes Langhorne zat in een rolstoel met haar zuurstoftank en leek te genieten van de capriolen van de kinderen. Doug zat naast zijn moeder en leek opgewekter dan eerst. Hij had Rochelles as uitgestrooid in het meer, en Francine was mee geweest om hem te steunen.

Gibson en Francine zaten op de beide schommels van het splinternieuwe speeltoestel dat Gibson had gekocht van een deel van haar vindersloon. Een ander deel van het geld stond op de speciale rekening voor de studie van de kinderen en de rest op haar bankrekening, tot ze had besloten wat ze daarmee wilde doen.

Francine had de helft van haar vindersloon aan haar broer gegeven. Zij en Doug hadden besloten dat Agnes bij haar zoon zou wonen en zolang ze leefde fulltimehulp zou krijgen. Francine had ook geld aan de andere slachtoffers van Earl Beckett gegeven. Ze had samen met Gibson geld aan Sullivans nicht gegeven zodat ze hulp kon krijgen voor haar beperkingen.

De vrouwen schommelden rustig heen en weer.

Gibson zei: 'Beckett en Enders hebben schuld bekend in ruil voor strafvermindering, maar zullen ondanks dat vroeg of laat in de gevangenis sterven.'

'Hopelijk vroeg,' zei Francine.

'Met Sullivan gaat het goed en zijn zus is gewroken. Hij kan nu gewoon bij de politie blijven werken en hoeft zich niet langer steeds te laten overplaatsen om Beckett in de gaten te kunnen houden.'

'Het is nooit goed om te lang op één plek te blijven,' zei Francine.

'Betekent dit dat je binnenkort vertrekt?'

Francine keek haar aan. 'Waarom vraag je dat?'

'Ik vroeg het me gewoon af. Ik begon er net aan te wennen je in de buurt te hebben.'

'Jij kunt alles doen wat je wilt, Mickey. Koop een groot huis. Ga reizen.'

'Dat is allemaal iets te veel voor een Jersey girl.'

'Je kunt het wel, hoor. Echt waar.'

'Niet als ik daar niet naar verlang.'

'Waar verlang je dan wel naar?'

'Jij moet het eerst vertellen.'

Francine keek gegeneerd. 'Het is me gelukt om een hele dag niets in een notitieboekje te schrijven.'

'Hé, dat is al heel wat.'

'Die notitieboekjes waren belangrijk voor me. Psychologen hebben daar een heleboel prachtige namen voor, maar ik deed het alleen maar omdat ik bang was het weinige dat ik had kwijt te raken.'

'Ze waren ook een muur voor je, Francine.'

'Wat?'

'Jouw notitieboekjes waren een manier voor je om een muur op te trekken. En de verschillende personages die je gebruikte, daardoor zou niemand je echt leren kennen. En als iemand jou niet echt kent...'

'Dan kunnen ze me ook nooit echt kwetsen.'

'Geloof me, jij bent niet de enige die een muur optrekt of een rol speelt omdat je bang bent of wilt voorkomen dat iemand je pijn doet. Jij ging daar gewoon heel ver in, maar daar had je ook goede redenen voor.'

'Dat klinkt logisch.'

'O ja, dat wilde ik je al een tijdje vragen: waarom ging je eigenlijk naar Temple?'

'Ik wilde zo ver mogelijk bij New Mexico vandaan zijn en als kind was ik al in Philly geweest, voordat we in WITSEC gingen. Ik vond het daar fijn, dus ging ik daarnaartoe en ik kreeg een baantje in de eetzaal van de universiteit.'

'Heb je me echt eten geserveerd?'

'Ja, echt waar. Maar ik zag er toen heel anders uit.' Ze zweeg even. 'Ik raakte heel erg geobsedeerd door je, je was een fantastische basketbalster en ook nog eens een meisje. Toen ik hoorde dat je ook toneelspeelde, leek dat wel een voorteken. Ik bedoel, ik had er altijd van gedroomd om een beroemde actrice te worden en toen deed mijn idool dat! Ik ging ook naar alle thuiswedstrijden van je basketbalteam.' Ze keek Gibson even aan. 'Je was een te gekke pointguard.'

'Dat moest ook wel. Ik was veel kleiner dan de meeste andere speelsters. Hebben we in het theater ooit iets met elkaar te maken gehad?'

'Ik hielp je met je kostuums aantrekken, hielp met het decor, dat soort dingen. Jij was een fantastische mentor voor de andere dramastudenten. Je leek altijd zo beheerst en maakte je nooit ergens druk over.'

'Dat was mijn beste acteerprestatie, want vanbinnen ging ik dood van de zenuwen. Net als op het basketbalveld.'

Francine schudde haar hoofd. 'Nou, dat was nooit te zien. En... je hebt me een keer gered, op de campus.'

'Wat?'

'Ik werd een keer laat op de avond aangevallen door de een of andere klootzak. Dom van me, want ik was helemaal alleen. Die vent nam me te pakken en had mijn blouse al half uitgetrokken toen...'

'O mijn god! Ik ramde een basketbal in zijn gezicht. Ik had driepunters geoefend in de sportzaal en kwam net naar buiten. Was jij dat? Je ging ervandoor. Net als hij.'

'Ik was bang en schaamde me dood en, ik weet het niet, helemaal in de war. Kort daarna verliet ik Temple en vond ik mezelf opnieuw uit, trok die muren op, zoals je zei. De jaren daarna vlogen zeg maar voorbij.'

'Tot je opnieuw in mijn leven verscheen.'

'Niet echt op de manier die jij wilde. Sorry voor alles wat ik heb gedaan. Ik heb spijt van alles wat ik over je zei en dacht. Dat was... Ik zat er helemaal naast, met alles.'

Gibson pakte haar hand. 'Francine, na alles wat jij hebt meegemaakt is het een wonder dát je überhaupt functioneert.'

Francine wendde haar blik af en keek weer naar de kinderen.

Tommy rende rondjes en Darby maakte vreemde koprollen en stond na elke koprol lachend op.

Misschien kon Gibson haar gedachten lezen, want ze zei: 'Als je wilt kun je een kind adopteren. Dan ben je een rijke alleenstaande moeder en ligt de hele wereld aan je voeten.'

Francine schudde haar hoofd. 'Jij bent een geboren moeder, maar ik volgens mij niet.'

'Dat had ik ook nooit van mezelf verwacht, dat gebeurt gewoon langzaam maar zeker.' Ze keek naar Tommy, die nu zo hard mogelijk probeerde te boeren terwijl Darby hem aanspoorde door keihard te lachen. 'Toch voed ik nu in mijn eentje twee Einsteins op.'

Francine keek Gibson met een ondeugende blik aan en zei: 'Zij worden wereldleiders, dat kun je nu al zien.'

'Met jou als tante gaat dat waarschijnlijk wel gebeuren.'

Francines mond viel open. 'Tante?'

'Ik heb twee broers die zichzelf niet eens kunnen aankleden. Je denkt toch zeker niet dat ik hen als rolmodel accepteer? Dat mag jij zijn, als je wilt tenminste.'

'Mickey, ik heb geen idee wat voor rolmodel ik kan zijn, laat staan voor jouw kinderen.'

'Ten eerste is het de hoogste tijd dat je me Mick noemt, net als alle andere mensen om wie ik geef. Ten tweede hoef je dat nu niet te beslissen. Het belangrijkste is echter dat jij volgens mij een geweldig voorbeeld voor hen kunt zijn. De dingen die je ooit hebt gedaan vind ik volkomen onbelangrijk.' Ze keek naar Francines moeder en broer. 'Wat ik wel belangrijk vind is dat je een hart hebt, een groot hart. En uiteindelijk heb je gedaan wat goed was.'

'Eigenlijk zijn we best een goed team,' zei Francine.

'Een fantastisch team, volgens mij. En er is veel voor te zeggen om iets interessants en waardevols met je leven te doen.'

Francine zei: 'Ik heb altijd interessante dingen gedaan, maar ik heb geen idee hoe waardevol ze waren.'

'Het leven geeft je altijd een tweede kans.'

'Denk je dat echt?'

'Het is alleen de vraag of de wil er is.' Gibson zweeg even. 'En, gaan we de volgende keer samenwerken?'

Francine stak haar hand uit en Gibson nam hem aan.

'Dat denk ik inderdaad, *Mick*.'

Dankwoord

Dank aan Michael Pietsch, Ben Sevier, Elizabeth Kulhanek, Jonathan Valuckas, Matthew Ballast, Beth de Guzman, Ana Maria Allessi, Rena Kornbluh, Karen Kosztolnyik, Brian McLendon, Albert Tang, Andy Dodds, Ivy Cheng, Joseph Benincase, Alexis Gilbert, Andrew Duncan, Janine Perez, Lauren Sum, Morgan Martinez, Bob Castillo, Kristen Lemire, Briana Kuchta, Mark Steven Long, Marie Mundaca, Rachael Kelly, Kirsiah McNamara, Lisa Cahn, John Colucci, Megan Fitzpatrick, Nita Basu, Alison Lazarus, Barry Broadhead, Martha Bucci, Ali Cutrone, Raylan Davis, Tracy Dowd, Melanie Freedman, Elizabeth Blue Guess, Linda Jamison, John Leary, John Lefler, Rachel Hairston, Tishana Knight, Jennifer Kosek, Suzanne Marx, Derek Meehan, Christopher Murphy, Donna Nopper, Rob Philpott, Barbara Slavin, Karen Torres, Rich Tullis, Mary Urban, Tracy Williams, Julie Hernandez, Laura Shepherd, Maritza Lumpris, Jeff Shay, Carla Stockalper, Ky'ron Fitzgerald en iedereen bij Grand Central Publishing. Bedankt dat jullie al ruim vijfentwintig jaar fantastische partners zijn. Jullie maken mijn leven een stuk gemakkelijker met jullie steun en enthousiasme.

Aan Aaron en Arleen Priest, Lucy Childs, Lisa Erbach Vance, Frances Jalet-Miller, Kristen Pini en Natalie Rosselli. Jullie zijn geweldige vrienden en adviseurs.

Aan Mitch Hoffman, voor alweer een uitstekende redactieklus en omdat je zo goed kunt luisteren.

Aan Joanna Prior, Jeremy Trevathan, Lucy Hale, Trisha Jackson, Stuart Dwyer, Leanne Williams, Alex Saunders, Sara Lloyd, Claire Evans, Jamie Forrest, Laura Sherlock, Jonathan Atkins, Christine Jones, Andy Joannou, Charlotte Williams, Rebecca Kellaway, Charlotte Cross, Lucy Grainger, Lucy Jones en Neil Lang van Pan Macmillan. Jullie zijn een superieure uitgeverij en altijd innovatief.

Aan Praveen Naidoo en het geweldige team van Pan Macmillan in Australië voor jullie voortreffelijke werk.

Aan Caspian Dennis en Sandy Violette, die me vanaf dag één hebben geholpen.

Aan de winnaars van de veiling, Arlene Robinson (Gloucester-Mathews Humane Society) en Wilson Sullivan ('Sconset Trust). Ik hoop dat jullie blij zijn met jullie personages.

En aan Kristen White en Michelle Butler. Jullie zijn een superteam!